복수해 기억해

METHOD 15/33
by Shannon Kirk

복수해 기억해

Method 15 / 33

섀넌 커크 장편소설

김지현 옮김

비채

내 사랑, 마이클과 맥스에게

두뇌 발달이란 뇌의 네트워크가 유전자 및 환경과 복잡하게 상호작용하며 스스로를 형성해가는 강력하고도 점진적인 과정이라 할 수 있다.

_칸스 외, 〈변환된 교차양상 작용〉, 《신경과학지》, 2012. 7. 11.

1

감금 4, 5일차

4일차 되는 날 나는 바닥에 누운 채 그를 죽일 계획을 짠다. 내가 가진 도구들을 머릿속에서 목록으로 정리하고 있으니 마음이 든든해진다. '헐거운 마룻널, 빨간 니트 담요, 높은 창문, 천장에 노출된 들보들, 열쇠 구멍, 내 몸 상태…….'

그 생각들이 지금 벌어지는 일인 것처럼 기억난다. 바로 지금 내가 떠올리는 생각인 듯이. '문밖에 또 그 남자가 왔군.' 십칠 년 전에 했던 생각인데도 나는 생생히 기억한다. 그날들은 내게 앞으로도 영원히 현재로 남아 있을 것 같다. 매시간, 매초 힘겹게 작전을 짠 끝에 무사히 살아남았으니까. 잊지 못할 그 고통스러운 시간 동안 나는 철저히 혼자였다. 그리고 자랑스럽게 말하건대, 내 노력의 결과는 명백한 승리였고 걸작 그 자체였다.

4일차에 이르러 나는 내 도구 목록을 충분히 검토했고 복수할 계획도 대략적으로 구상해놓고 있었다. 펜이나 연필 따위는 전혀 없이, 순전히 머릿속으로 끼적인 노트들을 이어 붙여서 해답을 모색한 것이다. 내가 반드시 풀겠다고 작정한 퍼즐의 해답을. '헐거운 마룻널, 빨간 니트 담요, 높은 창문, 천장에 노출된 들보들, 열쇠 구멍, 내 몸 상태…… 이것들이 어떻게 맞물리지?'

나는 이 수수께끼를 여러 각도에서 거듭 살피면서 다른 도구가 있을지 찾아보았다. '아, 그래, 그렇지. 양동이가 있지. 맞아, 맞아, 매트리스의 스프링 받침대가 새것이었어. 그놈이 비닐을 벗기지 않았지. 좋아, 또 뭐가 있을까? 뭐가 있더라? 노출된 들보들, 양동이, 스프링 받침대, 비닐, 높은 창문, 헐거운 마룻널, 빨간 니트 담요, 그리고…….'

나는 과학적으로 접근하기 위해 도구마다 번호를 붙였다. '헐거운 마룻널(4번 도구), 빨간 니트 담요(5번 도구), 비닐…….' 그렇게 하다 보니 4일차 아침에는 머릿속 목록이 최대한으로 완성되어 있었다. '도구가 더 필요하겠어.'

정오쯤에 내가 갇힌 감방, 정확히는 침실 밖에서 소나무 재목 마룻바닥이 덜컹덜컹 울리는 소리가 들려와 내 집중을 깨뜨렸다. '놈이 왔군. 점심 시간이야.' 문 걸쇠가 왼쪽에서 오른쪽으로 젖혀지고, 열쇠 구멍이 돌아가더니 그가 문을 벌컥 열고는 문지방에서 잠깐 멈춰 서는 매너도 없이 안으로 들어왔다.

끼니때마다 그랬듯 그는 내 침대 위에 쟁반을 내려놓았다. 메뉴는 이제 익숙했다. 흰 머그에 담긴 우유, 아동용 크기의 컵에 담긴 물, 그리고 포크나 나이프 없이 접시 하나에 놓인, 달걀과 베이컨이 든 키슈* 한 조각과 직접 구운 빵. 접시에는 항아리를 든 여자와 깃털 모자를 쓰고 개를 데리고 있는 남자를 묘사한 장밋빛 무늬가 박혀 있었다. 나는 그 접시가 이상할 정도로 혐오스러웠다. 지금도 생각하면 몸서리가 쳐진다. 접시 뒷면에는 '웨지우드'와 '살바토르'라고 적혀 있었다. '이 접시로 다섯 끼째 식사하는군. 난 이 접시가

* 프랑스의 대표적인 계란 요리로, 일종의 에그 타르트이다.

싫어. 이것도 죽여버려야겠어.' 접시와 머그와 물컵은 감금 3일차 아침, 점심, 저녁 때 쓴 것들과 동일해 보였다. 처음 이틀 동안은 여기가 아니라 차 안에 갇혀 있었다.

"물 더 줘?" 그가 특유의 낮고 탁하고 단조로운 목소리로 퉁명스럽게 물었다.

"네, 더 주세요."

이 대화도 3일차부터 반복되는 패턴이었다. 이것을 계기로 나는 본격적인 계획 짜기에 돌입했다. 그가 내게 식사를 가져다주고 물이 더 필요하냐고 묻는 것은 하나의 의례가 되었다. 나는 그때마다 '네'라고 대답하기로 결정했고 매번 그렇게 대답하기로 단단히 마음먹었지만, 따지고 보면 터무니없는 문답이었다. '애초에 더 큰 컵에 물을 따라주면 되잖아? 뭐 하러 귀찮은 짓을 사서 하지? 이제 놈은 나가서 문을 잠글 거고, 벽 속의 배수관이 땡땡 울리는 소리가 날 거고, 열쇠 구멍으로는 보이지 않는 곳에 있는 개수대에서 물이 후두둑 튀다가 콸 쏟아지는 소리가 나겠지. 그러고는 플라스틱 컵에 미지근한 물을 받아 가지고 돌아올 거야. 대체 왜?' 적어도 한 가지는 확실하다. 이 세상에 풀리지 않는 숙제는 많고, 나를 가둔 간수의 비합리적인 행동 역시 그중 하나라는 것.

"고맙습니다." 그가 돌아오자 나는 말했다.

첫날 두 시간째부터 나는 고분고분하고 예의 바른 여학생을 연기하기로 했다. 나를 납치한 사십 대 남자가 내 꾀로 속일 만한 상대임을 금세 알아차렸기 때문이다. '사십 대 중반이겠지. 우리 아빠랑 비슷한 나이일 거야.' 나는 겨우 열여섯 살이었지만, 저 끔찍하고 징그러운 놈의 뒤통수를 칠 지능은 있었다.

4일차 점심 식사의 맛은 3일차 점심과 똑같았다. 그래도 영양분을 섭취한 덕분인지, 내가 가진 도구들이 더 많이 떠올랐다. 시간, 인내력, 수그러들지 않는 증오심. 이제 보니 양동이에 금속 손잡이가 달려 있고, 손잡이 끝이 뾰족했다. 나는 식당 상표가 박힌 두꺼운 머그에 담긴 우유를 마시면서 양동이를 눈여겨보았다. '저 손잡이를 빼내야겠어. 양동이와 별개로 써먹을 수 있을 거야.' 게다가 내가 처음 이틀 동안 예상했던 바와 같이, 내가 갇힌 곳은 건물의 1층이 아닌 더 높은 층이었다. 창밖으로 나무 우듬지가 보이는 데다 여기까지 끌려올 때 계단을 세 줄 올라왔던 걸 생각하면 나는 3층에 있는 게 분명했다. 이 높이 역시 내가 가진 도구일 것이다.

이상하지 않은가? 4일차가 되었는데도 나는 아직 심심하지 않았다. 밀실에 혼자 갇혀 지내다 보면 머리가 돌아버리거나 망상에 빠질 거라고들 생각하겠지만, 내 경우에는 운이 좋았다. 처음 이틀 동안은 차를 타고 다녔고, 납치범이 무슨 중대한 실수를 저지른 건지 아니면 심각한 오판을 한 것인지 몰라도, 그 차는 측면 유리창이 선팅된 밴이었다. 즉 밖에서는 아무도 나를 못 봤겠지만 나는 밖을 내다볼 수 있었다. 나는 밴이 움직인 경로를 잘 지켜보고 내 머릿속 수첩에 기록해두었다. 그 기억을 실제로 사용할 일은 없었지만, 그렇게 외부의 정보를 베껴서 기억에 새기는 데 정신을 쏟느라 바쁘게 시간을 보낼 수 있었다.

그로부터 십칠 년이 지난 지금까지도 33번 출구 도로변 풀밭에 어떤 꽃이 자라고 있었냐고 당신이 묻는다면 나는 대답할 수 있다. 싱싱한 주홍조밥나물과 야생 데이지가 섞여 있었다고. 당신을 위해 그때의 하늘 빛깔을 그대로 칠해 보일 수도 있다. 진흙 색깔로 얼룩져 있던 부연 청회색 하늘을. 갑작스럽게 닥쳤던 사건들도 빠짐없이 재연할 수 있다. 예컨대 밴이 풀밭 옆을 지나가고 2.4분 뒤에 폭풍이 불어왔던 것, 우리 위에 있던 시커먼 먹구름으로부터 봄날의 우박이 쏟아졌던 것을 기억한다. 콩알만 한 얼음 덩어리들이 떨어지자 납치범은 고가 도로 밑에 차를 세우고, "씨발"이라고 세 번 내뱉고는, 담배 한 개비를 피운 다음, 꽁초를 창밖에 튕겨 버리고 다시 운전을 시작했다. 밴의 보닛에 우박이 처음 부딪힌 지 3.1분 뒤의 일이었다. 나는 그런 식으로 마흔열덟 시간 동안의 여정을 한 편의 영화처럼 세밀히 기억에 저장해두고, 감금 생활 내내 하루도 빠짐없이 돌려보면서 매분, 매초, 매 장면을 분석하고, 그 안에 어떤 실마리나 도구가 있는지 찾아보았다.

그가 옆유리가 선팅된 밴을 썼다는 점과, 내가 자리에 앉아 길을 살필 수 있게 내버려두었다는 점을 보면 금세 판단이 섰다. 나를 납치한 놈은 자동조종장치로 운행하는 비행기 조종석에 앉힌 멍청한 원숭이나 드론으로 움직이는 병사 따위에 지나지 않는다는 걸. 물론 밴 바닥에 고정시켜놓은 안락의자에 앉아 있을 수 있어서 나는 편안했다. 그는 내 눈을 방수포로 둘러매서 나름대로 가려놓았지만 너무 게을러서였는지, 정신이 없어서였는지는 몰라도, 그는 내 눈가리개가 자꾸 흘러내린다고 투덜거리면서도 제대로 고쳐 매지 않았고, 덕분에 나는 이정표를 보고 우리가 가는 방향을 확인할 수 있었다. 서쪽이었다.

첫날 밤 그는 4.3시간 잤다. 나는 2.1시간을 잤다. 1박 2일간 도로를 달린 끝에 우리는 74번 출구로 빠져나갔다. 그동안 인적 없는 휴게소에 들러 화장실을 쓸 때마다 얼마나 민망했는지는 묻지도 말아달라.

여정이 끝나갈 때, 나는 밴이 출구의 경사진 노면을 따라 천천히 내려가는 걸 느끼며 초를 헤아렸다. 1미시시피, 2미시시피, 3미시시피…….* 미시시피를 60번씩 총 10.2번 외웠을 때 밴은 어딘가에 주차되었고, 엔진이 푸드덕거리며 꺼졌다. '도로에서 여기까지 오는 데 총 10.2분이 걸린 거야.' 흘러내리는 눈가리개의 위쪽 끄트머리 너머로, 회색 땅거미가 내린 들판이 보름달의 흰 빛에 휩싸여 반짝이는 풍경이 보였다. 밴 옆에는 나무 한 그루가 서 있었고, 나무가 늘어뜨린 가느다란 가지들이 차체에 걸쳐져 있었다. '버드나무네. 할머니 댁에도 이런 나무가 있지. 여긴 할머니 댁이 아니지만.'

'놈이 밴 옆에 있어. 나를 꺼내러 오는 거야. 이제 내리겠군. 내리고 싶지 않은데.'

금속과 금속이 맞부딪는 요란한 소음과 밴의 문이 덜컹 열리는 소리에 나는 화들짝 놀랐다. '도착했어. 도착했어. 도착한 거야.' 벌새가 날갯짓하듯 심장이 퍼덕거렸다. '도착했어.' 이마의 머리 선을 따라 땀방울이 맺혔다. '도착해버렸어.' 두 팔 전체가 팽팽해지고, 일직선으로 뻣뻣해진 어깨와 척추가 T자를 그렸다. '도착했어.' 내 심장박동이 너무 빨라져서, 만약 그 속도로 땅이 진동한다면 지진이 일어나고, 바다라면 쓰나미가 일어날 것 같았다.

시골의 산들바람이 훅 밀려들어왔다. 납치범보다 먼저 나를 달래주려는 듯 불어온 그 바람에 나는 잠깐이나마 상쾌한 기분이 들었지만, 곧바로 그의 실루엣이 성큼 다가와 기분을 잡쳐버렸다. 눈이 반쯤 가려져 있으니 그의 모습이 제대로 보이지는 않았지만 그가 내 앞에 가만히 서서 바라보는 기척은 느낄 수 있었다. '내가 댁한테 어떻게 보일까? 댁의 허접한 밴 뒤칸 안락의자에 테이프로

* '미시시피'를 발음하는 데 일 초 정도 걸리므로 시계 없이 초를 셀 때 사용하는 방법이다.

칭칭 감겨 있는 여자애? 이게 당신한텐 정상적인 일이야? 머저리 새끼.'

"다른 애들은 비명 지르거나, 울거나, 살려달라고 빌거나 하던데 너는 다르더군." 그는 며칠간 고심하던 문제에서 깨달음이라도 얻은 듯한 투로 말했다.

나는 그의 목소리가 들린 쪽을 향해 빠르면서도 짐짓 침착하게 고개를 돌렸다. 그에게 불안감을 주고 싶어서였다. 내 의도가 성공했는지는 모르겠지만 그가 아주 약간 뒤로 주춤했다.

"제가 그랬으면 좋겠어요?"

"닥쳐, 쌍년아. 너 같은 쪼그만 계집애들이 뭔 짓을 하든 난 신경 안 써." 그는 큰 소리로 재빨리 말했다. 자신이 나를 통제하는 입장이라는 걸 스스로 되새기려는 듯이. 저렇게 요란하게 떵떵거리는 걸로 봐서, 여기가 어딘지는 몰라도 우리밖에 없는 것 같았다. '안 좋은 상황인데. 마음 놓고 고함을 지르다니. 주위에 아무도 없다는 뜻이잖아. 여긴 저 인간이랑 나뿐이야.'

밴이 기우는 느낌이 났다. 그가 문틀을 붙잡고 뒤칸으로 들어오고 있었다. 그는 기어오르면서 골초답게 끙 하고 힘겨운 숨을 내뱉었다. '뻔하지. 더럽고 뚱뚱한 인간쓰레기 같으니.' 내게 다가오는 그의 그림자와 몸놀림이 언뜻 보였고, 그의 손에 들린 뾰족한 은빛 물체가 실내등 불빛을 받아 번뜩거렸다. 사흘쯤 묵은 듯한 땀냄새와 상한 수프 같은 시큼한 숨 냄새가 진동했다. 나는 움찔하며 창쪽으로 고개를 돌리고 숨을 참았다.

그는 의자에 칭칭 감겨 내 팔을 고정하던 강력 접착테이프를 잘라내고, 내 머리에 종이봉투를 씌웠다. '아하, 눈가리개가 소용없다는 걸 알긴 아나 보군. 입에서 나는 똥 냄새나 어떻게 좀 하시지.'

안락의자에 앉아 이동하는 것까지는 편안히 받아들일 수 있었지만, 앞으로 무슨 일이 기다리고 있는지는 알 수 없었다. 그래도 나는 순순히 그를 따라갔다. 이곳은 농장인 게 분명했다. 젖소들이 온종일 풀을 뜯어먹은 냄새, 내 다리를 스치는 키 큰 잎새들과 줄기들로 보아 목초지나 밀밭인 듯했다.

그렇게 해서 2일차 밤이 되었다. 공기가 차갑게 식었고, 나는 안감을 댄 검은색 레인코트를 입고도 팔과 가슴이 시렸다. 천과 종이 봉투로 얼굴이 가려져 있었지만 앞길을 밝히는 달빛은 알아볼 수 있었다. 그가 들이댄 총부리를 등진 채 오로지 달빛에만 의지하며, 나는 무릎까지 올라오는 미국산 곡물 줄기들을 헤치며 앞을 더듬어 나아갔다. 그렇게 걸어간 시간이 총 육십 초였다. 나는 일 초 간격에 걸음을 맞추려고 다리를 높이 들면서 움직였고, 그는 총을 들고 발을 끌면서 절벅절벅 걸었다. 두 사람으로 이루어진 행진 같았다. 하나, 스읍, 둘, 스읍, 셋, 스읍, 넷…….

그 처량한 행진을 하면서 나는 바다에 빠져 죽으라는 형벌을 받은 선원이 수면으로 향한 건널판을 걸어가는 모습을 떠올렸다. 그러자 내가 가진 도구 한 가지가 처음으로 생각났다. '육지'. 그때 지형이 바뀌면서 달빛이 사라졌다. 지나치게 힘이 들어간 발로 묵직한 걸음을 내딛자 바닥이 조금씩 밑으로 꺼졌고 마른 흙먼지가 발목에 튀었다. 성근 흙으로 덮인 오솔길에 접어든 것 같았다. 내 두 팔이 나뭇가지들에 긁히는 느낌도 났다.

'달빛 없음+풀 없음+흙길+나무=숲. 이건 곤란한데.'

목의 맥박과 심장박동이 따로 노는 것 같았다. 예전에 〈나이틀리 뉴스Nightly News〉에서 보도된 사건이 기억났다. 내가 사는 곳에서 멀리 떨어진 어느 주의 숲에서 십 대 소녀의 시신이 발견되었다고.

그때만 해도 그 애의 비극은 나랑 너무나 동떨어진, 현실에서 유리된 사건처럼 보였다. 그 애는 양손이 절단되고 강간당한 상태로 얕은 구덩이에 묻혔다. 무엇보다도 끔찍한 부분은 코요테며 퓨마가 시체를 뜯어먹은 흔적이었다. 박쥐들이 그 광경을 내려다보며 사악한 눈을 깜빡이고, 올빼미들이 구슬픈 눈초리를 보냈으리라. '이런 생각은 그만…… 초를 세자…… 초를 계속 세야 해…… 잊어버리면 안 돼…… 집중해…….'

무서운 생각에 사로잡힌 나머지 평정을 잃어버렸다. '몇 초까지 셌는지 기억이 안 나.' 나는 공포를 애써 떨쳐내고 숨을 깊이 들이마신 뒤, 가슴속에서 파닥이는 벌새를 진정시켰다. 아빠와 함께하는 주짓수 수업과 태극권 수업에서 아빠에게 배운 방법과, 우리 집 지하 실험실에 보관해둔 의과대학 교재에서 보고 익혀둔 방법들을 동원했다.

숲에 들어서자마자 공포에 질렸던 걸 고려하면 몇백 초쯤 지난 듯했다. 울창한 숲을 육십 초 더 걸으니 짧은 풀이 자란 땅이 나왔고, 다시 달빛이 막힘없이 쏟아졌다. '여긴 빈터인가 보군. 아니, 빈터가 아니네. 그렇지? 땅이 포장되어 있잖아. 왜 여기다 차를 세우지 않았지? 육지, 육지, 육지…….'

그는 또 다른 풀밭을 건너게 한 다음 나를 멈춰 세웠다. 열쇠가 짤그랑거리고 문이 열리는 소리가 났다. 나는 이제껏 헤아린 초를 잊기 전에 숲에서부터 이 문까지 오는 데 걸린 시간을 계산해서 기억에 새겼다. '걸어서 1.1분.'

건물의 외관이 어떻게 생겼는지는 볼 기회가 없었지만, 아마도 흰색으로 칠해진 농가이겠거니 싶었다. 납치범은 들어서자마자 나를 위층으로 데려갔다. '1층, 2층…….' 3층에 이르러 우리는 45도각도로 꺾어서 세 발짝 전진하고 멈춰 섰다. 열쇠가 짤그랑거리고, 빗장이 빠져나오고, 잠금장치가 딸깍 풀리는 소리가 난 다음 문이 삐걱대며 열렸다. 그는 내 머리에 씌웠던 종이봉투와 눈가리개를 벗겨내고 문 안으로 나를 밀어 넣었다. 그곳은 가로 3.5미터, 세로 7미터의 출구 없는 방이었다.

문을 기준으로 오른쪽 벽의 높은 곳에 삼각형 창문이 있고, 그 창으로 비쳐드는 달빛이 방을 밝혔다. 맨 안쪽에는 퀸사이즈 매트리스와 그걸 받치는 스프링 받침대가 맨바닥에 덩그러니 놓여 있었다. 그런데 이상하게도, 침대의 옆면, 밑면, 머리맡을 둘러싸는 틀은 설치되어 있었다. 침대를 조립하던 사람이 도중에 기력이 떨어져서 스프링 받침대 밑에 널판을 대는 작업을 포기했거나, 그 부품들을 깜빡 잊어버린 모양이었다. 그래서 침대는 이젤에 고정되지 않고 걸쳐져만 있는 캔버스처럼 엉거주춤한 모양새를 하고 있었다. 그 위를 흰색 면 침대보, 베개 하나, 빨간 니트 담요가 장식했다. 그리고 천장에는 문과 평행을 이루며 뻗은 들보 세 개가 드러나 있었다. 하나는 문 바로 위를, 하나는 사각형 방 한가운데를, 또 하나는 침대 위를 가로질렀다. 천장이 아주 높고 골조가 드러나 있어서, 저 들보들을 이용하면 손쉽게 목을 매달 수 있을 것 같았다. 목을 맬 필요가 있다면. 그 외에는 아무것도 없었다. 으스스할 만큼 깨끗하고 휑한 방이었다. 어디선가 작게 들려오는 쉭쉭거리는 바람 소리만이 유일한 장식품 노릇을 했다. 수도승조차도 이 공백 안에 있으면 허전함을 느낄 것 같았다.

나는 곧장 매트리스 쪽으로 건너갔고, 납치범은 양동이 하나를 가리키며 밤중에 "오줌이나 똥 쌀 때" 변기로 쓰라고 했다. 그가 방에서 나가자 달빛이 고동쳤다. 달도 나처럼 허파 속에 가둬두었던 숨을 비로소 내쉬는 듯했다. 한결 밝아진 방 안에서 나는 침대에 털썩 널브러졌고, 기진맥진한 몸을 그 자리에 누인 채 롤러코스터처럼 빙빙 도는 감정을 다잡았다. '아까 나는 불안, 증오, 안도감, 공포를 거쳐서 끝내는 막다른 길에 몰리고 말았어. 침착하지 않으면 이 게임에서 이길 수 없어.' 실험을 할 때와 마찬가지로 내게는 한 가지 상수常數가 필요했고, 내가 가질 수 있는 상수는 오로지 나 자신의 한결같은 초연함뿐이었다. 그와 더불어 나는 엄청난 경멸과 한없는 증오도 유지하려고 노력했다. 초연한 태도를 지속하는 데 필요한 재료가 될 것 같았기 때문이다. 과연 그 재료들은 감금 생활 동안 내가 본 것들과 들은 것들을 처리하는 데 필수적인 역할을 했다. 게다가 구하기도 쉬웠다.

감금 생활을 하면서 나는 한 가지 재능을 갈고 닦았다. 그 재능이 신의 섭리로 주어진 것인지, 엄마의 강철 같은 세계 안에서 살면서 체득한 것인지, 아빠의 호신술 교육으로 얻은 것인지, 아니면 내 신체 조건에서 비롯된 자연적 본능인지는 몰라도, 그건 전쟁터에서 위용을 떨치는 장군들의 자질과 유사했다. 쉽게 흔들리지 않고, 만족하지 않고, 계산에 능하고, 복수심을 품고, 차분하게 행동할 줄 아는 재능.

내 태연자약한 기질은 이때 처음 발견한 것이 아니었다. 초등학교 때부터 나는 만사에 무덤덤하게 반응하고 공포를 느끼지도 못하는 듯 행동해서 학교의 걱정거리로 취급받았다. 상담선생님은 내가 검사를 받아야 한다고 주장했다. 1학년 때 담임선생님은 우리 반에서 총기 난사 사건이 벌어졌을 때 내가 다른 아이들처럼 울지도, 펄쩍 뛰지도, 비명이나 고함을 지르지도 않아서 당황스러워했다. 그때 나는 침입자가 총을 쏘는 모습을 유심히 지켜보고 있었다. 그 모습이 교실에 설치된 CCTV에 고스란히 찍혔다. 범인은 히스테릭하게 움찔거렸고, 얽은 자국이 있는 얼굴이 땀에 젖어 번들거렸고, 확대된 동공이 이리저리 미친 듯이 움직였으며, 두 팔에는 주삿바늘을 오남용해서 생긴 흉터가 있었었고, 그가 마구잡이로 쏴 대는 총알은 다행스럽게도 모두 빗나갔다. 그걸 보니 나는 뻔히 알 수 있었다. 범인은 마약, 정확히는 LSD나 헤로인 또는 그 두 가지 모두에 취해서 극도로 겁에 질려 있다. 그랬다. 나는 그 약물의 증상을 익히 꿰고 있었던 것이다. 교탁 너머에 화재경보기가 있었고 그 아래의 선반에는 비상용 확성기가 있었다. 나는 그쪽으로 걸어가 여섯 살짜리의 목으로 낼 수 있는 최대한 굵은 음성으로 확성기에다 "공습 경보!"라고 소리치고는 경보기를 울렸다. 그러자 약쟁이는 바닥에 주저앉더니 오줌을 질질 싸면서 몸을 움츠렸다.

CCTV 영상을 확인한 어른들은 나를 어떻게 평가해야 하는지를 두고 열띤 논쟁을 벌였다. 영상 속에서 반 아이들은 옹기종기 모여서 비명을 지르고 담임선생님은 무릎을 꿇고 하나님에게 애원하는 가운데, 나는 스툴 위에 우뚝 올라서서 확성기를 옆구리에 댄 채 그 아수라장을 지휘하듯 행동했던 것이다. 땋아 내린 머리 타래를 한편으로 젖히고, 오동통한 배 위에 얹은 팔에 확성기를 끼고, 다른 쪽 손으로는 턱을 괴고서, 범인을 잡으러 뛰어온 경찰관을 향해 나는 거의 윙크하듯 눈짓하며 미묘한 미소를 보냈다.

아동정신의학과에서 수많은 검사를 치른 결과, 나는 감정을 잘 느끼긴 하지만 딴생각이나 비생산적인 사고를 억제하는 데 특출한 것으로 밝혀졌다. "뇌 스캔을 보면 따님의 전두엽, 즉 합리적 판단과 계획을 담당하는 부분이 평균보다 크다는 걸 알 수 있어요. 이 정도면 상위 1퍼센트예요. 음, 솔직히 말씀드리면 상위 1퍼센트도 넘어서는 수치입니다." 의사가 내 부모님에게 말했다. "소시오패스는 아닙니다. 따님은 감정을 이해할 수 있고, 느낄 수 있어요. 하지만 느끼지 않기로 선택할 수도 있는 거지요. 따님의 표현에 따르면, 기쁨이나 무서움이나 사랑 같은 느낌이 닥쳐오면 마음속에 있는 스위치로 그 느낌을 끄거나 켤 수 있다고 하더군요." 의사는 헛기침을 하고는 "어험" 하더니 말을 이었다. "사실 저도 이런 환자는 처음입니다. 하지만 아인슈타인의 경우만 봐도 인간 두뇌의 한계가 어디인지는 아무도 모르는 법이지요. 인간의 잠재력은 본래 훨씬 방대한데 그중에서 극히 일부만 사용하고 있다는 설도 있습니다. 따님의 경우에는, 글쎄요, 우리보다 더 많은 부분을 사용하는 셈이겠지요. 그것이 축복일지 저주일지는 저도 모르겠습니다." 내가 진료실 문틈으로 대화를 엿듣고 있다는 걸 어른들은 눈치채지 못했다. 나는 의사의 말 한마디 한마디를 머릿속 하드디스크에 모조리 저장해두었다.

스위치에 대한 이야기는 거짓말은 아니었다. 하지만 너무 단순하게 표현한 감이 있었다. 그건 선택의 문제에 가까웠지만, 정신적인 선택의 과정은 설명하기 어려워 그냥 스위치라고 표현했던 것이다. 그래도 그만큼 좋은 의사를 만난 건 행운이었다. 그는 편견 없이 내 말을 들어주었고, 의심하지 않고 받아들여주었다. 의학적으로 설명되지 않는 수수께끼들이 있음을 진심으로 믿는 사람이었다. 병원을 떠나던 날, 나는 스위치를 켜고 의사를 꼭 껴안았다.

전문가들이 나를 연구하고 뭔지 모를 보고서 같은 걸 쓰면서 몇 주가 흘렀다. 그때쯤 부모님이 나를 거기서 끄집어내 평범한 세상으로 돌려보냈다. 완전히 평범한 세상은 아니었다. 나는 초등학교 1학년 과정으로 돌아왔고, 우리 집 지하실에 실험실을 차렸다.

감금 3일차(밴에서 나오고 첫날)부터 나와 납치범은 하루의 일과를 만들어나갔다. 날마다 세 번씩 그가 식사를 가져다줬고, 음식은 그 구린 도자기 접시에, 우유는 하얀 머그잔에, 물은 작은 컵에 담겨 나왔다. 곧이어 그는 더 큰 컵에 미지근한 물을 따라 가져다주었고, 식사가 끝나면 빈 접시와 머그, 컵이 놓인 쟁반을 가지고 나갔다. 나가는 길에 그는 내게 화장실에 가고 싶을 때만 노크해서 자기를 부르라며, 만약 자신이 오지 않거든 양동이를 쓰라고 말했다. 하지만 양동이를 쓸 일은 없었다. 그러니까 용변을 보는 용도로 양동이를 사용할 일은 없었다는 뜻이다.

우리가 그렇게 일과를 만드는 사이에 간간이 방문자들이 찾아왔다. 물론 그때마다 그들은 내 눈을 완전히 가렸으므로 나는 방문자들의 정체를 제대로 파악할 수 없었다. 하지만 17일차에 일어난 사건 이후로, 나는 그들의 모든 특성을 머릿속에 상세히 정리해두었다. 내 감방의 간수뿐만 아니라 그 면회자들에게도 복수하기로 마음먹었기 때문이다. 1층 부엌에서 일하는 사람들을 어떻게 할지는 아직 정하지 못했다. 하지만 그 이야기는 천천히 해도 늦지 않을 것이다.

3일차에 첫 면회자가 왔다. 그는 의료인이었고, 손가락이 차가웠다. 나는 그를 '의사'라고 이름 붙였다. 두 번째 면회자는 4일차에 의사와 함께 방문했다. 의사가 "상태는 양호합니다"라고 하자, 두 번째 면회자는 목소리를 낮추고 물었다. "그럼 얘가 바로 그 아이인가요?" 나는 그에게 '물으나마나 씨'라는 이름을 붙였다.

의사가 물으나마나 씨와 함께 감방을 나가는 길에 간수에게 조언하기를, 내가 안정을 취하고 평온하게 지낼 수 있게 해주라고 했다. 하지만 내 안정과 평온을 위해 별다른 조치가 취해지지는 않았다.

같은 날 밤에 내가 14번, 15번, 16번 도구를 부탁하기 전까지는.

그렇게 감금 4일차가 저물어갈 무렵, 다시 마룻널이 덜컹거리는 소리가 들려와 나는 8번 도구(열쇠 구멍)를 통해 밖을 내다보았다. '저녁 식사 시간이군.' 그가 문을 열고 들어와 어처구니없는 무늬가 그려진 접시, 우유 컵, 물컵을 받친 쟁반을 건네주었다. '또 키슈와 빵이네.'

"먹어."

"고맙습니다."

"물 더 줘?"

"네, 더 주세요."

문이 잠기고, 배수관이 땡땡 울리고, 수돗물이 흐른 다음, 그가 물컵을 가지고 돌아왔다. '대체, 대체, 대체 왜 저러는 거야?'

그가 나가려고 몸을 돌렸다.

순간 나는 고개를 수그리고 내 비위가 허락하는 최대한 순종적이고 멋쩍은 목소리로 말을 꺼냈다. "저기요. 저 잠이 잘 안 와서 그런데, 혹시…… 텔레비전이나 라디오 같은 걸 주실 수는 없을까요? 아니면 뭐 읽을거리나, 그냥 낙서할 거라도…… 연필이랑 종이만 주셔도 좋을 것 같은데……."

건방지게 굴었다며 한바탕 폭언이 쏟아지거나 심지어는 물리적인 폭력이 되돌아올 거라 예상하고 나는 마음을 단단히 먹었다.

그런데 그는 나를 내려다보다가 끙 하고 앓는 소리를 내더니 가타부타 말없이 나가버렸다.

사십오 분쯤 뒤 마룻널이 덜컹거리는 친숙한 소리가 들렸다. 나는 정해진 일과대로 그가 접시와 머그, 컵을 치우러 오는 줄 알았다. 그런데 문이 열리고 나타난 그는 19인치 구형 텔레비전과 길이가 30센티미터쯤 되어 보이는 중고 라디오를 넓은 가슴 위에 안아 들고, 왼쪽 팔에는 공책 한 권과 길쭉한 아동용 플라스틱 필통을 끼고 있었다. 필통은 분홍색이었고 한 면에 말 두 마리가 그려진, 초등학교 입학 첫날 샀다가 일주일 만에 잃어버릴 법한 물건이었다. 나는 이 건물이 혹시 학교인가 싶어졌다. '만약 그렇다면 폐교겠지.'

"이제 이딴 부탁하지 마." 그는 침대 위에 놓여 있던 쟁반을 홱 낚아챘다. 빈 접시와 컵들이 엎어지면서 덜그럭덜그럭 소리가 났다. 나가는 길에는 문을 쾅 닫았다. 시끄러웠다. 그는 늘 듣기 싫은 소음을 몰고 다녔다.

나는 기대감을 억누르면서 분홍색 필통 지퍼를 열었다. 기껏해야 뭉툭한 몽당연필 한 자루쯤 나오겠지 생각했다.

'세상에. 새 연필 두 자루에, 게다가 30센티미터짜리 자, 연필깎이까지 넣어줬잖아?' 검은색 연필깎이의 한 면에 '15'라는 숫자가 박혀 있었다. 나는 그 귀중한 도구를, 특히 면도날 부분을 잘 살펴보았다. '15번 도구는 자기 번호까지 몸에 달고 왔네.' 나는 연필깎이가 내 작전을 도와주려고 일부러 나타난 게 아닐까 하는 엉뚱한 상상을 하며 빙긋 미소 지었다. 마치 명령을 이행하러 온 충직한 군인처럼 보였다. 나는 내 탈출 작전에 붙일 이름에 숫자 '15'를 꼭 넣어주자고 마음먹었다.

간수가 나를 도와준 보람을 느끼게 해주려고 나는 14번 도구, 즉 텔레비전의 전원을 꽂고 보는 척했다. 물론 그의 귀하신 자존심을 치켜세워주고 싶은 생각은 없었지만, 적을 이렇게 어르고 달래는 계략도 쓸 필요가 있었다. 그러면 그는 자기가 위험한 상황에 있는 줄도 모르고 안심하게 될 테고, 나는 덫의 줄을 확 당겨서 순식간에 놈을 죽음의 손길로 덮쳐버릴 수 있을 터였다. 음, '순식간'까지는 아니고 약간 시간이 걸리긴 하겠지만. '조금만 애태우고 있으라지, 뭐.' 나는 양동이의 손잡이를 걸쇠에서 빼내 뾰족한 끝부분을 드라이버 대용으로 사용했다.

그날 밤, 건물 안에서든 건물 밖 들판에서든 나보다 더 똑똑히 깨어 있는 생명체는 없었다. 달이 은빛 여명 속으로 움츠러들 때도 나는 내내 말짱한 정신으로 일했다.

5일차 아침이 되어 간수가 또 역겨운 도자기 접시에 식사를 가져왔지만, 그는 내 감방에 생긴 미묘한 변화를 눈치채지 못했다. 점심 때 나는 물을 더 마시겠느냐는 그의 질문에 웃음이 튀어나오려는 걸 참아야 했다.

"네, 더 주세요."

그는 자신에게 무슨 일이 닥쳐올지 꿈에도 모르고 있었다. 내가 나의 정의를 실현하기 위해 무슨 짓까지 할 수 있는지를.

당시 뉴스에서 뭐라고 떠들었는지는 신경 안 쓴다. 나는 가출하지 않았다. 당연하지 않은가. 내가 왜 가출한단 말인가. 물론 부모님이 화를 내기야 했다. 하지만 아무리 화가 나서 펄펄 뛰더라도 결국엔 나를 양육해줄 사람들이다. 그들은 나의 부모이고, 나는 그들의 외동딸이니까.

"너는 우등생이잖니? 학교는 어떻게 하려고 그래?" 아빠는 그렇게 물었다.

병원에 갔을 때 내가 비밀을 일곱 달 동안 숨겨왔다는 사실이 밝혀지자 부모님은 더더욱 당황했다.

"임신한 지 칠 개월이나 됐다고요? 어떻게 그럴 수가 있어요?"

엄마는 산부인과 의사에게 따졌지만, 바로 옆에 있는 나를 쳐다보는 엄마의 눈빛은 반박 불가능한 현실을 이미 인정하고 있었다.

나는 '살이 좀 찐' 정도가 아니라 가슴이 부풀었고 배도 완벽한 구체 모양으로 불러 있었다. 엄마는 자기 자신을 속였던 게 부끄러워 고개를 푹 수그리고 흐느껴 울었다. 우는 일이 거의 없는 엄마가 눈물을 보이자 아빠는 어쩔 줄 몰라 하며 엄마의 등에 조심스럽게 손을 얹었다. 의사는 나를 돌아보고 입술을 오므리더니, 가까운 미래의 일로 화제를 돌렸다. "다음 주에 다시 내원하셔서 검사를 좀 받아보셔야겠어요. 나가시는 길에 원무과에서 진료 예약을 잡아주세요."

내가 지금 아는 것을 그때도 알았더라면, 더 주의 깊게 관찰하고 금세 실마리를 얻었을 것이다. 하지만 나는 실망에 겨운 부모님의 반응에 신경이 쏠린 나머지 원무과 직원의 의뭉스러운 눈빛도, 그녀를 둘러싼 위화감도 알아차리지 못했다. 지금 이렇게 기억해낼 수 있는 건 내 잠재의식이 그 정보들을 저장해두었기 때문이다. 우리 가족이 창구로 다가가자, 백발을 바짝 틀어 올리고 분홍색 블러셔로 볼에 가짜 홍조를 칠한 녹색 눈의 직원이 엄마를 향해서만 물었다.

"의사선생님이 언제 내원하라고 하시던가요?"

"다음 주라고 했어요." 엄마가 대답했다.

아빠는 엄마 뒤에서 다리를 맞대고 선 채 엄마의 어깨 너머로 고개를 기웃거리고 있었다. 두 분이 그러고 있으니 마치 한 몸에 머리가 둘 달린 용처럼 보였다.

엄마는 한 손으로 핸드백을 뒤적이면서 다른 한 손은 허벅지 위에 올린 채 주먹을 쥐락펴락했다. 원무과 직원은 진료 일정표를 들여다보았다.

"화요일 2시는 어떠세요? 아, 가만, 그 시간이면 따님이 수업을 듣고 있겠네요. 프로스펙트 고등학교인가요?"

엄마는 불필요한 대화를 아주 싫어한다. 여느 때 같았으면 내가 어느 고등학교에 다니느냐는 쓸데없는 질문은 무시했을 것이다. 심지어 코웃음까지 쳤을지도 모른다. "얘가 어느 학교를 다니든 무슨 상관인가요?"라면서. 엄마는 워낙 쉽게 욱하는 데다 남들이 멍청하게 굴거나 시간 낭비하는 걸 못 견뎠다. 심사가 사납고, 능률적이고, 까탈스럽고, 체계적이고, 경멸하는 게 많은 사람. 법정 변호사인 엄마의 성격은 원래 그랬다. 하지만 그날은 그냥 딸 때문에 힘들어하는 어머니가 되어 수첩을 허둥지둥 꺼내 펼치면서 질문에 무심코 대답하고 말았다.

"네, 네. 프로스펙트요. 3시 30분은 안 되나요?"

"괜찮습니다. 화요일 3시 30분으로 잡아둘게요."

"감사합니다." 엄마는 직원의 말을 듣는 둥 마는 둥 나와 아빠를 데리고 후닥닥 병원 밖으로 빠져나갔다. 그동안 내내 직원은 우리를 계속 주시했고, 나는 돌아서서 그녀를 쳐다보았다. 그때만 해도 나는 그녀가 '명망 있는 집안'의 십 대 딸이 '불미스럽게' 임신했다고 주변에 소문낼 거리를 찾느라 그러는 줄 알았다.

그녀는 내 의료 기록을 봤으니 당연히 우리 집 주소를 알고 있었다. 그리고 내가 인근 사립학교가 아니라 집에서 겨우 한 블록 떨어진 공립학교에 다닌다는 것도 알게 됐으니, 내가 울창한 나무숲 사이로 난 시골길을 걸어서 통학하리라고 추측할 수도 있었으리라. 나는 포장된 선물처럼 완벽하게 그들의 표적으로 주어진 셈이었다. 차갑게 계산하는 듯한 눈빛과 매부리코를 우리 쪽으로 향하고서, 그녀는 우리가 병원 출입문으로 나가는 동안 이미 행동을 개시하고 있었을 것이다. 어쩌면 내가 상상으로 지어낸 기억일지도 모르지만, 그녀가 전화기를 집어 들고 분홍색 립스틱을 바른 입술을 손으로 가린 채 뭐라고 속닥거리던 모습을 본 것 같다. 자신을 쳐다보는 내 시선을 끝까지 되돌려주던 그 녹색 눈동자도.

엄마는 내가 임신했다는 사실을 훨씬 더 일찍 알아차릴 수도 있었다. 하지만 그전 세 달간 엄마는 재판 때문에 거의 대부분의 시간을 뉴욕 남부지법에서 보냈다. 딱 한 번 주말에 집으로 내려온 적이 있었는데, 그때 나는 '친구랑 스키 타러 버몬트에 간다'고 하고 내뺐다. 아빠가 기차를 타고 엄마를 만나러 갔을 때도 나는 집에 남아 있었다. 엄마는 내가 집에서 숙제하고 실험을 마무리하고 있을 것이라 믿으며 신경 쓰지 않았다.

오해는 마시길. 엄마는 나와 아빠를 사랑한다. 하지만 우리 부녀는 '재판 모드'의 엄마는 가만 내버려두는 게 낫다는 사실을 익히 알고 있었다. 그 시기에 엄마는 재판에서 이긴다는 한 가지 목적 외에는 거의 아무것도 안 보이는 전쟁 상태에 돌입하니까. 그리고 엄마는 99.8퍼센트의 확률로 이겼다. 높은 승률이었다. 기업들은 엄마를 사랑했다. 고소인들은 엄마를 미워했다. 미국 법무부, 증권거래위원회, 연방 통상위원회, 연방 검찰국에서는 엄마를 '악마의 화신'이라고 불렀다. 진보 언론은 주기적으로 엄마를 비난했지만, 그럴수록 엄마의 의뢰인 명부는 길어져만 갔고 엄마의 실적도 더욱 굳건해졌다. '사악한' '가차없는' '지칠 줄 모르는' '무자비한 책략가' 등 엄마는 신문에서 자신에게 붙인 수식어들을 확대복사해 미술 작품처럼 액자에 끼워 사무실 벽에 걸어두었다. 우리 엄마가 사악한가? 내 개인적인 생각으로는 오히려 여린 사람인 것 같다.

내 체중이 늘어가는데도 아빠가 의문을 품지 않은 것은, 아빠는 감지 불가능할 만큼 작고 미세한 것들만을 볼 줄 알기 때문이다. 쿼크라든지 양성자 같은 것들. 해군 특수부대 출신의 물리학자인 아빠의 전공은 의료 방사선 분야이다. 당시에 아빠는 방사능 처리된 풍선을 유방암 치료에 사용하는 법에 대한 책을 의뢰받아서 한창 집필에 열을 올리고 있었다. 아빠도 그 작업 외에는 거의 아무것도 안 보이는 상태였던 셈이다. 엄마는 재판 모드였고, 아빠는 원고 마감에 쫓겼다. 이렇게 부모가 둘 다 각자의 소용돌이 속을 헤쳐나가느라 정신없이 바빴으니 내 몸의 변화가 눈에 들어올 리 없었다. 하지만 이건 부모님 잘못이 아니다. 현실일 뿐이다. 이런 상황을 자초한 건 나였다. 나, 그리고 당연하지만 남자 한 명. 누군가는 이런 일을 '실수'라고 부르겠지만 나는 한 번도 후회한 적 없다. 앞으로도 후회하지 않을 것이다.

병원에서 집으로 돌아갈 때, 나는 차 뒷좌석에 앉아 최대한 오랫동안 말없이 버티고 있었다. 앞좌석에 나란히 앉은 부모님은 서로를 비난하기보다는 손을 맞잡고 위로했다. 엄마가 자책하며 괴로워하는 듯해서, 나는 엄마의 직업은 내가 처한 곤경과 아무 관련이 없다고 설명하려 노력했다. "엄마, 제가 일부러 이런 건 아니지만, 만약 엄마가 맨날 집에서 브라우니를 구우면서 살았더라도 이런 일은 충분히 생겼을 수 있어요. 라텍스 콘돔의 피임 실패 확률은 평균 2퍼센트이고, 그리고, 음……." 아빠가 기척이 다 들릴 만큼 몸을 움찔하는 바람에 나는 멈칫했지만, 그래도 끝끝내 말을 이어갔다. 과학은 어디까지나 객관적인 것 아닌가. "생물학적 작용은 아주 작은 확률로도 발생하게 마련이잖아요. 그래도 저는 여전히 전 과목 A를 유지하고 있어요. 마약도 안 하고요. 학교는 졸업할 거예요. 저는 단지 엄마의 도움이 필요할 뿐이에요."

예상대로 뻔한 훈계가 줄줄이 쏟아졌다. 너한테 실망했다, 너는 이런 책임을 질 준비가 안 되어 있다, 유년시절을 즐기고 대학 가는 데 집중해야 할 시기에 인생이 꼬여버렸다…….

"나는 그저 네가 왜 더 일찍 털어놓지 않았는지 이해가 안 되는 거야. 왜 꼭 이런 식으로 밝혀야 했는지, 대체 왜……." 엄마의 연약하고 그늘진 눈에는 일찍이 본 적 없는 우울이 깃들어 있었다. 엄마의 말은 사실이었다. 내가 엄마에게 임신 사실을 알린 방식은, 음, 과격하긴 했다. 하지만 이 부분은 나중에 더 자세히 설명하겠다.

왜 더 일찍 말하지 않았느냐고 엄마가 물을 때마다 나는 대답하지 않았다. 솔직히, 어떻게 대답해야 엄마에게 위로가 될지 몰랐기 때문이다. 나는 감정을 켜놓는 걸 종종 잊고 지내는데, 그러다 보면 오로지 사실과 실리적 측면만을 근거로 행동하게 된다. 그래서 나는 임신해버린 건 어쨌거나 사실이니 그 사실로 엄마의 재판을 방해해봤자 득 될 게 없다고 판단했던 것이다. 이해하기 어려우리라는 것은 안다. 이런 내 사고방식에 대해서는 이 이야기가 진행되어감에 따라 차차 더 이해할 수 있지 않을까 싶다. 당신뿐만 아니라 내가 나 자신을 이해하는 데에도 도움이 될 것 같다. 내가 한 행동들도, 하지 않은 행동들도.

"그래도 우리는 너를 사랑해. 아주 많이. 우린 이겨낼 거야. 같이 이겨내는 거야." 엄마는 이 말을 주문 외듯이 되풀이했다. "우린 이겨낼 거야." 그러면서 남은 한 주의 일상을 살아낼 마음을 다잡은 다음, 엄마가 애용하는 안전한 피난처로 향했다. 즉 철두철미한 작전을 세우기 시작했다. 사무실에 전화해 다음 주 월요일까지는 출근할 수 없다고 알린 뒤, 임신부에게 필요한 비타민제를 여러 종류 장만하고 서재를 아기방으로 재단장했다. 나는 무엇이든 엄마가 하라는 대로 했다. 엄마가 나를 지지해주는 데 안심하고 고마워하는 마음에서였지만, 가끔 틈이 날 때 내 안의 공포 스위치를 켜보면 나는 미치도록 겁에 질려 있기도 했다.

산부인과 진료 예약을 하루 앞둔 월요일, 나는 안감을 댄 검은색 레인코트를 입고 우산을 가지고 등굣길에 나섰다. 배낭에는 책들과 레깅스 한 벌, 스포츠브라, 양말, 갈아입을 속옷도 들어 있었다. 방과 후 요가 수업에 등록할 생각이었기 때문이다. 도서관에서 임신부 지침서를 훔쳐 읽고 내린 결정이었는데, 부모님은 아직 모르고 있었다. 그건 지난 몇 달간 내가 부모님에게 숨겼던 비밀들 중에서 아직 미처 다 말하지 못한 사소한 자투리였다. 요컨대 사정을 모르는 사람에게는 내가 갈아입을 옷가지를 챙겨서 집을 나간 걸로 보였으리라는 뜻이다.

어쨌든 나는 배낭을 어깨에 메고 현관문을 나서다가 멈춰 섰다. '아, 미술 수업에 쓸 압정이랑 염색물감을 깜빡했잖아. 도시락도 빠뜨렸네. 아예 두 끼를 싸가야겠어. 이따 운동할 때 쓰러지지 않으려면.' 나는 현관문을 닫지 않고 부엌으로 들어가 아일랜드 식탁 위에 놔둔 압정 세트(엄마의 법률회사 비품 창고에서 가져온 대용량 꾸러미)와 염색물감을 배낭에 집어넣었다. 그리고 땅콩버터와 잼을 바른 샌드위치를 네 개 만들어서 그것도 배낭에 넣고, 이것저것 나눠 담을 시간이 없어서 그냥 땅콩 한 통과 바나나 한 송이와 2리터짜리 물 한 병을 통째로 챙겼다. 생각해보라. 열여섯 살인데 임신을 했으니 배가 얼마나 고프겠는가.

배가 불룩 튀어나오고 등에는 뚱뚱한 가방을 짊어진 내 모습은 마치 삐뚤빼뚤한 동그라미에 작대기 다리 두 개를 그려놓은 것 같았다. 위에서 내리누르는 하중에 애써 균형을 잡으면서 나는 집 밖으로 걸어 나갔다. 자갈 깔린 진입로를 지나 우편함 앞에 이르렀을 즈음, 어쩐지 집을 돌아보고 싶은 충동이 들었다. 나는 발걸음을 멈추고 소나무 숲 그늘에 잠긴 2단 박공지붕, 갈색 집채, 붉은색 현관문을 훑어보았다. 부모님의 차는 두 대 모두 집에 없었는데, 아마도 나는 그 부분을 확인하고 싶었던 것 같다. 두 분 다 각자의 일터로 돌아갔다는 사실을. 집안에 분란이 일어나도 부모님은 본래의 일상을 지속하고 있다고 생각하면 안심이 됐다.

진입로 끝자락에서부터 두 가지 등굣길 중 하나를 선택해야 했다. 왼쪽 길은 학교 뒷문으로, 오른쪽 길은 정문으로 이어졌다. 예전에 시간을 재봤더니 왼쪽 길은 3.5분, 오른쪽 길은 3.8분 걸렸다. 그러니 어느 길로 가느냐는 그냥 기분 내키는 대로였다. 그런데 그날 내 기분은 잘못된 길을 택하고 말았다.

나는 검은 우산을 펼쳐들고 오른쪽 길을 따라 큰 도로가 나오는 방향으로 걸었다. 굵은 빗방울이 레인코트와 땅을 후두둑 때리는 소리를 들으니 1학년 때 총기 난사범이 쏟아내던 총알 소리가 생각났다. 그 비슷한 소리를 들으면 늘 떠오르는 기억이었다. 그러자 그때 내가 울렸던 경보도, 경찰관이 들이닥쳐 범인을 덮쳤던 순간도 자연스럽게 떠올랐다. 그렇게 생각에 파묻혀 있느라 나는 춥고 습한 회색 아침이 드리웠던 불길한 전조를 미처 알아차리지 못했다.

만약 왼쪽 길로 갔더라면 그가 밴을 몰고 옆으로 다가와서 나를 낚아채지 못했을 것이다. 그랬다면 너무 큰 소란을 피워야 했을 테니까. 그가 도로에서 아무에게도 들키지 않고 나를 납치하기 위해

주어진 시간은 겨우 오 초였다. 그들은 사전에 철저히 계획을 세웠을 것이다. 아마 예행연습도 했을 것 같다. 처음에 나는 내가 시간을 들여 납치할 가치가 있는 대상이라서 그런 줄 알았다. 어리고 건강한 금발 소녀이고, 배 속에는 건강한 남자아이까지 있으니까. 부유한 미국인 가정의 딸이었고, 과학계를 놀라게 할 전도유망한 우등생이기도 했다. 나는 각종 실험, 증명, 모형, 보고서 등으로 여러 차례 상을 받았다. 여섯 살부터 여름마다 과학 캠프에 갔고 매년 사설 경시대회에 참가했다. 부모님의 도움을 받아 최첨단 실험 도구들을 구비한 실험실도 차렸다. 가게에서 파는 현미경 따위는 내 세상에 들어설 수 없었다. 나는 주요 대학과 국제적 제약 회사에서 쓰는 것과 똑같은 기구들로 연구하고, 측정하고, 계산하고, 시험했다. 물리학, 화학, 의학, 미생물학을 막론하고, 체계와 비교와 계산과 가설 및 입증으로 해답을 구하는 모든 분야를 좋아했다. 게다가 부모님은 바쁘고 돈은 넘쳐나니, 내가 취미에 마음껏 파묻혀 지낼 수 있도록 오냐오냐 용인해주었다. '나와 내 아기의 값어치가 엄청나겠구나.' 납치당한 순간 그런 생각이 들었다. 그러나 놀랍게도 적들이 노리는 것은 우리의 두뇌도, 몸값도 아니었다.

등굣길을 스무 발짝쯤 나아갔을까, 요란하게 울리는 천둥 너머로 쉭 소리가 나는 듯싶더니 고동색 밴 한 대가 나타났다. 차 옆문이 미끄러져 열리고, 똥배가 나온 남자 하나가 왼편에서 나를 끌어당겨 태웠다. 그게 끝이었다. 그렇게 순식간에 일어난 일이다. 그는 밴의 이랑진 금속 바닥에 박힌 안락의자에 나를 내팽개치고는 총을 얼굴에 들이댔다. 너무 바짝 들이대서 총부리가 내 이에 부딪혔다. 실수로 포크를 깨물었을 때처럼 입안에서 비릿한 맛이 맴돌았다. 차 한 대가 나타났지만 내가 처한 곤경은 전혀 모른 채 인도에

빗물만 흥건히 튀기고 지나가버렸다. 나는 본능적으로 배를 두 팔로 감쌌다. 그러자 그는 내 움직임을 눈으로 좇더니 총으로 배꼽을 겨누었다.

"움직이면 애한테 총을 갈겨버린다."

나는 숨을 들이켜고 그대로 굳었다. 심장마저도 쿵쾅거리기는커녕 일순 멈춘 듯했다. 나는 웬만하면 이렇게까지 놀라지 않는 사람이다. 심각한 충격을 받았을 때만 몸을 흠칫 떨고 심장박동이 빨라지는 정도였다. 감금 생활 동안 나는 이 개인적인 단점을 다스리는 법을 터득했다. 하지만 이때는 불쑥 치솟은 감정에 사로잡혀 취약해진 상태였고, 그래서 잠잠히 앉아 있을 수밖에 없었다. 그는 내 몸을 앞으로 굽히고 배낭을 어깨에서 벗겨내, 펼쳐진 채 바닥을 뒹구는 우산 옆에 내동댕이쳤다. 그러고는 밴의 맞은편 벽에 설치된, 화물 고정용 밧줄들 옆의 올리브색 스토브 위에 총을 올려놓더니, 배를 부둥켜안은 내 양팔을 억지로 끌어내서는 강력 접착테이프로 양쪽 손목을 의자 팔걸이에 각각 동여맸다. 그리고 녹색 기름걸레로 내 눈을 느슨하게 둘러매서 가렸다. 그게 무슨 소용이었는지는 여전히 잘 모르겠지만. '어차피 네놈 얼굴은 이미 봤는데. 되록거리는 검은색 눈도, 통통한 얼굴도, 드문드문 까칠하게 자란 수염도, 칙칙한 낯빛도.'

그렇게 나는 납치당했다. 오른쪽 길로 갔기 때문에 왼쪽에서 기습당했다.

그는 우산을 접어서 밴 뒤쪽에 던져 넣고, 총을 도로 집어 들고 운전석 쪽으로 건너갔다. 그의 모습이 보이지는 않았지만 느낌이나 기척으로 알 수 있었다. 공기 중에 떠다니는 미세한 입자들의 움직임으로, 찰나에 공기를 아주 살짝 흔드는 음파로. 지금 나에게는 이런 작고 작은 분자들의 기억이 주기적으로 떠오른다.

"나를 어디로 데려가는 거예요?" 나는 소리쳐 물었다.

그는 아무 말도 하지 않았다.

"얼마를 원하는데요? 우리 부모님이 내줄 거예요. 날 보내줘요."

"돈은 필요 없어, 쌍년아. 우리는 네 아기를 받아낸 다음 너를 채석장에다 던져버릴 거야. 다른 쓰레기년들도 그렇게 처리했으니까. 그럼 이제 입 닥쳐라. 안 그러면 지금 당장 죽여버릴 테니. 허튼 소리는 안 통해. 알아들었어?"

나는 대답하지 않았다.

"알아들었냐고!"

"네."

그의 말은 사실이었다. 나는 바닥의 배낭이 미끄러지지 않도록 발로 잡아두면서 묵묵히 입을 다물었다.

2

로저 리우 특별수사관

사건번호 332578번, 도로시 M. 살루치 사건을 맡았을 당시 나는 FBI에서 십오 년째 일하고 있었다. 아동 유괴 사건을 전담하다 보니 내 인생은 매우 비참해졌다. 도로시 M. 살루치 사건은 내 이력 중에서도 가장 극복하기 어려웠던 사건으로 남아 있다. 결국은 그녀 때문에 FBI를 그만뒀으니까. 십오 년이나 지옥에서 살았으니 그걸로 족했다.

각설하고, 이야기를 시작하겠다.

1993년 3월 1일, 임신한 십 대 청소년이 학교 밖에서 납치당했다는 신고를 받았다. 내가 지난해부터 수사 중이던 사건들과 일치하는 패턴이었다. 결혼한 부부의 십 대 자녀, 임신한 지 육 개월에서 팔 개월 사이, 인종은 백인. 이 사건들의 난점은 피해자가 가출했다는 오해를 사기 쉽다는 점이었다. 통계적으로 해마다 백삼십만 명의 십 대가 가출하고, 원치 않은 임신으로 가출하는 경우는 그중에서도 높은 비율을 차지한다. 즉 처음 며칠을 오해하고 허비하는 바람에 핵심적인 단서가 파괴되거나 구출 가망이 사그라질 수 있다는 뜻이다. 며칠이 아니라 몇 시간, 심지어는 단 몇 분도 생사를 좌우할 수 있다.

도로시 M. 살루치의 경우에는, (일단 겉보기에는) 멀쩡한 부모와 남자친구가 그녀가 가출했을 리 없다고 주장했다. 나는 그 금발 소녀의 사진과 학생기록부를 확인하고 부모와 남자친구를 인터뷰한 뒤 사건을 전면적으로 조사할 필요가 있다고 판단했다.

수사 첫날 나는 오전 10시쯤 현장에 도착해 조사와 탐문을 개시했다. 유감스럽게도 도로시가 납치되고 이미 하루가 지난 시점이었다. 부모가 퇴근하고 집에 왔더니 아이가 없었고, 그래서 경찰에 신고하고 밤새도록 찾아다녔지만 못 찾았고, 그래서 사건이 FBI로 넘어와 내 책상 위로 떨어진 것이다. 나는 내 파트너와 함께 현지 경찰 인력을 동원하고 학교 전체를 훑으면서, 전날 아침에 무언가를 목격한 사람이 있는지 찾아보았다. 도로시가 실종된 시각이 전날 아침이라는 점까지는 분명했다. 그녀의 아버지가 출근하기 전에 딸을 직접 깨웠다고 했고, 교장은 도로시가 학교에 나타나지 않았다고 확인해주었기 때문이다. 학교 측에서 부모에게 아무 연락도 취하지 않은 데에는 내부에 무슨 심각한 혼선이 있던 모양인지, 관계자들이 서로 책임을 떠넘기기 바빴다. 집에는 도로시가 아침을 먹은 흔적이 있었고, 그녀의 차는 차고에 그대로 주차되어 있었다. 덧붙이자면 도로시 아버지의 직장 동료들의 증언과 CCTV 카메라 기록을 통해 그가 오전 7시 32분에 직장에 도착했다는 사실도 확인되었다. 그는 침착하고 어엿해 보였다. 용의자로 의심되지는 않았다.

도로시 어머니의 회사 측에서도 그녀가 정시 출근했다고 확인해주었다. 모든 방문자의 출입 시각을 기록하는 경비원의 일지에 따르면 그녀는 오전 6시 59분에 도착했다고 되어 있었다. 그녀가 보통 출근길에 들르는 맥도널드의 CCTV에는 평소처럼 드라이브스

루 서비스를 이용해 커피를 사는 모습이 찍혀 있었다. 나와 파트너가 함께 영상을 자세히 살펴보았지만, 콧노래를 흥얼거리며 백미러를 보고 립스틱을 고쳐 바르는 그녀의 태도는 몽상에 잠긴 듯 멍하고 편안하게만 보였다. 그녀 역시 용의자로 의심되지 않았다.

도로시의 남자친구는 경찰서에서 흐느껴 울면서 여자친구와 곧 태어날 아기에 대한 영원한 사랑을 토로했다. 그의 어머니는 오전 8시 30분 직전에 아들을 학교에 데려다주었다고 주장했고, 수업 종이 울린 것과 동시에 그가 교실 문을 닫고 들어왔다는 담임교사의 증언을 들으면, 그가 학교에 도착한 뒤 지체 없이 교실로 갔음을 알 수 있었다. 남자친구는 용의자가 아닌 듯했고 그의 어머니도 거짓말하는 것 같지는 않았지만, 어쨌거나 두 사람에게 감시는 붙여두었다.

현장 조사 과정에서 두 가지 단서가 발견되었다. 우선 경찰이 찾아낸, 목 짧은 검은색 컨버스 스니커즈 한 짝. 그건 도로시의 집에서 18미터쯤 떨어진 도로변의 둑 너머 수풀에 처박혀 있었다. 도로시의 부모가 신발 끈이 풀려 있는 걸 보고는 목 놓아 울기부터 했으니 신발이 누구 것인지는 분명했다. 두 번째 단서는 도로시가 납치된 시각에 딸을 학교에 데려다주던 한 어머니의 증언이었다. 나는 그녀의 말을 토씨 하나 빠짐없이 기억한다. "고동색 밴 한 대를 본 기억이 나요. 확실히 고동색이었어요……. 희한하네요. 그때는 딱히 이상하다고 생각하지 않았는데, 그 차에 인디애나 주 번호판이 붙어 있는 걸 눈여겨봤어요. '후저 주'*라고 적혀 있었거든요. 전날 밤에 남편과 영화 〈후저Hoosier〉에 대해 이야기했던 터라 오로지

* 인디애나 주의 별칭.

그 이유 때문에 기억에 남은 거예요. 정말 절묘한 우연의 일치네요. 하나님이 굽어살피셨나 봐요." 그녀는 성호를 그었다.

"절묘한 우연의 일치"라는 말이 내 뇌리에 남아 메아리쳤다. 그래서 타이핑한 보고서의 여백에다 동글동글한 필기체로 그 말을 메모해두었다.

다음 날 우리는 묘사에 들어맞는 자동차 모델 십수 종의 사진을 뽑아와서 목격자에게 보여주었고, 그녀는 그중에서 1989년에 출시된, 측면 유리창 두 개가 착색된 G2 셰비 컨버전 스포츠밴 트랜스비스타를 골라냈다. 여기까지 오는 데, 내가 사건을 접수하고, 도로시의 신발을 부모에게 확인시키고, 부모와 남자친구를 인터뷰하고, 알리바이를 확인하고, 학교를 조사하고, 밴 목격자의 이야기를 듣고 차량 사진들을 취합해서 목격자에게 보여주기까지 사건 발생 후 총 사흘이 걸렸다. 범인보다 사흘 뒤처졌다는 뜻이었다.

도로시의 부모는 인접한 세 개 주에 있는 모든 뉴스 공급원을 뒤졌고, 전국을 대상으로 한 각종 언론에 도움을 요청했다. 하지만 셋째 날부터 도로시에 관한 뉴스는 헤드라인에서 밀려났고, 다섯째 날부터 본부에서는 내게 붙여주던 감시 인력을 끊었으며, 나와 함께 사건에 매달리던 파트너는 미해결 사건들의 서류 업무를 끝내야 한다는 압박을 받았다. 상황은 도로시 M. 살루치에게 불리하게 돌아가고 있었다.

3

감금 16, 17일차

16일차에도 부엌에 요리사들이 왔다. 나는 그곳이 전형적인 시골풍 주방이라고 상상했다. 목재 조리대 안에 얼기설기 지어진 선반들, 그 안에 쌓인 냄비며 솥을 가리려고 조리대 전면에 압정으로 꽂아놓은 노란색과 초록색의 꽃무늬 천, 낡은 흰색 오븐과 풋사과 빛깔의 구식 믹서. 그곳에서 중년 여자 한 명과 젊은 여자 한 명이 내가 먹을 음식을 만들고 있으리라. 분홍색 테두리 장식이 달린 빨간 앞치마에 밀가루가 말라붙은 손을 문질러 닦고 있으리라……. 나는 그들의 삶도 매우 구체적으로 상상했다. 두 여자는 모녀 사이일 것이고, 부업 삼아서 이웃집의 식사를 만들어주는 일을 하고 있는 것이라고. 천장이 높은 부엌 안에서 나를 위해 요리하는 일을 그들은 좋아할 거라고. 그러고 보면 보통 부엌은 건물 1층에 있게 마련이고 내가 갇힌 곳은 3층일 텐데, 바로 아래층에 부엌이 있는 것처럼 느껴졌다. 나중에 알게 된 것이지만 내가 한 상상 중에서 어떤 부분들은 놀라울 정도로 정확했고, 또 어떤 부분들은 완전히 빗나갔다. 일단 지금은 그 부엌과 요리사들을 당시의 내 상상대로 묘사해보겠다. 동요를 흥얼거리는 따뜻한 목소리가 들리고, 실을 꼬아서 짠 융단 위에 고양이 한 마리가 드러누워 볕을 쬐고, 나무

숟가락을 든 통통한 여자들이 활짝 웃으며 고양이에게 음식물 찌꺼기를 던져 주는 모습. 그 모습 뒤로는 통기타 포크 음악이 흘러 행복감을 자아내고 열린 문짝 위에는 새 한 마리가 날아 앉아 지저귀기까지 한다.

이미 말했다시피, 간수는 내게 5일차 아침 식사를 가져다줬을 때에도 내 감방에 생긴 미묘한 변화를 눈치채지 못했다. 그날부터 나는 매일 밤을 새워가며 작전을 실현하는 작업에 매달렸다.

9일차에도 그러더니만 16일차에도 그는 여느 아침보다 이른 시간에 도착해 침대 위의 나를 흔들어 '깨웠다'. 물론 그날도 나는 날이 밝도록 일했지만 그런 티를 내지 않으려고 자는 척하고 있었다. 그는 지긋지긋한 도자기 접시를 내 가슴 위에 내려놓고는, 화장실을 쓰려거든 지금 당장 다녀오라고 윽박질렀다. 그리고 이제부터 점심 시간까지 조금이라도 움직이거나 찍 소리라도 내면 자기가 쳐들어와 목을 졸라버릴 거라고 했다. "너 같은 년들은 쌔고 쌨어. 허튼짓은 절대로 안 봐줄 테니까 그렇게 알아라, 쌍년아."

'너도 좋은 하루 보내라, 씹새끼야.'

나는 그가 권한 대로 화장실에 다녀오기로 했다. 그가 제안하는 것은 무엇이든 받아들이기로 마음먹었기 때문이다. 일말의 도구나 지식을 얻을 수 있는 기회를 하나라도 놓치고 싶지 않았다. 게다가 이미 9일차에도 같은 제안을 받아들인 적 있었고, 우리 사이에 한 번 세워진 규칙을 바꾸고 싶지 않았다. 규칙을 조금이라도 벗어났다가는 내 도구들의 목록에 큰 변동이 생길 수 있고, 그러면 계획 중이던 탈출/복수 작전(이 시점에서 내 작전 이름은 '15'였다)에도 차질이 생길 터였다. 아주 약간의 일탈도 치명적인 결과로 이어질 수 있었다. 치명적인 결과를 맞을 사람은 내가 아니라 다른 누군가여야 했다.

그는 서둘러 나를 화장실로 데려갔고, 감방에 다시 데려다놓은 뒤에는 내 옆에 양동이를 가져다두었다. 이것도 9일차에 일어났던 일과 동일했다.

그는 내 얼굴에다 손가락질을 하면서 말했다. "급하면 저걸 써. 하지만 침대 위에서만 해라. 침대 밖으로 벗어나지 마."

다행히도 나는 그가 들이닥치기 십 분 전에 양동이 손잡이를 원래 자리에 돌려놓은 참이었다.

9일차에 그랬듯 공기가 훈훈해지더니 부엌에서 믹서 돌아가는 소리가 들렸다. 이후로 한 시간 동안 나는 부엌의 소음에 몽롱히 귀를 기울이며 일종의 최면 상태에 빠져들었다. 불러오는 배를 손바닥으로 문지르고 있으니, 내 손길에 부딪는 조그마한 발꿈치와 주먹이 느껴졌다. '우리 아기, 우리 아기. 사랑해, 아가야.' 이윽고 바닥에 진동이 울리면서 낮게 웅 하는 소리가 들려왔다. 부엌 천장의 환풍기가 돌아가는 소리일 터였다. 그와 함께 통닭, 베이컨, 브라우니, 로즈메리, 그리고 무엇보다도 기분 좋은, 갓 구운 빵 냄새가 솔솔 풍겨왔다.

'여러분, 그 음식을 내가 먹는다는 걸 아나요? 내가 납치당한 처지라는 건요?' 나는 그들이 아무것도 모를 거라고 생각했다. 그렇지 않으면 왜 이른 아침부터 감방 간수가 나랑 쇼를 벌였겠는가. 게다가 방문 밖에서 초조하게 어슬렁거리는 발소리와 함께 가래 끓는 숨소리가 들려오는 걸 보면, 간수가 밖을 지키고 있는 게 분명했다. 요리사들이 오는 날에만 그랬다. 그 외의 날에는 그가 나한테 식사를 집어던지거나 그릇을 수거하러 올 때 빼고는 어디 가서 뭘 하는지 알 수 없었다. 하지만 몇 가지 수상쩍은 점 때문에 나는 요리사들에게서 의심을 완전히 거두지 못했다.

귀를 아무리 곤두세워도 그들이 뭐라고 두런거리는 소리밖엔 들리지 않았다. 드문드문 몇 마디 단어가 귀에 들어오긴 했다. '손'이나 '냄비' 같은 단어. 목소리는 둘 다 여자였는데 한쪽은 탁하고 나이 지긋한 음색이었고, 다른 한쪽은 가볍고 경쾌했다. 또한 한쪽이 다른 한쪽에게 이것저것 지시하는 투를 보면 둘 사이에 위계가 있다는 걸 알 수 있었다.

이제까지 요리사들은 일주일에 한 번꼴로 이곳에 방문했다. 그럴 법한 일정이었다. 그들이 요리할 때 풍기는 냄새와 이후 내 식단을 종합했을 때, 그들이 화요일마다 와서 내 일주일 치 식사를 만들어준다는 가설을 세울 수 있었다.

16일차 아침에는 하마터면 그들에게 도와달라고 소리칠 뻔했다. 하지만 요리사들이 정말로 결백한지 확신할 수 없었기에, 나는 11번 도구, 즉 인내력을 이용해 그들을 더 가늠할 기회를 엿봤다. 그들이 범행에 어느 정도 연루되었을지도 모른다고 생각한 까닭은 우선 요리사들이 방문할 때마다 간수가 내 눈을 가리지도, 입을 막지도 않았기 때문이었다. 하기야 밴에서도 그랬으니 단지 그가 멍청하거나 게을러서, 또는 둘 다여서 그런 걸 수도 있다. 하지만 혹시 모르는 일이었다. 게다가 9일차에 그가 요리사들에게 했던 인사도 마음에 걸렸다. "우리 모두 정말 맛있게 먹고 있어요." '우리'라니, 그렇다면 이 건물에 다른 사람도 있다는 것을 요리사들도 안다는 뜻인가? 바로 여기에? 어쨌거나 그 말을 들으니 내가 감금되고 첫 주 동안 먹었던 식사도 그 요리사들이 만든 것이었음을 알 수 있었다. 나는 이제껏 겪은 일들을 시간순으로 돌이켜보고 각각의 사건을 기준 삼아 날짜를 헤아렸다.

2일차＝내가 밴에 있는 동안 요리사들이 일주일 치 음식을 만듦
+7일
9일차＝요리사들 방문
+7일
16일차＝요리사들 방문

이렇게 정리하니 요리사들이 방문하지 않는 시기를 한 주 간격으로 예상할 수 있었고, 내 계획도 그 주기에 맞춰서 세울 수 있었다.

16일차에 간수는 그들에게 이렇게 인사했다. "정말 고마워요. 덕분에 다들 잘 먹고 있습니다." 그러고는 가식적으로 꾸며낸 웃음소리를 덧붙였다. '가식 떨고 있네.' 나는 나의 엄마를 생각했다. 엄마가 게으른 사람들보다도 경멸하는 사람이 있다면 그건 가식적인 사람이었다. 학교 강당에서 빵 바자회가 열릴 때, 화장을 떡칠하고 염색한 머리를 곱슬곱슬 볶은 학부모회 아줌마들이 칠부바지 차림에 낮은 스틸레토 힐을 신고 바닥을 또각또각 울리면서, 자기들과 같은 부류의 여자 누구누구가 섹시한 체육교사와 정분이 났다는 둥 쑥덕거리고 다니는 걸 보면, 엄마는 내게 고개를 기울이고 이렇게 말했다. "저렇게 머리가 텅 빈 머저리들처럼 되지 마. 뇌는 생산적으로 써야 하는 거야. 남들 뒷소문이나 떠들면서 시간 낭비하면 안 돼." 그 여자들은 엄마를 보고 노래하는 듯한 억양으로 "안녕하세요오"라고 인사했지만, 이내 떨떠름한 표정으로 자기들끼리 눈짓을 주고받았고, 그러면 엄마는 아무 반응도 않고 그저 몸에 딱 맞는 프라다 정장 재킷의 매무새를 가다듬으며 코브라처럼 꼿꼿한 자세를 더욱 곧게 세우는 것이었다. 엄마와 나는 둘만의 세계를 공

유하는 것 같았다. 무가치한 사람은 단 한 명도 들어올 수 없는 세계. 여자아이들은 원래 다 이렇게 자라야 하지 않나? 지나치게 큰 자아 존중감을 주입받으면서 말이다.

요리사들이 킥킥 웃는 소리가 들렸다. 그들이 만든 감방 식사에 대한 칭찬과 남자의 거짓 호의에 우쭐해진 듯, 한 옥타브 높아진 음성으로 여성스럽게 웃고 있었다. '아주 백마 탄 왕자님 납셨네. 구라치지 마, 개새끼야. 죽여버린다.' 하지만 솔직히 그의 말이 완전히 거짓은 아니었다. 키슈는 진짜로 맛있었고, 로즈메리와 소금을 완벽하게 섞은 빵은 달콤하고 보들보들했으니까.

아차, 본론에서 벗어나버렸다.

각설하고, 아무튼 나는 요리사들을 믿을 수 없었다. 요리사들에게 도움을 요청하는 데 내 기회를 깡그리 날려버리는 건 성급한 짓이었다. 아무리 측정하고, 분석하고, 계산하고, 다른 사례들을 미루어 판단해봐도 그런 시도는 부적절하다는 결론만 나왔다.

게다가 이 건물의 구조상 내 구조 요청이 아래층까지 닿을지도 미지수였다. 내게는 요리사들의 목소리가 들렸지만, 그렇다고 내 목소리도 그들에게 전해질 거라는 보장은 없었다. 믹서와 환풍기 소리에 파묻힐 위험도 컸다. 그렇게 되면 간수가 들이닥쳐서 내 입을 틀어막을 것이다. '요리사들의 신뢰성뿐만 아니라 이 방의 방음 상태도 시험해봐야겠어.' 발로 바닥을 쿵쿵 울려보면 어떨까 싶었지만, 그러면 요리사들이 그 남자 발소리겠거니 하고 재깍 대처하지 않을 수도 있었다. 그들이 도저히 내 존재를 모르고 지나칠 수 없을 만큼 발을 구르고 비명을 지르며 난동을 부리는 방법도 있다. 하지만 겨우 요리사들에게 발견된다 해도 그다음이 문제였다. 이곳은 인적이 드문 외딴 시골일 테니, 그들이 설령 나를 구하러 와

주더라도 간수가 그들을 쏴 죽여서 "채석장에다 던져버릴"지도 모르는 일이었다. 나는 앞으로 더 모아야 할 단서들을 되새기며 생각을 정리했다. '요리사들이 결백한지 알아보기, 방음 상태 확인하기, 요리사들이 나를 구해주려고 하면 놈이 그들을 죽이지 못할지 또는 죽이지 않을지 확인하기.'

이 모든 의혹 때문에 나는 작전 '15'에 요리사들을 연루시키지 않았다. 여느 사람들 같으면 고함을 치거나 비명을 지르거나 발을 굴러서 도움을 요청했을 것이다. 나도 그렇게 했다면 일찌감치 구출됐을 수도 있다. 하지만 나는 일말의 위험 요소도 허락하지 않을 작정이었다. 작전 '15'는 실패할 염려가 없는, 여러 대비책으로 구성된 완벽한 작전이어야 했다. '나는 애매한 **결정타** 한 방이나 누가 도와줄 거라는 희망에 의존하지 않을 거야. 누가 나를 도와주려다가 불가피하게 죽는 꼴도 보고 싶지 않아. 이건 할리우드 영화가 아니야.'

17일차에 면회자들이 왔다. 의사, 물으나마나 씨, 그리고 새로운 사람 한 명이었다. 그들은 내 16번 도구(라디오)의 시계에 따라 정확히 오후 1시 3분에 내 감방 문밖에 도착했다. 시계는 14번 도구(텔레비전)의 밤 시간 뉴스에서 알려주는 시각을 기준으로 맞춰둔 터였다. 그들이 도착하기 팔 분 전에 간수는 내 머리에 베갯잇을 씌우고 끝자락으로 목을 감싼 다음, 긴 스카프로 베갯잇을 묶어서 고정해두었다. 스카프에 달린 술 장식이 손에 닿아서 나는 그걸 만지작거리며 마음을 가다듬었다. 간수는 내 숨구멍을 만들어주려는 듯 베갯잇을 가위로 조금 자르고 지저분한 손가락으로 그 틈을 벌려놓더니, 마치 바닷가재 집게발을 동여매듯이 내 두 팔을 머리 위로 올려 묶고 다리도 단단히 묶어두었다.

"이렇게 가만히 있어. 움직이지 마. 말도 하지 말고."

그 말을 남기고 그는 나갔다.

육십 초를 세 번 세고 나니, 그가 의사와 물으나마나 씨와 함께 여자 한 명을 데리고 들어왔다. 여자가 먼저 말을 꺼냈다.

"재가 바로 그 여자앤가 보죠?"

'그래, 내가 그 여자애다. 어떻게 아셨지? 완전 천재 나셨네.' 나는 그녀를 '물으나마나 부인'이라고 이름 붙였다. 그녀가 물으나마나 씨의 아내라고 단정하는 건 아직 성급한 일이었지만. 둘 다 한심하고 쓸데없는 질문을 던져대는 걸 보니, 나를 납치하고 아기를 훔치려 드는 악당이 아니었더라도 우리 엄마는 그들을 혐오할 것이 분명했다. 나는 내 나름의 이유로 그들을 혐오했다.

"그럼 한번 보죠." 물으나마나 부인이 말했다.

심장이 또 벌새처럼 파드득 뛰었다. 태극권 호흡법으로 긴장을 추스르고 있으려니, 어디선가 엄청난 소음이 들려왔다. 문밖의 마룻바닥이 부서질 듯 삐걱거리면서 널찍한 소나무 널판들을 타고 금속 바퀴들이 굴러오는 소리였다. 무언가 묵직한 것이 다가오고 있었다. 모두가 침묵하는 가운데 그 물건이 문설주에 쿵 부딪혔다가, 덜컹거리며 문틀 사이를 비집고 방 안으로 들어와 내 침대 머리맡까지 와서 멈춰 섰다. 무슨 끈인지 밧줄 같은 게 나를 스쳐 바닥에 떨어졌다.

라디오에서 흐르던 음악이 잦아들고 정적이 흘렀다. 내 발치의 콘센트 근처에서 뭔가 긁히는 소리가 났다. '콘센트가 필요한가 보군.' 이윽고 쉭 하는 소리가 일더니 웅웅거리는 진동음이 들렸다. '기계인가 보네.'

"예열되게 몇 분 놔둡시다." 의사가 말했다.

그들이 다 같이 복도로 나가고 나는 감방 겸 병실에 혼자 남았다. 머리에 베갯잇을 뒤집어쓴 데다 불가사의한 기계가 웅웅거리기까지 하니, 밖에서 그들이 대화하는 소리는 일부 단어들만 띄엄띄엄 들을 수 있었다. "칠 개월 반 정도…… 너무 일러요…… 파란색…… 그래, 파란……."

그들이 다시 우르르 몰려들어왔다. 내 침대 옆과 발치로 다가오는 발소리에 이어, 남자들이 내 발목을 잡고 결박을 푸는 느낌이 났다. 그리고 내겐 얼굴도 보이지 않는 한 무리의 낯선 사람들 앞에서, 내 바지와 팬티가 벗겨지고 다리가 양쪽으로 확 벌려졌다. 나는 온 힘을 다해 몸부림치며 내 앞에 있는 사람의 몸에서 물렁물렁하다 싶은 부분을 마구 걷어찼다. 거기가 그놈의 가랑이였기만을 바랄 뿐이다.

"그 다리 가만히 좀 놔둬, 아가씨. 안 그러면 진정제를 놓는 수밖에 없어. 로널드, 이리 와서 얘 다리 좀 잡아줘." 의사가 말했다.

'진정제는 안 돼. 정신 차리고 있지 않으면 단서를 못 모으잖아.' 나는 다리의 힘을 약간 풀었다. 그 즉시 아무런 예고도, 사과도 없이, 뜨듯한 젤이 발린 단단한 플라스틱 막대 같은 게 불쑥 내 안으로 들어와 이리저리 움직였다.

의사는 가느다란 얼음 같은 손가락들로 내 배를 여기저기 눌렀다. 아기의 움직임과 신체 부위들을 확인하려는 것이었다. 나도 감방에서 하루 종일 그러면서 지냈지만, 내 손길엔 순전한 사랑이 실린 반면 그의 손길은 시커먼 악의 그 자체였다.

"바로 여기, 약간 구부러진 데 보이죠? 이게 고추입니다. 사내놈이군요." 의사가 말했다.

초음파 검사인 모양이었다. 나도 아기를 보고 싶었다. 너무 애가 타서 눈물이 왈칵 흘러나와 베갯잇을 적셨다.

"이건 심장이고요. 아주 힘차군요. 아주, 아주 힘차게 뛰고 있어요. 튼튼한 애입니다. 이제 1.4킬로그램쯤 됐겠어요." 의사가 말했다.

물으나마나 부부는 그 이야기에 관심이 없는 듯했다.

"이 여자애 부모가 파란 눈에 금발인 건 확실한가요?" 물으나마나 씨가 물었다.

"확실합니다."

"이 아기 아빠는요?"

"아빠가 누군지는 확실히 모르죠. 하지만 아마 얘 남자친구일 거라고 추정하고 있습니다. 납치 이틀 전에 이 아가씨랑 같이 걸어다니던 남자애가 아기 아빠가 맞다면, 금발에 파란 눈이었습니다."

"금발에 파란 눈이어야만 데려갈 거예요. 이국적으로 생긴 아기는 우리 집에 필요 없어요." 물으나마나 부인이 킥킥 웃으면서 말했지만, 전혀 농담처럼 들리지는 않았다.

"사모님이 선택할 일입니다. 다른 고객들도 대기 중이지만, 사모님에게 가장 먼저 결정할 권한을 드리는 거예요. 지난번 여자애 일도 있고 해서……."

"그냥 눈이 파랗고 금발인 아기를 달라고요, 글쎄." 물으나마나 부인이 나지막이 을러대듯 말하고는 깔깔 웃었다.

내 아기를 향한 사랑의 '스위치'는 켜져 있었으므로, 나는 가슴이 미어지도록 아팠다. '내 아들이 건강하대. 튼튼하대. 1.4킬로그램이래. 그런데 얘를 데려가겠다고 저 부부가 안 데려간다면 다른 사람이 데려가겠다고…… 심장이 힘차게 뛴대. 1.4킬로그램이래.

이국적으로 생긴 아기는 필요 없다고? 심장이 힘차게 뛰는데…….'

그들의 대화를 들으니 내 마음은 더욱 독해졌다. 필요 이상으로 독해졌다. 분노가 펄펄 끓어오르다 응고되어 내 마음을 요새처럼 단단히 둘러쌌다. 그때 내가 내뿜은 절대적인 증오의 기운에 하나님마저도 흠칫 놀라 두 손 들었을 것 같다. 반드시 거기서 탈출하고 잔인하게 보복해야겠다는 결심은 그 시점부터 아무도 막을 수 없는 힘으로 굳어졌다. 나는 분노로 눈물을 증발시켜버리고, 아무것도 모르는 저 백치들에게 오로지 악마만이 대적할 수 있을 만큼 지독한 짓을 하고야 말겠다고 맹세했다. 아니, 심지어 악마도 내 적수는 될 수 없을 터였다. 나 자신이 악마가 되었으니까. 만약 사탄이 아기를 가졌다면 딱 나처럼 했을 것이다.

사람들이 하나둘 방을 나갔다. 의사가 말했다. "로널드, 기계는 여기다 그냥 놔둬. 괜히 여기저기 옮길 필요 없으니. 이제부터 우리가 이 환자를 직접 만날 일은 없을 거야. 양수가 터지기 전까진 말이야. 무슨 문제가 생길 때만 나를 불러."

의사도 떠나고, 내 옆에는 간수인 로널드만 남았다.

순간 사방이 고요해졌다. 죽음 같은 정적이었다. 그러더니 로널드가 불쑥 다가들어 내 머리에서 베갯잇을 벗기고 결박을 풀어주었다.

그 순간 친숙한 감정이 들었다. 할머니가 우리 집에 머물다 가신 뒤 다시 부모님과 나만 남았을 때 같은, 원래의 편하고 익숙한 환경으로 돌아온 듯한 안도감. 하지만 걱정 마시라. 그 느낌은 잠깐이었을 뿐, 나는 한없는 증오심을 금세 되살려냈다. 내게 필요한 감정은 그것뿐이었다. 나는 속옷과 바지를 주워 입었다.

로널드가 초음파 기계의 연결 코드를 정리하는 동안 나는 침대에 앉아서 팔짱을 낀 채 그를 노려보았다. 그와 시선이 마주쳤을 때도 눈 한 번 깜짝하지 않았다. '넌 이제 죽었어, 로널드. 그래, 이젠 네 이름도 안다, 개자식아.' 이때 내 눈동자는 파란색이 아니라 빨간색이었을 것이다. 분노로 타오르는, 피에 젖은 진홍색.

"미친년이 어딜 꼬나봐? 눈 깔아."

"네." 나는 고개를 수그렸다. 하지만 그런다고 내 눈빛이 변하진 않았을 것이다.

로널드가 나간 뒤 나는 작업을 재개했다. '초음파 기계(21번 도구), 초음파 기계의 연결 코드(22번 도구), 장식 술이 달린 스카프(23번 도구)…….'

4

로저 리우 특별수사관

뉴욕 퀸스의 세인트존스 대학에 다니던 시절 나는 연극반 활동을 했고, 늦은 밤 공연에서 연기를 하며 푼돈을 벌었다. 내가 오르는 무대는 주로 브로드웨이를 지나 소호 건너 어딘가의 뒷골목 소극장들에서 하는, 뉴욕 대학 대학원생들이 올리는 전위극이었다. 그들은 심야 극장가를 배회하던 어느 평론가가 자기들의 걸작을 우연히 봐주기만을 기대하며, 침침한 조명이 밝혀진 극장에서 고생스럽게 일하면서 자기가 쓰거나 연출한 작품을 무대에 올릴 기회를 엿보고 있었다.

아마추어 제작자들이 나를 곧잘 캐스팅한 이유는 내가 혼혈이라서였다. 내 아버지는 베트남 사람이고, 어머니는 뉴욕 주 로체스터 출신의 순수한 미국 동부 사람이다. 나는 동양인과 백인의 특성이 완벽하게 혼합된 외모를 지녔다. 하지만 내 삶의 99퍼센트는 미국식이다. 굳이 1퍼센트를 뺀 것은 아버지의 고집으로 한 달에 한 번씩 쌀국수를 먹는 습관 때문이다.

이러한 배경에서 내 아내 샌드라를 만났다. 그녀도 같은 대학 연극반이었고, 나처럼 자정이 지난 시간에 맨해튼 극장들을 전전하며 스탠드업 코미디를 했다. 우리는 수업과 연극반 활동이 끝나면

같이 참치 샌드위치를 먹고 전철을 타고 시내로 나가곤 했다. 우리는 서로 사랑했고 무척 행복했다. 내 전공은 응용범죄학이었지만, 그건 오로지 부모님을 만족시키기 위한 선택이었다. 그런데 지금 생각해보면 나는 오래전부터 예비되었던 진로를 마음속으로 이미 받아들였던 것인지도 모른다.

반쯤은 장난삼아, 반쯤은 샌드라의 부추김에 넘어가 나는 FBI에 지원했다. 아니면 그녀와의 결혼을 앞둔 시점에서 우리 둘의 생계를 도모하려면 직장이 필요하다고 판단했기 때문이었을까? 그래, 그렇다고 치자. 그냥 그 때문이었다고 치고 더 파고들지 말자.

내가 SAT 시험에서 그 정도로 높은 점수를 받지 않았더라면, 또는 '특출한 기억력'이라는 짐스러운 재능을 타고나지 않았더라면 어땠을까? 사실 재능이라기보다는 경미한 과잉기억증후군이라고 봐야겠지만, 어쨌든 FBI의 선배 요원들은 그런 특성을 가진 사람을 멀리서도 귀신같이 알아봤다. 아니면 내가 전투기조종사보다 뛰어난 시력을 갖추지 않았더라면? 심야 극장에서 일하는 대학생들이 보통 그러듯 학점을 말아먹었더라면? 그랬다면 FBI에서는 나를 잊었을 것이다. 나는 그토록 불행해지지 않았을 것이고, 아마도 샌드라와 함께 희극처럼 가난하지만 행복한 삶을 살았을 것이다.

하지만 현실이 그렇지 않았으므로 나는 FBI에 들어갔고, 그날부터 매일같이 엿 같은 나날을 보내다 정신을 차려 보니 무슨 시간여행이라도 한 듯 세월이 훌쩍 흘러 있었다.

초현실적인 시각으로 세상을 바라볼 수만 있다면 삶은 즐거워 보일 것이다. 샌드라는 그런 초현실적인 시각을 여전히 갖추고 있었을 뿐이다. 그에 비해 나는 유머 감각을 점점 잃어갔지만 그녀는 나를 동정하지도, 비난하지도 않았다. 다만 내가 더 이상 볼 수 없는 것들을 색깔별로 다시 칠해 보이면서 나를 암흑에서 끌어내려 애썼다. "여보, 자, 이것 좀 봐. 어때……?" 그럼에도 나는 십오 년 동안 그 어두컴컴한 숲속을 헤치며 돌아다닐 수밖에 없었고, 이제는 또 납치당한 십 대 임신부에 대한 자그마한 실마리들을 긁어모으느라 외딴 현장에서 잠복하고 있었다. 게다가 내 인생에는 샌드라 외에 또 다른 여자도 있었다. 내 파트너 말이다. 그녀의 신원을 보호하기 위해 '롤라'라는 가명으로 부르고자 한다. 이유는 차차 밝히겠다.

실마리가 전혀 없는 사건도 있고, 실마리가 아주 많은 사건도 있다. 어떤 사건은 좋은 실마리 두어 개로 시작해 더 많은 실마리에 이르는 반면, 어떤 사건은 좋은 실마리 하나에 온갖 노력을 쏟아부어야 겨우 다음 단계로 나아가기도 한다. 도로시 M. 살루치 사건은 마지막 경우에 해당했다. 용의 차량이라는 훌륭한 실마리가 하나 있었지만 그 이상으로 나아가기까지는 숱한 난관을 거쳐야 했던 것이다. 목 짧은 검은색 컨버스 스니커즈는 단서라고 할 수도 없었다. '신발 한 짝을 잃어버린 여자애'라는 조건으로 누굴 찾을 수 있겠는가. 가해자의 지문이나 혈흔이 남아 있지도 않은 신발 따윈 아무짝에도 쓸모가 없었다. 그래서 나는 용의 차량인 밴을 찾아내는 데 전력을 다했다. 도로시가 사는 도시와 그 인근 도시들 곳곳에 설치된 CCTV와 톨게이트 영상을 초 단위로 샅샅이 뒤져가며 맨땅에 헤딩하는 식으로 수사를 해나갔다.

그렇게 하길 여드레째, 나는 드디어 인디애나 주 번호판이 달린 89년형 고동색 셰비 트랜스비스타가 톨게이트를 뱀처럼 스물스물 빠져나가는 장면을 잡아냈다. 밴 목격자에게 사진을 보여주니 "바로 이거예요. 이 차가 확실해요"라고 단언했다. 나는 본부에서 인력 두 명을 어떻게든 쥐어짜내서 고속도로 CCTV 영상들로 밴의 경로를 추적해낼 조사팀을 꾸렸다. 한편 인디애나 주의 차량등록부에 1980년대 말에서 1990년대 초에 등록된, 우리가 찾는 조건에 부합하는 셰비 트랜스비스타 열네 대의 차량등록정보도 확보했다. 이 작업은 내 파트너, 정확히는 나보다 두 계급 아래인 후배가 도맡아 한 뒤 내게 보고했다.

파트너와의 선후배 관계는 그냥 우스갯소리 삼아 밝혔을 뿐이다. 실상 그녀는 내 계급을 완전히 무시하고 스스로 내 위로 진급해서 아예 신의 지위에까지 올랐으니까. 진짜이다. 아까 말했듯이 여기에서는 그녀의 이름을 '롤라'라고 쓰겠다.

우리는 차량등록이 취소되거나 말소되거나 만료된 경우를 포함한 모든 등록자의 주소지에 찾아가봤다. 그중에는 휴가 중이거나, 이사 갔거나, 차를 팔아버린 사람들도 있었다. 그 모두를 추적하는 과정에서 우리는 인디애나 주 전역, 일리노이 주와 밀워키의 몇몇 지역, 오하이오 주의 도시 한 군데까지 돌아다니면서 차량등록자와 현재 차량소유주들을 한 명 한 명 만나고, 인터뷰하고, 분석하고, 소유한 부동산을 확인하고, 보디랭귀지를 읽고, 알리바이를 입증했다.

한 등록자는 사망한 사람이었다.

한 등록자는 포르셰 911을 잔뜩 실은 자동차운반차를 정면으로 들이받고 한 달 뒤에 밴을 폐차시켰다고 했다. 그는 당시 사고를 보도한 신문 기사들도 오려서 보관하고 있었다. "빌어먹을 포르셰, 그 쪼그만 딱정벌레들. 난 딱 질색이에요. 그딴 깜찍한 장난감들에다 무슨 화물을 싣고 다니겠어요? 집 앞마당에 깔 자갈 한 자루도 못 실을걸요." 그는 씩 웃으며 말했다.

한 등록자는 목장 주인이었는데, 처음에는 가택조사 요청에 응하지 않았지만 변호사의 설득과 조언을 듣고 허락했다. 우리를 집으로 맞아들이면서 그는 화분 몇 개를 재빨리 어디인가로 치웠다. 나는 그가 키우는 대마 따위엔 아무 관심도 없었지만.

여덟 명의 등록자는 지극히 평범한 사람들이었다. 수상쩍은 구석이 전혀 없고, 서로 복제인간처럼 보일 정도로 비슷비슷했다. 그들 나름대로는 저마다 중요한 개성을 갖췄겠지만, 수사관인 내 입장에서 그들은 모두 똑같은 부류에 속했다. '무고한 유부남 퇴직자' 부류. 그들은 하나같이 친절했고, 우리가 수사 중인 사건에 대해 설명하면 그들의 아내는 대개 눈물을 지으며 자기네 밴을 공연히 철썩 때리거나 걷어찼다. 그 차가 유괴범의 형제라는 게 괘씸하다는 듯이. 그러다가도 그들은 내 뒤나 주위를 내내 어슬렁거리는 롤라를 흘끔 곁눈질하며 "저 여자는 왜 저렇게까지 우리를 빤히 쏘아보는 건가요?"라는 무언의 질문을 던지곤 했다.

열네 명의 차량등록자 중에서 마지막 한 명은 찾을 수 없었다. 이런 조사에서 으레 맞닥뜨리는 결과였다. 그 등록자는 정식으로 소속된 직장도 없었고, 그가 어디로 갔는지 아는 이웃도 없었다. 서류상 그의 거주지는 인디애나 주 노터데임 근처의 작은 마을에 있었다. 꽤 커다란 케이프코드 양식*의 흰 집이었고, 60미터쯤 되는 비포장 진입로 양옆에는 소나무가 늘어서 있었다. 집 뒤편에 펼쳐진, 풀이 무성한 벌판에는 높다란 붉은색 양계장 한 채가 있었는데 도로변 단속 구간에서 보이지 않는 위치였다. 자연히 나는 이 남자에게 관심이 갔다. 이웃들은 그 남자가 고동색 밴을 몰고 다니

* 지붕이 가파른 목조 단층집으로, 탄탄하고 단순한 설계가 특징이다.

는 걸 본 적이 있다고 증언했지만, 그게 언제였는지는 아무도 기억하지 못했다. "툭 하면 사라져요. 어디를 다니는지는 모르겠어요."

나는 이웃 주민들에게 내 명함을 주고 그가 나타나거든 연락해 달라고 당부했다. 그동안 롤라는 지방 판사의 집을 찾아가 그가 한창 스크램블드에그를 먹는 도중에 시골풍 현관문을 손마디로 탕탕 두들겼다. 내가 직접 보지는 않았어도 그 광경이 눈에 선하다. 판사가 아침 식탁 앞에서 수색영장에 서명해주는 동안 롤라는 그를 위압적으로 내려다보다가, 버터 발린 토스트 한쪽을 멋대로 집어 먹었다고 했다. 자기 법보다 더 아래에 있는 사람들에게 굳이 허락을 구하고 다녀야 하는 번거로움에 대한 앙갚음 차원에서 말이다. "애들을 구해내려면 어디든 우리 마음대로 쳐들어갈 수 있어야 한다고." 그녀는 불평했다. 그 말엔 나도 동감이었다. 사생활 보호이니, 정당한 법 집행 절차이니 하는 것 때문에 수사가 너무 지체되긴 했다. 그래도 그렇지, 남의 토스트를 빼앗아 먹을 것까지는 없지 않은가?

그런데 수색영장을 받아내자마자 이웃 주민한테서 연락이 왔다. "그 사람이 왔어요. 그런데 차가 검은색 픽업트럭이네요. 제가 보기엔 적어도 밴은 아니에요."

우리는 즉시 용의자를 만나러 나섰다. 얕은 도랑과 기다랗게 펼쳐진 밭 사이로 난 좁은 길을 따라 차를 타고 달리면서 내내 차창을 열어놓고 맑은 공기를 들이마셨다. 이슬 맺힌 풀밭과 퐁퐁 솟아나는 샘물의 향기가 났다. 과연 인디애나 주로구나 싶었다. 텅 빈 그네들이 삐걱삐걱 흔들리며 외로운 시골 바람의 리듬에 맞춰 노래하고 있었다.

문제의 인물은 자기 집 마당에서 우리를 기다리고 있었다. 누가 미리 귀띔해준 것이다. 이웃끼리 결속이 강한 모양이었다. 그는 전형적인 폴 버니언*처럼 생긴 사내로, 빛바랜 오버롤 차림에 앞코를 강철로 덧댄 장화를 신고, 비뚤어진 입에는 파이프를 물고 있었다. "이름은 보이드라고 하오." 내가 그에게 로버트 맥과이어 씨 되시냐고 묻자 그는 대답했다. "로버트는 내 세례명이고. 우리 어머니는 나를 늘 보이드라고 불렀어요." 보이드는 자신을 양계업자라고 소개했다.

서로 소개를 나누고 수사관신분증을 확인한 뒤 보이드는 우리를 집 안으로 들였다. 포치를 가로질러 들어가는 길에 그는 담뱃불을 끄더니, 자작나무로 만들어진 카드게임용 탁자에 파이프를 올려놓았다. "손님들은 집 안에서 담배를 피워도 됩니다. 그러니 리우 선생은 담배가 있거든 마음껏 피우시오. 우리 어머니가 늘 하시는 말씀이에요. 집 안에서는 손님들만 담배를 피우는 거라고."

이때 나도, 내 옆의 사각턱 견습생도 알아차렸다. 이제까지 보이드가 롤라에게는 한 번도 말을 걸지 않았고 흡연도 권하지 않았다는 사실을. 내 생각엔 그가 여자를 차별해서 그러는 것 같지는 않았다. 다만 롤라가 눈도 깜짝이지 않고 그를 쳐다보는 데다, 비비추 화단 뒤편에 씹는 담배를 간간이 뱉어대서 비위가 상한 듯했다. 하지만 나는 롤라에게 그만두라고 말하지도, 눈치 한 번 주지도 않았다. 씹는 담배를 끊으라고 그간 누누이 말했어도 아무 소용 없었기 때문이다. 롤라의 반응은 늘 한결같았다. "내가 평소 이 집 저 집 지하실이나 마루 밑에서 뭘 발견하고 다니는지 잘 알잖아. 그럼 이런 낙 하나쯤 즐기는 건 넘어가줘. 이제 닥치고 기네스나 한 병

* 미국 전래동화에 나오는 나무꾼. 보통 빨간 체크무늬 셔츠에 오버롤을 입은 사내로 묘사된다.

사줘, 선배." 그녀의 말에도 일리는 있었다. 하지만 구강암에 걸리려고 기를 쓰는 그녀의 습관과 흑맥주 중독은, 지난 십오 년간 내 FBI생활을 생지옥으로 만든 수많은 원인 중 하나였다. 거기에 덤으로 올드스파이스 향수를 들이붓다시피 하는 바람에 아침에나 점심에나 밤샘 잠복근무를 하는 동안에나 그녀에게선 온통 그 냄새가 진동했다.

보이드의 집은 그럭저럭 정돈되어 있었지만 먼지가 많았다. 씻지 않은 냄비며 그릇들이 개수대에 쌓여 있었는데, 쉰 우유 냄새와 찌든 기름, 파리 떼 등을 보아하니 방치된 지 꽤 된 것 같았다. 부엌의 알루미늄 쓰레기통은 뚜껑이 열려 있었고, 뜯지 않은 우편물들이 넘쳐 나와 바닥에 떨어져 있었다. 리놀륨 조리대 위에 젖은 채로 널린 신문 뭉치 십수 개도 눈에 띄었다. 푸른 냉장고 앞에는 헝겊을 기워 만든 깔개가 깔려 있었고, 그 위에 퍼질러 앉은 거대한 올드 잉글리시 십도그 종의 개 한 마리가 집 안에 들어서는 우리를 나른한 눈으로 올려다보았다.

"닉키는 신경 쓰지 말아요. 방귀를 잘 뀌긴 하지만 무지 착한 녀석이라오." 보이드가 그렇게 말하고는 커피메이커를 가리키며 한 잔 마시겠느냐고 손짓으로 물었다. 나도 롤라도 사양했다.

부엌에는 가느다란 크롬 재질 다리가 달린 민들레색 포마이카 식탁이 있었다. 나와 보이드는 식탁 앞에 마주 앉고, 롤라는 내 뒤에 보초처럼 우뚝 서서 보이드를 불편할 만큼 뚫어져라 응시했다. 두 팔은 드높이 팔짱을 껴서 가뜩이나 짓눌린 가슴을 더욱 짓눌렀다. 그녀는 가슴을 무언가로 싸매서 압박하고 다녔다. 무엇으로 싸매는지는 나도 안 물어봐서 모르겠다. 강력 접착테이프이려나?

보이드는 숱 많은 눈썹을 추켜올리며 입술을 오므렸다. "이제 시작하시죠, 리우 선생. 나는 댁에게 집중하고 있으니"라고 말하는 듯했다. 그리하여 보이드 L. 맥과이어 씨와의 인터뷰가 시작되었다. 나는 으레 하듯이 그와 나눈 대화를 모조리 외워두었다가 나중에 숙소에서 옮겨 적어서 문서화했다. 내가 그 작업을 하는 밤 시간이면 롤라는 시골 동네를 뱀파이어처럼 어슬렁거리며 '뭔가를 목격했거나' '이상한 소리를 들었거나' '수상쩍은 변태 이웃을 아는' 술꾼 주민들을 탐문하러 다녔다. 그런 풍문과 뒷골목 뜬소문을 수집한다는 게 그녀가 밤중에 밖을 쏘다니는 명분이었다.

사실 나는 롤라를 존경한다. 그녀는 셀 수 없이 많은 강점을 갖춘 훌륭한 수사관이었다. 지금도 여전히 훌륭한 수사관으로 활약하고 있다. 그래서 내가 그녀의 신원을 감추려는 것이다. 떳떳하게 밝힐 수 없는 이런저런 수사 기법들을 롤라가 동원한 덕분에 수많은 아동이 목숨을 구했다. 나는 그녀에게 아무런 해명도 요구하지 않았다. 그저 배고픈 개처럼 그녀가 내 밥그릇에 부어주는 정보는 무엇이든 받아먹었을 뿐이다. 나는 내 안의 구멍을, 수십 년 동안 지니고 살아온 상처를 어떻게든 때워야만 했다.

"보이드, 제가 몇 가지 질문을 할 텐데요. 그동안 제 파트너가 이곳의 양계장을 좀 둘러봐도 되겠습니까?" 나는 그렇게 운을 뗐다.

"얼마든지 괜찮소. 뭘 찾는데 그러시오?"

"저희도 모릅니다. 뭔가 숨길 것이라도 있으세요?"

"딱히 그런 건 없소. 뭐든 마음대로 살펴보시오. 난 비밀이 없는 사람이라오."

"고맙습니다, 보이드. 저희에게 큰 도움이 될 겁니다."

롤라는 이미 내 신호를 받고 현관문 밖으로 쿵쿵거리며 걸어 나가고 있었다.

"고동색 셰비 밴 한 대를 갖고 계셨던 걸로 아는데요."

"그랬지요. 세 달 전쯤 팔았소만."

"그러셨습니까? 누구에게 파셨나요?"

"나야 모르지요, 리우 선생."

"모르신다고요?"

"길가에 밴을 세워놓고 '팝니다'라는 팻말을 붙여놨었소. 신문에도 광고를 실었고. 그랬더니 한 남자가 찾아왔소. 기차역에서 모르는 사람 차를 얻어 타고 가던 길이라면서, 그 자리에서 현금으로 2200달러를 주더군. 그게 다요."

"차량등록증은요? 변경 절차에 대해 이야기하셨나요?"

"물론 했소. 자기가 다 알아서 하겠다더군요. 나는 무슨 서류 떼고 하는 일은 잘 모르오. 루시가 죽고 나서는 그런 건 신경 안 쓰고 살았거든. 마누라가 죽은 지가 다음 달이면 꼬박 삼 년이 된다오. 지금쯤 편히 쉬고 있겠지요. 아무튼 그런 복잡한 일은 마누라가 도맡아 처리했는데, 이젠 내가 하려니까 법적인 문제들이 꼬여서 영 엉망이라오. 그래서 선생이 여기 온 거요? FBI라면 이런 잡스러운 문제보다 더 중요한 일을 다뤄야 하지 않나 싶소만, 뭐, 나야 상관없지요. 뭐든 물어보시오. 아까 말했듯이 난 비밀이 없는 사람이니까."

"아뇨, 아닙니다. 그런 문제는 아니에요, 보이드. 차를 사 간 사람이 어떻게 생겼던가요?"

"글쎄, 어렵구먼. 별 특색이 없는 양반이어서…… 흠, 배가 좀 나왔던 것 같소. 그건 기억나는군. 별로 잘생기진 않았고. 전혀. 그리고 아마, 머리가 갈색이었던 것 같소. 그래, 갈색 머리였지. 흐으음…… 차 파는 건 십 분 만에 끝났소. 시동 걸고 주행하는 것 보여주고, 수납함에 있던 설명서도 보여주고. 밴 뒤 칸에 낡은 스토브가 한 대 있었는데, 그것도 공짜로 끼워주겠다고 했소. 그게 끝이었소."

"혹시 밴의 번호판에 '후저 주'라고 새긴 테두리를 부착하셨나요?"

"허, 그랬지요. 내 사촌 중에 보비라는 형이 있는데, 그 형님네 아들이 인디애나 대학 농구팀 선수였거든. 내가 녀석을 퍽 자랑스러워했지요. 그 팀도 자랑스러웠고. 나는 우리 주에 자부심이 있다오, 리우 선생."

"그러신 것 같습니다. 이렇게 자세히 알려주시니 감사합니다. 저희에게 큰 도움이 될 것 같습니다."

"내 밴을 사 간 양반이 무슨 나쁜 짓을 한 거로구먼. 그렇지요?"

"그렇다고 볼 수 있겠지요. 여자아이가 행방불명됐어요. 아이를 찾으려면 최대한 빨리 그 사람에게 아이의 행방을 물어야 합니다. 그 사람이나 당시 상황에 대해 더 기억나시는 건 없나요?"

나는 훈련받은 방법대로 보이드의 반응와 보디랭귀지를 살폈다. 아동을 대상으로 한 중범죄에 그의 차량이 연루되었고 이건 농담이 아니며 FBI가 바짝 추격하고 있다고 일러줬으니, 만약 그가 켕기는 구석이 있다면 이 시점에서 팔짱을 끼고, 눈을 찡그리고, 시선을 피하다가, 왼쪽으로 눈을 들어 올리면서 말을 할 터였다. 이건 거짓말을 지어내는 사람이 자기도 모르게 내보이는 신호들이다. 그런데 보이드는 그 어떤 신호도 보이지 않았다. 그는 다만 식탁 위에 두 손을 반듯이 내려놓고 서글프게 어깨를 구부리며, 늙고 지친 곰처럼 내 눈을 들여다보았다.

"생각나는 게 도무지 없구먼, 리우 선생. 정말 미안하오. 나도 그 아이를 돕고 싶소만…… 내가 눈여겨봤을 만한 점을 선생이 물어봐줄 순 없겠소? 그러면 기억이 좀 되살아날 수도 있지 않겠소?"

나는 과거에 수사한 사건들의 기억을 돌이켜보며 단서들이 꼬리에 꼬리를 물고 이어진 과정을 거꾸로 되짚어보았다. 지금과 유사한 상황을 예전에도 겪은 적이 있었다.

"밴에 기름이 얼마나 남아 있었습니까? 기억나시나요?"

"기억하다마다. 기름통이 거의 바닥나 있었다오. 내 차고에 딱 시동 걸 만큼의 기름이 있어서 그걸로 겨우 출발했지."

"여기에서 가장 가까운 주유소는 어디입니까?"

"R&K 주유소라고 이 길 맨 끝에 있소. 사실 그 양반도 똑같은 걸 물어봐서 내가 딱 그렇게 알려줬지. 이 길 맨 끝에 R&K 주유소가 있다고."

나는 마음속으로 '빙고'를 외쳤다.

"그 사람이 서명한 서류 같은 건 없나요? 아니면 집 안의 무언가를 만졌다든가? 그가 집 밖에만 있었습니까, 아니면 안으로 들어왔나요?"

보이드는 고개를 돌려 뒤를 돌아보더니 다시 내 얼굴을 마주보고는, 미소를 지으며 고개를 끄덕였다. 그리고 나를 손가락으로 가리키면서 젊은 형사가 참 대견하다는 투로 말했다. "오, 대단하구먼, 리우 선생. 대단해. 전혀 생각도 못 했는데 선생 말을 들으니 기억나는구먼. 그래, 그가 내 집 화장실을 썼다오."

또다시 '빙고'.

"무례한 질문이라면 죄송합니다만, 보이드 씨, 양해해주시길 바랍니다. 그날 이후로 화장실 청소를 하셨나요?"

보이드가 껄껄 웃었다. "선생, 내 꼴을 보시오. 난 홀아비잖소.

허, 화장실 청소라니, 그딴 건 안 하오. 게다가 거긴 아예 쓰지도 않아요. 원래 위층 화장실만 쓰거든. 그리고 나는 이제껏 루이지애나의 고향에서 형과 어머니와 함께 지내고 있었소. 밴을 팔았던 그날 밤에 바로 출발했다가 오늘 막 돌아온 거라오."

"이후로 그 화장실을 쓴 사람은 없고요?"

"한 명도 없지."

빙고, 빙고, 빙고. 용의자가 화장실을 썼는데 그 이후로 아무도 쓴 적이 없고 청소도 하지 않았다니!

"보이드, 부탁 두 가지만 드리겠습니다. 우선 저희가 댁의 화장실을 봉쇄하고 모든 물건에서 지문을 채취할 수 있게 허락해주십시오. 그리고 루이지애나에 사시는 형님과 어머님의 성함과 주소를 알려주셨으면 합니다. 괜찮으신가요?"

"아무렴, 괜찮고말고. 그런데 나한테 무슨 말썽이 생기는 건 아니오?"

"오늘 해주신 이야기가 사실로 확인된다면, 그리고 제 파트너가 양계장에서 수상해 보이는 그 어떤 것도 발견하지 못한다면 선생님께서 곤란하실 일은 전혀 없습니다. 오히려 협조해주셔서 감사하죠. 그나저나 이 집 외에 또 소유하신 부동산은 없나요?"

"없소. 여기뿐이오."

"본명 외에 사용하시는 이름은 더 없고요?"

"보이드 L. 맥과이어는 어머니가 붙여주신 이름이오. 내가 그것을 바꿀 권리는 없지 않소? 옛날에 내가 친가 쪽을 따라 여기 인디애나로 옮겨오는 바람에 어머니가 가뜩이나 화가 나셨는데, 이제 와서 이름까지 바꿨다가는 경을 칠 일이지. 안 그렇소, 리우 선생?"

"그러네요. 맞는 말씀입니다."

나는 화장실로 가서 안을 살펴보고, 보이드의 도움을 받아 면적이 어느 정도인지 측정했다. 이 정보를 과학수사팀에 넘기면 오후쯤 그들이 도착해서 지문 채취 작업을 개시할 터였다. 나는 차에서 노란 봉쇄 테이프를 꺼내와 화장실 입구를 둘러막았다.

만전을 기하기 위해 보이드의 집 안 다른 곳들도 샅샅이 살펴보았다. 그동안 보이드는 기꺼이 밖에 나가서 기다려주었다. 이 집에는 커튼을 치지 않은 창문이 열두 개 있었고, 그는 내가 창밖으로 내다볼 수 있는 위치의 나무에 기대서 있었다. 나는 총을 꺼내들고 집 안 구석구석을 1센티미터 단위로 꼼꼼히 둘러보았다. 하지만 이 사내는 역시 숨기는 게 아무것도 없는 듯했다. 아내가 죽은 이후로 방치한 듯 보이는 빨랫감 한 무더기 외에는. '이 양계업자 홀아비는 백지처럼 깨끗한 사람이군.'

내 파트너도 돌아왔다. 카우보이 같은 발걸음으로 옆 뜰을 통해 절벅절벅 걸어 나온 그녀는 보이드에게 들리지 않을 만한 거리에서 내게 보고했다. 자신이 이 사유지 곳곳을 빠짐없이 둘러보았고, 심지어 붉은 양계장의 벽을 일일이 손으로 눌러보고 눈속임이 없는지 확인했지만, 아무것도 발견되지 않았다고 했다. 이곳에서 범죄가 일어난 흔적은 어디에도 없었다고. "그런데 양계장에서 무슨 사창가 같은 냄새가 나. 피츠버그 외곽 같은 데 있는 싸구려 창녀굴 냄새 있잖아." 그녀는 사내처럼 투덜거렸다. 그게 무슨 뜻인지 내가 알아듣기라도 할 거라는 듯이.

만약 보이드의 양계장에서 시체 썩는 냄새가 아주 조금이라도 났다면 롤라의 숙련된 코가 잡아냈을 것이다. 거기서 무슨 냄새가 나건 죽음의 냄새만 아니라면야 내 알 바 아니었다. 그런데 롤라는 양계장의 똥 무더기에 무릎까지 파묻혀 있던 닭들에 대해 이후로도 이틀 동안 불평을 늘어놓았다. "그 꼬꼬댁거리던 투실투실한 닭들 냄새가 코에서 가시질 않아." 그녀는 적어도 백 번은 그렇게 뇌까렸다. 심지어 우리가 응급 시에 쓰려고 갖고 다니는 후약嗅藥 냄새를 맡아서 그 고약한 기억을 지우려고까지 했다. "내 개코가 망가지기라도 하면 큰일이지."

나는 보이드를 의심하지 않았지만, 한 가지 마음에 걸리는 점이 있었다. 그가 루이지애나에 가 있는 동안 닭들은 누가 돌봤을까? 물론 어떻게 했든 상관없는 일이었지만 계속 신경이 쓰였다. 롤라가 조사를 마치고 돌아왔을 때 나는 이미 보이드에게서 혐의를 지운 뒤였으므로, 그에게 닭들을 챙겨주긴 했느냐고 물으면 무례한 질문이 될 것 같았다. 그래서 묻지 않았다. 만약 이 대목에서 당신 마음이 상했다면 그건 유감이다. 내 일은 실종된 아이들을 찾는 것이지 방치된 가축을 구하는 게 아니다. 불만이 있다면 동물보호단체에 호소하시기를.

여하튼 보이드 L. 맥과이어가 소유한 부동산을 조회해보니 정말로 그 농가밖엔 없었다. 그의 형과 어머니가 루이지애나에 산다는 말 역시 사실로 확인되었다. 보이드의 결백이 밝혀졌으니 우리에겐 잘된 일이었다. 용의자를 추적하는 일만큼 용의자 명단을 줄여나가는 일 역시 중요하니까. 게다가 보이드를 통해 얻은 중요한 단서 두 가지가 있었다. 첫째, 과학수사팀이 화장실에서 보이드의 것이 아닌 지문 세 종류를 채취했다. 문손잡이와 (하필이면) 검은색 고무 변기흡착기에서 발견된 지문들이라고 했다. 둘째, R&K 주유소의 주인은 CCTV 카메라를 세 대씩 돌리고 있었을뿐더러, 매일 밤 테이프를 새것으로 교체해 녹화본을 모두 고스란히 보관해두고 있었다. 놀라운 일이었다. 대부분의 가게 주인들은 썼던 테이프를 재사용하곤 하는데, 이 훌륭한 사내는 아니었던 것이다. "이쪽으로 오시죠. 보여드리겠습니다." 그는 자신만만하게 나를 안내했다.

그뿐만이 아니었다. 그는 테이프를 모두 시간순으로 정렬하고, 녹화 시간을 초 단위까지 표시한 라벨도 꼼꼼히 붙여두었다. 나는 그에게 뽀뽀라도 해주고 싶은 심정이었다. 그중 한 테이프에서 우리가 찾아낸 장면이란, 음, 바로 이 맛에 형사 일을 한다고 할 만한 부분이었다.

보이드의 집, 그리고 기적의 주유소에서 생산적인 하루를 보낸 그날 밤 나는 자축의 의미로 짧은 만찬을 즐기고 아내 샌드라와 통화했다. 저녁은 롤라의 고집에 못 이겨 별로 가깝지도 않은 아웃백 스테이크하우스까지 가서 먹었다. 나는 바싹 구운 안심 스테이크와 양파 튀김을 시켰고, 롤라는 레어 스테이크 2인분, 기네스 세 잔, 토핑을 잔뜩 얹은 축구공만 한 통감자 구이 두 개에 빵도 추가로 시켜 먹었다. 그것도 모자라 그녀는 덧붙였다. "땅콩버터 파이 두 조각 주세요."

"그 식습관 안 고치면 나중에 된통 고생할 거래도." 나는 누누이 했던 말을 또 꺼냈다.

"내가 평소 이 집 저 집 지하실이나 마루 밑에서 뭘 발견하고 다니는지 잘 알잖아. 그럼 이런 낙 하나쯤 즐기는 건 넘어가줘야지. 이제 닥치고 기네스나 한 병 사줘, 선배." 그녀는 누누이 했던 대답을 반복했다. 그러고는 트림도 했다.

롤라 이 친구, 진짜 매력덩어리 아닌가.

샌드라는 동부 해안 지역의 클럽이며 바를 돌며 코미디 순회공연을 하는 중이었다. 그녀가 하이애니스포트의 어느 술집에서 공연을 마쳤을 시각에 나는 전화를 걸었다.

"여보, 오늘 어땠어? 사람들 많이 웃겨줬어?"

"오, 알잖아. 늘 똑같은 레퍼토리였지, 뭐. 구식이야. 나도 이제 늙었나 봐."

"나한테는 늘 똑같이 젊어 보이는데. 보고 싶어."

"언제 집에 와? 지금은 어딘데?"

"나도 늘 똑같지. 악마의 집 대문을 하염없이 두드리는 중이야. 언젠간 그놈이 문을 열어주겠지."

"그놈이 아니라 년일 수도 있어. 남자일 거라고 확신하지 마."

"좋은 충고로군."

5

감금 20일차

전신을 덮는 담요 한 장을 뜨려면 시간이 오래 걸린다. 내 5번 도구인 빨간 니트 담요도 그랬으리라. 자, 이제 내겐 도구가 많아졌다. 그중에는 마지막까지 한 번도 쓰지 않은 도구도 있고, 부분적으로만 쓰인 도구도 있다. 결전의 날에 쓰려고 준비해뒀지만 막상 그때는 쓸모없어진 것들도 있다. 내가 직접 만든 활도 그중 하나였다. 하지만 빨간 니트 담요는, 그야말로 보물이었다. 나는 그 담요의 무명실 한 올 한 올까지 알뜰히 써먹었다. 내 손엔 끝까지 피 한 방울 묻히지 않았지만, 시적으로 짜인 아름다운 직물의 붉은 보푸라기만은 손에 쥐었다. 브라보, 빨간 니트 담요. 네가 내 목숨을 살렸어. 사랑해.

나는 20일차 아침을 맞았다. 요리사들이 오는 날은 사흘 뒤였고, 의사나 물으나마나 부부께서 감방에 왕림하실 조짐은 없었다. 이곳의 생활 주기는 아직까지 내가 파악한 그대로 흘러갔으므로, 나는 이날 손님이 올 일은 없을 거라고 생각했다. 그러나 예상은 빗나갔다.

간수가 아침 식사를 가져다준 시각은 여느 날과 같은 오전 8시 정각이었다. 그는 요리사들이 구워둔 키슈를, 그 뭐냐, 나도 알고 당신도 아는 그 무늬가 새겨진 도자기 접시에 담아 가지고 왔다. 그리고 또 익히 알겠지만, 나는 그 거지 같은 접시에 극심한 혐오감을 키워가고 있었다.

나는 접시를 만지기도 싫었다. 접시 표면에 내 살갗이 스치는 것조차 징글징글했다. 그래서 손가락을 집게처럼 써서 키슈만 조심스럽게 집어든 다음, 텔레비전 윗면을 식탁 삼아 거기에 올려놓았다. 그리고 옷소매로 손을 감싸서 접시를 쥐어 들고 먼지 뭉치와 쥐똥이 흩어져 있는 바닥에 팽개쳐버렸다. 그 접시가 받아야 할 손길은 내 것이 아니라 악당들의 것이니까. 물론 나도 이러는 나 자신이 우스웠다. 이성적으로 따지면야 접시가 무슨 죄겠는가. 하지만 나는 어딘가 마음을 돌릴 데가 필요했고, 접시가 꼴 보기 싫은 것도 사실이었다.

키슈를 올린 텔레비전을 앞에 두고 바닥에 앉아 있으니 감방 안이 새삼 다르게 보였다. 침대에 앉았을 때와 눈높이가 크게 다르지는 않았지만, 그래도 늘 똑같았던 식사 장소와 방식을 바꿨더니 관점이 변한 것 같았다. 어쩌면 뇌 속 혈류가 수직으로 이동하면서 새로운 발상을 불러일으켰는지도 모른다. 아니면 침대를 새로운 각도에서 바라보니 내가 처음 이 방에 들어서서 천장의 들보 세 개를 본 순간부터 머릿속에 잠재되어 있던 생각이 비로소 떠오른 것인지도. '담요를 밧줄로 바꿀 수 있겠군.' 그랬다. 20일차가 되어서야 비로소 모든 게 분명해졌다. 너무 뻔한 해결책인데 왜 진작 떠올리지 못했는지, 나 자신이 실망스러웠다.

사람은 가끔 당연한 결론을 받아들이지 못하는 것 같다. 눈앞에 닥친 일을 감당하기가 버거워서, 현실을 인지하지 않으려고 자기 시야를 차단하는 것이다. 예컨대 우리 엄마만 해도, 스스로 아이를 낳은 경험이 있으면서도 딸이 임신 칠 개월이라는 사실을 인정하지 못했다. 산부인과 진단 결과가 나오고 나서는 어쩔 수 없이 받아들였지만 말이다. 어쩌면 우리의 마음은 우리 자신이 힘겨운 변화에 맞설 준비가 됐을 때에야 사태의 윤곽을 알아볼 수 있도록 제어하는 건지도 모른다. 그렇다면 20일차에 들어서 나는 마음의 준비가 됐던 것이리라. 그때에야 작전 전체가 또렷하게 눈에 보였으니까. 그전까지 나는 퍼즐 조각들을 더듬어 맞추고 있을 뿐이었다. 이제 담요를 무기로 쓸 구상을 하고 나니, 내가 나 자신과 내 아기를 구출하고 복수하기 위해 정확히 어디까지 갈 작정인지가 분명해졌다.

'너는 납치됐어. 놈들은 네 아기를 훔쳐서 괴물들에게 팔아넘길 셈이야. 그리고 너를 채석장에 내다버릴 거야. 네가 여기 있다는 걸 아는 사람은 아무도 없어. 그러니 네가 너 자신을 구해야 해. 이건 현실이고, 받아들여야 해. 네가 가진 도구는 오로지 이 방에 있는 도구들뿐이야. 이 사태를 해결하고 작전을 수행하자.'

나는 빙그레 웃으며 키슈를 먹어치웠다. 텔레비전 위에 부스러기 한 조각 흘리지 않고 말끔하게.

전신을 덮는 담요 한 장을 뜨려면 시간이 오래 걸린다. 그 올을 풀어내는 데에는 더더욱 오랜 시간이 걸린다. 해본 적 없는 일인데도 어쩐지 그럴 것이라 짐작이 갔다. 그러니 당장 작업을 개시하고 싶었다. 간수가 와서 쟁반을 가져가고, 나를 화장실에 데려가고, 다시 감방에 나를 데려다놓고 떠난 뒤, 나는 곧장 양동이 손잡이를 바늘 삼아서 담요 올을 풀기 시작했다. 앞으로 점심 시간까지 대략 세 시간 반 동안 일할 수 있을 터였다.

그날 아침에는 공기에 노르스름한 빛이 감돌았다. 기분이 울적하게 가라앉지만 한편으로는 차분해지는 빛이었다. 날도 흐리고 해서, 오늘은 맥 빠지고 지루하고 단조로운 하루가 되겠구나 생각했다. 하지만 이것 역시 틀린 예상이었다.

귀퉁이 부분의 매듭이 좀처럼 풀리지 않아 애를 먹었다. 매듭 한가운데에 바늘을 찔러 넣고 실들 사이의 구멍을 벌린 다음, 새끼손가락을 끝부분부터 조금씩 비집어 넣어서, 뒤얽힌 실뭉치를 약 12센티미터의 구불구불한 실타래로 풀어내기까지 한 시간 하고도 오 분 삼 초가 걸렸다. 이런 식으로는 당초의 예상보다 늦어질 게 뻔했다. 작업 완료까지 걸릴 시간을 제대로 예상하려면 하루 중 작업에 쓸 시간들을 셈해서 평균을 내봐야 할 것 같았다. 나는 말 두 마리가 그려진 분홍색 필통에서 연필 한 자루를 꺼내, 공책에 막대그래프를 그려서 계산을 해보고 일정을 짰다.

새로 짠 일정표에 따라 담요 첫 줄을 해체하는 데 돌입했다. 16번 도구(라디오)에서는 오페라 〈라 보엠〉이 흘러나오고 있었다. 내가 클래식 방송을 고른 건 당연한 선택이었다. 북받치는 정열이라든지, 영원하고도 절박한 그리움 같은 감정을 고조시키려면 그런 음악이 제격이니까. 여느 사람들이라면 억누르려고 할 감정들이겠지만 내게는 동기 부여를 위해 필요했다. 유행하는 가요들은 필요 이상으로 자극적일 것 같아서 제쳐두었다. 물론, 닥터 드레나 선스 오브 칼랄 같은 하드코어한 랩 음악도 오페라의 사랑타령 못지않은 효과를 냈을 것이다. 그때부터 십칠 년이 지난 지금은 그런 음악이 내 취향에 더 맞는다. 요즘 나는 은퇴한 해군 병장을 트레이너 삼아서 신병들이 받는 훈련과 같은 수준의 운동을 하는데, 갱스터 랩을 요란하게 틀어놓고 운동하니 더 잘되는 것 같다. 병장은 내가 '꾸물거린다'며 얼굴에 대고 윽박지르곤 하지만, 내가 25킬로미터 달리기와 윗몸일으키기 999회를 해내고 나면 그의 얼굴에서 은근히 흡족한 미소가 배어나는 걸 볼 수 있다. 이제 나는 그 누구에게도 납치당하지 않을 것이다.

가끔은 병장의 발치에다 피를 퉤 뱉어주고 싶다. 어디까지나 존경심을 담아서, 마치 고양이가 머리 잘린 쥐의 시체를 제 주인 집 현관에 배달해놓듯이. 야옹.

각설하고, 십칠 년 전으로 돌아가도록 하자.

작업에 착수한 지 두 시간쯤 되었을 때 벽 높이 달린 삼각형 창문 밖에 검은 나비 한 마리가 날아들었다. 나비는 유리창에 몸을 부딪치더니 그 자리에 그대로 앉아 날개를 펼쳤다. 나는 저 나비가 무슨 경고를 전하려고 온 전령이 아닐까 싶었다. 우주에는 풀리지 않은 비밀과 보이지 않는 연결고리들이 수두룩하니, 녀석이 정말로 내게 경고하러 왔던 건지도 모를 일이다.

나는 올올이 해체되어가는 담요를 침대 위에 놔두고, 나비를 더 자세히 보려고 창가로 살금살금 걸어갔다. 하지만 창문이 너무 높아서 방 한가운데에 서서야 그나마 가장 잘 보였다. '나를 만나러 와준 거니? 상냥한 천사야, 사람들에게 날아가서 내가 여기 있다고 전해주렴.'

나는 내 배를, 배 속의 아기를 쓰다듬으면서 창문 바로 밑으로 다가가 벽에 뺨을 맞댔다. 부른 배 때문에 몸을 구부려야만 얼굴이 벽에 닿았다. 나는 눈을 감고 저 위의 나비가 내는 심장박동을 느껴보려 애썼다. '외로워서 이러는 걸까? 내가 외로운가? 나비야, 날개로 이 벽을 흔들어줘. 네가 내 말을 듣고 있다는 신호를 줘. 까만 요정아, 까만 친구야. 뭐라도 좋아. 아무 말이라도 해줘. 나를 구해줘. 도와줘. 이 벽을 흔들어줘.'

내 안의 감정을 허락했더니 눈물이 터져 나왔다. 엄마 생각이 났다. 아빠 생각도 났다. 남자친구도, 남자친구의 아버지도 생각났다. 그중 누구의 손길이라도 내 등에 닿을 수 있다면, 그중 누구의 입술이라도 내 뺨에 닿을 수 있다면 나는 무엇이라도 내줄 수 있을 것 같았다.

하지만 슬픔은 오래가지 않았다. 마치 도로에서 운전하다가 각도를 튼 것처럼, 감정이 절정으로 북받치던 순간 그날 하루의 흐름도, 내 계획도, 미래에의 전망도 확 틀어졌다. 벽에 기댄 채 한창 몸을 들썩이며 울고 있는데, 밖에서 계단이 삐걱거리면서 웬 발소리가 쿵쿵 들려오는 것이었다. 누군가가 이쪽으로 빠르게 접근하고 있었다. 나는 나비 따윈 잊고 후닥닥 침대로 뛰어가 담요를 재빨리 개켜놓고, 도표를 그려둔 공책은 매트리스에 뚫어둔 구멍 속으로 쑤셔 넣었다. 벽과 맞닿는 면을 15센티미터쯤 째서 매트리스에 비밀 구멍을 만들어놓은 참이었다. 그리고 양동이 손잡이를 제자리에 적당히 걸쳐놓은 뒤 침대로 돌아간 순간, 그가 문을 벌컥 열고 들이닥쳤다.

"라디오 끄고 당장 따라 나와. 주둥이는 닥치고."

뭔가 겁먹은 목소리였다. 그의 땀구멍에서 위험의 냄새가 풍기는 것 같았다. 나는 옷소매로 과장스럽게 눈물을 문질러 닦았다. 마치 거리에서 난투를 벌이다 말고 입가의 피를 쓱 훔치듯이.

'덤벼!'

나는 일부러 아주 천천히 라디오로 걸어가서 다이얼을 돌렸다. 그의 채근을 따르기 싫어하는 고집 센 반항아처럼. 그러자 놈이 분통을 터뜨렸다.

"빨리 빨리 움직여. 안 그러면 확 계단 밑으로 던져버린다."

'난 너랑 놀아주는 거다, 머저리야. 네가 너무 쉽게 나오니까 재미가 없잖아.'

나는 본래의 맥없고 고분고분한 포로 역할로 되돌아와, 고개를 수그리며 짐짓 떨리는 목소리로 대답했다. "네."

"얼른 나와."

'진짜 멍청한 놈이군. 나를 던진다고? 웃기고 있네. 그딴 짓을 했다간 네 목이 달아날걸.'

그가 내 팔을 붙잡아 확 당겼다. 그 바람에 발이 균형을 잃고 양동이를 살짝 스치고 말았다. 양동이 가장자리에 걸쳐놓은 손잡이가 기우뚱거리며 흔들리는 걸 본 나는 심장이 얼어붙는 것 같았다. '저게 떨어지면 놈이 자세히 살펴볼 텐데. 그러면 내가 한 짓이 들통날지도 몰라. 아니면 양동이를 다른 걸로 바꿔놓겠지. 금속 손잡이가 달리지 않은 걸로…… 떨어지지 마. 난 네가 필요해. 떨어지지 마. 안 돼, 떨어지면 안 돼, 안 돼, 안 돼…….' 삼 초가 흘렀다. 그동안 나는 문 쪽으로 질질 끌려가면서 고개를 뒤로 젖힌 채 그쪽을 지켜보았다. 손잡이는 여전히 흔들거리고, 또 흔들거렸지만, 검은 나비가 가져다준 축복 덕택이었는지 결국에는 중력을 거스르고 내 의지에 따라 제자리에 멈춰주었다. '안 떨어졌어. 안 떨어졌어. 안 떨어졌어!'

그는 나를 끌고 계단 앞까지 가서 우뚝 멈춰 섰다. 주위의 벽에는 갈색과 우중충한 분홍색으로 된 꽃무늬 벽지가 발라져 있었고, 어두침침한 실내에 흐르는 공기는 퀴퀴하고 서늘했다. 이곳이 오래된 시골 농가나 그 비슷한 건물일 거라는 생각이 다시금 들었다.

그는 내 손목을 부러질 만큼 억세게 틀어쥐고는, 난간 너머 계단 아래를 내려다보더니 위층을 향해 난 더 좁은 계단을 올려다보았다. 둘 중 어느 쪽을 택할지 갈팡질팡하는 눈치였다. 그때 저 밑에서 똑똑 노크 소리가 정적을 깨뜨렸다. 1층의 부엌으로 통하는 출입문 밖에 누가 찾아온 모양이었다.

간수는 멈칫 얼어붙더니, 천적에게 들켜버린 도마뱀처럼 몸을 움츠리고서 나지막이 쉭쉭 소리를 내며 을러댔다. "너, 이제부터 찍 소리라도 냈다간 네 부모를 찾아내서 무딘 칼로 심장을 도려내버릴 거다."

"네."

낙오병이 동료 병사를 이끌고 키 큰 수풀 사이로 포복하며 나아가듯, 그는 팔꿈치로 나를 찔러대며 재촉했다. "조용히 움직여. 위층으로. 빨리, 빨리, 빨리."

'아, 예. 알겠습니다, 대령님.'

나는 그가 시키는 대로 했다. 그는 내 엉덩이에 얼굴을 들이댈 기세로 바짝 따라붙으며 등허리를 떠밀었다. "더 빨리." 나는 "네 대가리나 치워"라는 말이 목구멍까지 올라오는 걸 꾹 참았다.

위층에 올라가보니 그곳은 천장이 가파르게 기울어진 기다란 다락방이었다. 축구장 넓이의 사 분의 삼쯤 되어 보이는 그 탁 트인 공간을 보고야 나는 이곳이 으리으리한 건물이리라는 사실을 깨달았다. 건물은 사면으로 각각 네 개의 부속건물이 있었다. 내 감방도 그 부속건물 중 하나였다.

"저 끝에 있는 옷장으로 걸어가. 당장!"

그가 거칠게 밀쳐대는 통에 나는 뛰다시피 나아갔다. 유감스럽지만, 어차피 이 다락방에 눈여겨볼 것이라곤 아무것도 없었다. 원래 어떤 물건들이 쌓여 있었는지는 몰라도 지금은 다 어디론가 옮겨졌고, 바닥도 말끔히 청소되어 있었다. 쥐덫 하나 남아 있지 않왔다.

옷장에는 한 쌍의 여닫이문이 달려 있고, 문짝 윗부분에 통풍구가 나 있었다. 그는 나를 그 안에 밀어 넣고는 밖에서 문을 닫더니 손잡이에 자물쇠를 달아 잠갔다. 나는 문틈으로 밖을 내다보았다. 개처럼 축 처진 그의 두 눈이 누리끼리한 빛으로 번득였다.

"거기서 가만히 있어. 소리 내면 네 부모를 죽여버릴 거야. 알아들었어?"

"네. 알겠습니다."

그가 나갔다.

그가 네 개 층 계단을 한달음에 뛰어 내려가는 소리가 들렸고, 이후로는 주위가 완전히 조용해졌다. 그가 문을 열고 손님을 맞으면서 무언가 이야기하는 말소리가 어렴풋이, 아주 어렴풋이 들린 듯도 했지만, 거리가 너무 먼 데다 나는 옷장 안에 갇혀 있기까지 했으니 그 소리는 내 상상일 게 분명했다. 차가운 정적이 흐르고 있었다. 고모가 돌아가셨을 때 우리 집에 감돌던 정적처럼. 모든 것이 숨을 죽였고 내 귓속에서 나는 소리만이 피처럼 흘러나왔다.

'내 나비는 어디로 갔을까?'

1층에 누가 왔는지는 전혀 알 길이 없었다. 경찰이 온 걸지도 모른다는 실낱같은 희망이 스쳤다. 저 머저리라면 무슨 범죄이든 저지르고도 남았을 테니까. 나는 듣는 사람의 피가 싹 얼어붙을 만큼 소름끼치는 비명을 한바탕 목청껏 내질러볼까 싶었다. 발을 쿵쿵 울리고 옷장을 마구 흔들면서. 나중에 알게 된 사실이지만, 이 생각을 실행에 옮기지 않은 건 잘한 일이었다.

나는 옷장 한구석에 자리를 잡고 앉았다. 내 몸 양편과 옷장 벽 사이에 손가락 하나만큼의 틈이 있어서 몸을 뒤척여 편한 자세를 잡을 수 있었다. 삼사십 초쯤 지나니 눈이 어둠에 적응되면서 앞이 보였고, 바로 그때 나는 그것을 보았다. 숲속 나뭇가지에 걸린 다이아몬드 반지처럼, 맞은편 구석의 옷걸이에 믿을 수 없는 보물이 걸려 있었던 것이다. 폭 2센티미터, 길이 100센티미터쯤 되는 하얀색 고무밴드. 딱 우리 할머니가 손바느질로 폴리에스테르 바지를 만들 때 허리에 끼워 넣는 종류의 고무줄이었다. '할머니.' 나는 고무밴드를 가져다가 내 팬티 안쪽에 집어넣어 숨겼다. '28번 도구, 고무밴드.'

옷장 안에는 고양이 오줌 냄새가 짙게 배어 있었다. 반사적으로 구역질이 났지만, 그 냄새에 얽힌 엄마의 기억이 떠오르기도 했다. 엄마가 완전한 긍정문으로 무언가를 단언하면 절대로 틀리는 법이 없었는데, 한번은 이렇게 단언했다. "집에 고양이가 있어."

"우리 집은 고양이 안 키우잖아." 아빠는 웃으며 말했다.

아빠는 그저 겨울 내내 밀폐된 탓에 공기가 탁해서 엄마가 착각한 것이라고 설명했지만, 엄마는 부득부득 우겼다. "집에 고양이가 있다고. 그건 내가 얘 엄마인 것만큼이나 확실한 사실이야." 엄마는 나를 증거물 제1호인 양 손가락질하면서 호언장담했다. 다른 한 손은 옆구리에 올리고, 등과 목은 꼿꼿하게 세우고, 턱은 치켜들고 있었다. "이 집에는 분명 고양이가 있어. 내가 증명해내겠어." 엄마는 배심원단을 향해 모두진술을 하듯 아빠와 나에게 선포했다.

아빠는 엄마가 무슨 짓을 하려 들지 알고 공구함을 숨겨두었지만, 엄마는 기어이 그걸 찾아내 손전등을 꺼내 들고선 새벽 3시까지 집 안 곳곳을 뒤졌다. 수납장이란 수납장은 다 뒤집어엎고, 마루 밑이나 천장 위의 빈 공간을 들여다보고, 다락방, 그늘진 구석,

지하로 통하는 틈 등을 일일이 살펴보았으며, 차고 벽에 난 금들과 마당에 쌓인 속 빈 통나무들을 위아래로 더듬어보기도 했다. 그렇게 손전등 전구가 흰색에서 노란색으로 변하다가 계란 노른자처럼 진한 오렌지색으로, 갈색으로, 회색으로, 그리고 마침내 까만색으로 꺼질 때까지 엄마는 포기하지 않았다.

그 어디에서도 고양이 수염 하나 발견되지 않았지만, 엄마는 지칠 대로 지친 배심원들에게 한 시간에 한 번꼴로 같은 선언을 되풀이했다. "집에 고양이가 있다니까. 내가 증명해낼 테니 두고 봐." 그렇게 자정에 이르자 엄마를 상대하는 배심원은 나 혼자뿐이었다. 다음 날 아침, 우리 집안에서 엄마를 나무랄 수 있는 유일한 존재인 아빠는 엄마에게 "광속보다 더 빠르게 날 수 있다거나 존재하지 않는 고양이의 존재를 입증하려는 헛된 시도"를 그만두라고 권고했다.

반면 나는 엄마의 주장을 대놓고 부정하지는 않았다. 오히려 엄마를 어느 정도 돕기도 했던 것 같다.

아빠가 엄마를 말리는 동안, 나는 방충망 문을 열고 뒷마당의 흰 자작나무 숲으로 나갔다. 그곳에는 작고 둥그런 빈터 한 군데가 있었다. 노란 민들레꽃이 카펫처럼 깔린 그곳은 나만의 은신처였다. 노란 바닥, 흰 벽, 푸른 하늘 천장으로 이루어진 나만의 방.

어른들은 내가 거기 있는 줄 몰랐다.

나는 금방 집으로 돌아왔고, 아무 말도 하지 않았다. 엄마는 여전히 집 안에 고양이가 있다고 끈질기게 우기고 있었다.

그렇게 한 주가 흘러갔고 냄새는 서서히 희미해졌다. 나는 여전히 아무 말도 하지 않았다.

냄새가 약해지면서 엄마의 집착도 수그러들었다. 일요일이 되자

고양이의 자취는 완전히 사라졌다. 그날 나는 서재에서 일하고 있는 엄마에게 찾아갔다. 엄마는 드라큘라 백작의 안락의자처럼 생긴 가죽 의자에 앉아 크로스사의 은빛 만년필로 약식판결 신청서를 작성하고 있었다.

"엄마." 나는 문간에서 엄마를 불렀다.

엄마는 손에 든 서류를 그대로 둔 채 뿔테 안경 너머로 눈만 움직여 나를 보았다. 엄마로서는 상대방을 최대한 선뜻 맞이해주는 제스처였다. 나는 품에 안고 있던 늙고 꾀죄죄한 고양이를 들어올렸다.

"얘는 제가 키우는 고양이에요. 식초, 베이킹소다, 식기 세정제, 과산화수소 혼합액으로 닦아주고 숯가루를 입혔다 털어내서 시큼한 냄새를 제거했어요. 집 안에 오줌을 눈 날 이후로는 자작나무 숲으로 데리고 나가서 케이지 안에 두고 지내게 했는데, 이제는 다시 집에 들여놔야겠어요."

엄마는 들고 있던 서류를 커피 테이블 위에 탕 소리 나게 내려놓았다. 자못 연극적인 손짓이었다. 예전에 엄마가 변론을 맡았던 연방 재판에 방청하러 갔을 때, 엄마가 마무리 발언을 하다가 절정에 이른 순간 딱 저런 동작을 했던 게 기억났다.

"이런 제기랄…… 고양이 냄새가 난다고 너희 아빠한테 그렇게 말했는데!"

"그러셨지요." 나는 여왕이 내린 칙령을 받드는 신하처럼 점잖게 대답했다.

"그런데 왜 나한테 말 안 했니?"

"고양이를 보여드리기 전에 문제를 먼저 해결하고 싶었어요." 이때 나는 감정을 느끼지 않는 상태로 대화하고 있었다. 감정을 허락할 필요가 없는 사안이라고 생각했기 때문이다.

"그랬구나." 엄마가 동요한 듯 내 시선을 피했다. 엄마를 이런 식으로 무장해제시킬 수 있는 사람은 아마 나뿐일 것이다. 엄마는 몇 발짝 거리를 두고 서서 가시나무 덤불의 가지를 치듯이 나를 대하곤 했다. 하지만 나는 엄마에게 심려를 끼칠 생각이 아니었다. 그저 사실을 객관적으로 전달하고 싶을 뿐이었다.

"암고양이예요. 저는 음파로 벼룩과 진드기를 퇴치하는 목걸이를 만들어서 얘한테 시험해보고 있었어요. 학교에서 쓰레기통을 뒤지고 있던 걸 제가 발견해서 데려왔어요. 길고양이는 아니고, 버려지거나 주인을 잃은 고양이인 것 같아요. 인식표는 달려 있지 않았지만 사람을 잘 따라요. 집에 데려온 첫날에는 화장실을 미처 마련해주지 못해서 지하실 계단에 오줌을 쌌지만, 이제는 문제없어요. 얘 화장실은 수소실 옆에 있는 살균장치 뒤에다 감춰뒀어요."

여느 아이들이라면 고양이를 키우게 허락해달라고 했겠지만, 나는 그러지 않았다. 녀석은 내 반려동물일 뿐만 아니라 실험 프로젝트의 일부이기도 했다. 후자에 관해서라면 부모님의 허락을 구할 필요가 없었다.

"이름은?"

"잭슨 브라운요."

"여자애한테 남자애 이름을 붙였어?"

"엄마가 좋아하는 음악가이니까요. 그 이름을 따면 엄마 마음에 들 거라고 생각했어요."

"잭슨 브라운을 마다할 수야 없지."

나는 이렇게 엄마의 찬성을 받아냈다. 이건 허락과는 다른 문제였다.

훗날 나를 담당한 정신과의사는, 내가 고양이 오줌 문제를 해결한 다음에야 엄마에게 솔직히 털어놓은 행동을 엄마가 용인해주었기 때문에 임신 사실도 숨기게 된 것이라고 설명했다. 내게 엄마 몰래 혼자서 문제를 해결하려는 심리가 있다는 것이었다. 하지만 내가 임신하고 일곱 달 동안 해결한 문제라고는 오로지 아기의 작명 문제뿐이었다. 엄마가 좋아하는 또 다른 음악가의 이름을 따서 딜런이라는 이름을 붙여줄 생각이었다. 하지만 감금 생활을 하는 동안 마음이 바뀌어서, 아기에게는 결국 다른 이름을 붙이게 되었다.

그랬다. 20일차, 다락방의 옷장 안에 갇힌 채 퀀퀀한 공기를 들이마시며, 나는 아기를 위해 더 의미 있는 이름이 뭐가 있을까 고민하고 있었다.

옷장 안에는 고양이 오줌 냄새가 진동했고, 통풍이 잘 안 되는 다락방 공기는 뜨듯한 봄의 온기에 달아올랐다. 나는 점점 땀이 나고 숨이 찼다. 아래층 방이 교도소 독방 같았다면, 이 옷장은 우주선에서 분리되어 텅 빈 우주로 날아가는 캡슐 같았다. 우주선도 떠나가고, 지구도 떠나가고, 나는 중력에서 풀려나 저 멀리, 별들 너머로 위태롭게 떠오르는 기분.

'설마 하루 종일 나를 여기 놔둘 셈인가? 아니면 더 오래?'

한 시간이 지났을까, 나는 열에 들떠 의식을 잃었다.

정신을 차렸을 땐 옷장 문이 열려 있었고, 나는 옷장 밖에 서 있는 간수의 발에 머리를 기댄 채 바닥에 늘어져 있었다.

"이런 제기랄!" 그가 쉰 소리로 고함을 내지르며 부리나케 내 머리 밑에서 발을 흔들어 빼냈다. 꿈틀거리는 쥐 한 마리를 피하듯이.

나는 그 자리에 널브러진 채 물고기처럼 숨을 헐떡거렸다.

"아, 씨발, 씨발, 씨발……."

그는 발을 쿵쿵 구르더니, 내 맥박을 확인한답시고 갈비뼈 부근을 발로 툭 찼다. 몸을 숙여 나를 부축해주는 것조차 성가신 모양이었다. 그가 강철을 덧댄 부츠 앞코로 내 가슴을 두들겨대는 통에, 나는 쇠약해진 허파로 숨을 쌕쌕 들이쉬면서 기침과 구역질을 반복했다. 그러다 보니 차차 진정되면서 호흡이 정상적인 리듬을 되찾았다. 그러는 내내 나는 한 번도 눈을 뜨지 않았고, 놈은 내게 손끝 한번 대지 않았다.

코로 숨을 고르게 쉴 수 있을 정도가 되자, 나는 모로 누운 채로 천장 쪽을 향한 눈 한쪽만 살짝 떠보았다. 유감스럽게도 놈의 이글거리는 두 눈이 정면으로 보였다. 그 순간, 아슬아슬한 교착 상태에서 서로의 증오가 우리 사이에 팽팽히 맞섰다.

먼저 움직인 쪽은 그놈이었다.

그가 오른손을 확 내리뻗어 내 머리채를 휘어잡고 그대로 끌어올렸다. 나는 일어나 앉은 자세로 그에게 머리채를 붙잡힌 채 뒤로 질질 끌려갔다. 몸이 바닥에 부딪히면서 딱딱한 마룻널들에 꼬리뼈가 긁히고 찧이는 충격이 그대로 전해졌다.

그 고통이 어땠는지 설명해주겠다. 초강력 접착제 튜브 열 개를 짜 넣은 모자를 당신 머리에 쓰고, 모자 안감을 머리에 딱 붙여서 그 사이의 접착제가 두피의 모낭 하나하나에 스며들어 굳었다고 상상해보라. 그런 다음 당신 키보다 약간 더 높은 나뭇가지 밑에 서서 모자의 정수리 부분을 그 나뭇가지에 걸어놓는다고 치자. 그러면 아주 약간의 공간을 사이에 두고 모자가 위로 잡아당겨질 것이다. 머리카락들이 아주 조금씩 끊어져가고, 두피가 뜯길락 말락 팽팽해질 것이다. 툭 툭 하는 소리와 화끈거리는 열기. 상상이 되는가?

그에게 끌려가는 동안 몸이 물수제비뜨듯 바닥에 텅텅 튕겼다. 나는 어떻게든 아픔을 덜거나 끌려가는 걸 멈추려고 두 손으로 그의 팔 쪽을 더듬으며 허우적거리고, 어딘가 발을 걸 만한 데를 찾아 버둥거렸다. 하지만 발은 무언가에 걸렸다가도 자꾸만 빠져나왔다. 머리가 맹렬한 불길에 통째로 타는 것만 같았다. 아무리 발로 무언가를 받쳐서 멈춰보려고 해도, 나를 끌어당기는 놈의 거센 완력에 저항할 수 있을 만큼 확실히 힘을 받는 지지대가 없었다.

나는 낚싯줄에 걸려 올라온 참치 한 마리 같은 꼴로 하릴없이 퍼덕거렸다.

그런데 격하게 몸부림을 치다 보니 팬티 속에 숨겨뒀던 고무밴드가 허리춤 밖으로 삐져나왔다. 너무 위태로웠다. 이대로 가다가는 고무밴드가 내 둥근 배 너머로 흘러나와 바닥에 떨어질 게 뻔했다. 선택해야 했다. 고통과 맞서 싸우거나, 고무줄을 지키거나. '고무줄이 더 중요해.' 나는 다리에 힘을 풀고 그에게 순순히 끌려가면서, 능숙한 소매치기처럼 바지 안에 손을 집어넣어 고무밴드를 낚아챘다.

그는 나를 해코지하는 데 너무 열중한 나머지 아무것도 눈치채지 못했다. 계단 앞에 이르러 그는 나를 바닥에 팽개쳤다. 그때쯤 내 등에는 마루에서 떨어져나온 나무 지저깨비들이 잔뜩 박혀 있었고 꼬리뼈는 멍이 든 걸 넘어서 부러진 것 같았다. 하지만 내 마음속의 결의는 그 어느 때보다도 맹렬하게 치솟았다. 저 하늘과 은하와 우주를 향해, 하나님과 그의 천사들과 악마들을 향해, 아이를 잃은 모든 어머니의 원통한 심정을 끌어모아 나는 맹세했다. 저놈을 반드시 고통스럽게 죽이리라고.

"일어나, 쌍년아."

나는 다친 몸을 조심스럽게 일으켜 세웠다. 고무줄을 쥔 주먹은 등 뒤로 숨기고 있었다. 나는 그가 먼저 앞장서서 아래층으로 내려가주기를 바랐다. 그러면 그 틈을 타서 고무줄을 원래 자리에 안전하게 숨길 생각이었다. 하지만 그는 아까처럼 대치 상태로 나를 마주하고 서서 다그쳤다.

"후딱 내려가, 이 멍청아."

'네가 지금 내 지능을 흠잡는 거야? 진짜?'

일 초가 지났다. 이 초가 지났다. 그가 이를 뿌득 갈더니 팔을 들어올렸다.

그때 아래층에서 있는 줄도 몰랐던 전화 벨소리가 울렸다.

"와, 미치겠네." 그는 계단을 쿵쿵 뛰어 내려가며 나를 향해 말했다. "삼 초 안으로 따라오지 않으면 강제로 끌어내린다."

"네, 알겠습니다." '알겠다, 이 멍청아.'

나는 전리품을 허리춤에 숨기고 빙그레 미소 지었다.

계단을 절뚝절뚝 내려가면서 귀를 한껏 곤두세웠다. 하지만 그의 통화 내용을 엿들으려고 굳이 애쓸 필요는 없었다. 그는 통화하는 동안 내가 자기 옆에 있도록 내버려두었다.

"여기는 너무 개방된 데라고 진작 말했잖아. 염병할, 걸스카우트 계집애 둘이서 엄마까지 데리고 왔더라니까. 그 아줌마가 엉덩이 붙이고 앉아서 나가지를 않잖아. 어쩌겠어? 수상해 보이면 안 될 거 아니야. 연기라도 해야지. 늙은 부모님 요양시켜드리러 온 효자, 그게 내 설정이라며? 와, 진짜 눈물겨운 설정이더라. 낡은 건물을 개조해서 부모님 별장으로 쓰고 있다, 직접 돌봐드리고 있다…….

사람들이 그렇게 알고 있을 거라며? 씨발, 이게 뭐냐고! 여태껏 네가 낸 아이디어 중에 제일 등신 같아, 브래드. 내가 그 걸스카우트 년들한테 차까지 끓여줬다니까. 이딴 헛소리를 연막작전이랍시고…… 아니, 씨발 내가…… 내가…… 야, 닥쳐, 브래드. 내가 말했잖…… 그년이 비명을 질렀으면 당연히 전부 쏴 죽였지."

그는 그 말을 하면서 내게 윙크했다. 대충 이런 뜻인 것 같았다. '그래, 너까지 쏴 죽였을 거야. 나는 절대로 네 편이 아니거든.' 나는 이렇게 생각했다. '얻다 대고 윙크야? 기다려라, 그 눈알을 뽑아줄 테니. 네 눈알에 합성수지를 덧발라 열쇠고리로 만들어서 가지고 다녀줄게.'

감방에 돌아온 나는 매트리스에 모로 누워서 쉬었다. 등이 온통 멍들고 나뭇조각들이 박혀 있어서 반듯이 누울 수가 없었다. 이제는 아스라한 유령처럼 느껴지는 나비의 기억을 돌이켜보며, 나는 도구들의 목록을 머릿속으로 정리했다. '……28번 도구, 활시위로 쓸 고무밴드. 고마워, 검은 천사야. 경고도 해주고 선물도 줘서.'

6

단조로운 나날들

그림자: 당신이 밤을 싫어하듯, 나 역시 그렇다. 내가 인간들을 사랑하는 까닭은 그들이 빛의 추종자이기 때문이다. 그들이 지식을 포착하고 발견할 때 눈이 반짝이는 것을 보면 나는 흐뭇해진다. 그들은 실로 지칠 줄 모르고 앎과 발견을 신봉한다. 모든 것은 앎의 햇살을 받으면 그림자를 드리우게 마련이다. 나는 바로 그 그림자이기도 하다.

_프리드리히 니체, 〈방랑자와 그의 그림자〉

그리스 최초의 과학자는 탈레스라고 알려져 있다. 그는 일명 '그림자 계산법'을 만들었다. 어떤 사물의 높이와 너비를 직접 재기 어려울 때, 사물의 그림자를 이용해서 간접적으로 측정하는 방법이다. 탈레스는 이 방법으로 피라미드의 크기를 계산해낸 바 있다. 한편 나는 나의 '그림자 계산법'으로 간수의 키와 둘레뿐만이 아니라 몸무게까지 재는 데 성공했다.

다락방에 갇혔던 날 이후로 나는 간수를 다섯 번도 더 죽일 수 있을 만큼의 도구를 획득했다. 이제 필요한 것은 놈에 대한 사실 몇 가지를 확인하는 것, 그리고 정확한 공격 시점을 잡아내는 것뿐이었다. 단체줄넘기를 할 때 줄 밑으로 들어갈 타이밍을 재듯이.

'아직은 아니야. 조금만 더 기다리자. 조금만, 조금만, 조금만…….'

또한 무기들을 연마하고, 그의 몸무게와 보폭을 계산하고 입증하는 한편, 연습도 하느라 바빴다. 그래서 손님이 찾아온 날이나 무언가 중요한 물건을 얻은 날이 아니면 여기에 굳이 적지 않는 것이다. 그 외의 날들은 똑같은 일과의 반복이었으니까. 하지만 그 일과 역시 기록해두긴 했다. 당시에 나는 공책 몇 장에 걸쳐 아주 작은 글씨로 나름의 연구일지를 작성했고, 그 공책은 매트리스의 비밀 구멍 속, 솜과 깃털 사이에 파묻어 숨겨두었다. 그 내용의 일부를 아래에 발췌하겠다. 미리 일러두자면, 일지에서 ⊙라는 기호는 간수를 가리키는 것이다. 저주의 눈, 즉 흉안凶眼이라는 뜻이다. 어떤 문화권에서는 재수 없는 눈초리로 누군가를 쳐다보면 그 사람에게 재수 없는 일이 생긴다고 한다. 오, 나는 기회가 될 때마다 간수 놈에게 재수 없는 눈초리를 던졌다. 심지어 연구일지를 쓸 때도 그에게 저주를 불어넣고 싶어서 그런 기호를 쓴 것이다.

이쯤에서 당신은 의구심이 들지도 모르겠다. 연구일지라면 과학적으로 써야 하는 법인데 어째서 흉안 같은 미신적인 상징을 사용했느냐고. 글쎄, 거기에는 내 나름의 동기가 있다. 그걸 설명하려면 어린 시절 이야기를 잠깐 하고 넘어가야 할 것 같다.

내가 여덟 살 때, 방과 후 연극 리허설을 하는 동안 유모가 나를 데리러 온 적이 있다. 유모는 에콰도르 사람이었다. 그녀는 체육관 출입문 밖에서 다른 학부모들 사이에 서서 기다리고 있었다. 그때 우리가 연습하던 연극은 〈우리 읍내〉*였고, 나는 극 중에서 고함을 많이 지르는 조숙한 아이 역을 맡았다. 그런데 한 장면에서 연출가

* 미국 작가 손턴 와일더의 1938년 작 희곡.

선생님이 내게 경사로로 뛰어 내려와 큰 소리로 대사를 외치라고 했다. 왜 그랬는지는 모르겠다. 나는 그냥 시키는 대로 했다. 연극반 활동은 아동정신의학과에서 내게 내린 처방이었기 때문이다.

"연극반 활동을 해보면 총격 사건의 충격을 극복하는 데 도움이 될지도 모릅니다." 의사는 엄마에게 그렇게 조언했다. 내가 그 사건이 나오는 악몽을 몇 번 꿨다고 엄마에게 실수로 말해버린 탓이었다. 엄마는 내가 심리적 충격 때문에 그런 꿈을 꾼 줄로만 알았지만, 실은 그렇지 않았다. 내가 의도적으로 꿈에 총격 사건을 불러들인 것이다. 여섯 살부터 인간의 두뇌에 관한 책을 많이 읽었던 나는, 인간의 뇌는 잠을 자는 동안 스스로를 치유하는 과정에 들어간다는 걸 알고 있었다. 그럼으로써 더욱 강해진다는 것도. 그래서 나는 거의 매일 밤 총격 사건 당시의 기억을 돌이켜보면서 그 기억의 실타래들이 더욱 잘 짜이도록, 내 편도 주름들 속의 뉴런들이 더욱 팽팽히 감기도록 유도했다. 치과 대기실에서 가져온 탄약 카탈로그며 사슴사냥 잡지를 속옷 서랍에 숨겨두고, 밤에 자기 전에 들춰보면서 거기 실린 사진들을 재빨리 내 뇌의 해마에 각인했다. 마치 십 대 소년이 잠들기 전에 〈펜트하우스Penthouse〉의 야한 사진들을 들춰보듯이.

하지만 엄마를 안심시켜드릴 필요가 있었다. 그래서 내가 〈우리 읍내〉 연극에 참여하게 된 것이다.

나는 선생님의 지시대로 경사로를 뛰어 내려가면서 대사를 크게 외쳤다. 그러자 모여 있던 학부모들이 벌떼처럼 웅성거렸다. "재 왜 저래, 좀 닥치지." "재가 바로 걔예요. 총격 사건이 일어났을 때 경보 울렸다는 괴짜요." 그들이 속닥거리는 소리에 내 유모는 땅딸막한 몸을 돌려 그들을 마주보았다. 그런데 헬멧 같은 금발 머리를 한 어느 고상한 여자가 눈을 게슴츠레 뜨고서 나를 향해 불길한 시선을 던지며 이렇게 말했다. "우리 사라가 저런 애랑 같이 연극을 하게 둘 순 없어요. 저런 애는 괴짜들만 다니는 특수학교로 보내버려야죠."

유모가 경악해서 숨을 헉 들이켰다. 그 소리에 사람들은 재깍 입을 다물고 험담을 그쳤다. 하지만 그들이 허둥지둥 구차한 사과를 할 새도 없이 유모는 대통령에게 전쟁을 선언하러 가는 장군처럼 나를 향해 저벅저벅 걸어와서 내 팔을 잡아끌고 체육관 밖으로 나가버렸다.

차를 몰고 집으로 가는 길에 유모는 내게 아무 말도 하지 않았다. 혼잣말처럼 무슨 기도문을 읊조릴 뿐이었다. "디오스 미오, 아드 테 도미네."* 자꾸 이 구절을 되풀이했다. 집에 도착하자 그녀는 나를 냉장고 앞에 세워두고는 달걀 한 알을 꺼내더니 그걸로 내 온몸을 문질렀다. 팔, 다리, 몸통, 얼굴까지. 그 이상한 광경을 본 엄마가 악어가죽 가방을 부엌 바닥에 팽개치고 후닥닥 뛰어 들어왔다.

"길마, 지금 뭐 하는 거예요?" 엄마가 소리 질렀다.

길마는 멈추지 않았다.

"길마, 대체 무슨 짓을 하는 거냐고요?"

"사모님, 방해 마세요. 어떤 금발 여자가 아기를 저주의 눈으로 봤어요. 오로지 달걀로만 저주를 풀 수 있어요."

엄마는 원래 미신이라면 질색을 했다. 하지만 이때는 길마의 목소리가 워낙 단호했던 데다, 누군가가 이렇게 정직한 신념을 내세

* 디오스 미오(Dios mio)는 스페인어로 '하나님', 아드 테 도미네(Ad Te Domine)는 라틴어로 '당신에게'라는 뜻이다.

우는 데는, 특히 길마처럼 억세고 뚝심 있는 외국인 여자가 이러는 데는 차마 싫은 소리를 못 하는 게 엄마의 약점이었다.

"걱정 마세요. 제가 잘 처리했으니까요. 제가 그 금발 악마한테 저주의 눈을 되돌려줬거든요. 그 여자는 달걀로 그걸 풀 수 있는 줄도 모르겠죠." 그녀는 자신의 토속신앙에 대한 굳건한 믿음을 내보이듯 윙크까지 했다.

나는 길마가 달걀로 내 몸을 문지르는 건 상관없었다. 다만 별로 효율적이지 못한 방법이라고 생각했다. 불확실한 저주의 효과를 왜 기다리고만 있어야 하나? 나서서 주도권을 쥐고 뭔가 실질적인 보복을 하면 안 되나?

일주일 뒤 〈우리 읍내〉의 첫 공연날이 다가왔다. 무대에 오르기 전에 나는 객석에 있을 부모님을 확인하러 대기실 밖으로 나가보았다. 그런데 엄마 아빠의 뒷줄에 길마도 앉아 있었다. 그녀가 연극을 보러 와줄 줄 몰랐던 나는 반가움에 미소 지었다. 그러자 길마가 고개를 끄덕이더니 객석 통로 건너편을 가리키며 나와 부모님 모두 그쪽을 보라고 손짓했다. 엄마가 그녀의 손을 좇아 눈을 돌리고는 깜짝 놀라 손으로 입을 가렸다. 길마는 윙크를 하며 입 모양으로만 말했다. "저주의 눈!"

거기엔 그 금발 아주머니가 앉아 있었다. 그런데 완벽한 헬멧 모양이었던 단발머리에 웬 고속도로가 나 있었다. 머리카락이 목덜미에서부터 들쭉날쭉한 선을 그리며 깎여나가 둥글게 말린 풍성한 앞머리까지 길을 내듯이 두피가 드러나 있었던 것이다. 무슨 표창이라도 단 것처럼 여봐란듯이 자기 머리를 드러낸 그녀의 태도는 사뭇 반항적이었지만, 꽉 움켜쥔 두 주먹이 부들부들 떨리는 걸 보면 내심 많이 불편한 모양이었다. 그녀가 왜 스카프 같은 것으로 머리를 가리지 않았는지는 나도 도통 이해가 되지 않는다.

보수적인 스타일의 푸른 스웨터를 입은 아주머니가 우리 엄마에게 몸을 기울이더니 속닥거렸다. "다섯 살짜리 막내 애가 한 짓이래요. 제 아빠 면도기 가지고 장난치다가요. 술 취해서 소파에 뻗어 있는 사이에 그랬다는군요."

엄마는 그 아주머니에게 상냥하면서도 고양이처럼 새치름한 미소를 지어 보이는 한편, 길마에게는 윙크를 해주었다. 나의 충직한 가정교사이자, 수호기사이자, 저주를 푸는 달걀 마법사 길마.

아무튼, 내가 감방에서 작성한 연구일지의 일부를 발췌하자면 다음과 같다.

8일차

오전 8시: 아침 식사 도착. ⊙가 문밖의 바닥에 뭔가를 놔둠. 열쇠 절그럭거리는 소리. ⊙가 걸쇠를 젖히고 자물쇠를 왼쪽에서 오른쪽으로 돌리는 데 2.2초 걸림. ⊙가 문을 오른손으로 열고, 오른발을 문지방에 디디고, 바닥에 놔뒀던 쟁반을 들어 올림. 문틀에 표시된 눈금에 따르면(예전에 내가 30센티미터 자로 표시해두었다), ⊙가 일어섰을 때 키는 175센티미터. ⊙는 양손으로 물건들을 들고 오른쪽 어깨로 문을 마저 밀어 열고, 왼발부터 문 안으로 내디딤. ⊙가 잠긴 문을 열고 왼발을 문 안으로 내디디기까지 총 4.1초 걸림. ⊙는 멈추지 않고 곧장 걸어 들어와 감방 안을 둘러봄: 첫 발을 3번 마룻널에 디딘 다음, 문틀에서부터 침대 가장자리까지 2.5미터 거리를 건너오는데, 이때 걸린 시간은 삼 초, 걸음 수는 네 발짝(왼발, 오른발, 왼발, 오른발 순서로, 마지막 오른발은 왼발과 가지런히 놓임). 오늘 ⊙의 뒤로 드리워진 그림자는 침대 머리맡 나무판의 가장 높은 부분에서 99센티미터 위까지 올라오고, 침대 옆면에서 94센티미터 너머까지 넘어감(나는 그 그림자의 윤곽을 기억해두었다. 마룻바닥에 패인 흠집들을 연결해 머릿속에 그림을 그려두는 방식으로). ⊙가 물을 더 마시겠느냐고 물음. ⊙가 밖의 화장실로 물 뜨러 감. 물 떠오는 데 삼십팔 초 걸림.

8시 1분: ⊙가 나감.

8시 2분~8시 15분: 아침 먹음. 시나몬 스콘, 바나나, 슬라이스 햄, 우유.

8시 15분: 그림자의 윤곽을 측정하고, 이 수치와 ⊙의 실제 키를 이용해서 허리둘레를 추정해냄: 102센티미터. 그리고 내 키, 허리둘레, 몸무게와(마지막으로 병원에서 재본 수치에 2~4킬로그램을 더해서 61~65킬로그램으로 어림잡음. 아기의 무게도 포함된 값) ⊙의 치수들을 비교해 계산하면, ⊙의 몸무게는 82.6킬로그램. 이 결과값은 이전의 가설 및 측청치들과 일치함.

8시 20분~9시 30분: ⊙가 쟁반 가지러 오기를 기다림.

8시 30분: ⊙가 돌아옴. 열쇠 절그럭. 걸쇠를 젖히고 자물쇠를 왼쪽에서 오른쪽으로 돌리는 데 2.1초 걸림. ⊙가 문을 오른손으로 열고, 오른발을 문지방에 디디고, 오른쪽 어깨로 문을 밀어 열고, 왼발부터 문 안으로 내디딤. 잠긴 문을 열고 왼발을 문 안으로 내디디기까지 총 4.1초 걸림. 음식을 가져올 때든 아니든 ⊙의 행동 패턴은 동일한 듯. ⊙는 곧장 걸어 들어와 감방 안을 둘러봄: 첫 발을 3번 마룻널에 디딘 다음, 문틀에서부터 침대 가장자리까지 2.5미터 거리를 건너오는데, 이때 걸린 시간은 삼 초, 걸음 수는 네 발짝(왼발, 오른발, 왼발, 오른발 순서, 마지막 오른발은 왼발과 가지런히. 이것 역시 이전과 동일함). ⊙의 뒤로 드리워진 그림자는 침대 머리맡 나무판에서 97센티미터 위까지 올라오고, 침대 옆면에서 문 방향으로 91센티미터 너머까지 넘어감.

8시 30분~8시 35분: ⊙가 화장실 가겠느냐고 물음. 화장실 가서 얼굴, 몸, 이 닦음(3일차부터 세면대에 놓여 있던 수건으로). 수돗물 더 마심.

8시 35분: ⊙가 나감.

8시 36분: 이번에 ⊙가 남긴 그림자의 윤곽을 다시 측정하고 치수 계산해봄. 결과값은 동일: 키 175센티미터, 허리둘레 102센티미터, 82.6킬로그램. 정확성을 기하기 위해 앞으로도 계속 측정해볼 것, ⊙의 체형에 변화가 생기는지 살필 것.

8시 40분~12시: 명상, 태극권 수련, 도구 배치 연습, 도구 목록 검토.

12시: ⊙가 돌아옴. 아침에 관찰한 사항들과 모든 게 동일함. 오후의 햇빛에 그림자가 짧아짐: 그의 발을 중심으로 반지름 15센티미터 정도의 원형 그림자가 생김. 이제 보니 ⊙의 부츠 밑창이 고무로 되어 있음. 그래도 내 계획엔 지장 없을 듯.

12시 1분: ⊙가 내게 플라스틱 컵을 주고 화장실 가는 김에 물 더 떠오라고 함. 화장실 가서 수돗물 마시고 컵에 200그램 떠옴. ⊙가 나가고 문을 잠금.

12시 2분~12시 20분: 점심 먹음. 달걀과 베이컨이 든 키슈, 직접 구운 빵, 우유.

12시 20분: 그림자 크기로 ⊙의 치수 계산해봄. 175센티미터, 허리둘레 102센티미터, 82.6킬로그램. 여전히 동일함. 계속 측정해볼 것.

12시 20분~12시 45분: ⊙가 쟁반 가지러 오기를 기다림.

12시 45분: ⊙가 돌아옴. 열쇠 절그럭…….

이런 식이었다. 그는 늘 일정한 시간과 패턴에 따라 움직였다. 신체 치수도 일정했다. 무슨 복제인간 같았다. 사실 우리 아빠도 해군 특수부대 시절 습관 때문에 그렇게 규칙적으로 생활했는데,

내 간수도 혹시 전직 군인이 아닐까 싶었다. 25일차에 들어서 나는 그 추측이 맞다고 거의 확신하게 되었다. 하지만 그토록 규칙적인 사람이 추레한 몰골을 하고 지낸다는 게 이상하긴 했다.

위의 발췌에도 나와 있다시피 나는 똑같은 측정을 날마다 반복했다. 완벽한 정확성을 기하고 싶었기 때문이다. 하지만 모든 걸 문장으로 기록하는 건 비효율적이라서 얼마 지나지 않아 기록 방식을 도표와 수식으로 바꿨고, 새롭게 획득한 정보나 물품이 있을 때만 문장으로 적어 넣게 되었다.

7

로저 리우 특별수사관

시카고의 웨스트 루프 지구에는 '루 밋첼'이라는 유명한 브런치 식당이 있다. 늦봄의 어느 수요일에 롤라와 나는 그곳의 구석진 칸막이 자리에서 식사했다. 식당은 운동복 차림의 관광객들과 더블브레스트 정장 차림의 사업가들로 북적이고 있었다. 내 앞에는 버터로 튀긴 반숙 달걀, 흰 빵 토스트, 감자튀김, 베이컨이 올려진 뜨거운 도자기 접시가 놓였다. 롤라는 나와 같은 메뉴에 팬케이크 한 무더기와 햄 한 덩어리를 추가했다. 물론 우리 사이에는 커다란 커피 주전자 하나도 놓여 있었다. 퉁명스러운 종업원들과 분주한 손님들이 중서부 특유의 억양과 태도로 말하고 움직이는 걸 보고 있자니, 지금 이곳이 평일 아침의 식당이 아니라 나이트클럽인 것 같은 느낌이 들었다. 업무나 관광 일정은 아직 급하지 않은, 그저 점심 때 치킨 스테이크를 먹거나 퇴근 후에 치킨윙을 안주 삼아 맥주 한 잔 마실 시간이 올 때까지 잠시 이곳에서 놀다 가는 사람들이 된 기분이었다. 나는 그들의 리듬에 몸을 맡긴 채, 러시 스트리트의 노천에서 칵테일을 마실 생각을 하며 내심 미소 지었다. 그런데 그때 휴대폰이 울렸다.

"여보세요." 나는 전화를 받았다.

김이 모락모락 피어오르는 팬케이크 더미에 코를 박고 있던 롤라가 고개를 들더니, 자기도 전화를 받는 것처럼 "흐으음" 하는 소리를 냈다.

수화기 너머의 목소리를 듣고 나는 자리에서 일어나 바깥으로 나갔다. 롤라는 그러거나 말거나 감흥 없이 음식을 먹기만 했다. 내가 통화를 마치고 돌아왔을 때, 그녀는 내 접시에서 토스트를 슬쩍하고 있었다.

"보이드한테 온 전화야." 나는 그녀에게 이런 식으로 폭탄선언을 하는 걸 무척 즐겼다.

그녀는 내 토스트를 자기 접시에 툭 떨어트렸다. 그러고는 냅킨으로 (이미 메이플시럽과 계란 노른자로 잔뜩 얼룩진) 입술을 힘껏 문질러 닦고 이 사이에 낀 햄 조각들을 혀로 빼내며 나를 향해 주먹을 휘둘러댔다. "이런 씨부럴. 그러게 내가 뭐랬어, 그 닭 비린내 나는 놈이 뭔가 더 알 거라고 했잖아. 내가 그랬잖아? 어?"

롤라가 그렇게 말한 적은 없다. 그저 보이드의 양계장 냄새가 고약했다고 불평했을 뿐이다. 하지만 솔직히 나도 보이드가 뭔가 더 아는 게 있으리라고 생각은 했다. 그에게서 뒤늦게 연락이 왔다고 해서 새삼 놀랄 일은 아니었다. 내가 만나본 수많은 증인도 똑같은 행동을 했으니까. 누구나 자기 집 부엌에서 FBI와 마주 앉아 이야기하다 보면 초조해지게 마련이다. 용의자이든 아니든 간에, 자기 외양이 어떤지, 말투가 어떤지 신경 쓰일 수밖에 없다. 그들은 과거에 자신이 저지른 과오를 떠올리고, 혹시 내 질문이 그걸 캐내기 위한 유도심문은 아닐까 전전긍긍한다. 그러다 우리가 떠나고 며칠, 심지어는 몇 달이 지나고 나서야, 당시에는 미처 말하지 못했던 기억이나 생각이 잠재의식 위로 떠오르는 것이다. 그러면 이 선량한 증인들은 나나 롤라의 명함을 찾아서 연락해오지만, 그들이 전해주는 정보는 대개 무의미하거나, 무가치하거나, 우리도 이미 아는 정보인 경우가 태반이다. "그 여자 차 말인데요, 확실히 녹색이었어요. 지금 생각해보니 아주 선명히 기억나요, 리우 씨." 수화기 너머에서 이런 말이 들려오면 나는 내심 이렇게 생각한다. '아무렴요. 1979년형, 에메랄드색, 포드 쿠페 말이죠. 이미 지난 주에 위니페소키 호수 밑바닥에서 발견됐어요. 안에 시체도 들어 있더군요. 어쨌든 연락주셔서 고마워요.'

그래서 보이드의 전화를 받았을 때도 그렇고 그런 정보이겠거니 생각했다. 그런데 웬걸, 전혀 아니었다.

보이드가 준 주옥같은 정보를 이야기하기 전에, 우선 나와 롤라가 왜 시카고에서 식사를 하고 있었는지부터 설명하고 넘어가야 할 것 같다. 당신도 알다시피 우리는 인디애나 주 사우스벤드 외곽의 한 주유소에서 알짜배기 CCTV 영상들을 확보하는 행운을 얻었다. 그 영상들에서 어느 날짜, 어느 시간대를 살펴봐야 하는지도 명확했다. 보이드가 밴을 판 날이 그의 형 생일이었으니까. 애초에 보이드가 그날 루이지애나로 떠난 이유도 형의 생일 때문이었다.

CCTV는 세 장소에 설치되어 있었다. 하나는 주유기들이 있는 곳, 하나는 주유소 편의점의 카운터, 하나는 화장실 외부 출입문 밖. 그리고 그 세 곳에서 촬영된 영상 모두에 용의자의 얼굴이 훤히 찍혀 있었다. 두 영상에서는 찌푸린 얼굴, 한 영상에서는 헤벌쭉 웃는 얼굴로. 대박이었다. 우리는 그의 밴이 주유기 앞에 나타난 순간부터 영상에 남은 행적을 좇았다. 그는 차 안에 2.5분쯤 머무르다가 편의점 쪽으로 걸어갔고, 약 삼 분 뒤 초콜릿 우유와 '딩동'이라는 이름의 초콜릿 과자를 들고 돌아왔다. 편의점 카운터에서는 말보로 한 갑을 달라고 했다. 그의 말씨가 느린 데다 우리는 독순술* 훈련을 받았으므로 그 단어 알아듣는 것쯤은 식은 죽 먹기였다. 그런 다음에는 화장실 열쇠를 달라고 했고, 우리의 사랑스러운 주유소 주인은 열쇠를 내주었다. 사 분 뒤 그는 돌아와서 열쇠를 돌려주었다. 이후 주유기 앞으로 온 그는 밴의 주입구를 확인한 다음, 운전석에 올라타 그곳을 떠났다.

이 모든 영상과 더불어 보이드의 화장실에서 채취된 지문들을 FBI 본부에서 정밀 분석한 결과, 용의자의 인상착의는 다음과 같이 정리되었다. 사십 대 초반, 짧게 깎은 갈색 머리, 일자에 가깝도록 가지런히 자른 앞머리, 작고 동그란 쥐 같은 눈매, 검은색에 가까운 고동색 눈동자, 매우 얇은 입술, 통통한 코와 유난히 커다란 콧구멍. 눈 밑 살이 축 처져서 안쪽 점막이 드러났는데, 의학 전문가들의 소견에 따르면 이는 낭창의 증상일 수도 있다고 한다. 프로파일러와 인류학자 들은 그가 시칠리아계 미국인이라고 보았다. 또한 당연히 흡연자이고, 비만이긴 한데 겉으로는 배만 나왔을 뿐 살이 쪄 보이진 않는다. 지문등록정보가 없는 걸 보면 전과도 없고 군복무를 한 적도 없는 사람이다. 키는 175센티미터, 체중은 81~84킬로그램.

용의자는 루 밋첼 식당의 로고가 적힌 티셔츠를 입고 있었다. 분석가들은 티셔츠의 색깔과 스타일로 보아 제작된 지 이 년 안짝일 거라고 보았다. 그거야 그냥 시카고에 관광 갔다가 산 티셔츠인가 보다고 생각할 수도 있었다. 그런데 용의자가 계산할 때 지갑을 카운터 위에 반듯하게 펼쳐놓는 실수를 범했고, 덕분에 우리 본부의

* 상대의 입술 모양만 보고 무슨 말을 하는지 알아내는 방법.

예리한 VJ들이 그 장면을 프레임 단위로 분석할 수 있었다. 그 결과, 126:05:001프레임에서 지갑 안쪽 주머니 위로 삐져나온 너덜너덜한 수표 상단에 찍힌 문자들의 일부가 포착되었다. '루 췔'. 장면을 확대해서 보면 지갑 가죽의 분자 하나하나까지 잡아낼 수도 있겠지만, 영상 그 어디에도 면허증이나 신용카드는 나오지 않았으므로 용의자의 이름은 끝내 알아낼 수 없었다. 그래서 우리는 용의자가 구매한 초콜릿 과자의 이름을 따서 그를 '딩동'이라고 부르기 시작했다.

우리는 딩동의 수표에 적힌 문자들에 주목했다. 인간행동 전문가들은 딩동의 체형, 걸음걸이, 화상 흉터가 있는 손가락, 주유기 앞에서 손을 바지춤에 문질러 닦던 습관 등으로 보아, 그가 즉석요리를 전문으로 하는 요리사라고 판단했다. 그렇다면 티셔츠의 로고와 지갑 속 수표의 문자열에서 '루'와 '췔' 사이의 식별되지 않은 문자를 가지고 추론했을 때, 그가 루 밋췔 식당에서 일했으리라는 추정을 내릴 수밖에 없었다. 또한 의학 전문가들은 그 영상만 보고도 그가 가벼운 폐기종을 앓고 있다는 진단까지 내려주었다.

숨을 거칠게 쉬고 눈매가 쥐처럼 생긴 요리사, 딩동. 그를 아는 사람이 루 밋췔 식당에는 있을 터였다. 그래서 롤라와 내가 부리나케 시카고까지 찾아온 것이다.

우리가 만나기로 한 사람은 루 밋췔의 주방장인 스탠이라는 남자였다. 매니저에게 먼저 딩동의 사진을 보여줬더니, 그는 작년부터 이 식당에서 일했지만 이런 남자는 본 기억이 없다면서, "주방장님하고 이야기해보시는 게 좋겠는데요. 그분은 여기에서 근무한 사람을 다 꿰고 있거든요"라고 했다. 그래서 우리는 다른 종업원들에게는 아무것도 묻지 않고 주방장하고만 이야기하기로 약속하고,

자리에 앉아 음식을 주문해놓고서 바쁜 아침 식사 시간이 끝날 때까지 기다리고 있었다.

음식을 다 먹고 얼마간 기다리자, 우리 테이블을 담당하는 종업원이 그릇을 치우러 왔다. 종업원은 손마디에 굳은살이 박힌 오십 대 후반 여성이었다. 그녀는 우리 옆에 서서 고개를 비스듬히 기울인 채, 무심하고 태평한 투로 말했다. "그분이 기다리고 있어요. 계산대 뒤로 들어가서 냉장고 왼쪽으로 가세요. 금방 알아볼 거예요."

롤라와 나는 종업원이 말한 대로 가게 안의 주방으로 들어갔다. 주방장은 과연 못 알아보려야 못 알아볼 수 없는 사람이었다. 2미터 길이의 조리용 철판 앞에, 무슨 담벼락처럼 거대한 체구의 남자가 서 있었던 것이다. 몸뚱이가 얼마나 넓은지 앞치마 두 장을 맞대어 꿰매서 걸치고 있었다.

"스탠 주방장님?" 내가 물었다.

그는 아무 대답도 하지 않고 하던 일에만 집중했다.

"저, 주방장님 아닌가요?"

"나는 한 번만 불러도 알아듣소, 형사 양반. 이쪽으로 오시오. 거기 기름 상자 위에 앉아요."

나는 스탠이 앉으라는 곳에 앉았다. 한편 롤라는 늘 그러듯 충직한 보초처럼 내 뒤에 자리를 잡고 섰다.

옆에서 보니 스탠의 머리는 커다랗고 동글동글한 게 꼭 메디신볼처럼 보였다. 굵은 구레나룻이 잘 손질되어 있었고, 텁수룩한 곱슬머리는 기름을 발라 정수리까지 빗어 넘겼으며, 그 뒤의 머리카락은 제멋대로 뻗쳐서 피에로의 가발처럼 부풀어 올라 있었다. 스탠이 나를 향해 얼굴을 완전히 돌리자 어마어마하게 큰 코가 드러났다. 내 평생 그렇게 큰 코는 처음 보았다. 만약 지구상에 거인이 산 적 있다면 스탠은 그 후손일 게 분명했다.

"뭐가 궁금하시오, 형사 양반?" 스탠이 그렇게 물은 순간, 그가 든 뒤집개에 묻어 있던 밀가루 반죽이 바닥에 툭 떨어졌다. 나는 반사적으로 그쪽을 돌아보았지만 스탠은 신경도 쓰지 않았다.

"혹시 이 사람을 아십니까?" 나는 용의자의 사진을 내밀었다.

스탠은 소처럼 커다란 갈색 눈망울로 사진을 훑어보고는, 콧방귀를 끼더니 몸을 철판으로 돌렸다. 그리고 팬케이크 세 개를 연달아 재빨리 뒤집으면서 뭐라고 꿍얼거리는 소리를 냈다.

"아시는 모양이군요."

"아무렴, 머저리 중에서도 특급 머저리였으니. 그 인간이 왔던 게 아마 재작년이었을 거요. 사흘 만에 해고해버렸지만. 그는 디트로이트 외곽의 어디 휴게소 식당에서 오 년을 일했다면서, 자기가 조리사에서부터 부조리장, 파티셰, 주방장 등등 다 해봤다고 했지. 그런데 식당 주인하고 무슨 싸움이 나는 바람에 빈털터리가 됐다고, 다시 시작하고 싶은데 혹시 여기 주방에 뭐 할 일이 없겠냐, 하더군. 그래서 베이컨 튀기는 일을 한번 해보라고 맡겼지. 하지만 첫날부터 딱 알 수 있었소. 그놈은 부엌일이라곤 해본 적도 없었소. 베이컨을 튀기는 족족 태워먹었으니 말 다했지. 그래서 다음 날에는 설거지나 하라고 했는데, 어떻게 된 게 이놈은 설거지도 못하더군. 씻은 접시랍시고 내놓은 걸 보니 달걀이며 국물이 덕지덕지 묻어 있지 뭐요. 그래도 이 스탠은 뭐든지 철저하게 해야 한다는 게 원칙이라, 딱 하루 기회를 더 줘봤소. 하지만 사흘째에도 영락없이 개판이었소. 허, 나 참, 형사 양반, 여긴 루 밋첼이란 말이오. 어중이떠중이나 받아주는 그런 데가 아니오. 여긴 시카고 최고의 아침 식사를 만드는 식당이라고. 데일리 시장이 즐겨 찾는 식당, 자갓 맛집 안내서에서 '신이 만든 오믈렛'이라고 격찬하는 식당. '세계 최고' 수준이라고 불리는 식당!" 스탠이 롤라를 돌아보더니, 그녀를 향해 뒤집개를 내밀었다. "형사 아가씨, 당신도 동의하겠지. 아까 보니 내가 구운 팬케이크를 아주 들이마시고 있던데."

롤라는 고개만 끄덕였다. 간단한 제스처였지만 그녀로서는 마음 깊이 존경한다는 의미였다. 스탠은 그녀의 의도를 이해한 듯 윙크하고는, 나를 향해 일장연설을 재개했다.

"그러니까, 형사 양반. 여긴 루 밋첼이고, 아무 놈팡이나 받아주지 않는다는 거요. 아시겠지?" 그는 지극히 객관적인 사실을 밝히듯 말했다. 나는 그가 옳다고 고개를 끄덕여줄 수밖에 없었다.

스탠이 말을 이었다. "어쨌거나 나흘째에 나는 뒷문에서 그놈이 올 때까지 기다렸소. 그리고 손에 수표를 쥐여주곤 다시 오지 말라고 했지. 그랬더니 그 얼간이가 현금으로 달라지 뭐요. 자긴 수표는 안 받는다나. 그때 진작 알았어야 했어. 안 그렇소? 뒤가 구린 놈이라는 걸 그때 벌써 눈치 챘어야 했는데. 허, 우리 식당은 아주 떳떳한 곳이라오, 형사 양반."

스탠은 몸을 돌려 팬케이크를 뒤집으면서 나를 향해 손을 휘휘 내저었다.

"아무튼, 여러분은 그놈 이름이라든지 뭐 그런 정보가 필요하실 것 같소만, 그게 좀 마땅치가 않아요. 평소처럼 정식 절차대로 채용한 직원이 아니라 그냥 즉석에서 뽑은 거라. 이력서고 뭐고 아무것도 없소. 물론 수표 끊어줄 때 급여명세서는 작성했지요. 그러니 프런트에서 일하는 린다한테 가서 1991년 3월에 여기에서 사흘 일했던 '론 스미스'라는 작자의 내역을 찾아봐달라고 하시오. 하지만 형사 양반, 어차피 그놈의 진짜 이름은 론 스미스가 아닐 거요. 그야 뻔하지 않소?"

"지극히 타당한 말씀입니다. 그 외에 또 아시는 바는 없습니까? 몸에 문신이 있었다든가? 자신이 어디에서 자랐다든가, 어느 학교를 다녔다든가 하는 말은 안 하던가요?"

"우선 한 가지 말하자면, 그놈은 완전히 멍청이였소. 지금 형사 양반 엉덩이를 받친 그 기름 상자만큼의 지능도 없을 거요. 베이컨 하나도 제대로 못 튀길 정도였으니, 원. 그리고 또 하나, 엄청나게 뻔뻔한 거짓말쟁이였소. 일하기 시작하고부턴 아예 입을 싹 닫고 아무 말도 안 하더라고. 나한테든 누구한테든 말을 붙이는 법이 없었소. 사회생활도 할 줄 모르는 등신 새끼였단 말이지. 그러니 형사 양반한테 알려줄 만한 정보가 그놈 입에서 나올 일이 없었고…… 하지만, 그래, 이건 기억나는군. 시간을 지키는 데 엄청나게 예민한 성격이었소. 무슨 사이코 같더군. 정확히 오전 5시 정각에 출근하고, 정확히 오후 3시 정각에 퇴근하고. 시계 초침이 딱 정시를 가리키는 순간에 출퇴근 도장을 찍는 거요. 내가 그때 린다랑 근무 시간 계산하다가 출퇴근기록계에 사흘 다 그렇게 찍힌 걸 보고 깜짝 놀랐다니까. 처음에 우리 가게에 왔을 때도 본인 입으로 그렇게 말하긴 했소. '전 시간을 아주 잘 지킵니다. 매일 정시에 출근할 거예요. 하지만 퇴근도 정시에 하게 해주세요. 강박장애 같은 거라고 생각해도 상관없어요. 저는 시간을 딱 맞춰야 직성이 풀려요. 그래야 돼요' 이러더라고. 나는 별 희한한 놈 다 보겠네, 했지."

"주방장님, 그 이야기는 정말 큰 도움이 될 것 같습니다. 혹시 전직 군인이었던 건 아닐까요?"

"그런 머저리를 써주는 군대가 어디 있소. 육군, 해군, 공군, 아무

데도 안 받아줘요. 어림도 없지. 나도 군대에 다녀온 사람이오. 제대하고 여기 일하러 오는 녀석들도 많고. 하지만 그렇게 시간에 집착하는 경우는 한 번도 본 적 없어요. 게다가 군인이었다면 그렇게 자기 몸 관리를 안 할 리가 없소. 나도 뭐 번듯한 꼴은 아니긴 하지만, 그래도 보통은 조금이라도 신경을 쓰게 마련이거든. 하지만 그놈 팔뚝은 평생 바벨 한 번 들어본 적도 없게 생겼더란 말이오. 운동을 한 사람은 딱 보기만 해도 알 수 있잖소. 그놈은 그냥, 시간 약속을 못 지키면 발작을 일으킨다거나, 뭐 그런 미치광이일 뿐이오."

"그런……." 내가 입을 연 순간 스탠이 몸을 획 돌리면서 나를 향해 뒤집개를 내밀었다. 나는 뒤집개를 피해 몸을 젖혔는데, 롤라는 반대로 그를 향해 몸을 기울였다. 그러자 스탠은 그녀를 주방에 들어온 파리 한 마리 대하듯 무시해버렸다. 이렇게 보니 저 둘이 상당히 잘 어울리는 것 같았다. 스탠이라면 롤라의 짝이 될 수 있을 것이다. 롤라가 그런 문제에 관심이 있다면 말이지만.

"정말이지, 형사 양반, 그놈은 확실히 사이코였소. 말하다 보니 또 기억이 나는데, 그놈은 틱 증상 같은 것도 있었소. 똑바로 마주보고 몇 마디 좀 할라치면 눈꺼풀을 막 깜빡거리는 거요. 거 되게 성가시더군. 거기다 시간 지키는 버릇도 그렇고, 정말로 무슨 강박장애라도 있는 게 아니었나 싶소." 스탠은 그의 증상을 흉내내 보이려는 듯 나를 향해 눈을 껌뻑거리더니 말을 맺었다. "이만하면 됐소. 내가 기억하는 건 이게 다요."

롤라는 그의 말을 듣고 몸을 뒤로 젖혔다. 나는 이 토막 정보가 어떤 실마리로 연결될지 곰곰이 생각해보았다. 롤라는 그런 정보가 무슨 쓸모가 있겠나 싶은 눈치였다. 나도 같은 회의감이 강하게 들었다. 롤라의 판단은 늘 옳았으니까.

프런트를 보던 린다는 우리의 요청을 듣더니 지하 창고를 뒤져 봐야겠다고 했다. 지하실에 쌓인 서류 상자 열 개를 뒤진 끝에, '론 스미스'라는 이름으로 된 급여명세서가 발견되었다. 우리는 그걸 팩스로 본부에 전송했지만, 아니나 다를까, 그 서류에 기재된 이름과 사회보장번호는 다 가짜였던 것으로 밝혀졌다. 그냥 보기만 해도 가짜라서 데이터베이스에 조회해볼 필요도 없다고 했다. "리우, 99로 시작하는 사회보장번호가 세상에 없다는 것쯤은 당신도 알아야 하지 않아요? 이 사람이 정말로 아이다호 주의 '탈라마 주'라는 상상 속 동네에서 산다면야 또 모르겠지만." 본부의 신원정보 담당자들은 특유의 사무적인 투로 코웃음을 치면서 그렇게 말했다.

식당 밖으로 나온 롤라와 나는 시카고 도심으로 슬렁슬렁 걸어갔다. 시카고 강에 이르러 우리는 오렌지색의 화려한 아치형 철교를 건너갔다. 인도를 따라 걸으면서 아래를 내려다보니 강물은 초록빛으로 반짝거렸고, 페리와 수상택시 들이 난잡하면서도 조화롭게 어울리며 수면 위를 미끄러지고 있었다. 인도에는 관광객들, 법조인들, 아이들, 재즈 클럽에서 밤새워 놀고 귀가하는 사람들, 누런 재킷을 입은 주식 중개인들이 온통 북적거렸다. 저마다 갈 길을 가면서 서로 몸을 부딪는 모습이 마치 핀볼 기계 속의 공들 같았다. 롤라와 나는 북새통 사이를 누비며 천천히 걸어서 시어스 타워 앞에 도착했다. 전면 유리에 비친 우리는 새로운 정보들을 곱씹느라 묵묵히 생각에 잠긴 모습이었다.

우리가 함께한 지도 어언 오 년째였다. 정식 직급은 달라도 사실상 대등한 파트너 관계였다. 상대방에게 말을 시키지 말아야 할 때가 언제인지 낌새만으로 알아차릴 수 있었다. 이렇게 말하기는 정말로 싫지만, 나는 아내보다도 롤라와 더욱 일심동체로 호흡을 맞춰왔다. 그날 아침에는 유난히 그랬다. 우리가 발을 내딛는 타이밍도, 보폭도, 숨 쉬는 속도도, 멈칫하거나 고개를 흔드는 모양새도 똑같았다. 브로드웨이에서 오랫동안 안무를 맞춰온 탭댄스 팀처럼. 그러고 있자니 내내 마음을 어지럽히던 진실을 인정하지 않을 수 없었다. 내가 형편없는 남편이라는 사실을. 집에 붙어 앉아 있는 때가 없는데 어떻게 좋은 남편이 될 수가 있겠는가. 하지만 내가 이 일을 그만두면 샌드라는 실망하지 않을까? 결국 이건 내가 나 자신에게 부과한 의무였다. 반쯤은 스스로에게 벌을 주려는 의도로, 반쯤은 과거의 중대한 실수를 바로잡기 위해서 내 발로 지옥에 뛰어들었다. 그런데 이제 와서 다시 내 발로 걸어 나갈 수 있을까?

우리는 루프 지구의 중심가를 어슬렁거렸다. 고층빌딩들이 드리운 그림자에 파묻혀 해 질 녘처럼 어둑한 매디슨 거리를 지나 로어 웨커 거리에 접어들었다. 우리 옆에는 귀금속점들이 늘어서 있었고 머리 위 고가 철도로 열차가 덜컹거리며 지나다녔다. 어쩐지 거리에 회사원보다도 비둘기가 더 많다 싶더니, 길 두 개를 넘어가자 비둘기들이 잔뜩 모여 사는 구역이 나왔다. 우리는 계속 걸어서 미시간 애비뉴를 지나 그랜트 파크에 이르러 녹색 벤치 한 군데에 자리를 잡고 앉았다. 나는 다리를 꼰 채 생각에 잠겼다. 한편 롤라는 다리를 쩍 벌리고 허벅지 위에 팔꿈치를 얹고서 고개를 숙였다.

내 휴대폰이 울렸다. 또 보이드였다. 그에게서 전화가 오기를 기다리고 있었다. 나는 일어나서 주위를 서성거리며 그의 목소리에 귀를 기울였다.

전화를 끊고 돌아온 나는 롤라와 같은 자세로 벤치에 앉았다. 그리고 일 분쯤 그렇게 구부정히 앉아 있다가 큰 소리로 한숨을 내쉬었다. 이제부터 할 말이 있으니 주목하라는 뜻으로.

이 바닥에서 일하다 보면 별의별 기막힌 사건들을 접하게 마련이다. 공교로운 우연이 겹치고 겹쳐서 도저히 실제라고 믿기 어려운 상황이 벌어지기도 한다. 예전에 펜실베이니아의 어느 울창한 숲에서 벌어진 사건도 그런 경우였다. 우리는 그곳에서 유괴된 열 살짜리 여자아이를 찾아 수사에 나섰는데, 그로부터 한 달 뒤 루마니아 출신 서커스 극단이 곡예용으로 부리던 늙은 곰 한 마리를 그 숲에 버리고 떠났다.

발톱이 제거된 암곰은 자기에게 먹이를 줄 사람을 찾으려고 사람 냄새를 뒤쫓았다. 그렇게 숲속을 맴돌며 5킬로미터쯤 걷던 곰은 유괴범을 찾아냈고, 잘못해서 곰에게 깔려버린 유괴범은 커다란 앞발에 숨통이 눌려 질식해 죽었다. 열 살짜리 여자아이는 너무나 겁에 질리고 기진맥진한 나머지 도주하지도 못하고 그저 울면서 곰의 발치에 널브러졌다. 나중에 아이가 우리에게 말하기를, 그때 곰의 모습이 분홍색 망토를 걸치고 얼굴 뒤로 후광이 번쩍번쩍 빛나는 성모 마리아처럼 보였다고 한다. 곰은 머리를 수그려 주둥이로 아이를 쿡쿡 건드렸고, 그 신호를 알아들은 아이는 곰의 등 위로 기어 올라갔다. 마침내 아이를 발견한 사람은 근방의 오래된 벌목 도로를 지나가던 한 운전자였다. 그는 도로 한가운데에 낑낑거리는 곰 한 마리가 떡하니 자리 잡고 있었으며, 곰의 등 위에 여자아이가 반쯤 혼수상태로 매달려 있었다고 증언했다. 아이는 발레할 때 입던 분홍색 타이츠 차림으로, 아이의 분홍색 발레복은 곰이 뒤집어쓴 채로.

그랜트 파크의 벤치에 앉아서 보이드가 막 전해준 소식을 돌이켜 생각하노라니, 나는 기가 막혀서 한숨이 절로 나왔다. 이 도시의 공기를 모조리 들이마시고 나면 그 믿지 못할 이야기가 머릿속에 그나마 흡수가 될 것 같았다.

롤라가 몸을 비스듬히 꼬고 나를 보았다. 나도 똑같은 자세로 그녀를 마주보았다.

"보이드가 뭐라고 했는데 그래?"

"우선 차부터 가져와. 인디애나로 돌아가야겠어. 한 시간 전에 갔어야 했어."

"빌어먹을, 리우, 내가 그 양계업자한테서 분명히 냄새가 난다고 했잖아."

"그 정도가 아니야. 이건 진짜로 믿을 수가 없는 수준이야. 일단 차나 가져와."

"분홍 곰 같은 수준이야?"

"그래, 분홍 곰."

8

감금 25일차

살다 보면 소름끼치도록 으스스한데 지나고 나면 웃긴 일들을 겪게 된다. 당신의 기억 속에 블랙 유머처럼 남는 사건들 말이다. 또 어떤 사람들은 처음 만났을 때는 엄청나게 기이해 보이는데, 나중에 돌이켜보면 우스꽝스럽기만 하다. 실상은 너무나도 수준 낮은 사람이었고 그에 비하면 당신은 너무나 우월한 사람이었음을 깨닫게 된다고나 할까.

25일차에 나를 찾아온 손님이 그렇게 웃겼다. 지금 이 글을 쓰면서 생각해도 킥킥 웃음이 나온다. 어쩌면 검은 나비도, 그 사람도 신이 내 마음을 잠시나마 달래주려고 보내준 건지도 모른다. 당시에는 웃긴 줄도 몰랐지만 말이다. 그때의 나는 공포와 맞서 싸우느라 감정의 스위치를 꺼두는 데 온 에너지를 쏟아붓고 있었다.

황혼이 깔리던 늦은 오후였다. 나는 평소처럼 예행연습을 하고 있었다. 아직 갖지 못한 도구들도 눈앞에 있다고 치고, 모든 도구를 적재적소에 배치하는 훈련을 했다. 그러다 슬슬 저녁 식사 시간이 되어서 도구들을 정리하고 침대에 앉았다. 등을 꼿꼿이 세우고 두 손은 무릎 위에 얹은 채, 곰인형처럼 부푼 배를 안고서 간수를 기다렸다.

삐걱, 삐걱, 삐걱.

금속성 소음, 자물쇠가 돌아가는 소리, 잠금쇠가 짤깍 풀리는 소리에 이어 문이 열렸다.

그런데 간수의 손에 음식이 없었다.

"일어서."

나는 그의 말대로 일어섰다.

"이리 와."

내가 가까이 다가가자, 그는 식료품점에서 가져온 종이봉투를 내 머리에 씌웠다.

"한 손은 내 어깨를, 한 손은 난간을 잡아. 이제부터 계단을 내려갈 테니까. 봉투 밑은 안 묶었으니 틈새로 발밑을 보면서 걸어가도록. 그럼 당장 나와, 쓸데없는 질문은 하지 말고. 알아들었어?"

'뭐라고? 눈을 거의 다 가려놓고 계단을 내려가라고? 이제 와서 내가 뭘 보든 무슨 상관인데? 아니, 이 집에서 내가 보면 안 될 게 뭐가 있는데? 물론 나는 탈출 경로도 파악할 거고 쓸 만한 도구도 엄청 많이 발견하겠지. 하지만 너는 내가 그럴 줄 모르잖아. 이 유인원 새끼야.'

"네. 알겠습니다."

그래서 나는 내 감방 아래층이 어떻게 생겼는지 둘러보지 못했다. 다만 계단이 나무로 되어 있고, 한때 카펫이 깔려 있었을 가운데 부분의 빛깔이 더 밝다는 것은 확인했다. 1층 마룻바닥은 오크재목이었는데 하도 많이 쓸리고 긁혀서 광택제가 거의 벗어져 있었다. 오랜 세월 험하게 쓴 흔적이 역력했다. 간수는 모퉁이를 몇 번 돌아서 밝은 방으로 나를 데리고 들어갔다. 종이봉투 너머로 환한 빛이 쏟아져 들어왔다.

"데려왔어." 간수가 내 머리에서 봉투를 벗기며 말했다.

간수 앞에는 똑같은 간수가 있었다.

'이게 뭐야? 뭐가 어떻게 돼가는 거야? 내가 미쳐가는 건가? 똑같은 놈이 둘 있잖아. 대체 뭐지?'

"그래, 형. 아주 건강해 보이네. 값이 꽤 나가겠어." 간수와 똑같이 생긴 놈이 간수에게 말했다.

이제 보니 저 둘이 일란성 쌍둥이인 모양이었다. 이건 가족 사업이었던 것이다. '하, 미치고 팔짝 뛰겠네, 진짜.'

"자, 이리 와 앉으렴, 귀여운 흑표범*아." 간수의 쌍둥이 형제가 나를 부르며 화려한 식탁 앞에 놓인 의자를 가리켰다. 그의 손짓은 나긋나긋했고, 보통 남자들보다 손톱이 길었다. 목에 두른 자주색 페이즐리 무늬 스카프도 눈에 띄었다.

방 안에는 차이콥스키의 피아노 음악이 흐르고 있었다. 이제 보니 식탁 한끝에 레이스며 장식 덮개로 덮인 그릇 장식장이 서 있었고, 거기 놓인 전축에서 지지직거리는 음악이 흘러나오고 있었다. 연보라색과 녹색의 꽃무늬가 박힌 벽지 때문에 방 안이 빅토리아 시대 집처럼 구식으로 느껴졌다. 반들반들 윤이 나는 거무스름한 식탁과 의자들은 그보다도 더욱 고풍스러웠다. 왁스를 잔뜩 칠한, 거의 검은색에 가까운 나무 합판들과 벽을 장식한 징그러운 장미꽃들의 조합이라니. 식탁을 둘러싼 의자는 총 열두 개로, 모두 등받이가 높았고 분홍색 꽃무늬 쿠션이 대어져 있었으며, 식탁 가운데에는 김이 피어오르는 찜 요리들이 놓여 있었다. 방 안이 너무 후끈거려서 쪄 죽을 것 같았다.

* 나이든 남자를 좋아하는 여자를 속되게 이르는 말.

"예쁜 흑표범아, 우리 예쁜 흑표범아. 이리 와서 내 옆에 앉으렴. 나는 브래드라고 한단다." 쌍둥이 형제, 브래드가 비음이 섞인 높은 목소리로 노래하듯이 말했다. 그가 과장스러운 몸짓으로 움직일 때마다 기다란 스카프에 달린 술 장식들이 흔들거렸다.

'그러니까 이 작자가 바로 브래드였군. 지난번에 초음파 검사 할 때 얻은 스카프가 브래드의 것이었나 보네. 그나저나 나를 왜 흑표범이라고 부르지?'

브래드와 내 간수의 외모는 완전히 똑같았다. 얼굴도, 헤어스타일도, 이목구비도, 키도, 심지어 똥배까지도. 하지만 간수는 지저분하고 흐리멍덩한 반면, 브래드는 말쑥했고 태도도 분명했다.

내가 브래드 옆의 의자에 앉자, 그는 깃털처럼 가벼운 손가락을 내 팔꿈치에 사뿐히 얹었다. 옷으로 막혀 있는데도 내 살갗에 끈적끈적한 감촉이 닿는 것만 같았다. 저 흐느적거리는 작자는 악수도 흐느적거리면서 할 게 뻔했다. 엄마가 딱 질색하는 부류였다. "악수를 힘 있게 하지 않는 사람은 믿으면 안 돼. 그리고 악수랍시고 네 손가락 위에 자기 손가락만 슬쩍 얹는 놈들은, 기골도 없고, 근성도 없고, 영혼도 없는 인간들이야. 무시해도 돼. 아니, 무시해야 돼." 엄마는 그렇게 말하곤 했다. 나는 브래드가 식탁 위에 올려놓은 커다란 휴대폰에 눈길이 갔다. 내 손이 닿지 않는 위치였다.

"형, 우리의 귀중한 흑표범이 이렇게 쌀쌀맞은 디바라고는 말해주지 않았잖아." 브래드가 내 접시 위에 롤빵 하나를 올려주며 말했다. 그 접시에도 어김없이 장밋빛 무늬가 새겨져 있었다. '언젠간 이놈의 접시들을 다 없애버릴 거야.'

"브래드, 그냥 먹기나 해. 얼른 먹어치우고 얘는 위층으로 돌려보내자고. 대체 왜 부득부득 이년들하고 식사를 하려고 드는 건지 모르겠네. 어차피 죽을 년들인데." 간수가 언제나처럼 상스럽게 말했다.

"쯧쯧. 형은 늘 이렇게 거칠다니까." 브래드가 쏘아붙이고는 나를 돌아보았다. "미안해, 으르렁거리는 흑표범아. 저 아저씨는 원래 매너가 없어. 신경 쓰지 마, 그냥 무뢰한이라 그래. 저녁이나 맛있게 먹자. 나는 지금 무척 피곤해. 태국에서 어제 귀국한 참이거든. 게다가 온종일 치과 치료를 받았고, 저 심술쟁이 때문에 이 울적한 동네의 싸구려 여관에서 묵게 됐지 뭐니. 그래서 너무, 너무 피곤하단다. 어휴, 피곤해라. 내일은 또 비행기 타고…… 오, 흑표범아, 이제 네가 혀를 쯧쯧 찰 차례로구나. 내가 바보같이 내 이야기만 계속 떠들었네. 넌 틀림없이 배가 고플 텐데. 히히히."

예전에 남자친구 레니와 함께 본 영화가 생각났다. 〈갈고리에 달린 세 사람〉이라는 제목이었다. 엄마, 아빠, 아들 세 식구가 모두 살인자로 나오는 영화. 이 형제도 혹시 가족 전체가 사이코패스인 건 아닐까 싶었다. 차이콥스키의 음악이 마치 유혈극 장면에 흐르는 배경음악처럼 느껴졌다.

브래드는 얇게 썰린 고기들이 쌓여 있는 접시의 뚜껑을 열고, 내 그릇에 두 조각을 덜어주었다. 모양새로 보나 냄새로 보나 송아지 고기인 것 같았다. 하지만 이 광기의 한복판에 앉아 있으려니 나 자신의 감각이 정상인지도 신뢰가 가질 않았다. 이어서 브래드는 반짝반짝 윤이 나는 그린빈, 으깬 감자, 버터로 볶은 당근을 세심하게 덜어주었고, 그것도 모자라 내 쪽으로 몸을 기울이고 고기를 잘게 썰어주기까지 했다. 나를 애지중지하는 새엄마라도 된 양.

"흑표범 아가씨, 저, 혹시, 이런 걸 물어봐도 될지 모르겠지만 말이야……." 브래드가 목소리를 갑자기 낮추면서 어른이 어린아이에게 자못 심각하게 농담을 하듯이 속닥거렸다. "왜 그렇게 밉살스러운 눈으로 저 아저씨를 쏘아보는 거니?" 그러고는 목소리를 다시 확 높였다. "뭐라고? 저 아저씨가 주는 음식이 맘에 안 든다고? 히히히, 걱정하지 마. 우리는 저 아저씨한테 요리를 안 시키거든. 식당에서 베이컨 뒤집는 일도 못해서 잘린 사람한테 뭘 맡기겠니! 형, 기억나? 형이 나한테서 벗어나려고 딴 데 취직했었잖아. 그래서 결과가 어땠더라?"

브래드가 내 간수를 보며 눈을 깜빡거렸다.

"우리 뚱보는 그냥 나하고만 일해야 해. 너무 멍청해서 다른 일은 아무것도 못 하거든. 그나저나, 아이구, 내 정신이야, 또 이렇게 떠들고 있네. 너야 뭐, 저 아저씨가 놈팡이 뚱보니까 쏘아봤을 수도 있겠지." 브래드는 킬킬 웃으면서 나도 같이 웃으라고 내 어깨를 쿡 찔렀다. 나는 그저 "하!" 하고 짧게 코웃음만 쳤다. 그러자 간수가 싸늘한 시선으로 나를 노려보더니, 눈꺼풀을 바르르 떨며 깜빡거렸다. 그에게서 저런 증상을 본 건 처음이었다. 그의 눈이 쉴 새 없이 깜빡거리고 있었다.

"입 닥쳐, 브래드. 이 짓거리나 빨리 좀 끝내." 깜빡, 깜빡, 깜빡.

"형, 진정해. 아가씨가 맛있는 저녁 식사를 즐겨야 하잖아. 그렇지, 흑표범아?"

"네, 그렇습니다."

"네, 그렇습니다?" 브래드가 소리쳤다. "'네, 그렇습니다'라고?! 오, 형, 형. 이 애는 참 깜찍하네, 어쩜 이렇게 깜찍한 아기 흑표범이 다 있을까!"

브래드가 음식을 한 입 먹으면서 내 쪽으로 흘긋 눈길을 던졌다. 나는 무릎 위에 두 주먹을 꽉 움켜쥐고 있었다. 그걸 본 브래드는 인상을 찌푸리더니 눈을 번뜩이며 정색을 했다.

"당장 포크 집어 들고 송아지 고기 처먹어. 내가 기껏 만들어왔잖아! 당장!" 브래드가 굵고 험악한 목소리로 버럭 고함을 질렀다. 그러더니 원래의 간드러지는 투로 "히히히" 하고 웃어댔다.

나는 포크를 집어 들고 송아지 고기를 먹었다.

"그런데, 형, 흑표범의 말투가 왜 이런 거야? '습니다'라니, 형이 그렇게 말하라고 시켰어?"

간수는 구부정히 앉아 으깬 감자를 입에 욱여넣기만 했다.

"형, 형은 아빠한테서 평생 못 벗어날 모양이야. 안 그래?" 브래드가 나를 돌아보고 말했다. "예쁜 흑표범아, 내 형은 상처가 아주 많은 사람이야. 우리 아빠가, 사랑하는 아빠가 말이야, 우리한테 항상 말 끝에 '습니다'를 붙이라고 했어. 심지어 우리가 감기에 걸려서 토하고 있을 때도. 다림질한 파자마 차림으로 '아버지, 토해서 정말 죄송합니다'라고 말해야 했지. 오, 흑표범아, 그리고 또 한번은, 우리 아빠가 내 바보 형한테 무슨 짓을 했냐면……."

간수가 눈을 깜빡깜빡하면서 말했다. "브래드, 그 똥내 나는 주둥이 닥치지 않으면……."

브래드가 두 손으로 식탁을 탕 내리치더니 자리에서 일어섰다. 귀가 먹을 듯 요란한 소음과 함께 유리 샹들리에가 짤랑짤랑 흔들렸다. 그는 형에게 몸을 기울이고 윽박질렀다.

"오, 형, 형이나 닥쳐!" 브래드가 나이프를 휘두르면서 잇새에 낀 고기 조각을 쩝쩝 빨아 먹었다.

간수는 입을 다물었다. 브래드는 자리에 앉고 나를 향해 코를 찡그리며 엉큼한 미소를 지었다.

기묘한 형제였다. 여성스러운 동생 쪽이 놈팡이 뚱보 형을 쥐고 흔드는 관계였던 것이다. 나는 브래드 쪽으로 아주 살짝 몸을 기울였다. 그에게 나에 대한 무의식적인 친밀감을 심어줄 수 있을까 싶어서였다.

"아휴, 형도 참, 형은 너무 민감해서 탈이야. 쯧쯧." 브래드는 '민감'이라는 단어에서 목소리를 한 옥타브 더 높였다. "흑표범아, 내 이야기 잘 들어보렴. 우리 사랑스러운 형이 어렸을 때, 아빠가 정한 통금 시간을 잘 못 지켜서 애를 먹었단다. 우리 아빠는 군용 손목시계로 시간을 칼같이 확인했거든. 부사관 시절부터 갖고 있던 걸로 말이야. 그리고 나는, 음, 시간 지키는 걸 아주 잘했어. 당연히 아빠는 나를 편애했지."

브래드는 '당연히' 대목에서 만족스러운 표정으로 자기 손톱을 훑어보았다.

"그런데 여기 이 등신은 자꾸만 일 분씩, 삼십 초씩 늦는 거야. 맨날 숨을 헉헉거리면서 뛰어 들어오곤 했지. 그러던 어느 저녁이었어, 우리가 열여덟 살이었을 때…… 아, 우린 쌍둥이니까 나이는 같아. 그건 알지? 아무튼 열여덟 살 때, 고등학교를 졸업한 다음 날 저녁에, 아빠가 형한테 동네 가게에서 우유랑 디카페인 커피를 사오라고 심부름을 보냈어. '아들아, 시간을 재겠다. 이건 시험이다. 7시 정각에 집에 돌아와야 한다. 일 초도 늦으면 안 돼. 알겠나?' 그러자 형은 '네, 알겠습니다'라고 했지. 그게 올바른 답이었으니까. 그래서 형은 문밖으로 뛰어나갔고, 나랑 아빠는 형이 길거리를 헐레벌떡 달려가는 걸 지켜보았어. 아빠는 나지막이 신음했지. '저 녀석은 글러 먹었어. 구부정한 자세 좀 봐라. 뛰는 폼도 꼭 머저리 같군.' 그런데 형이 가게에 들어간 뒤에 무슨 일이 생겼던 모양이야. 형, 대체 무슨 일이었어? 그때 뭐 하다가 이 분이나 늦었던 거야?"

정적.

형제가 서로를 빤히 응시했다. 눈빛만으로 서로를 죽일 기세였다. 내 간수의 턱에서 땀이 흘러내렸다. 눈꺼풀이 또 깜빡거렸다.

쌍둥이 사이에 증오가 팽팽히 맞섰다.

깜빡, 깜빡, 깜빡.

나는 두 팔로 내 배를 가렸다.

깜빡, 깜빡, 깜빡.

"뭐, 무슨 일이었건 상관없지. 아무튼 흑표범아, 바보 형이 문 안으로 들어오자, 아빠가 손목시계를 톡톡 두들기며 말했어. '아들아, 정확히 7시 2분이다. 넌 이 분이나 늦었다. 이제부터 일 년 동안 영창에서 지내도록.'"

간수가 포크를 손에서 떨어트렸다. 이제 그는 브래드를 노려보지도, 눈을 깜빡이지도 않았다. 그저 증오가 가득 실린 눈으로 나를 힘껏 쏘아보기만 했다. 그를 영창으로 보낸 사람이 나이기라도 한 것처럼. 어쩌면 내가 브래드의 이야기를 흥미진진하게 듣는 티를 냈기 때문에 그랬는지도 모른다. 나는 먹던 걸 멈추고 브래드를 쳐다보고 있었다. "영창이라니, 무슨 영창요?"라고 묻고 싶은 걸 애써 참으면서.

"흑표범아, 영창이 뭔지 아니? 오, 당연히 모르겠지. 형은 울고불며 애원했지만, 아빠는 형을 지하실 계단으로 끌고 내려가서, 벽으로 위장된 비밀 문을 밀어젖혔어. 거기엔 우리가 그전 여름에 지어놓은 감방이 있었단다. 아빠는 형을 그 안으로 밀어 넣고는 문을 잠가버렸지. 이후로 그 멍텅구리한테 식사를 가져다주는 건 내 몫이었어. 나는 식사를 아주 정성껏 준비했단다, 흑표범아. 갇혀 지낼 때는 건강을 유지하는 게 무척, 무척 중요하거든. 아빠가 가르쳐주신 교훈이야. 너도 여기에서 잘 먹고 지내야 할 텐데, 어떠니? 형이 네 식사를 잘 챙겨주고 있니?"

"네." 나는 간수에게 눈길을 주지 않고 대답했다. 그가 내 대답을 좋아하든 말든 상관없었으니까.

"만약 형이 너한테 소홀하다면, 내가 직접 나서서 너를 돌봐주마. 그러니까 솔직히 말해보렴, 흑표범아. 저 아저씨가 식사를 잘 챙겨주고 있는 것, 맞지?"

브래드가 나를 맡으면 곤란했다. 이제 와서 작전을 변경하기엔 너무 늦었다. 기껏 계산을 다 해두었고, 작전을 실행할 날이 코앞이었다. 절대로 브래드가 끼어들게 할 순 없었다.

"네, 잘 챙겨주고 있습니다."

"아유, 예뻐라, 예뻐라. 다 잘 돌아가고 있나 보구나." 브래드가 심벌즈를 든 태엽장치 원숭이 인형처럼 손뼉을 쳤다.

"그럼 원래 이야기로 돌아가볼까. 그래서 저 짜증쟁이는 한 해를 꼬박 감옥에 갇혀 있다가, 정확히 일 년째 되던 날 7시 2분에 석방되었단다." 브래드는 자기 코를 문지르며 말을 이었다. "아빠는 형에게 받아쓰기를 시켰어. '악마가 내 시간을 잰다. 내가 지각하면 악마가 나를 짓밟는다.' 이 문장을 매일 공책에 써야 했어. 공책을 하루에 한 권씩 채워서 총 삼백육십오 권이 될 때까지 쓴 거지. 그러다가 마침내 풀려났을 때 형은 아빠를 보고 이렇게 말했단다. '감사합니다, 아버지.' 그게 올바른 대답이었으니까."

간수는 여전히 내게 시선을 붙박은 채 위협적인 기운을 풍기고 있었다. 아까보다 한층 더 깊은 악의를 곱씹고 있는 것 같았다. 그 어둠이 어디에서 비롯됐는지 이제는 알 수 있었다. 깜빡, 깜빡, 깜빡. 그의 얼굴에는 아무런 연민의 빛도 드러나지 않았다. 그가 나의 동정을 원치 않기 때문이리라. 남의 동정을 받는다는 건 그가 나약해졌고 아버지가 틀렸다는 의미가 될 테니까. 그가 아직도 모자라고 하등한 동물이라서 동정을 받는 셈이 될 테니까. 깜빡, 깜빡, 깜빡. 연신 깜빡거리는 그의 눈을 보고 있으니 슬며시 두려움이 밀려왔다. 그 감정을 억누르고 스위치를 끄기까지 꼬박 십 초가 걸렸다. 하지만 감정은 내 제어를 거스르고 또 고개를 들었다. 나는 다시 스위치를 껐다. 깜빡, 깜빡.

누군가가 내 접시를 내 쪽으로 더 가까이 밀어주었다.

"채소 더 먹으렴, 흑표범아. 그래야 건강해지지." 브래드가 말했다.

"주는 대로 먹어. 곧 네 배에서 아기를 도려낼 테니까." 간수가 말했다.

브래드는 그를 나무라지 않았다. 오히려 고개를 끄덕여 맞장구를 쳤다.

나는 브래드가 따라준 우유를 한 모금 삼키면서, 그가 새끼손가락을 치켜든 채 쥐고 있는 스테이크용 나이프로 눈길을 돌렸다. 저 칼을 확 빼앗아서 스카프로 고이 감싼 그놈의 목을 찔러버리고 싶었다. 그러면 자주색 실크에 붉은 피가 번져서 멋지게 어우러질 텐데.

식사가 끝나고 상을 치운 뒤, 브래드는 밖에서 사과 파이 한 조각을 가지고 총총 뛰어 들어왔다. 내게만 주는 후식이었다. "우리 흑표범, 이 파이 가지고 방으로 올라가렴. 나랑 같이 저녁 먹어줘서 고마워. 나는 이곳저곳에 있는 우리 상품 관리자들을 만나는 걸 좋아한단다." 그는 '이곳'과 '저곳'을 말하면서 손을 앞뒤로 까닥였다.

'상품 관리자? 아기를 밴 여자애를 뜻하는 거야? 그러니까, 아기 엄마 말하는 거지? 진짜 역겹네. 이 정도면 화도 안 나. 역겨워. 너무 역겨워서 웃길 지경이야.'

브래드가 엄지와 검지로 내 귓불을 어루만졌다. 그 순간 나는 놈의 팔을 확 잡아당겨 비틀어서 넘어뜨릴까 싶었다. 아빠가 예전에 가르쳐준 방법대로, 앞으로 쏠리는 힘을 이용해 놈의 몸을 빙글 굴려서 바닥에 나동그라지게 한 다음, 발뒤꿈치로 놈의 목을 짓밟아 부러뜨리는 것이다. 그런 다음 재빨리 내 왼쪽에 있는 벽난로 부지깽이를 집어 들고, 옆에서 멍청히 서 있을 간수 녀석을 꿰찔러버리면 된다. 하지만 지금의 몸 상태로 그렇게 움직이는 건 무리였다. 뻔하고 간단한 해결책이 있는데도 눈앞에서 기회를 날려버리는 게 이번이 몇 번째인지 몰랐다. 나는 어쩔 수 없이 그가 내미는 사과 파이를 받아들었다.

그리고 다시 종이봉투로 시야를 반쯤 차단당한 채, 등 뒤에서 따라오는 간수의 감시를 받으며 계단을 올라갔다. 손에는 지극히 미국적인 디저트를 들고서.

감방 앞에 도착했을 때 간수는 평소와 달리 나를 문 안으로 밀어 넣지 않았다. 그는 멈춰 서서 나를 똑바로 쳐다보며 말했다. "쌍년아, 너 나를 호구로 보지? 첫날부터 나를 볼 때 한 번도 눈을 깜짝이지 않던데. 한 가지 확실히 알려줄게. 나는 네 내장을 뽑아버릴 거다. 너는 절대로 못 이겨. 내 동생한테서 들은 시답잖은 이야기 하나 가지고 너무 좋아하지 않는 게 좋을 거야."

그는 이렇게 기분 좋은 저녁 인사를 남기고 떠났다. 이를 악문 채 히죽 웃으면서.

놈이 이제까지의 패턴 그대로 움직이게 하려면 앞으로는 더 고분고분하게 굴어야 할 것 같았다.

9

감금 30일차

예상대로 오전 7시 30분에 빵 굽는 냄새가 풍겨왔다. 요리사들이 음식을 만들러 온 것도 오늘로 네 번째였다. 아래층 천장의 선풍기가 돌아가면서 내 방 바닥에 진동이 울렸고, 믹서가 윙윙거리고 꿀렁거리는 소리도 들려왔다. 풋사과 빛깔의 믹서 안에서 브라우니 반죽이 휘휘 돌아가는 광경이 보이는 것 같았다. 이윽고 초콜릿 달궈지는 냄새가 방 안 가득 차오르다 천장으로 올라갔고, 치즈 녹는 냄새와 버터가 가득한 빵 껍질 냄새가 뒤를 이었다. 코가 실룩거리고 입안에 침이 고이고 뱃속이 꼬르륵거렸다. 아, 저 반죽 그릇을 핥아볼 수만 있다면, 오븐에서 막 나온 파이를 한입만 먹어볼 수 있다면. 나는 침대에 누운 채로 소리가 나지 않게끔 조심스럽게 몸을 웅크렸다. 바깥의 복도에서 간수가 기침하는 소리가 들렸다. 그가 내 감방 문에 기대서 있어서, 거칠게 쌕쌕거리는 놈의 호흡에 따라 문짝이 덜컹덜컹 흔들렸다. 아까 그는 나와 양동이를 동시에 붙들어 침대에 패대기치고는 총을 꺼내 보이며 이렇게 을렀다. "꼼짝 말고 있어. 소리 한 번만 내면 오늘 네 애는 총 맞고 뒈지는 거야."

그가 겨눈 총부리가 내 배꼽에 닿았다. 아마 그 부위쯤에 아기의 머리가 있었을 터였다. 그가 떠난 뒤에도 내 피부에 남은 총의 싸늘한 감촉은 한동안 가시지 않았다. 그 개새끼는 정말로 방아쇠를 당길 작정이었다. 총알이 아기를 꿰뚫는 장면이 성가신 모기처럼 자꾸만 눈앞에 아른거려서, 나는 진저리가 나는 것도 참고 가만히 누워만 있으려 애썼다.

십칠 년이 지난 지금, 내겐 좌우명이 생겼다. "무언가를 기다릴 땐 만반의 준비를 하라." 무언가 기다릴 때는 정말로 넋 놓고 앉아서 기다리기만 할 게 아니라 목표를 향해 나아가야 한다는 뜻이다. 벽돌 한 장, 모르타르 한 겹, 또 벽돌 한 장, 이렇게 차근차근 피라미드를 쌓아가면서 목표물이 내게 가까워지도록 만드는 것이다. 요즘 나는 그 좌우명을 되새기면서, 내가 기다리는 목표는 반드시 실현된다고 믿으며 살고 있다. 그 어떤 의심이나 물리학 법칙, 심지어는 시간이 나를 가로막는다 하더라도.

시간. 가차 없이 쏟아지는 폭포수가 뾰족한 바위를 깎아나가듯 사람의 의지력은 시간에 깎여서 무뎌지기 십상이다. 그 한가운데에서 당신을 무심히 조롱하는 초침의 째깍째깍 소리가 들려올 때면, 당신은 본래의 목표를 이루는 데 도움이 될 무언가에 집중해야 한다. 아직 못 푼 매듭을 푼다든지, 이미 두 번 점검한 지도를 한 번 더 점검한다든지, 그림자의 치수를 다시 재본다든지…… 무엇을 하든 좋다. 당신이 기다리는 것에 더 가까워지는 일이라면 그 무엇이든.

나는 오후의 대부분을 째깍째깍 돌아가는 시간의 흐름에 빠져 비몽사몽으로 보냈다. 더 이상 무엇을 해야 할지 생각나지 않았다. 감방 벽을 둘러싼 판자들의 거친 나뭇결을 멍하니 바라보고 있을 뿐이었다. 들보들은 나뭇가지가 되었고, 천장은 흰 구름이 낀 하늘이 되었다. 그러다 바닥이 삐걱거리면서 간수가 저 아래에서 움직이는 소리가 들리면 그제야 퍼뜩 정신을 차리고 할 일이 더 없는지 생각했고, 없으면 내게 위안을 줄 수 있는 유일한 활동을, 즉 연습을 재개했다. 어떤 목표든 이루려면 연습이 필요하다. 연습, 또 연습, 천 번은 더 연습해야 한다.

나는 올림픽 선수들을 무척 좋아한다. 특히 팀이 아니라 단독으로 출전하는, 수영이나 마라톤 같은 종목의 선수들. 그들이 매일 새벽 4시부터 자정까지 녹초가 되도록 연습했다는 뒷이야기가 나의 심금을 울린다. 장난감 상자에서 튀어 오르는 용수철 인형처럼, 그들은 상자 안에 단단히 붙박인 발을 절대로 빼지 않고 끊임없이 튀어 오르고 내려앉고, 튀어 오르고 내려앉기를 반복해온 것이다. 그렇게 오랜 시간을 보낸 끝에 마침내 호루라기나 신호탄이 울린 순간, 그들은 앞으로 질주한다. 수면을 박차거나 허들을 뛰어넘으며, 물보라를 넘고 바람을 넘어서, 경쟁자들을 제치고 나아가는 가오리처럼, 하늘을 가로지르는 번개처럼. 내가 응원하는 선수가 이기면 나는 크게 환호성을 올린다. 그들은 그 결과를 위해 노력했고, 찬사를 받을 자격이 있는 것이다. 투지와 결의로 가득 차서 전력을 다하는, 죽음도 거스르며 싸우는 선수들의 경쟁. 순전히 이기기 위한 게임. 거기에 참여하는 한 사람 한 사람이 모두 사랑스럽다.

그래서 나는 그날 침대에 누운 채, 요리사들이 떠나기만을 기다리고 있었다. 그래야 아기가 총을 맞는 백일몽에서 벗어나 연습을 재개할 수 있을 테니까.

11시쯤 되자 간수가 요리사들과 예의 그 알랑거리는 인사를 나눴다. 그걸 듣고 있자니 목구멍에서 신물이 절로 올라왔다. 나는 침대보로 입을 가리고 헛구역질을 했다. 그런데 요리사들이 떠나고 문이 닫히자마자, 간수가 계단을 쿵쿵 올라오는 발소리가 들렸다. 이 시점에 그가 내 방에 올 일이 뭐가 있을까? 무슨 일인지는 몰라도 평상시의 일과가 갑자기 흐트러지는 건 질색이었다. 목덜미에서 뜨끈한 땀이 솟았다. 목구멍이 신물에 데여 화끈거렸고, 심장은 벌새처럼 파닥거렸다.

간수가 벌컥 문을 열고 들어왔다.

"일어나."

나는 일어났다.

"신어." 그가 낡은 나이키 운동화 한 켤레를 내 발치에 던졌다. 내 발에 비해 두 사이즈는 더 커 보였다. 나는 운동화를 신고 끈을 꽉 졸라 묶었다. '32번 도구, 운동화 한 켤레…… 잠깐, 그러고 보니 내 신발은 어디 있지? 이제껏 쭉 맨발로 지냈단 말이야? 그걸 어떻게 몰랐지?'

"걸어가." 그가 내 등에 총을 들이대고 말했다. 처음 여기 도착했을 때와 같은 행군이 시작되었다. 그는 뒤에서 걷고, 나는 어디로 가는지도 모르는 채 앞에서 걸었다. 그런데 이번에는 내 머리에 종이봉투가 씌워지지 않았고, 눈가리개도 없었다.

'오, 하나님, 제발 도와주세요. 대체 어딜 가는 거지? 나비야, 이번에는 왜 경고해주지 않았어? 아니, 경고했는데 내가 못 본 걸 수도 있겠지. 아침 내내 벽만 보고 있었으니까. 창문을 봤어야 했는데…… 그런데 이 인간은 나를 어디로 데려가는 거야?'

우리는 계단을 내려가서 1층에 이르렀다. 왼편으로 가면 부엌이 나올 터였다. 하지만 간수는 그쪽으로 꺾지 않고 쭉 직진해서 건물의 뒷문인 듯 보이는 출입문을 열었다. 그 너머에는 흙길이 펼쳐져 있었고, 풀밭에 낡은 피크닉용 테이블 한 대가 놓여 있었다. 테이블 주위의 풀이 다 닳았고 담배꽁초가 널려 있는 걸 보니 그 테이블을 썼던 사람들의 흔적인 듯했다. 직원용 휴게소 같은 곳일까? 나는 고개를 돌려 건물이 어떻게 생겼는지 보고 싶어서 애가 탔다. 하지만 눈길 한 번 돌릴 틈도 없이 간수가 나를 발로 툭툭 차면서 걸음을 재촉했다.

흙길은 4, 5미터 정도까지만 풀이 깎여 있었다. 그 너머의 땅은 손질되지 않아서 풀이 무성했다. 풀로 뒤덮인 길은 폭이 1미터쯤 되어 보였고 우리가 방금 나온 건물과 평행으로 뻗어나갔다. 풀밭을 따라 쭉 걷다 보니 땅이 솟아오른 이랑이 나왔다. 이랑 뒤편으로는 가파른 내리막과 숲이 펼쳐져 있었다. 간수가 내 등을 총으로 찔러서 이랑을 넘어가라고 신호를 보냈다. 나는 숲으로 이어지는 좁은 내리막길을 따라 걸어갔다. 하늘의 해는 중천에 떠올라 있었다.

'어디로 가는 걸까? 지금 나를 끝장내려는 건가?' 나는 임신한 지 팔 개월째였다. 놈들이 장비만 제대로 갖추고 있다면 제왕절개로 아기를 꺼내서 살릴 수는 있을 터였다. 하지만 지금까지 온갖 공을 들여놓고 설마 그런 위험한 시도를 할까 싶었다. 나는 분노를 삼키며 하릴없이 배를 문질렀다. 그러다 문득 새로운 사실을 깨달았다. 내 아기에게 위협이 닥쳐올 때마다 내 안에서 공포를 담당하는 스위치가 저절로 켜진다는 것. 임신하기 전에는 이런 문제로 애를 먹은 적이 없었다. 나는 계속 걸음을 옮기면서 생각에 잠겼다. 그 사실을 알고 나니 나 자신이 더욱 선명하게 인식되었고, 반갑지 않은, 더 나아가 쓸모없는 감정인 공포를 억누르는 게 한결 쉽게 느껴졌다. 한편으로는 흥미롭기도 했다. 심리학적으로도, 의학적으로도, 심지어는 철학적으로도 생각해볼 만한 문제였다. 아기가 느끼는 공포가 나에게 전이되는 건 아닐까. 나는 아기에게 생명을 주고 있지만, 아기는 나에게 과연 생명을 주고 있을까.

그날은 아침 일찍 봄비가 와서 흙도 잎사귀들도 차갑게 젖어 있었다. 나뭇가지에 튼 싹들은 모두 물기를 머금고 잠들어 있었다. 이런 날씨에 움직이려 하는 생명체는 하나도 없어 보였다. 태양조차도 싸늘한 공기와 맞서 싸울 의욕이 안 나서 짙은 구름을 덮고서 자고 있는 것 같았다. 코트 한 장 걸치지 않은 나는 추위에 몸을 떨었다.

"너는 쓸모없는 년이다. 싸구려 창녀야, 네 꼴을 봐. 완전히 걸레짝이지. 열나게 떡치고 더러운 걸 임신하기나 하고. 넌 인간쓰레기야. 이 세상 어디에서도, 아무짝에도 쓸모없어." 그가 내 등에 총을 댄 채로 목 가까이에 얼굴을 들이대고서 말했다. 뺨 위로 와 닿는 뜨거운 숨결이 느껴졌다. 그는 내 얼굴에 침을 뱉고는 덧붙였다. "쓰레기 같은 년."

'내가 잘못을 떠안는다면, 어떻게 해서든지 책임을 진다면 이런 일을 당하지 않게 되는 건가? 그래, 물론 나는 가진 게 많고, 주위의 도움도, 사랑도 많이 받았으니 운이 좋지. 하지만 이 혜택들이 결국 나를 이 길로 오게 한 것 아닌가? 흠이 있고 독특한, 결국은 내 것이 되어버린 인생길…… 그런데 이게 왜 토론의 주제에 올라야 하지? 누가 내 인생을 토론에 부친단 말이야? 저 인간이? 저 범죄자가? 잠깐, 잠깐만. 정신 차리자. 이건 내 이야기가 아니야. 단지 저놈이 자기 악행을 정당화하려고 떠벌리는 이야기일 뿐이야. 정신 차려. 제발. 정신 차리자. 심호흡을 하자.'

나는 내가 무슨 짓을 했다고 저놈에게 도덕적 질책을 받아야 하는 건지 어리둥절했다. 나는 그저 여자라서 임신을 했을 뿐이다. 어린 나이에. 그런데 그 행동이 잘못됐으니 사과해야 한다는 건가? 그에게? 세상에게? 신에게? 나무들에게, 숲에게, 선악을 판가름하는 자연의 원소들을 향해? 그런다고 해서 그를 만족시킬 수는 없을 것이다. 이제까지 나는 그의 모든 명령을 따랐지만, 그가 원하는 것은 단지 나를 해치는 것뿐이었다. 나는 고개를 숙이고 그의 설교가 더 쏟아질 것을 대비했다. 그가 뱉은 침이 피부를 타고 천천히 흘러내리는 게 느껴졌다.

"그래, 내 말 들었지? 넌 완전히 쓰레기라고. 다른 여자애들은 다 살려달라고 울고 빌기라도 했어. 너는 뭐야? 머리가 돌아버렸나 보지? 돌덩이처럼 퍼질러 앉아만 있게? 사실 너는 애도 원하지 않지? 애새끼가 어떻게 되건 아무 상관없겠지."

헛소리였다. 내겐 나 자신의 생존보다도 아기가 더 중요했다. 훨씬 더. 나는 검은 나비가 내게 두 가지 선택지를 준다면 어떻게 할까 공상하곤 했다. 그 끔찍한 집에서 계속 갇혀 살면서 아기를 지키는 것과 구출되는 대신 아기를 잃는 것, 둘 중 하나를 고르라고 한다면? 나는 그 생각을 숱하게 많이 했지만, 고민하고 말고 할 것도 없이 선택은 항상 같았다. 다만 영원한 감옥에서 갇혀 사는 동안 내 아기를 침대의 어디에 두고 재울지가 고민스러울 뿐이었다. 아이의 포동포동한 배를 쓰다듬고, 그 복숭아 같은 뺨에 입을 맞출 상상을 하면서.

"채석장에 도착하면 너도 입을 열게 될 거다. 그때 가서도 그렇게 뻔뻔할 순 없겠지."

'채석장엔 왜 가는 거지?'

"그래, 거기에서라면 비명을 지르고야 말 거야, 쌍년아. 뭘까? 뭐

일 것 같아? 뭐냐고?"

저건 또 무슨 질문인가? 지금 나는 좁고 구불구불한 오솔길을 넘어지지 않고 걷는 데만도 온 힘을 쏟아부어야 하는데, 간수는 내 뒤에서 "뭘까? 뭐냐고?"라며 생뚱맞게 물어대고 있었다. 이건 수사적 질문인가? 아니면 빈정거리는 건가? 내게서 무슨 대답을 기대하는 건가? 혹시 혼잣말인가?

나는 발을 멈췄다. 몸은 여전히 앞으로 기울인 채, 오른발은 주먹만 한 돌멩이를, 왼발은 땅 위로 튀어나온 나무뿌리를 밟고 있었다. 간수는 천천히 다가와서 내 뒤에 딱 붙어 서더니 총을 든 쪽 팔을 내 몸통에 둘렀다. 등 뒤에서 연인을 끌어안는 듯한 자세였다. 그러고는 화가 난 뱀처럼 쉭쉭거리며 내 귀에 대고 다그쳤다. "내가 질문을 하면 대답을 해. 오늘 내가 널 데리고 뭘 할 것 같냐고?"

"전혀 모르겠습니다."

"아하, 그래. 그럼 알려주지. 너는 이 언덕을 따라 저 위까지 올라가게 될 거야. 얼마 안 남았지. 저기가 어딘지 알아? 이제껏 내가 너 같은 년들을 내다버린 데야. 그동안 네가 감방에서 주인이라도 된 것처럼 어슬렁거리는 꼴이 하도 같잖길래, 너한테 닥쳐올 앞날을 똑바로 보여줘야겠다 싶더라고. 어디 그걸 보고도 계속 기고만장할 수 있을지 두고 보겠어. 너는 언제든지 나를 죽일 수 있을 것처럼 굴던데. 멍청한 년이, 주제도 모르고."

그의 숨에서는 여전히 똥 냄새가 났다.

출발할 때 내 목에 흐르던 땀은 이제 싸늘히 식어 있었다. 하지만 그가 내 목에 대고 숨을 내뱉고 있으니, 또 후끈 열기가 끼치면서 목에 땀이 났다. 나는 치밀어오르는 구역질을 못 이기고 토했다. 목구멍에서 시큼한 위액이 튀어나와 내 오른발과 그 밑의 돌멩이에 떨어졌다.

그가 뒤로 물러서더니, 내 등을 총부리로 쑤셔대며 말했다. "앞으로 가." 이게 그 인간 나름의 배려인 모양이었다.

나는 그가 말한 언덕을 따라 올라갔다. 길은 더 이상 없었고, 거대한 화강암 석판들이 쌓인 비탈만 이어졌다. 표면을 드문드문 뒤덮은 초록색 이끼와 지의류가 마치 십 대 남자아이의 턱수염처럼 보였다. 지나치게 큰 신발을 신은 채로 무거운 상체를 가누면서 바위들 위를 걸어 올라가려면 몸을 많이 구부려야 했다.

한번은 발이 미끄러져서 그를 향해 자빠질 뻔했다. 바위를 손으로 짚어서 겨우 몸을 지탱하긴 했지만, 바위 표면을 뒤덮은 지의류의 가시들이 손바닥에 박혔고 살갗이 까졌다.

"일어나. 일어나. 움직여." 그는 주저앉아 있는 내게 손 한 번 내밀어주지 않았다.

마침내 바위 더미 맨 위에 이르러 우리는 멈춰 섰다.

그곳은 도넛처럼 둥그런 형태의 산마루였다. 그 중앙에는 거대한 구덩이가 패여 있었고, 시커먼 물이 호수처럼 들어차 있었다. 다이너마이트로 폭파된 암벽은 수직의 능선을 그리며 물속으로 뻗어 내려갔다.

여기가 바로 채석장이었다. 물이 고인 구덩이의 너비를 보니 수영장을 여덟 개쯤 합친 규모였다.

"가장 깊은 데는 12미터쯤 된다더군. 한번 들어가보고 싶냐?"

"아뇨. 싫습니다."

"아뇨, 싫습니다? 아뇨, 싫습니다?! 그 반응이 다야? 이 미친년. 이리 내려와. 이번에야말로 엉엉 울게 될 거다."

간수는 아무래도 맛이 간 것 같았다. 실성해버린 것이다. 내내 그 집에 처박혀 나를 감시하고 음식 날라다주는 노예 노릇만 하다 보니, 오히려 나보다 더 정신에 무리가 온 모양이었다.

'저 인간은 미쳤다. 미친 사람이야. 미친 사람의 행동은 예측할 수 없다. 이 상황은 내가 제어할 수 없다. 그냥 저놈 말을 듣자. 시키는 대로 하자.'

나는 순순히 그의 뒤를 따라갔다. 그에게 목덜미를 붙잡혀 끌려가는 것보단 그편이 나았다.

우리는 채석장 언저리를 가로질러 완만한 비탈을 따라 내려가다가 물이 얕게 고인 기슭에 이르렀다. 물은 가장자리 너머로 자꾸만 넘쳐서 더 아래쪽의 마루터기로 흘러내리고 있었다. 그는 한쪽 손으로 나를 향해 총을 겨눈 채, 바닥에 있던 축축한 밧줄 한 다발을 집어 들었다.

"뒷짐 져."

내가 두 손을 등 뒤로 돌리자, 그는 총을 바닥에 내려놓고는 밧줄로 내 손목을 결박했다. 그리고 기슭 한편에 서 있는 나무 기둥에다 밧줄의 다른 쪽 끝을 묶었다. 자기 집 개를 뒷마당에 묶어놓듯이.

"거기 서서 똑바로 봐."

그는 채석장 구덩이의 어둠속으로 손을 뻗어 암벽의 측면을 더듬었다. 거기에 걸린 무언가를 손으로 풀어내는 것 같았다. 또 밧줄이었다. 그는 암벽에서 끌어낸 밧줄을 잡아 쥐고, 나를 밀어젖히고는 뒤로 걸어가서 커다란 바위 뒤편에 자리를 잡고 앉았다. 그리고 그 바위를 지지대 삼아 발을 딛고서 밧줄을 힘껏 잡아당겼다. 팔, 다리, 턱까지 힘을 주면서 안간힘을 쓰는 걸 보니, 밧줄 끝자락에 매달린 무거운 물체를 끌어올리려는 듯했다.

도중에 그는 팔에 힘을 풀고 숨을 헐떡거리며 말했다. "이년 시체를 비싼 웨이크보드에 묶어뒀어. 프로들이 대회에서 쓰는, 진짜 바다에서 타는 보드 말이야." 숨이 차서 가슴을 들썩이면서도, 그는 이 섬뜩한 이야기를 하는 게 즐거운 듯 히죽 웃었다. "그리고 웨이크보드 밑에 커다란 시멘트 벽돌을 매달아뒀지. 나는 그걸 통째로 물속에 던져 넣었어. 시체, 웨이크보드, 시멘트 벽돌을 한꺼번에. 바로 저기에서 말이야." 그는 고갯짓으로 채석장 저 위의 꼭대기를 가리켰다. 그러고는 가쁜 숨을 고르면서 잠시 쉬다가, 다시금 밧줄을 잡아당기면서 미친 소리를 쏟아냈다. "처음에는 웨이크보드가 시체 머리 부분부터 비스듬히 수면 밑으로 들어가더군. 하지만 시멘트 벽돌이 물속 깊이, 깊이 가라앉으면서 웨이크보드가 다시 수평으로 바로잡혔지. 오, 그년은 지금도 수면 바로 밑에 떠 있을 거야. 너도 이제 금방 보게 될 거다. 내가 벽돌을 호수 밑바닥에서 끌어올리기만 하면…… 그래, 언젠가 네년들에게 한 수 가르쳐줘야 할 때를 대비해서 내가 다 준비해둔 거야. 어때, 천재적인 발상이지?"

"네."

'음, 그러니까…… 뭐라고? 이게? 네가? 뭐가 어떻다고?'

솔직히 말하자면, 감정이 배제된 나의 일면은 그의 이야기에 약간의 흥미가 동했다. 희생자들 중 한 명의 시신을 도로 꺼내기 위해 이런 조치까지 취해뒀다니. 마치 정교하게 제작된 트로피를 물속에 숨겨둔 것 같았다. 하지만 그가 만든 장치가 제대로 작동할지 의심스러웠다. 물 위로 떠오르려 하는 웨이크보드의 힘과 호수 밑바닥에 붙박으려는 시멘트 벽돌의 힘이 서로 반대로 작용하면서 시체에 지속적인 압력을 가했을 터였다. 그러면 밧줄이 시체를 졸라매면서 썩어가는 살, 근육, 장기, 더 나아가 뼈대까지도 갉어내게 된다. 그의 말투로 미루어보아 이 트로피를 만든 지 얼마 안 된 것 같긴 했지만, 그래도 그동안 시체가 조각조각 분해돼서 수면 위로 떠오르거나 밑바닥에 가라앉았어야 정상이었다.

'혹시 시체를 던져 넣은 지 며칠밖에 안 된 건가?'

"이년도 원래는 지금 네가 갇혀 지내는 바로 그 방에 있었다. 너를 데려왔을 때 그년은 지하실로 옮겼지. 곧 애를 낳을 판이었거든. 그래, 바로 며칠 전에 내가 그년 배 속에서 아기를 꺼냈어. 바로 저기, 암벽 꼭대기에서. 그때 너는 뭐 하고 있었을까? 방에 퍼질러 앉아 벽만 쳐다보고 있었지."

그 순간 내가 느낀 감정을 뭐라고 설명해야 할지 모르겠다. 보통 나는 감정 자체를 잘 느끼지 않지만, 그가 아기를 받아낸 장소를 직접 보여주고 내게 그 증거까지 보여주려고 밧줄을 잡아당기고 있으니, 내 안의 스위치가 저절로 켜지면서 막막한 공포가 나를 사로잡았다. 그 상태가 몇 분쯤 지속됐던 것 같다. 비자발적인 공포에 빠져서 그렇게 오랫동안 헤어나지 못했던 건 내 인생에서 그때가 유일했다. 그가 저 탁한 암흑 속에서 내가 모르는 여자애를 끌어내는 걸 지켜보노라니 머리가 텅 비어버린 것 같았다. 딱 한 가지, 채석장 꼭대기의 오크 나무 우듬지에 올라앉은 홍관조 한 마리만이 눈에 들어왔다. 나는 그 붉은 새만 쳐다보고 있었다. 새가 어서 날아와 나를 낚아채기만을 기다리면서.

간수는 몸을 들썩이면서 기계처럼 팔을 움직였다. 이윽고 수면 한가운데에서 부글부글 거품이 일었다. 그 밑에서 지옥의 가마솥이 끓어 넘치고 있는 것 같았다. 홍관조는 어딘가로 날아가버렸다.

퉁 하는 소리와 함께, 긴 머리카락을 드리운 머리통이 수면 위로 솟아나왔다. 곧이어 부풀어 오른 몸뚱이가 딸려 올라왔다. 그의 말대로 시체는 검정 글씨가 박힌 자주색 웨이크보드에 묶여 있었고, 시체의 가슴 부위를 둘러맨 밧줄은 벨트로 고정되어 있었다. 시멘트 벽돌은 아마 시체의 몸통 아래쪽을 받치고 있는 것 같았다. 그가 밧줄을 손에서 놓기만 하면 벽돌은 다시 물속의 무덤으로 곤두박질치리라. 그가 시체를 수면 위에 반듯이 수평을 유지하도록 지탱하는 모습이, 마술사가 기다란 철제 테이블 위에 누운 조수 아가씨를 공중으로 떠올리는 쇼를 하는 것처럼 보였다. 속이 메스꺼워지면서 몸이 확 달아올랐다. 뱃속에서 치솟은 열기가 폐, 심장, 어깨, 목으로 끼쳐 올라 얼굴까지 집어삼켰다.

바로 내 눈앞에 복부가 절개된 여자애의 시체가 떠 있었다. 골반 한쪽 끝에서 끝까지 짼 상처는 가장자리가 썩어 문드러져서 시커멨다. 언뜻 보면 불에 그을린 종이처럼 보였지만, 그건 불이 남긴 정화의 흔적이 아니었다. 잔잔한 물속에 들끓는 박테리아들이 그녀의 상처를 먹어치운 흔적이었다.

"아기는 뒈졌어. 의사가 술을 너무 처마셔서 여기까지 못 온대서 그냥 내가 수술했거든. 그래, 그래서 그년이랑 아기를 둘 다 여기에 던져버렸지. 아기도 지금 돌덩이에 묶여서 저 밑바닥에 잠겨 있어. 다른 애들이랑 같이. 아기를 꺼냈을 때까지도 그년은 숨이 아직 안 떨어져서 울고 있더군. 방수포에 피를 철철 흘리면서 말이야. 너한텐 새 방수포를 사다가 깔아주마. 너도 이제 얼마 안 남았지." 그는 암벽 꼭대기를 가리키며 말을 이었다. "애는 꼭 여기 와서 낳을 거야. 집 안에 피 칠갑을 해놓으면 곤란하니까. 처음에 뭣도 모르고 집에서 했다가 된통 고생했지. 의사는 네가 자연분만을 하길 원하더군. 굳이 배를 갈라서 꺼낼 필요는 없다나. 글쎄, 어떻게 할지는 좀 더 생각해봐야겠어. 네 꼴이 너무 보기 싫어서 말이야. 오래 참을 수 있을 것 같지가 않거든. 그러니 재수 없는 눈깔로 나를 꼬나보는 짓은 작작하는 게 좋을 거야." 그가 마침내 밧줄을 놓았다. 시체는 곧바로 가라앉았다.

나는 내 안의 감정을 허락했다. 그러자 감정이 격하게 북받쳐 오르면서 현기증이 밀려왔다. 나는 그대로 의식을 잃었다.

깊은 혼수상태에서 깨어날 때면 기분 좋은 회색 지대를 통과하게 된다. 일종의 백지와도 같은 공간이다. 이전에도 아무것도 없었고, 앞으로도 뭐가 생길지 알 수 없는 곳. 그 어떤 과거에도, 미래에도 얽매이지 않아 가뿐한 곳. 회색이 검은색으로 꺼져들지, 완전히 밝아져서 흰색이 될지는 아직 알 수 없다. 그 외에는 아무 색깔도 없다. 회색은 밝아지다 어두워지다 하면서 흰색과 검은색 사이를 오락가락하고, 그와 함께 아주 작은 소리들이 들려오다가 잦아들기를 반복한다.

내 머리에 깔린 나뭇가지가 부러지는 소리.

기침 소리, 말소리.

검은색이 확 밀려들었다가 다시 회색으로 바뀌었다가 한순간 머릿속이 새하얗게 밝아졌다. 그와 동시에 무언가가 내 등을 미는 느낌이 들었다.

"일어나. ……일어나." 누군가의 말소리가 또렷이 들려왔다.

닫힌 눈꺼풀 너머로 형체가 어른거리고, 색깔이 보였다. 그리고 이번에는 어깨가 밀려 올라가는 느낌이 났다.

"일어나라고, 씨발년아."

나는 눈을 떴다. 순식간에 욕지기가 밀려왔다. 나는 채석장 기슭의 이끼 낀 돌바닥에 누워 있었고, 두 팔은 여전히 등 뒤에 결박되어 있었다. 간수가 나를 다그쳤다.

"당장 일어서서 움직여. 눈 깔고."

간수는 내 감옥으로 향하는 좁고 구불구불한 길을 따라 나를 내몰았다. 아까와는 달리 그는 내 손목을 묶은 밧줄을 잡고 나를 개처럼 끌고 갔다. 나는 아무 생각도 없이 걷기만 했다. 당신도 쇼크에 빠져본 적이 있다면 이해할 것이다. 이때는 몸의 감각들이 보내는 신호를 뇌가 받아들이질 않는다. 아무것도 볼 수도, 들을 수도, 냄새를 맡을 수도 없다. 그래서 나는 내가 걸어 들어가는 건물이 어떻게 생겼는지 전혀 눈여겨보지 못했다. 어렴풋한 색깔이나 형태나 크기조차 눈에 들어오지 않았다. 그래서 이후로도 그곳이 그저 흰 빛깔의 농가일 거라고 상상할 수밖에 없었다. 그 끔찍했던 시간 동안 내가 알 수 있었던 것은 오로지 한 가지 사실뿐이었다. '나는 돌아가고 있어.' 나는 죽지 않았고, 채석장에 던져지지 않았다. 내 아기도 아직 배 속에 있었다. 나는 온전히 감방으로 돌아가고 있었다. 감방이 그토록 그리웠던 건 그때가 처음이었다.

10
감금 32일차

이 공허한 나날들, 무無와 텅 빈 하늘
보라, 더 가까이, 허무를 넘어
위안이 다가오네
모든 것이 흰 빛으로 물들 때
_S. 커크

요리사들이 다녀간 지 이틀이 지났다. 채석장에 방문한 지도 이틀이 지났다. 내가 원하는 것은 딱 하나, 목욕이었다. 라벤더향 입욕제를 넣은 향긋한 목욕물에 몸을 푹 담그고 싶었다. 뜨거운 물속으로 아득히 빠져드는 느낌을 만끽하고 싶었다. 엄마가 주문제작한 특별한 욕조에서 목욕하면 꼭 그런 느낌이 났다. 우리 집에는 여자들만 쓸 수 있는 흰 대리석 욕실이 있는데, 거기에 엄마가 아주 깊은 제트스파 욕조를 놓고 텔레비전도 설치해두었다. 나는 그 욕조에서 살갗이 쪼글쪼글해지고 몸이 홧홧해질 때까지 실컷 목욕을 즐기다가, 엄마가 깔아둔 하얗고 폭신폭신한 깔개에 발을 디디고, 리츠 호텔의 도톰한 흰색 목욕 가운으로 몸을 휘감고서, 욕실과 바로 연결되는 엄마의 드레스룸으로 들어가서 이 구두 저 구두

신어보며 놀곤 했다. 지미추 구두, 마놀로 구두, 크리스털 장식이 달린 발렌티노 샌들 등을 신고 알몸으로 걸어 다니면서 패션쇼 놀이를 하던 시간은 얼마나 달콤했던가. 그 기억을 돌이켜보다가 칙칙한 갈색 감방과 내 꼬질꼬질한 피부를 보니, 딱 죽고 싶은 기분이었다. 게다가 30일차부터 새로운 연극 배역을 맡아 열연을 하고 있던 터라 굉장히 피곤했다. 나는 엉엉 울면서 절절한 독백을 쏟아내고, 나와 내 아기를 살려달라며 횡설수설 애원하는 대사를 읊으면서 시간을 보내고 있었다. 내 간수의 연약한 자아를 만족시키기 위해서.

그는 나보다 강하다는 우월감을 느끼고 싶어했다.

이제까지 그와 나 사이에 반복되던 일상을 차질 없이 유지하려면, 나는 그의 우월감을 채워주어야 했다.

변호사들이 커피를 간절히 원하듯 나는 목욕을 간절히 원했지만, 연습을 중단하고 기존의 일과를 깨뜨리면서까지 그에게 새로운 요구 사항을 제시하기는 꺼려졌다. 침대보를 수건 삼아 내가 마시는 물에 적셔서 중요한 신체 부위들을 닦을 순 있겠지만 나는 물 한 방울도 낭비하고 싶지 않았다. 물은 귀중한 도구였으니까.

32일차 점심으로는 셰퍼드 파이*를 먹었다. 식사를 마치고 간수가 쟁반을 가지러 오기를 기다리고 있는데, 나 자신의 몸이 역겨워서 몸서리가 쳐졌다. 다리가 찐득찐득했고 머리는 기름에 절어 있었다. 매일 화장실에 있는 수건으로 몸을 닦고는 있는데도 별 소용이 없는 것 같았다. 사실 수건이 너무나 더러워서 오히려 몸에 때를 더 묻히는 격인 것 같기도 했다.

* 다진 고기에 으깬 감자를 입혀 구운 파이.

날씨는 구름 한 점 없이 화창했다. 햇볕이 강하게 내리쬐었고, 소나무 재목이 벽에 대어진 감방은 사우나처럼 후텁지근하게 달아올랐다. 요리사들이 온 날 부엌에서 증기가 올라올 때보다도 지금이 더 더운 것 같았다.

드디어 바닥의 마룻널들이 덜컹거리는 소리가 들렸다. 사이코 간수가 쟁반을 수거하러 오고 있었다. 나는 침대에 앉은 채, 내 발에서부터 문까지 바닥에 깔린 마룻널들이 몇 개인지 세어보았다. 그리고 회반죽이 발린 흰색 벽을 훑어보면서 문틀에서부터 갈라져나간 금이 몇 개인지 헤아렸다. 이미 답을 알고 있었지만 그래도 다시 세어봤다. 모든 걸 정확히 암기하기 위해서였다. 마룻널은 저마다 폭이 일정하지 않았지만 총 열두 개였고, 벽의 금은 작은 것들까지 포함해서 열네 개였다.

문밖에서 열쇠가 짤그랑거렸다. 나는 이 모든 과정이 지긋지긋해서 고개를 푹 숙였다. 그러자 내 겨드랑이에서 올라오는 짙은 땀냄새에 숨이 막혀왔다. 나는 숨을 헉 토해내고 싶은 걸 억지로 참고 몸을 곧게 세웠다. 그가 마침내 문을 열고 평소와 같이 3번 마룻널에 발을 디뎠다.

"쟁반 줘. 화장실은?"

"네, 갈게요."

"그럼 빨리 나와. 시간 없어."

'시간이 없어? 뭐 하길래 시간이 없어? 넌 하루 종일 아무것도 안 하잖아. 이 인간쓰레기야.'

하지만 나는 예전처럼 그에게 눈을 흘기지 않았고, 그 밖에도 영악해 보일 만한 눈빛이라고는 전혀 하지 않았다. 그저 시선을 내리고 쟁반을 조심스럽게 건네준 다음 쭈뼛쭈뼛 화장실 쪽으로 걸어

나갔다. 그동안 간수는 언제나처럼 계단 앞을 가로막고 서서 기다렸다.

화장실에 들어온 나는 문에 기대선 채 내 배를 내려다보며 잠시 아연해졌다. 언제 배가 이만큼 불렀나 싶었다. 안에서 아기가 천천히 움직이는 게 느껴졌다. 바다를 유유히 가로지르는 고래처럼 한가로운 움직임이었다. 이제는 몸이 다 자랐을 테니, 비좁은 자궁 안에서 몸을 구부리고 있을 터였다. 하지만 바비큐 그릴만큼 커진 내 몸통만 봐서는 그 안이 어떻게 비좁을 수가 있을지 상상이 되지 않았다.

나는 아기를 쓰다듬어주고 화장실을 둘러보았다. 이 글에서 화장실은 아직 한 번도 묘사한 적 없는 것 같다. 우선 거긴 상당히 좁았다. 원래는 좀 큰 벽장이었던 곳을 고쳐 화장실로 쓰는 것 같았다. 천장은 비스듬히 기울어졌고, 갈고리발톱 모양의 발이 달린 욕조 하나가 공간의 거의 대부분을 잡아먹고 있었다. 용변을 보려면 욕조 뒤의 틈새로 살살 게걸음을 쳐서 들어간 다음, 변기에 똑바로 앉아서 무릎을 꼿꼿이 세우고 변기 옆의 세면대에 팔꿈치를 얹고 있어야 했다. 인생에 대해 논하기에 딱 좋은 자세라 하겠다. 위쪽 벽에는 사각형의 싸구려 벽거울이 약간 틀어진 각도로 붙어 있었다. 말 그대로 접착제로 벽에 붙어 있었다. 그리고 변기와 세면대 사이에 높이가 30센티미터쯤 되는 흰색 쓰레기통이 놓여 있었고, 그 안에 끼워진 흰 비닐봉투 밑에는 여분의 봉투가 하나 더 놓여 있었다. 그 봉투들은 딱히 쓸 데가 없을 것 같아서 그대로 놔두었다. 식료품점에서 공짜로 주는 얇고 허접한 종류의 봉투였다. 식료품점 계산대 직원들은 왜들 그렇게 봉투 하나에 물건을 하나씩 담아주는지 모르겠다. 봉투 하나에 케첩 한 병, 봉투 하나에 우유한 곽, 봉투 하나에 빵 한 덩이. 그런 식으로 담다 보면 집 안에 비닐봉투가 수백만 개 쌓이게 된다. 진짜 딱 질색이다.

음, 본론으로 돌아가자.

화장실 바닥은 내 감방과 똑같은 소나무 마룻널로 되어 있었다. 나는 이곳에 혹시 쓸 만한 도구가 없는지 수없이 살펴보았지만, 눈에 보이는 물건은 전부 나사나 접착제로 고정되어 있거나 아니면 아무 데도 쓸모가 없었다. 쓰레기통은 가지고 나올 수도 있겠지만, 그걸 어디다 쓰겠는가? 세면대 위에는 가로, 세로가 각각 15센티미터밖에 안 되는 더러운 수건이 놓여 있었다. 그 외에는 보통 화장실에 있을 만한 물건이라고는 하나도 없었다. 청소 세제도, 손톱깎이도, 족집게도. 제기랄, 하다못해 치실이라도 하나 있었다면 훌륭한 무기로 써먹을 수 있었을 것이다.

그럼에도 불구하고 나는 화장실에 들어와서 문을 닫을 때마다 혹시라도 뭐가 있지 않을까 싶어서 몇 번이고 둘러보았다. 이번에도 마찬가지였다. 하지만 어김없이 아무것도 발견하지 못했다. 나는 욕조 뒤로 둘러 가서 변기에 앉아 소변을 눴다. 부른 배는 욕조의 둥근 테두리에 기대고, 왼쪽 팔꿈치는 세면대 위에 올린 채로. 그리고 일어나서 세면대에 고개를 기울이고 수돗물을 최대한 많이 들이마신 다음, 몇 주는 쓴 때투성이 수건으로 몸 곳곳을 닦아 냈다.

몸을 닦으면서 나는 욕조를 훑어보았다. 아마 그때 내 눈은 동물적인 욕망으로 번뜩거렸을 것이다. 오, 그냥 저 온수 꼭지를 돌리고 뜨거운 물에 몸을 담글 수만 있다면. 몸에서 풍기는 악취를 말끔히 녹여 없앨 수만 있다면. 나는 변기 커버 위에 왼발을 올리고 오른발로 균형을 잡으면서, 근질근질한 털투성이 다리를 긁으려고 몸을 구부렸다. 배가 너무 부른 데다 공간이 비좁으니 다리를 긁기도 쉽지 않았다.

그렇게 몸을 숙이고 있으려니, 무언가 새로운 것이 눈에 들어왔다. 이제까지 줄곧 나를 기다리고 있었던 물건. 너무나 수줍게, 구석진 데에 숨어서, 하지만 지금껏 내내 바로 내 코앞에 있었던 물건.

표백제였다.

3.8리터짜리 표백제 한 통. 상표가 떨어지고 없는 하얀색 용기가 변기 뒤편의 홈에 꼭 맞게 끼워져 있었다. 용기가 흰색 변기의 일부처럼 보여서 여태껏 몰라봤던 것이다. 게다가, 할렐루야, 할렐루야, 쭈그려 앉아 표백제통을 꺼내 보니 내용물이 사 분의 삼이나 차 있었다. '차아염소산나트륨, 내 파티에 온 걸 환영해. 넌 이제 36번 도구야.'

내 작전은 이미 다 짜여 있었기에 더 이상의 도구는 필요 없을 줄 알았다. 그런데 표백제를 보자마자 완벽한 쓰임새가 떠올랐다. 그 근사한 흰색 용기를 보기 전까지는 내게 필요한 줄도 몰랐던, 희생자에게 추가적인 고통을 가할 수 있는 묘안이었다. 나는 너무 기뻐서 표백제와 사랑에 빠질 것만 같았다. 거의 정신병적인 환희였다. 심지어 부풀어 오른 내 젖가슴에 플라스틱 통을 당겨 안고 파란색 뚜껑에 입을 맞추기까지 했다.

쓰레기통 밑에 있는 여분의 비닐봉투가 기억났다. 나는 봉투를 꺼내서 바지 안에 숨겼다. '비닐봉투, 37번 도구.'

표백제통은 원래대로 돌려놓았다. 지금 당장은 표백제를 구출해 줄 수 없었다. 하지만 남은 오후 동안 궁리해서 방책을 짜낼 작정이었다.

"빨리 나와!" 그가 화장실 문을 두들기며 고함쳤다. 나무 문짝이 덩덩 흔들렸다. 그가 저럴 때마다 낡은 문짝이 부서져버릴까 봐 걱정스러웠다.

"네, 나갈게요. 죄송해요. 속이 안 좋아서요." 물론 거짓말이었다. 그런데 그렇게 대답하고는 문이 흔들리는 걸 지켜보고 있자니, 표백제통을 안전하게 가져갈 방법이 떠올랐다. 오후 동안 고민할 필요조차 없었다.

"정말 죄송해요. 이제 곧 나가요. 속이 울렁거려서 그래요."

"울렁거리든 말든 당장 튀어나오라고!"

나는 문을 열고, 굴종적인 태도로 어깨를 움츠린 채 재빨리 감방으로 걸어갔다. 내가 안으로 들어가자 간수는 그 지긋지긋한 열쇠 꾸러미를 쩔그렁대며 문을 잠갔다.

'다른 열쇠들은 어디다 쓰길래 들고 다닌담? 웃겨.'

이후 한 시간 동안 나는 최대한 역겹고 징그러운 것들을 상상하면서 멀미를 유발하는 운동을 했다. 어지러워질 때까지 제자리에서 빙빙 돌다가, 바닥에 재빨리 엎드려서 정수리를 바닥에 대고, 머리에 체중을 싣고 하체를 들어 올렸다가 재빨리 내려오는 동작이었다. 내가 떠올릴 수 있는 가장 역겹고 소름끼치는 생각은 물론 채석장에서 본 여자애의 시체였으므로, 처음에는 그 기억을 계속 떠올리면서 제자리 돌기 운동을 반복했다. 그러다 다른 상상도 떠올렸다. 간수의 쌍둥이 형제, 브래드의 등을 핥는 상상이었다. 상상 속에서 브래드의 등은 털이 잔뜩 난 데다 여드름으로 뒤덮여 있고, 내가 그의 뻣뻣한 털 사이로 혀를 미끄러뜨리면 등의 여드름이 막 터지고, 그동안 브래드는 피가 흘러나오는 송아지 고기가 든 접시를 핥았다. 나는 그 끔찍한 상상을 뇌리에 단단히 각인한 채 제자리 돌기를 계속했다. 상상 속의 여드름들이 계속 터지고, 나는 계속 빙빙 돌고, 송아지 고기는 점점 더 피투성이가 되고, 나는 또 빙빙 돌고, 여드름에서 나온 고름이 내가 핥는 털에 끼이고…… 그러다가 너무 역겹고 어지러워졌을 때, 목구멍에 손가락을 쑤셔 넣고 구역질을 했다. 드디어 구토가 나왔다. 억지로 토하기란 생각보다 힘들다. 나는 그날 이후로 한 번도 해본 적 없고, 당신도 되도록 따라하지 않기를 권장한다. 하지만 가끔은 더 큰 대의를 위해 지독한 짓도 불사해야 할 때가 있는 법이다.

토사물은 문에서 멀찍이 떨어진 곳에 튀었다. 내가 의도한 대로였다. 간수가 문을 열고 들어오다가 자칫 토사물을 밟기라도 하면 곤란했다. 늘 똑같은 걸음걸이로 들어오는 그의 습관이 바뀔 위험이 있으니까.

토사물에서 시큼한 냄새가 났고, 방 안이 더워서 김까지 피어올랐다. 이대로 저녁 식사 때까지 기다려야 할지, 아니면 간수를 소리쳐 불러야 할지 망설여졌다. 가끔 화장실이 급해지면 그를 부를 때가 있긴 했다. 그가 내 감방에 들르지 않는 때에는 어디 가서 뭘 하며 지내는지는 전혀 몰랐다. 아래층 어딘가에, 내게 기척이 들리지 않는 곳에서 잡일이라도 하고 있지 않을까 싶었다. 아무튼 내가 불시에 문을 두드려 그를 부른 적이 열두 번이었는데, 그중 여덟 번은 계단을 쿵쿵거리며 올라와서 내가 화장실에 갈 수 있도록 문을 열어주었다. 성가셔하는 티를 많이 내긴 했지만, 그래도 그가 내 요청에 응답하는 확률은 높은 편이었다. 열두 번 중에서 여덟 번이었으니까. 아마도 내가 감방에 실례라도 하면 오물을 치울 일이 더 성가시기 때문일 것 같았다. 이유야 어쨌건 그가 이런 경우에 응답하는 것은 평소 패턴에서 크게 어긋나지 않았으므로, 나는 그를 부르기로 결정했다.

게다가 냄새가 너무 지독해서 코를 찌르다 못해 뇌를 꿰뚫는 느낌이었다. 이 냄새를 무더운 방 안에서 오후 내내 맡고 있을 수는 없었다.

나는 두 손을 맞비비며 사뿐사뿐 문 쪽으로 건너갔다. 그리고 성스러운 기운으로 상처를 치유하는 주술사처럼, 뜨겁게 달아오른 두 손을 문 위에 살포시 얹은 다음, 문짝을 탕탕 두들겼다.

"저기요, 잠깐만 와주세요. 저 토했어요." 나는 소리쳤다.

건물 저 밑에서 간수가 움직이는 소리가 들렸다. 이쪽으로 올라오는가 싶더니, 기척이 문득 멈췄다. 자기가 내 외침을 들은 게 맞는지 긴가민가한 모양이었다.

"저기요!" 나는 다시 문을 두들기며 외쳤다. "저 아파요. 죄송해요, 잠깐 와주세요!"

"아, 저 씨발년이 진짜." 그가 벌컥 소리를 지르며 계단을 올라왔다.

나는 뒤로 물러섰다. 곧 그가 문을 열고 들어오더니 코를 쥐어 잡았다.

"이 냄새는 뭐야?" 그는 바닥을 둘러보며 물었다.

"제가 치울게요. 정말 죄송해요. 제가 할게요. 화장실에 표백제가 있는 걸 봤는데…… 써도 될까요? 그걸로 닦을까요?" 나는 그의 발치에 꿇어앉아 애원했다. "정말 죄송해요."

그는 움찔거리면서 문밖으로 물러나더니 계단 앞으로 가서 섰다. 내가 화장실에 가도 된다는 뜻이었다. "그럼 얼른 치워. 후딱 처리해."

나는 엉금엉금 기어 화장실로 가서 쓰레기통, 수건, 표백제를 챙겨 가지고 돌아왔다. 그리고 토사물을 떠서 쓰레기통에 버린 다음, 표백제 용기의 뚜껑으로 액체를 두 번 떠내 수건에 묻혀서 그걸로 마루를 닦았다. 다 닦아낸 뒤 표백제통은 한편에 놔두고, 쓰레기통과 수건만 화장실에 가져가서 토사물은 변기에 버리고 쓰레기통은 욕조에서 헹궜다. 마지막으로 수건을 수돗물로 빨아서 널어두고 방으로 돌아왔다.

"고맙습니다. 정말 죄송합니다."

"또 토하지 마. 나 〈매틀록Matlock〉* 봐야 돼." 그는 그 말을 남기고 감방 문을 닫아 잠갔다.

그러니까 하루 종일 드라마나 보고 있다는 뜻이었다. 하여간 뻔한 인생이었다.

'이제 우리만의 아늑한 일상으로 돌아온 것 같네. 어때, 좋지?'

그렇게 해서 36번 도구, 표백제를 손에 넣었다. 작전 개시는 바야흐로 내일이었다.

* 미국에서 1990년대에 방영된 법정 드라마.

11

로저 리우 특별수사관

이제부터 내가 할 이야기가 도저히 믿기지 않더라도 어쩔 수 없다. 믿든 말든 당신의 선택이다. FBI 수사과정에서 진짜 일어난 일이라기에는 확실히 황당무계하다. 거의 마법 같은 이야기이다.

가끔 나는 아무도 모르는 데로 종적을 감추는 걸 좋아한다. 꽤 자주 그랬던 시절도 있었다. 예컨대 어떤 업무 약속이 예상보다 일찍 끝났다고 치자. 그러면 사무실이나 내 아내 샌드라 아니면 파트너 롤라에게 연락할 때도 있지만, 남는 시간을 내게 주어진 선물로 받아들이고 아무에게도 연락하지 않은 채 어딘가 자갈 깔린 골목길로 슬렁슬렁 걸어가기도 한다. 그리고 작고 오래된 이탈리아 레스토랑 같은 데에 들어가서 시간을 때우는 것이다. 만약 보스턴이라면 다운타운 크로싱 지구 변두리에 있는 말리아베 식당 정도가 적절한 예시가 되겠다. 그 식당은 아마 벽돌이라는 물건이 발명되었을 때부터 그 자리에 있었을 것이다.

그럴 때면 나는 검은색 칸막이 자리에 몸을 푹 파묻고 앉아, 옆자리에 놔둔 휴대폰은 건드리지도 않고, 종업원이 가져다준 메뉴도 들여다보지 않는다. 공짜 시간을 즐기고 있는데 메뉴판 따위를 읽어볼 필요가 뭐 있겠는가. 이 신성한 시간 동안 나는 아무것에도 얽매이지 않은 자유인이고, 내 안의 단순한 욕구들을 명확하게 알고 실천할 수 있다. "뇨키를 알덴테로 익혀주세요. 콜라 한 잔이랑요." 그러면 종업원은 조용히 물러나고, 곧 어딘가에서 뜨거운 그릇을 가져올 것이다.

이때의 기분이란 정말 즐겁다. 지금 이 순간 내 행방을 아는 사람은 아무도 없다는 느낌. 내가 강해지고, 세상을 호령하는 듯한 느낌. 그 누구도 내가 여기에 있으면 안 된다고 말할 수 없을 것이다. 내가 여기에 있는 건 나 자신조차 의도한 바가 아니니까. 이때 나는 우주 곳곳을 연결한 끈들 사이의 공허를 떠다니며 중력을 영원히 거스를 수 있는 것이다.

이 재미를 터득한 건 열세 살 때였다. 하지만 나는 공짜 시간의 즐거움을 누리는 동안 공연히 나쁜 기억을 떠올려서 초를 치고 싶지 않다. 더욱이, 내 진로와 더 나아가 인생 전체의 방향을 결정지은 끔찍한 사건에 얽힌 기억은 꺼내고 싶지가 않다. 그러니 지금은 그 사건에 대한 이야기를 잠시 미루고, 행복한 공짜 시간에 대해서만 이야기하겠다.

공짜 시간이 생겼을 때 샌드라와 함께할 수 있다면 참 좋겠지만 그런 일은 좀처럼 없었다. 공짜 시간은 미리 계획할 수 없고, 샌드라는 투어를 도느라 바쁘니까. 그리고 어차피 그 시간에 나를 찾는 사람은 아무도 없다. 물론 그 시간에 일을 더 하거나, 다른 일정으로 넘어가거나, 어머니나 친구에게 연락하거나, 잡무를 해치울 수도 있겠지만, 만약 그때 내가 버스에 치인다면 그 일들은 어차피 하나도 못 하게 된다. 그러니 나는 내가 버스에 치였다고 치고 아무런 연락도, 업무도 하지 않는다. 그냥 파스타와 콜라를 먹으면서, 식당 안에 어른거리는 그림자들을 멍하니 바라보며 옆 테이블에서 사랑을 속삭이는 커플의 말소리에 귀를 기울일 뿐이다.

인생 말년에 이르면 나는 내가 보냈던 공짜 시간들의 기억을 쭉 꿰어서 돌이켜보고 싶다. 그 기억들은 서로 분간이 안 될 만큼 비슷비슷한 모양새일 것이다. 그때마다 나는 정신적으로 똑같은 장소에 있었으니까. 오로지 나 혼자서만 미소 지으며 앉아 있는 곳. 현재의 순간 속에서 살아 있다는 자유를 만끽하는 곳. 그 누구도 나의 관점을 바꿀 수 없는 곳. 말리아베 식당이든, 뉴햄프셔 주 맨체스터의 저수지 앞이든, 애틀랜타의 호텔 방 침대든, 소호의 길거리든, 밤색 말과 황갈색 말이 한 마리씩 거닐고 있는 켄터키 주의 어느 공원이든 내게는 다 똑같은 내적 평화의 장소였다.

물론 그런 평화를 즐길 수 있는 것은 내가 쫓기는 신세가 아니기 때문이다. 나를 뒤쫓는 존재라고 해봐야 나 자신과 내 기억들밖에 없으니까. 만약 내가 누군가에게서 도망치고 있다거나, 반드시 숨겨야 할 끔찍한 비밀이 있다거나 한다면 식당에서 '알덴테'로 익힌 파스타 따위나 주문하면서 여유를 부릴 수 없을 것이다.

FBI에서 일하다 보니 나는 범죄자들을 하나의 스펙트럼으로 분류하게 되었다. 스펙트럼의 한쪽 끝에는 천재적인 과대망상증 환자들이 위치한다. 빈틈이라고는 조금도 허락하지 않고, 지문도, 타이어 자국도, 머리카락도, 발자국도, 목격자도, 여타 그 어떤 실마리도 남기지 않는 자들. 그리고 반대쪽 끝에는 범행을 실시간으로 중계하다시피 하는 어설픈 멍텅구리들이 존재한다. 그 두 가지 극단 사이에 포진하는 이들이 가장 흔한 보통의 범죄자들이다. 그들은 나름 철저하게 일처리를 하지만 몇 가지 중대한 실수를 저지르고, 우리 수사관들은 바로 그런 실수들을 덮친다.

도로시 M. 살루치 사건에서 우리가 상대하는 자는 스펙트럼의 한쪽 끝에 속하는 것 같았다. 엄청나게 어설픈 멍텅구리 부류 말이다. 적어도 보이드가 전해준 정보에 따르면 그랬다. 그렇기 때문에 이 부분은 믿을지 안 믿을지 당신이 결정하라는 것이다. 다만 현실이 소설보다 더 기이하게 굴러갈 때가 많다는 점을 염두에 두고, 다음의 이야기가 말도 안 된다는 생각이 든다면 정말로 해결되는 사건들도 있긴 있다는 사실을 되새겨보길 바란다. 누가 긍정하든 부정하든 간에 해결은 해결이다. 그리고 긍정이냐 부정이냐 하는 문제는 주관적인 판단이다.

"리우 선생, 정말 기막힌 일이 생겼소." 보이드가 말했다.

시카고의 루 밋첼 식당에서, 나는 내 몫의 아침 식사를 노리는 롤라를 놔두고 가게 밖에 나와서 전화를 받고 있었다.

"무슨 일입니까, 보이드?"

"이건 진짜 일어난 일이오. 나 자신도 믿어지지가 않지만…… 아, 제기랄."

침묵.

"다시 전화하겠소." 그가 전화를 끊었다.

당신도 이미 알다시피, 이때 나는 루 밋첼로 돌아가서 내 토스트를 먹고 있던 롤라를 다시 만났다. 그리고 스탠 주방장을 상대로 한바탕 고초를 치른 뒤, 롤라와 함께 식당을 떠나 공원에 이르렀다. 그때 보이드에게 다시 전화가 왔다.

"리우 선생, 아까 전화 끊어서 정말 미안했소. 문제의 그 믿지 못할 일 말이오만……."

"이야기하세요, 보이드. 전 시간 많습니다."

사실 시간이 많지는 않았다. 하지만 이 양계업자의 정겨운 목소리는 몇 시간이고 들을 수도 있을 것 같았다. 내 할아버지와 비슷한 것 같기도 했다. 좋았던 시절, 할아버지의 목소리.

"리우 선생, 나는 지금 내 사촌인 보비 형님의 집에 있다오. 인디애나 주 워소 외곽이에요. 지금 이쪽으로 와줄 수 있겠소?"

원래 보이드는 그의 집에서 차로 한 시간 거리에 있는 마을의 읍내에 다녀오려던 참이었다고 했다. 닭들에게 줄 특수 사료를 사기 위해서였다. 그래서 읍내에 도착해 사료를 차에 실었는데, 곤란하게도 차의 보닛 랫치가 고장나버렸다고 했다. "그런데, 그게 고장나지 않았으면 지금 선생에게 연락할 일도 없었겠구먼. 아이고, 보닛이 망가졌던 게 다 하나님 뜻이었던 거요."

"차 보닛이 활짝 열려서 닫히질 않았소. 사료는 트럭 짐칸에 쌓여 있고, 방수포 같은 건 하나도 없고. 그러니 비가 오기 전에 집까지 사료를 가져가려면, 철물점에 들러서 고릴라표 테이프를 사다가 보닛을 억지로 붙여서라도 엔진을 가려줘야 했지. 그 테이프는 무지 튼튼하다오. 그걸로 엘크 한 마리를 나무에다 묶어놓을 수도 있을걸. 그래서 나는 그렇게, 다른 평범한 기독교인들과 마찬가지로 그냥 내 볼일을 보려고 철물점에 들어갔는데 말이오, 세상에! 내 눈을 믿을 수가 없었소. 계산대 앞에 줄을 선 사람들 사이에, 내 밴을 사 간 작자가 떡하니 서 있는 게 아니겠소!"

"그자도 선생님을 봤습니까?"

"아니오, 리우 선생, 전혀 못 봤지. 내가 더 뒷줄에 있던 데다, 어차피 그 양반은 다른 사람을 보고 말고 할 정신머리도 없어 보입디다. 줄이 앞으로 가는데도 멍하니 넋을 빼놓고 있어서 점원이 세 번이나 부를 정도였으니. 뭔가 딴생각에 푹 파묻혀 있는 것 같던데…… 아무튼, 이건 넘어가지요. 얘기가 여기에서 끝이 아니오."

"그래서요? 어떻게 됐습니까? 아니, 잠깐, 그런데 이게 언제 있었던 일이죠?"

"아까 전에. 길어야 한 시간 반쯤 됐을 거요. 그래서 그자가 계산하고 나가자마자, 나는 계산대에 20달러를 내던지고 거스름돈은 필요 없다고 한 다음, 곧장 달려 나가서 내 차 보닛을 테이프로 허겁지겁 감아놓았소. 그때 그자가 나한테서 산 밴을 타고 떠나는 것도 똑똑히 봤지. 나는 차를 몰고 근처 약국으로 가서, 거기 공중전화로 선생에게 전화를 걸었소. 처음에 전화했을 때가 그때였소. 내가 선생 명함을 가지고 다녔으니 망정이지! 그런데 왜 끊었느냐 하면, 아뿔싸, 그 작자가 또 나타났지 뭐요. 건물 맞은편에 차를 대고 하필 그 약국으로 들어온 거요! 리우 선생, 거긴 옛날식 약국이라오. 식품이나 기저귀 같은 건 안 팔아요. 그냥 처방약만 지어주지. 그럼 거기 약사를 통해서 그자를 추적할 수도 있지 않겠소? 아니, 하지만 어차피 그럴 필요도 없겠구먼. 왜냐하면, 내 말 더 들어봐요."

"잠깐, 잠깐만요. 그때 선생님이 공중전화에 있던 걸 그자가 봤습니까?"

"어림도 없지. 거기서도 날 못 봤고, 철물점에서도 못 봤소. 내가 멀찍이 거리를 두고 있었으니까. 그래야 선생에게 도움이 되는 것 아니오? 그자가 나한테 들켰다는 걸 알면 도망쳐버릴 테니까. 안 그렇소? 그래서 철물점에서 나는 빨강이랑 검정이 섞인 야전잠바를 입은 커다란 사내 뒤에 웅크리고 숨어 있었다오. 그렇게 숨어서 그자가 뭘 사는지 지켜봤는데, 강력 접착테이프, 삽, 그리고 방수포를 한 묶음 사더구먼. 이거 수상쩍지 않소, 리우 선생?"

"좀 수상하군요. 그리고 약국에서도 그자에게 들키지 않으셨다는 말씀이지요? 약국에서 그자가 나가는 것도 보셨나요?"

"아니, 그것까진 안 보고 도망쳤소. 잘못하면 그자가 나를 볼 것 같아서 말이오. 나는 차를 몰고 다니면서 공중전화가 어디 있나 찾아다녔어요. 내가 그자를 따라가봤어야 했다고 보시오? 선생은 그렇게 생각하는 거지요? 정말 미안하지만, 난 들키고 싶지 않았소. 그런데, 아직 이야기가 끝이 아니오."

"계속하세요." 슬슬 이 건이 '분홍 곰' 사건과 같은 수준이라는 생각이 들었다.

"그래서 차를 몰고 이 길 저 길 다니면서 공중전화를 찾아보았소. 하지만 그게 참, 공중전화가 눈에 통 뵈지를 않는 거요. 그렇게 헤매다 보니까 보비 형님 생각이 났소. 그 왜, 내가 전에 말하지 않았소? 보비 형님 아들이 인디애나 대학에서 농구 선수였다고? '후저' 번호판 얘기할 때 말이오."

"네, 기억납니다. 말씀하세요."

"그때 나는 보비 형님네 옆 동네의 읍내에 있었소. 거기서 형님 댁까지 가려면 삼십 분은 걸릴 거리였소. 길이 비포장도로인 데다, 형님 젖소 목장이 워낙 넓어서 말이오. 그래도 형님 댁으로 가는 게 좋겠다 싶더라고. 그 집에서 전화도 쓸 수 있고, 트랙터 보관하는 헛간에다 내 차를 세워두면 사료에 비 맞힐 일도 없을 테니. 그래서 나는 곧장 보비 형님 집으로 갔소. 그런데 형님이 마중을 나와서는, 투실투실한 얼굴에 함박웃음을 지으면서, 나한테 말도 안 되는 소리를 하는 게 아니겠소?"

"뭐라고 하셨는데요?"

"'보이드, 안 그래도 전화하려던 참이었다. 목장 나갔다가 방금 돌아온 참인데, 오면서 보니까 네 밴이 폐교 운동장 밖에 주차돼 있더구나. 버드나무 아래에 말이야. 왜 차를 그런 데 놔뒀니?' 나는 그게 무슨 소리냐, 그럴 리가 없다고 했지요. 그러자 형님이 나를 거기 데려가서 직접 보여줬소. 리우 선생, 그런데 형님 말이 진짜였소. 내 고동색 밴이 거기 있는 게 아니겠소! 앞뒤에 후저 번호판까지 떡하니 붙은 채로! 나는 형님에게 아주 천천히, 살금살금, 뒷걸음으로 돌아가자고 했소. 아무도 우릴 보면 안 된다고요. 그래서 다 큰 남자 둘이서, 뒷걸음으로 목초지를 가로질러서 집까지 돌아왔다오. 지금 나는 형님과 부엌에 앉아서 덜덜 떨고 있소. 리우 선생, 몸이 미친 듯이 떨려서 진정이 되질 않소……. 형님 집에 라이플이 두어 자루 있으니, 선생이 못 오겠다면 우리가 어떻게든 대처를 해보겠소. 아직 이 동네 경찰들한텐 연락 안 했어요. 선생이 하라는 대로 하겠소."

"거기 가만히 계세요. 주소 알려주시고요. 저희가 바로 가겠습니다. 그 집 부엌에서 한 발짝도 나가지 마세요."

이 유별난 용의자는 아무렇지도 않게 태평히 볼일을 보고 다니고 있었던 것이다. 공짜 시간이라도 생긴 것처럼. 이제 우리는 철물점과 약국에서 그가 산 물건들에 대한 정보를 알아낼 수 있고, 그 점포들을 포함해 곳곳에 설치된 CCTV에 녹화된 영상도 얻을 수 있을 뿐만 아니라, 그의 밴까지 찾아낸 것이다. 그리고 보이드가 지나가듯이 말한 폐교가 바로 용의자의 은신처일 거라고 나는 확신했다. 그는 이제 우리 손아귀에 있다. 적어도 그때까지 나는 그렇게 생각했다.

12
디데이

랄랄랄랄랄랄라,

랄랄랄랄랄랄라……

네가 의혹을 떨쳐버릴 만큼 강인하다면

네 세상에 불을 지를 수 있어

_컬리, <공중을 걷다>

예전에, 사람은 딱 5센티미터 깊이의 물에서도 익사할 수 있다는 말을 들었다. 물은 내 33번 도구였다. 그리고 나는 그 도구를 33일째 날에 사용했다. 그래서 내 최종적인 작전명은 '15/33'으로 결정되었다.

나는 평소처럼 오전 7시 22분에 일어났다. 14번 도구인 텔레비전과 16번 도구인 라디오로 시간을 확인했다. 그리고 평소처럼 침대를 정리한 다음, 흰 침대보 위에 앉아서 간수가 아침 식사를 가져올 오전 8시를 기다렸다. 정확히 7시 59분에 마룻널이 덜컹거리는 소리와 함께 간수가 도착했다. 그는 문을 열고, 이가 빠진 도자기 접시가 놓인 쟁반을 건넸다. 이가 빠진 건 내가 전날에 재미 삼아 접시를 떨어트렸기 때문이었다. 오늘의 메뉴는 블루베리 머핀이었다. 당연히 우유와 물도 곁들여졌다. 나는 블루베리를 싫어하지만, 머핀 위에 버터와 설탕이 듬뿍 든 부분은 맛있어 보였다.

"고맙습니다."

그는 늘 그러듯 물을 더 가져다준 다음 떠났다.

나는 늘 똑같은 곡을 지휘하는 지휘자처럼 따분해졌다. 하지만 기계적으로 지휘봉만 흔들 때가 아니었다. 이젠 정신 차려야 한다. 그간 연습한 곡을 록 버전으로 연주할 시간이 다가오고 있으니까. 한 명뿐인 관객이 깜짝 놀랄 것이다. **곡의 박자가 점점 빨라진다.**

채석장에 다녀온 이후, 나는 의식적으로 그날의 기억을 뇌리에서 제쳐둔 채 기존의 일과를 유지했다. 그리고 간간이 발작을 일으키거나 울고 불며 악을 쓰는 연기를 했다. 오로지 간수의 연약한 자아를 만족시켜주기 위해서였다. 열연을 펼치는 동안 마음속으로는 결의를 더더욱 굳건히 다졌고, 계획해둔 일정도 더 앞당겨서 진행하기로 했다. 원래는 이주일 더 시간을 두고 요리사들이 두 번 더 다녀가기를 기다릴 생각이었다. 그래야 모든 계산과 연습을 의문의 여지없이 완벽하게 끝마칠 수 있고, 물도 충분히 구비할 수 있을 테니까. 하지만 채석장에서 끔찍한 경험을 하고 나니 빨리 끝을 봐야겠다는 결심이 섰다. 그래도 사흘의 여지를 둔 것은, 그가 나에 대한 불안감을 가라앉히고 기존의 일과로 되돌아와 방심하도록 유도하기 위해서였다. 그 미치광이의 마음을 달래주면서. 질질 짜고 빌며 그를 우러러보면서. 그가 알파메일alpha male, 우두머리 수컷이고, 권력자이고, 지구상에 떠오르는 절대자인 것처럼, 내가 의지할 기둥이자, 지배자이자, 파라오이자, 내 세상의 유일한 왕인 것처럼 대접하면서.

상대방이 권력을 가졌다고 착각하도록 속이는 것이야말로 궁극적인 권력을 거머쥐는 비결이다.

작전은 33일차 점심 식사가 들어오는 순간 개시할 예정이었다. 아침에 일어나서 아침 식사가 올 때까지, 즉 7시 22분부터 8시까지 준비를 다 끝마치기에는 시간이 촉박했기 때문이다. 나는 머핀을 재빨리 먹어치우고, 8시 30분에 그가 돌아오기를 기다리며 침대 가장자리에 걸터앉아, 침대보에서 풀어낸 올로 치실질을 했다. 이 틈새를 실로 문지르자 머핀 덩어리들과 함께 피가 묻어나왔다. 탈출하고 나면 치과 진료도 꼭 받아야 할 것 같았다.

침대에 앉아서 치실질을 하고 있으니 굴욕감이 들었다. 잠자는 공간을 화장실로 사용한다는 건 너무 야만적인 행위였다. 나는 이보다 나은 생활을 할 자격이 있었다.

손톱도 관리가 안 되어서 큐티클이 너덜너덜했다. 나는 손톱을 훑어보고, 매무새를 가다듬으면서 기다렸다.

마침내 그가 내 덫에 걸려들어오는 소리가 들렸다.

오케스트라가 팀파니를 울린다.

그가 문을 열었다. 나는 쟁반을 건네주었다.

나는 화장실에 가서 세수를 하고, 몸과 이를 닦고, 물을 마셨다. 이번에는 그 지저분한 수건을 쓰지 않고 그냥 물로만 씻었다.

오케스트라 연주자들이 의자 가장자리로 당겨 앉고, 저마다 악기를 꽉 붙잡거나 숨을 한껏 들이마신다. 팀파니에 이어 바이올린이 합류하면서 감정을 고조한다. 피아니스트가 긴장감으로 등을 꼿꼿이 세운다.

나는 방으로 돌아갔다. 이렇게 15/33 작전의 1단계가 성공적으로 끝났다.

이날의 기억은 하도 많이 돌이켜봐서 세부적인 것 하나하나까지 뇌리에 각인되어 있다. 심지어 지금도 그 영상을 고스란히 머릿속에서 재생할 수 있다. 지난 십칠 년 동안 돌려 보고 또 돌려 봤으니까. 그날 화장실에 다녀온 나를 그가 감방으로 밀어 넣을 때, 내 팔을 거머쥐던 그의 손이 너무나 차가웠다는 것도 기억난다. 얼어붙은 유리잔에 입술을 댔을 때처럼 그의 손이 내 살갗에 들러붙지 않을까 싶을 정도였다. 나는 천천히 목을 빼서 그의 턱을 올려다보았다. 채 다 깎지 못한 턱수염 언저리에 노란 얼룩이 묻어 있었다. 계란 노른자인 것 같았다. 내게 머핀을 가져다준 뒤 허겁지겁 처먹은 모양이었다.

자기는 뜨겁게 익힌 계란으로 아침을 먹고 단백질을 보충하면서, 나한테는 차가운 빵 덩어리만 가져다준 것이다.

나는 그가 내 앞에 나타나기 전에 얼굴을 닦는 정도의 체면은 차려주길 바랐다. 나한테 뜨거운 숨을 내쉬며 고약한 입 냄새를 풍긴 것을 사과할 정도의 예의는 있기를 바랐다. 내 주변에 암내를 퍼뜨리고 다닌 것도, 나랑 같은 집 안에 있으면서 태평하게 식사를 즐긴 것도, 그토록 차가운 손으로 나를 만진 것도, 내가 준비하던 작전을 알아차리지 못했던 것도 사과하기를 바랐다. 그 아둔함을, 멍청함을, 그의 존재 자체를, 그리고 궁극적으로 나를 피해자로 만든 그의 과거에 대해서도 사과하길 바랐다. 내가 그의 턱에 묻은 노란 얼룩을 아예 볼 일이 없었다면 좋았을 것이다. 블랙헤드가 잔뜩 박힌 건조한 피부를, 게으른 얼굴에 묻은 지저분한 기름기를 볼 일이 없었더라면 좋았을 것이다. 하지만 그는 내 앞에 있었고, 나는 여기에 있었고, 작전은 실행해야 했다.

이제부터 족히 세 시간 반 동안 그는 내 방에 오지 않을 터였다.

작전의 2단계에 착수할 때였다.

세 시간 반씩이나 필요하지도 않았다. 준비하는 데는 한 시간이면 충분했다. 남는 시간 동안 연습을 더 했다. '나는 여기에 서 있어야 해.' 내가 서 있어야 할 자리를 점검했다. '그런 다음 이걸 떨어트려야 해.' 연결 코드를 떨어트리는 동작을 해보았다. '그런 다음엔 이걸 줍고 곧바로 쳐야 해.' 나는 마룻널을 만져보았다. '그리고 방에서 나가면서 이걸 풀어야지.' 마지막 부분은 연습하지 않았다. 그건 내 최후의 일격이고, 웅장한 클라이맥스이자, 확실한 죽음을 위해 마련해둔 수단이었다. 그걸 미리 연습했다가 허망하게 날려버리는 건 원치 않았다.

시간이 흘러갔다. 무대 위의 발레리나가 발끝을 세우고 서서 온몸을 꼿꼿하게 굳히고 있을 때면 이런 기분이 들까 싶었다. 배 속의 아기가 몸을 뒤집는 게 느껴졌다. 발을 움직이는 것도. 내 뱃가죽을 누르는 아이의 발가락 다섯 개와 발꿈치가 보였다. '사랑해, 아가야. 조금만 더 기다려. 곧 끝나.'

삼각형 창문 밖의 나무 우듬지가 빠르게 흔들리는 걸 보니 돌풍이 지나가는 듯했다. 이윽고 하늘이 어둑해지면서 소낙비를 흩뿌렸다.

플루트들이 웅웅 날아다니는 벌떼 소리를 낸다. 바이올린들이 맹렬한 회오리바람을 일으킨다. 그랜드피아노는 화염에 휩싸이고, 건반들이 쾅쾅 떨어지다 먼지가 되어버린다.

몇 분 뒤 빗줄기는 가늘어졌다. 하늘은 여전히 컴컴한 낯빛으로 잔뜩 찌푸리고 있었다. 만약 날씨가 따뜻했다면, 할머니 댁이 있는 서배너의 여름날처럼 습하고 무더운 날이 됐을 것이다. 하지만 이곳의 공기는 서늘했고 열대 기후도 아니었다. 이 평원 지대의 습기는 뼛속을 파고드는 듯 시리기만 했다.

'내 아들을 이런 데서 낳을 순 없어. 그 애를 차갑고 축축한 세상에서 태어나게 할 순 없어. 누구도 내 아이를 빼앗아가진 못해.'

내가 이런 탈출 방법을 선택한 것은 무엇보다도 내 몸 상태 때문이었다. 임신 팔 개월째의 몸으로 간수를 물리적으로 공격할 순 없었으니까. 그럴 수 있는 기회야 차고 넘치게 많았다. 도자기 접시를 깨뜨린 파편이나, 끝을 뾰족하게 갈아둔 텔레비전 안테나로 그의 목을 찌를 수도 있었다. 아니면 침대틀을 해체해서 만든 나무 기둥으로 그를 때려죽일 수도 있었다. 정말이다. 나는 이 모든 선택지를 고려해봤다. 하지만 내 몸으로 민첩하게 돌진한다든가 뛰어오른다든가 하는 동작은 역부족이었고, 더구나 공격이 실패할 가능성도 있었다. 나로서는 이 중요한 일을 순전히 육체적인 능력만으로 해결할 필요가 없었고, 자칫 아기에게 해가 될 위험을 감수하고 싶지도 않았다. 그래서 나는 최대한 많은 도구, 물리학, 기초적인 생물학, 지렛대와 도르래의 원리, 그리고 한없는 복수심을 이용해 작전을 짜게 된 것이다.

우리 아빠는 물리학자이기도 하지만, 해군에서 훈련받은 주짓수 검은띠 유단자이기도 했다. 아빠는 두 가지 분야의 지식을 조합해, 상대방의 체중과 움직임을 이용해서 싸우는 법을 내게 가르쳐주었다. 한편 완고한 냉소주의자인 엄마는 이런 가르침을 주었다. "상대방의 멍청함이나 게으름을 절대로 간과하면 안 돼." 그 어떤 적이라도 결국에는 실수할 때가 있기 마련이므로, 적이 약점을 드러낸 순간을 절대로 놓치지 말라는 뜻이었다. "급소가 드러난 순간 망설임 없이 찔러야 해." 물론 엄마는 비유로 그렇게 말한 것이다. 나는 주짓수 수련 때 그 말을 문자 그대로 실행에 옮기려고 해보았지만 잘되진 않았다.

간수는 자신의 약점, 멍청함, 게으름을 내게 수없이 노출했다. 그가 저지른 실수들을 열거하자면 다음과 같다. 밴, 요리사들, 연필깎이, 규칙적인 일과와 습관, 연약한 자아, 내 아기에게 총을 겨누기로 한 결정, 물을 더 마시겠느냐고 물어본 것, 텔레비전, 라디오, 그리고 감방 문을 열 때마다 자물쇠에 열쇠꾸러미를 그대로 꽂아둔 행동.

33일차에 나를 찾아올 손님이 없다는 것은 확실했다. 요리사들은 37일차에나 올 예정이고, 내가 분만을 시작하기 전까지는 의사와 물으나마나 부부가 올 일도 없을 테고, 브래드는 비행기를 타고 도망 다니고 있을 터였다.

딱 간수와 나, 단 둘뿐이다. 15/33 작전의 요건이 다 갖추어진 것이다.

라디오의 시계가 11시 51분을 알렸다. 쇼가 시작되기까지 구 분을 앞두고 있었다. 나는 정해진 지점에 서서, 밧줄로 묶어서 허공에 매달아둔 라디오의 시계에만 집중하려 애썼다. 그쯤 되니 시간의 흐름이 굉장히 느리게 느껴졌다. 내 심장박동도 마찬가지였다. 그때 내가 느낀 긴장감은 그동안 준비한 공연을 마침내 끝낸다는 데에서 오는 감정이었던 것 같다. 연습을 하도 많이 해서 불안할 것도 없었다. 이제는 달달 외우다 못해 아무 감흥도 없어져버린 사랑 고백이나 마찬가지였다. 고백할 말들을 처음 써내려갈 때에는 가슴이 떨리기도 하고 눈물이 나기도 하겠지만, 그걸 읊는 연습을 수천, 수만 번쯤 하고 나면 감정은 다 떨어져나가고 그저 종이 위의 글씨로만 보일 뿐이다. 대통령이 프롬프터가 띄워주는 연설문을 읽거나, 서투른 배우가 대본에 적힌 대사를 그대로 읽을 때처럼. “사랑해”라는 세 글자를 말하면서 목소리나 어깨를 떨지도 않고, 손을 들어 올리지도 않고, 동공이 확장되지도 않고, 이마에 주름 하나 생기지 않는다면, 손목시계로 시간을 확인하면서 “사랑해”라고 말한다면, 그런 고백에는 사랑이 있다고 할 수 없다. 무릎이 후들거리는데도 서 있으려고 안간힘을 쓰거나, 크게 뜬 눈에 눈부신 빛이 비쳐드는데도 눈꺼풀을 깜빡이지도 못하는, 그런 반응이야말로 사랑을 전해주는 것이다.

그래서 나는 사랑도 없이 사랑 고백을 하는 양철 인간처럼, 몸에 입력된 동작을 이행할 준비만을 하고 있었다. 눈가리개를 하고 잠든 채로도 간수를 처치할 수 있을 것 같았다.

11시 55분, 나는 나의 주연 배우, 표백제 봉지를 무대 위의 스포트라이트로 보냈다. 표백제는 다른 물질에 닿으면 부식 반응을 일으킨다고 한다. 예전에 읽은 어떤 기사에서 스크립스 환경보건안전연구소의 스콧 커리든이 말하기를, “표백제는 스테인리스 스틸에 구멍을 뚫을 수도 있다”고 하더라. 그래서 나는 최대한 오랫동안 기다리다가 막판이 되어서야 표백제 사 분의 삼을 얇은 비닐봉지에 쏟아 넣고, 빨간 니트 담요에서 풀어낸 실로 봉투 입구를 묶었다. 그 실은 아까 천장으로 던져 올려서 문에서 가장 가까운 들보 위에 걸쳐둔 참이었다. 그 들보에는 또 다른 물건이 매달려 있었는데, 그 물건에 대한 설명은 나중에 하기로 하자. 아무튼 나는 그 물건 아래에 표백제 봉투가 위치하도록 실을 끌어당겨서 조절해두었다. 두 물체는 모두 3번 마룻널 바로 위에 매달려 있었다.

아까 말했듯이 표백제는 다른 물질을 부식시키는 성질이 있다. 이것은 과학자들이 알려준 사실이다. 또한 표백제가 사람의 눈이나 입이나 얼굴에 튀면 그 부위가 타들어간다는 것은 상식이다.

시계가 11시 59분을 가리켰다. 그와 동시에 해가 나면서 창문으로 빛줄기가 비쳐들었다. 공기 중을 날아다니는 먼지들이 빛 속에 드러나 보였다. 문 옆의 벽 앞, 내게 지정된 좁은 공간에서 단단히 버티고 서 있으려니 내 몸에서 풍기는 땀 냄새가 나를 휘감았다. 긴장했다고 해서 체취가 더 심해졌을 리야 없겠지만 이 끔찍한 곳에서 곧 떠난다고 생각하니 냄새가 유난히 지독하게 느껴졌다.

아주 작은 진동이 시작되었다. 마룻널이 덜컹거렸다. 점심 식사가 오고 있었다. 나는 벽에 딱 붙어 서서 기다렸다. 밖에서 그가 바닥에 쟁반을 내려놓는 소리가 들렸다. 나무에 플라스틱이 덜그럭 부딪히는 소리. 그 소리를 신호 삼아 나는 준비 자세를 취했다.

열쇠꾸러미가 쩔그렁거리고, 그 뒤에 열쇠 구멍에 금속이 긁히는 소리가 났다.

문이 열렸다.

'문을 활짝 여는군. 늘 그랬듯이. 내가 예상했던 그대로야. 계획했던 그대로야.'

바닥에 내려놓았던 쟁반을 다시 주워 들고, 그는 위를 올려다보지도 않고 늘 밟는 그 자리에 정확히 발을 디뎠다. 5일차부터 내가 하루에 세 번씩 체크하고 측정했던 바로 그 자리, 3번 마룻널이었다. 그런 다음 곧바로 침대 쪽을 건너다보았다. 이제 그건 죽음의 덫이었다. 그는 내가 거기 걸터앉아 점심 식사를 기다리고 있을 거라고 생각했겠지만, 실제로 그가 본 것은…… 매트리스가 벽으로 젖혀져서 침대틀 사이에 끼워져 있고, 침대틀 안의 스프링 받침대만 바닥에 덩그러니 놓여 있는 모습이었다. 스프링 받침대는 윗면의 천이 다 잘려나가서 뻥 뚫린 채 속이 드러나 있었고, 그 안에는 스프링들 대신 물이 가득 차 있었다. 나는 그걸 일종의 튜브 풀장으로 바꾸어놓은 것이다. 간수가 채석장에서 돌로 둘러싸인 호수를 내게 보여주었다면, 나는 감방 문에서 바로 몇 발짝 앞에 있는, 면직물과 비닐로 둘러쳐진 호수를 그에게 보여준 셈이었다. 나는 그가 상황을 파악할 시간을 아주 잠깐 허락해주었다. 그의 앞에 펼쳐진 캔버스에 내가 걸작을 그려낼 것이고, 그 걸작을 위해 자신이 희생되리라는 것을 알아주길 바랐다. 스프링 받침대의 비닐 포장지를 제거하지 않은 자신의 안일함을, 매트리스와 스프링 받침대를 침대틀 안에 제대로 고정하기도 귀찮아서 맨바닥에 놔둔 자신의 게으름을 후회하기를 바랐다. 비닐로 꼼꼼히 방수 처리가 된 임시 풀장 안에 물이 반쯤 차 있는 것을 본 그의 눈길은, 이제 벽에 기대서 있는 매트리스로 옮겨갔다. 매트리스는 마치 풀장을 덮는 뚜껑처럼 젖혀져 있었다. 침대틀에 있던 가로대들이 몇 개 빠져 있는 것도 그는 알아차렸을까? 그것들이 어디로 갔을지 궁금했을까? 그리고 침대 위의 허공에는 라디오가 밧줄에 대롱대롱 매달린 채 노래를 부르고 있었다. 밧줄은 빨간 니트 담요의 실로 엮어서 만든 것이다. 라디오의 플러그는 침대 발치의 콘센트에 꽂혀 있었다.

그가 물과 전기를 연관 지어서 생각했을까? 콘센트에서, 내 작전에서, 내 머릿속에서 흘러나오는 에너지가 방 안 가득히 차오르는 것을 그도 느꼈을까? 침대 위에 울려 퍼지는 오페라 음악이 절정으로 치달아가는 것을, 방 안에 번개가 내리치는 듯하던 긴장감을 그도 느꼈을까?

내가 딱 일 초만 더 시간을 줬다면 그는 나를 돌아보았을 것이다. 왼편으로 고개를 돌리면, 열린 문짝 옆에 서 있는 내가 바로 보였을 것이다. 그는 “어떻게?”라는 당혹스러운 질문을 던졌을 것이다. 물론 나는 그에게 그럴 기회를 주지 않았다. 하지만 지금은 시간이 충분히 있으니 당신에게 차근차근 설명하겠다.

4일차부터 5일차까지 내가 밤을 새워가며 매달렸던 일은, 스프링 받침대 윗면의 천을 잘라내는 것이었다. 그러기 위해서는 우선 양동이 손잡이의 뾰족한 부분을 이용해 연필깎이에서 면도칼을 빼낸 다음, 그 면도칼로 스프링 받침대의 비닐 포장부터 벗겨내야 했다. 천을 자르는 데 시간이 무척 많이 들었다. 조그마한 면도칼 하나만으로 다 잘라내야 했으니까. 엉뚱한 데에 작은 구멍이라도 뚫렸다가는 작전이 실패할 수 있으므로, 나는 훼손된 렘브란트의 그림을 복원하는 전문가처럼, 수술을 집행하는 외과의사처럼, 철저하고 정밀하게 천을 조금씩 절개해나갔다. 그렇게 해서 비로소 스프링 받침대의 윗면이 뻥 뚫리고 내부 골조가 다 드러나자, 나는 옆면과 밑면을 비닐 포장으로 감싼 뒤 24번 도구, 즉 압정으로(압정을 어떻게 얻었는지는 차차 설명하겠다) 고정해둔 다음, 안쪽 면 역시 같은 방식으로 비닐을 대어서 방수 처리를 했다. 그렇게 풀장을 완성한 것이다. 몇몇 허술한 부분은 내 검정 레인코트를 잘라낸 조각들을 덧붙여서 보강했다. 참고로, 간수는 내 레인코트가 없어졌다는 것도 눈치채지 못했다.

"적은 자기 계략에 너무 골몰해서 내 계획은 전혀 모를 것이다. 나의 천재성을 적에게 알려주고 찬사를 받는 데 연연하면 안 된다. 내가 나 자신을 인정해주는 걸로 만족하자. 승부에 자신감을 갖자." 이 글은 예전에 우리 아빠가 냅킨에 휘갈겨 적은 것이다. 어느 섬의 감옥에 인질로 잡힌 정치인을 구출하는 작전에 참가했을 때, 잠수복 차림으로 비행기에서 뛰어내리기 전에 떠오른 생각이었다고 했다. 엄마는 그 냅킨을 액자에 끼워서 서재에 걸어두었다. 이런 이야기는 우리 가족의 저녁 식탁에서 흔히 오르는 화제였다. 엄마가 재판에서 지는 일이 거의 없어지고, 아빠가 군에서 퇴역하고 과학자로서의 삶만 살게 된 이후에도 그랬다.

다시 33일차의 상황으로 돌아가도록 하자. 이제 간수는 내가 침대 스프링 받침대로 만들어놓은 풀장과, 그가 식사 때마다 가져다 준 미적지근한 물이 모두 그 안에 채워져 있는 것을 발견했다. (아, 참고로 나는 그 물을 안 마시는 대신 화장실에 갈 때마다 수돗물을 최대한 많이 마셔서 갈증을 해소했다.) 풀장 위의 허공에 매달린 라디오는 침대 머리맡 근처의 벽에 달린 콘센트에 연결되어 있었다. 스피커에서 쾅 하는 화음이 터져 나왔다.

거친 소리들아, 오, 거친 선율아. 계속 날뛰어주렴!

간수가 물을 더 가져다줄 때마다 내가 "고맙습니다"라고 말했던 건, "당신을 익사시킬 수 있게 해줘서 고맙습니다. 당신을 감전사시킬 수 있게 해줘서 고맙습니다"라는 뜻이었다.

연주는 이제 초월적인 경지로 치닫는다. 너무나 폭발적이어서 단 한 음도 알아들을 수 없다. 압도적인 황홀경이다.

그가 방에 들어오고 정해진 자리에 선 지 일 초 뒤, 나는 표백제(36번 도구) 봉투가 달린 실을 손에서 놓고, 곧이어 초음파 기계의 연결 코드(22번 도구)도 손에서 놓았다. 그 코드에는 텔레비전이 매달려 있었다. 표백제 봉투가 먼저 그에게 떨어져 터졌고, 0.1초 뒤 텔레비전이 추락했다. 두 미사일 모두 그의 머리 정수리를, 신생아였을 적에는 말랑말랑한 숨구멍이었을 지점을 직격했다.

표백제가 눈에 들어갔는지 그는 두 손으로 눈을 가리면서 새된 비명을 내질렀다. 그 순간 그는 기절하는 중이었으므로, 얼굴께로 들어 올리는 두 팔에는 힘이 실려 있지 않았다. 나는 이 시점부터 그의 행동 하나하나를 세밀히 기억한다. 왼쪽 눈은 왼손의 손등으로, 오른쪽 눈은 오른팔로 비비던 것까지도 분명히 기억한다. 하지만 커다랗게 벌린 그의 입에서 쏟아졌을 욕설과 비명은 내 귀에 들어오지 않았다. 나는 라디오에서 쏟아져나오는 찬사에, 높이 치솟아오르는 바이올린의 환호성에 귀를 기울이고 있었다. 또한 콘센트에서 흘러나오는 전류가 얼른 제 역할을 하고 싶어서 지직거리며 안달하는 소리도 듣고 있었다. 텔레비전은 그의 머리를 강타한 다음 오른쪽 어깨와 등을 치고 지나가 마룻바닥에 쾅 떨어졌고, 그 진동으로 스프링 받침대 안에 고인 물에 파문이 일었다. 텔레비전의 뾰족한 무언가가 그의 목을 할퀴었는지, 풍선을 묶은 빨간 리본 같은 한 줄기 피가 그의 등을 타고 흘러내렸다.

그가 완전히 쓰러지기 전에 나는 두 번째 무기를 집어 들었다. 즉 표백제와 텔레비전에 연결된 줄을 각각 손에서 놓은 직후, 바닥에서 미리 빼둔 마룻널을 집어 들었다. 나는 그걸 망치 삼아 그의 왼편에서 등을 정통으로 후려쳤다. 이때 얼마만큼의 힘을 주어야 하는지는 그의 체중과 키를 토대로 미리 계산해두었고, 그는 내 계산대로 무릎을 꿇고 앞으로 자빠지면서 머리부터 물에 처박았다. 그가 그렇게 풀장에 엎어진 순간 나는 문밖으로 재빨리 빠져나가면서, 문 옆의 못에 걸어둔 빨간 니트 담요 밧줄을 풀었다. 그 밧줄은 라디오에 연결되어 있었다. 참, 당신도 알다시피 나는 20일차부터 빨간 니트 담요의 올을 풀어나가기 시작했고 그걸로 밧줄도 만들었지만, 간수가 그 사실을 전혀 알아차리지 못한 것은 내가 아침마다 담요의 남은 부분을 실 위에 덮어서 마치 담요를 개켜놓은 것처럼 숨겨두었기 때문이다. 아무튼 내가 밧줄을 끄르자, 라디오는 그대로 물에 풍덩 떨어져 가라앉았다. 그때쯤 표백제와 텔레비전의 폭격을 맞은 그의 머리와 몸통은 풀장의 물속에 이미 엎어져 있었다. 라디오가 물에 빠진 것과 동시에 치직거리고 파직거리는 소리가 방 안 가득히 울려 퍼졌다. 나는 문밖의 복도에서 그 광경을 지켜보았다.

이 모든 과정은 십 초도 걸리지 않았다. 그가 길거리에서 나를 낚아챘을 때도 그 정도밖에 안 걸렸을 것이다.

자, 이것이 바로 정의이다. 냉혹하고, 무자비하고, 뜨겁게 악인의 두개골을 내리찍고 벼락을 내리치는 정의.

15/33 작전은 세 단계로 구성되어 있었다. 첫째, 텔레비전과 표백제(이건 꼭 필요하진 않았지만) 공격. 둘째, 감전 공격. 셋째, 익사시키기. 셋 중 어느 단계에서라도 그는 죽게 되어 있었다. 만약 텔레비전이 빗맞았더라도, 나는 마룻널로 그를 후려쳐서 물 쪽으로 엎어뜨릴 수 있었을 것이다. 만약 필요하다면 육체적인 힘을 발휘해서 마룻널로 그를 쓰러질 때까지 두들겨 팬 뒤, 내가 등에 차고 있던 활과 화살 네 발로 그의 눈이든 목이든 샅이든 명중시켜 죽일 수도 있었을 것이다.

활과 화살이라니, 그게 무슨 말이냐고? 내겐 도구가 아주 많았다. 활은 다락방에서 구한 고무밴드와 양동이 손잡이로 만든 것이다. 화살은 침대틀에서 분리해낸 가로대들을 텔레비전 안테나 끝으로 뾰족하게 갈아서 만들었다. 그 작업을 하는 동안 가로대와 안테나를 매일 아침 제자리로 돌려놓고 아무 이상도 없어 보이도록 꾸몄다. 화살집은 레인코트 소매의 한쪽 끝을 실로 여며서 주머니 모양으로 다듬은 것이고, 그걸 등에 매는 끈은 초음파 기계의 내부 전선들을 빼내서 엮은 것이었다. 다행히도 활과 화살을 쓸 일은 없었다. 일이 다 잘 풀려서 그런 것이니 억울할 이유도 없었다. 하나님과 검은 나비 천사에게 감사할 뿐이었다. 나는 서 있는 위치상으로도 적보다 유리했고, 적은 아무것도 모르는 반면 나는 모든 것을 철저하게 분석하고 계획해뒀다는 점에서도 유리했다. 그의 움직임과 습관과 걸음걸이와 체형까지 빠삭하게 꿰고 있으니 내가 아예 그놈으로 변신할 수도 있을 것 같았다.

압정은 어디에서 구했느냐고? 그건 내 몸에서 나던 땀이 초강력 접착테이프에 미친 영향 덕분이었다. 밴에서 보낸 첫날, 차 안이 후텁지근한 데다 나는 임신의 여파로 살이 쪘으므로 땀이 꽤 났다. 그러자 내 가느다란 손목을 동여맨 테이프의 접착력이 서서히, 그러나 확실히 약해져가는 것을 느낄 수 있었다. 밤이 되어 그가 코를 골면서 자는 동안, 나는 팔을 최대한 당겨보았고 마침내 오른팔을 결박에서 빼내는 데 성공했다. 그러기까지 오십 분이 걸렸다. 그가 언제 잠에서 깰지 모르는 데다, 옆문은 올리브색 스토브에 가로막혔고, 뒷문은 체인으로 묶여서 잠겨 있었으므로, 왼팔과 두 다리까지 마저 빼내서 밴에서 탈출하기에는 역부족이었다. 그래도 나는 어쨌든 결박을 풀어보려고 애쓰면서 몸을 구부려 내 배낭 안에서 압정을 꺼냈다. 도매용으로 대량 포장된 것이었으므로 달그락거리는 소리는 나지 않았다. 내가 압정 꾸러미를 레인코트 안주머니에 넣었을 때, 그가 뒤척거리면서 잠에서 깼다. 나는 한 손을 재빨리 테이프 안에 집어넣은 다음 축 늘어져 앉은 채 자는 척했다. 그는 하품을 하고 몸을 돌리더니 나를 쳐다보았다. 그가 나를 보는 눈길이 느껴졌다.

"멍청한 계집." 그가 말했다.

'멍청한 건 너야. 내가 이 압정으로 너를 죽일 거거든.' 나는 생각했다.

그로부터 32일 후 나는 그가 내 감방 안에서 몸을 뒤틀고 근육을 꿈틀거리며 죽어가는 광경을 똑똑히 지켜보았다. 그의 다리는 바닥에 아무렇게나 퍼드러졌고, 윗몸은 낮은 침대틀 위에 걸쳐진 채 물속에 잠겨 있었다. 전기 충격이 일어날 때마다 그의 엉덩이가 들썩거리면서 침대 옆면을 자꾸만 찧어대는 꼴이 특히 괴상했다. 물속에서 잠든 채로 섹스하는 꿈을 꾸면서 삽입하는 시늉이라도 하는 것 같았다. 물은 푸른빛을 띠면서 노란 섬광이 번뜩거렸고, 출렁출렁 소용돌이치면서 밖으로 넘쳐흘러서 그의 몸과 바닥에 튀었다. 벽의 콘센트에서는 불똥이 튀어서 금방이라도 플러그 전체에 불이 붙을 것 같았지만, 다행히도 그냥 까맣게 타들어가면서 마룻바닥에 부스러기만 떨어트리고 있었다. 콘센트에서 불똥과 함께 탁탁 소리가 일어났고, 동시에 그의 입에서 거품이 흘러나오더니 마침내 몸이 축 늘어졌다. 마구 성내며 날뛰던 전류도 차차 잦아들어갔다. 나는 모든 반응이 완전히 멈출 때까지 기다렸다. 전자레인지에 돌린 팝콘이 한 알 한 알 다 튀겨지고 "땡! 조리가 완료되었습니다!"라는 음성이 나올 때까지 기다리듯이.

웅 하는 소리와 함께 전등이 꺼졌다. 누전으로 인해 전기가 차단된 것이다. 한낮인데도 복도에 어둠이 깔렸고 으스스한 정적이 감돌았다. 나는 석상처럼 가만히 서서 등의 화살집에 손을 뻗으면서 귀를 기울였다. 감방에서는 아무 소리도 나지 않았다. 내 뒤, 위, 아래, 그 어디에서도 발소리라고는 들리지 않았다. 나는 간수가 죽어 있는 감방의 문을 닫아 잠근 다음 열쇠꾸러미를 챙겼다.

고요했다.

내 심장 소리만 크게 들렸다.

계단 창문 밖에서 제비 한 마리가 퍼덕거리며 울었다. "안전함, 이동할 것"이라고 알려주는 것만 같았다.

'풀장에서 수영 재밌게 했길 바란다, 씹새끼야.' 나는 마음속으로 간수에게 마지막 인사를 남기고 침을 뱉었다.

1층으로 내려가서 부엌으로 들어가보았다. 꽃무늬 천, 목조 조리대, 흰 싱크대, 풋사과색 믹서 같은 걸 상상했던 나는 그곳을 보자마자 배신감에 사로잡혔다. 눈앞에 닥쳐온 진실에 순간 숨이 막힐 정도였다. 거긴 시골풍 부엌이 아니었다. 오히려 식당 주방에 가까웠다. 기다란 스테인리스 스틸 조리대 두 대, 커다란 검은색 가스레인지, 단조로운 흰색 믹서. 색깔이라고는 없었다. 분홍색 테두리가 달린 앞치마도, 카펫 위에 늘어진 뚱뚱한 고양이도 없었다. 놀라운 점은 그뿐만이 아니었다.

내가 선 곳에서 가장 가까운 스틸 조리대 위에 음식이 담긴 접시가 놓여 있었다. 내 접시는 아니었다. 내 것은 아까 간수를 죽인 뒤 박살냈으니까. 접시는 랩으로 싸여 있고 포스트잇이 붙어 있었다. 옆에 나란히 늘어선 우유 컵과 물컵 역시 내 것과 똑같았다. 나는 가까이 다가가서 포스트잇을 확인했다. 'D'라고 적혀 있었다. 그리고 근처의 쓰레기통을 들여다보니, 쓰레기 더미의 맨 위에 떨어져 있는 랩 뭉치와 포스트잇이 대번에 눈에 띄었다. 그 포스트잇에는 'L'이라고 쓰여 있었다. 내 이름의 첫 글자였다. 왜 진작 알아차리지 못했을까 싶었다. 이 건물에는 나 말고도 또 다른 소녀가 갇혀 있었던 것이다. D라는 이니셜로 시작하는 이름을 가진 소녀가.

하지만 작전에서 이탈할 순 없었다. 15/33 작전을 끝마치는 게 우선이었다. '집중하자. 다른 문제는 그다음에 생각하자.' 나는 전화기가 있는 곳을 찾아냈다. 전화기 옆에는 이 학교의 주소가 적힌 편지 봉투들이 놓여 있었다. 나는 일단 수화기를 들고 911을 누른 다음, 경찰서장을 바꿔달라고 요구했다.

"제 말 잘 듣고 받아 적으세요. 천천히 말할게요. 내 이름은 리사 일랜드입니다. 열여섯 살이고, 임신 중입니다. 한 달 전에 뉴햄프셔 주 반스테드에서 납치됐습니다. 저의 집 주소는 메도뷰 거리 77번지입니다. 출동할 때 경찰차를 쓰지 마세요. 무전으로 교신하지 말고, 소동을 피우지 마세요. 그러면 저와 또 다른 피해자가 위험에 빠집니다. 일반 차량으로 빨리 와주세요. 무전 교신하지 말고, 소동 피우지 말고요. 제 말 들으셨나요?"

"네."

나는 전화를 끊었다.

이제 다른 여자애를 찾아야 할 때였다. 나는 일단 건물 밖으로 나가보았다. 드디어 건물의 외관을 보게 된 것이다. 적어도 한 가지, 건물 외벽이 흰색이라는 점은 내 상상대로였다. 그리고 짐작했듯이 건물은 총 3층이었고 옥탑 다락방이 딸려 있었으며, 각 층은 네 구역으로 나뉘어 있었다. 건물에 걸린 빛바랜 팻말에는 이렇게 적혀 있었다. '애플트리 기숙학교'. 외벽 페인트가 벗겨진 낡아빠진 학교 건물에 주방 시설만은 최신식이라니 위화감이 들었다. 〈로맨싱 스톤Romancing the Stone〉 영화의 한 장면이 생각났다. 그 영화에는 다 무너져가는 판잣집이 나오는데, 주인공들이 막상 들어가 보니 내부는 궁전이나 다름없이 호화찬란했다.

건물 어디에 D라는 소녀가 있을 터였다. 하지만 그녀를 찾으려고 건물 구석구석을 무작정 뒤지거나 고함을 쳐서 부르는 건 안 될 말이었다. 다행히도 짚이는 데는 있었다. 건물 왼편 구역의 3층에, 내 방 창문과 똑같은 삼각형 창문이 보였던 것이다. 나는 건물 둘레를 한 바퀴 돌아보았지만 그렇게 생긴 창문은 더 없었다. 다른 창문들은 모두 큼지막했고, 방의 벽 한 면 전체를 차지할 만큼 큰 창문도 있었다. 만약 저런 방에 그녀를 가둬놓았다면 창문에 커튼이라도 쳤어야 정상이다. 나는 다시 고개를 들어 삼각형 창문을 올려다보았다. 신비롭게도, 유리창 위에 검은 나비가 올라앉아 있었다.

나는 왼쪽 구역의 출입문을 열고 3층으로 올라갔다. 이곳의 계단도 내가 있던 곳의 계단과 똑같았다. 3층에 있는 화장실의 위치도 똑같았다.

문이 잠긴 방 앞에 이르자 내 발밑의 마룻널이 덜거덕거리는 소리를 냈다.

"D, 거기 있어?"

아무 소리도 들리지 않았다.

"이니셜이 D 맞지? 이름이 뭐야? 난 방금 다른 방에서 탈출했어. 내 말 들려?"

방 안에서 무언가가 우당탕 떨어지는 소리가 났다.

"여기요, 여기요! 구해주세요!" 여자애가 소리를 질렀다. 나는 가져온 열쇠꾸러미를 꺼내서 이 방문에 맞는 열쇠를 찾았다. 그동안 그녀의 외침은 점점 더 절박하게 반복되었다. 그런데 이상하게도 이 문에는 단순한 구식 자물쇠가 달려 있었다. 내 방문에 달린 복잡한 티타늄 자물쇠와는 전혀 달랐다. 만약 내 방 자물쇠도 이런 거였다면 나는 첫날 밤에 진작 문을 따고 탈출했을 것이다. '이 여자애는 나보다 더 믿음이 갔나? 아니면 만만해 보였나?' 나는 문을 열었다. 금발 소녀가 침대 위에서 만삭의 몸을 힘겹게 일으키고 있었다. 바닥에 흩어진 책들을 보니 아까 쿵 소리는 책이 떨어지면서 났던 모양이었다. 여자애는 자주색 원피스 차림이었고, 한쪽 발에 검은색 컨버스 스니커즈를 신고 있었다. 나머지 한쪽 발은 맨발이었다. 나는 지나치게 헐렁한 나이키 운동화에 든 발가락을 구부리며, 내 신발은 어디에 있을까 다시금 의구심을 품었다. '왜 쟤는 신발을 신고 있게 허락한 거지?'

"경찰을 불렀어. 지금 오고 있어."

이 말을 하는데, 밖에서 자동차 타이어가 굴러오고 엔진이 부릉거리는 소리가 들렸다.

'내 방에서는 차가 들어오는 소리가 안 들렸는데, 왜지? 요리사들, 의사, 물으나마나 부부, 걸스카우트 모녀, 브래드가 왔을 때 얘도 그 소리를 들었겠지? 그럴 때마다 이렇게 구해달라고 소리를 질렀을까? 그랬는데도 아무도 못 들었나 보지.'

"제 이름은 도로시 살루치예요. 지금 병원에 가야 돼요." D라는 이니셜을 가진 소녀, 도로시가 말했다.

밖에서 차 문이 탕 닫혔다. '경찰이 벌써 왔을 리 없는데. 겨우 3.5분 전에 불렀는걸. 아니, 당연히 경찰이겠지.' 밖에서 누군가가 걸어오는 발소리가 들렸다. '어디로 가는 거지?'

도로시의 창백한 얼굴에는 땀방울이 맺혔고, 눈이 축 처져 있었다. 아픈 기색이었다. 게다가 오른쪽 다리가 붉게 부어올라서 정강이가 금방이라도 터질 것처럼 보였다. 기름으로 떡진 앞머리는 한편으로 젖혀서 핀으로 고정해두고 있었다.

'경찰들은 어디로 간 거야?'

도로시의 감방은 내 감방과 여러 면에서 비슷했다. 침대틀 안에 지지대 없이 놓여 있는 매트리스와 스프링 받침대, 스프링 받침대를 감싼 비닐 포장, 천장에 노출된 들보, 삼각형 창문, 목재 마룻바닥까지. 하지만 텔레비전이나 라디오는 없었다. 필통도, 자도, 연필도, 종이도, 연필깎이도 없었다. 당연히 압정도 없을 것이다. 하지만 그녀는 내겐 없었던 도구 두 가지를 갖고 있었다. 뜨개바늘, 그리고 책들.

건물 어딘가에서 누군가의 비명이 터져 나왔다. 내 방이 있는 쪽이었다.

나는 도로시를 일으키려고 부축했다.

문이 탕 닫히는 소리가 들렸다. 또 내 방 쪽이었다.

"도로시, 가자. 얼른."

그녀는 꼼짝도 하지 않았다.

"도로시, 도로시! 지금 가야 돼. 당장!"

건물 밖에서 누군가가 달려오는 발소리가 들렸다. 그리고 계단을 올라오는 소리도.

도로시는 침대 뒤의 벽에 몸을 딱 붙였다. 나는 그녀의 팔을 끌어당겼지만 소용없었다. 문밖의 복도에서 마룻널이 덜컹거렸다.

그때에야 나는 내가 저지른 중대한 실수를 깨달았다.

13

로저 리우 특별수사관

보이드와 전화를 끊자마자 나는 롤라와 함께 차를 타고 시카고 스카이웨이로 향했다. 인디애나 주까지 갓길을 통해 달릴 수 있는 고속도로는 그 경로가 유일했다. 나는 인디애나 현지 경찰서에 연락해 우리가 곧 도착한다고 알리고, 그쪽에서는 아무 조치도 취하지 말고 공개 회로를 통한 통신도 일절 하지 말라고 요구했다. 경찰서장은 "문제없습니다"라며, 특별하지 않은 통신 코드를 이용해 경찰력을 자연스럽게 소집시키겠다고 말했다.

인디애나 주 게리 지역에 이르러 우리는 경광등과 사이렌을 해제하고, 밀짚 냄새 풍기는 서늘한 봄 공기 속을 달리는 평범한 차량들 사이로 섞여들었다. 하늘은 너무 흐려서 회색 철판 같았지만 어렴풋한 푸른빛 한 조각이 용케도 남아 있었고, 해는 탁한 구름 저 너머로 아득히 멀어져 있었다.

운전석에 앉은 롤라는 온몸의 신경을 곤두세우고 있는 듯했다. 올드스파이스 향수가 배인 그녀의 땀 냄새가 차 안 구석구석에 번지고 있었다. 참다못한 나는 조수석 창문을 열었다.

"창문 닫아, 리우. 시끄러워서 귀 터지겠어."

차 밖을 쌩쌩 지나는 바람 소리는 나도 거슬리긴 했다. 사냥개처럼 예리한 감각을 가진 롤라의 귀에는 더더욱 거슬리는 모양이었다. 나는 잠자코 창문을 닫았다.

우리는 전속력으로 차를 달려 경찰서에 도착했다. 그곳은 이제 임시 지휘본부였다. 단층 건물의 출입문으로 들어서니 허리까지 올라오는 파티션 너머로 회색 책상들이 덩그러니 늘어서 있었다. 푸른 경찰복을 입은 순경들이 일렬로 늘어서서 대기하고 있을 줄 알았는데, 뜻밖에 상급 경찰 두 명만이 우리를 맞았다.

나이가 더 많아 보이는 경찰이 내게 손을 내밀어 악수를 청했다. "리우 수사관님, 저는 마셜 총경입니다. 여기는 제 부관 행크이고요. 더 많은 인원이 있을 줄 기대하셨을 텐데, 죄송합니다만, 수사관님과 전화를 끊고 나서 생각해보니 하필이면 오늘이 전 서장 아내의 장례식 날이더군요. 다들 거기 가 있어서 도착하려면 두 시간 반은 걸릴 겁니다. 그런데 말입니다, 일단 이 얘기부터 좀 들어보시죠."

총경이 더 가까이 다가와 내 눈을 마주보면서 강한 어조로 말했다.

"믿기지 않으시겠지만, 납치된 피해자에게서 방금 전화가 왔습니다. 기가 막힌 타이밍이군요."

나는 얼빠진 채 되물었다. "네? 도로시가 여기로 전화했다고요?"

"도로시? 도로시는 누구죠? 아뇨, 그 여자애 이름은 리사 일랜드라고 했습니다만."

"분홍 곰이네." 롤라가 속삭였다.

"뭐라고 하셨죠?" 마셜 총경이 물었다.

"아닙니다, 아무것도 아네요. 리사 일랜드라고 하셨나요?"

"네. 여기 녹음도 해놨으니 들어보셔도 됩니다. 겨우 몇 분 전에 온 전화예요. 끊고 나서 수사관님께 전화하려던 참에 도착하신 겁니다. 리사 일랜드는 지금 폐쇄된 기숙학교에서 또 다른 피해자와 함께 있다더군요. 출동할 때 사이렌은 쓰지 말라고, 그러면 자신들이 위험해진다고 했습니다."

또 다른 피해자. 도로시가 분명했다.

"그런데 수사관님이 찾던 피해자의 이름이 도로시라고요? 그럼 리사 일랜드는 누구죠?"

"한 달 전에 뉴햄프셔에서 실종된 아이입니다. 그때 저희 팀이 그 집까지 찾아가 조사했습니다. 도로시가 실종되고 일주일 뒤의 일이었죠. 그런데 리사는 실종 당일 아침에 커다란 배낭을 꾸려서 집을 나갔던 걸로 밝혀졌어요. 옷 여러 벌과 음식을 잔뜩 챙겼고, 그 외에도 자기 엄마 염색약이랑 이것저것…… 그래서 상부에서는 가출한 걸로 결론을 내리고 다른 팀에게 사건을 넘겨버렸습니다. 순전히 그 이유 때문에요. 제기랄, 통계가 다 무슨 소용이야. 근무수칙 따윈 개나 주라지. 리사 일랜드 사건도 우리 소관이라는 걸 진작부터 알았는데!" 나는 주먹으로 이마를 문지르며 이를 악물었다. 목구멍에서 으르렁거리는 소리가 새어나오려는 걸 애써 억눌렀다.

"로저, 진정해. 지금 상황에 집중하자고. 응?" 롤라가 내 팔꿈치를 잡아당겼다.

롤라는 다른 사람들 앞에서는 요령껏 나를 리우가 아니라 로저라고 불렀다. 또한 내게 정신 차리라고 할 때에도 꼭 저렇게 부르곤 했다.

"총경님, 저희를 현장으로 데려다주시겠습니까?"

"그래야죠. 우리 오퍼레이터, 새미의 차를 쓰면 돼요. 그 녹슨 고

물딱지 같은 볼보를 의심할 사람은 아무도 없을 겁니다." 총장은 벽장처럼 생긴 칸막이 안에 들어 있는 전화 교환대를 가리켰다. 그 앞에는 뚱뚱한 남자가 의자에 늘어져 앉아 도넛을 먹으면서 반쯤 졸고 있었다. 새미는 도넛을 계속 씹으면서 고개를 끄덕이고는, 군소리 없이 차 열쇠를 총경에게 넘겨주었다. 그의 입술과 턱에 묻은 슈거 파우더와 단추 두 개가 떨어지고 없는 제복 셔츠를 보니, 새삼 이곳이 작은 마을임을 실감했다.

우리는 새미의 오렌지색 볼보에 올라탔다. 마셜 총경, 그의 부관, 롤라, 그리고 나, 이렇게 넷이었다. 주유소에서 뽑아 마신 커피 종이컵들, 퓨리나사의 애견 사료봉투에서 새어나온 사료들이 뒷좌석 바닥에 굴러다녀 롤라와 내 발에 치였다. 우리는 총을 장전하고 격철을 당기며 유혈극을 대비했다. 가는 길 내내 롤라는 창밖으로 코를 내민 채 무언가 냄새를 맡고 있었다. 그녀는 기대감에 부풀어 근육을 꿈틀거리고 허벅지 위의 손을 뻣뻣하게 폈다. 나도 그녀와 같은 마음이었다.

14

33일차

내 간수의 쌍둥이 형제가 방에 들이닥친 순간, 나는 내 어깨에 네 사람의 목숨이 달려 있음을 깨달았다. 나, 내 아기, 도로시, 그리고 도로시의 아기. 브래드는 충혈된 눈에서 눈물을 용암처럼 쏟아내고 있었다. 눈물이 그의 피부를 타고 진흙처럼 몽글몽글하게 미끄러졌다. 마치 밀랍 살갗이 녹아내리는 것처럼 보였다. 환각 증세라도 일어나는 건가 싶어서 자세히 봤더니, 녹아내리는 것은 살갗이 아니라 파운데이션이었다. 눈물이 두꺼운 파운데이션을 밀어내면서 길을 내고 있었던 것이다. '화장을 했단 말이야? 그런 거야? 와우.' 급류에 모래가 쓸려나가듯 그의 얼굴이 씻기면서 아까 내가 죽인 남자와 똑같이 생긴 맨얼굴이 드러났다. 그가 토해내는 무거운 숨소리에는 헤아릴 수 없이 깊은 슬픔이 배어 있었다. 그는 굶주린 데다 벌에 쏘이기까지 한 황소처럼 발로 바닥을 질질 끌면서 우리에게 덤벼들어 덮칠 태세를 갖추었다.

그 즉시 내 머릿속에 네 가지 판단이 섰다. 첫째, 브래드가 자기 형의 시체를 찾았다. 둘째, 브래드가 자기 몫의 열쇠꾸러미를 손에 들고 있다. 다행히도 내 열쇠꾸러미는 이 방에 들어오자마자 화살집 안에 넣어두었다. 셋째, 브래드는 해외로 간 게 아니었다. 넷째,

그는 우리를 잔인하게 해칠 작정이었다. 이전보다도 더욱 악랄한 방식으로.

"내 형을 감히!" 그가 방 안으로 걸어 들어와 내 얼굴을 후려쳤다.

"내 형을, 내 형을, 내 형을……." 브래드는 바락바락 악을 쓰면서 팔을 휘둘렀다.

그의 팔이 세 번째로 내게 날아올 때, 나는 그가 입은 화려한 남색 벨벳 재킷의 오른쪽 소매에 달린 금색 단추 네 개 중 하나가 우그러진 것을 언뜻 보았다. 저렇게 난동을 부리는 와중에도 흠잡을 데 없이 멀끔한 차림새를 유지하는 사람이 망가진 단추를 그냥 내버려뒀다니, 이상하다는 생각이 들었다.

곧이어 테니스 라켓이 공을 강타하듯 그의 팔이 내 왼쪽 관자놀이를 후려갈겼다. 그 순간, 나는 단추가 우그러져 보였던 게 일종의 환각이었으리라는 생각이 들었다. 0.1초 뒤면 내 두개골이 그에게 가격당해 우그러질 거라는 예상이 그런 환상으로 나타났던 것이다. 매 순간을 치밀하게 계획하고 예측하는 데 이골이 난 나머지, 뇌가 가까운 미래의 일을 미리 인지하게 된 것 같았다. 물론 이 가설은 아직 입증되지 않았다. 언젠가는 신경과학적으로 연구해볼 생각이다.

어쨌든 브래드에게 구타당하는 동안 나는 조금이나마 켜놓고 있던 감정의 스위치들마저도 완전히 꺼버렸다. 평온한 공허감에 휩싸인 채 나는 바닥에 고꾸라졌다. 이제 내 몸은 아무 감정 없는 인형과도 같았다. 자동 로봇 또는 살인 기계에 가까웠다.

화살집에서 빠져나온 화살 하나가 바닥을 굴러가는 게 눈에 들어왔다. 나는 그걸 낚아채면서 동시에 등에서 활을 뽑아들고, 모로 누운 채 화살을 시위에 물렸다. 한편 브래드는 쓰러진 나에게 다시

다가오려고 몸을 돌리기 시작했다. 이 모든 과정은 그의 팔이 내 머리를 친 순간부터 삼 초 만에 일어난 일이다. 훈련, 오로지 훈련을 통해서만 이렇게 움직일 수 있다. 현실의 끔찍함을 뇌리에서 차단하고 오로지 육체로만 움직이는 것. 참전 군인들에게 물어보라. 다 나와 같은 대답을 할 것이다.

도로시는 매트리스 위에 서서, 오페라 무대에서 고뇌에 사로잡힌 여주인공처럼 비명을 지르고 있었다. 정확히 C7 코드로만 된 소프라노 음이 계속해서 울려 퍼졌다. 소리가 얼마나 요란한지 공기가 박살 나는 것만 같았다. 나는 그녀의 목소리를 꺼버리고 내 라디오로 부드러운 피아노 연주를 틀고 싶은 마음이 간절했다. 하지만 도로시를 진정시킬 시간이 없었다. 나는 그녀를 뒤에 두고 누운 채, 우리 둘 모두의 적을 향해 화살을 겨누고 있었다. 그에게 맞은 쪽 눈가가 벌써 부어오르는 느낌이 났다. 눈에 피가 흘러들어서 시야가 희미했다. 하지만 시력이 더 좋은 다른 한쪽 눈은 멀쩡했고 더없이 예리했다.

브래드가 내 쪽으로 완전히 몸을 돌렸다. 그와 나 사이의 거리는 겨우 1미터 정도였다. 나는 화살을 그의 눈으로 조준하고, 그가 물러서거나 상황 파악을 할 틈도 주지 않고 화살을 쐈다. 시위를 손에서 놓는 것만으로 충분했다.

'날아가! 날아가서 놈을 꿰뚫어!'

화살은 공중에서 흔들렸지만, 열추적 미사일처럼 궤도를 되찾으며 날아가 황소의 눈에 내리꽂혔다. 정확히는 코의 연골과 왼쪽 광대뼈 사이, 눈 바로 아래였다. 날카로운 나무 작살이 여린 살을 깊숙이 꿰찌르는 걸 보며, 나는 제대로 된 과녁으로 연습할 기회만 있었더라면 놈의 눈을 정확히 명중시키고 뇌까지 꿰뚫을 수 있었을 텐데 생각했다.

브래드는 괴성을 지르며 화살을 얼굴에서 잡아 뺐다. 멍청하기 짝이 없는 행동이었다. "칼에 찔리면 그 자리에 가만 내버려두고 의사를 찾아야 해. 칼날이 출혈을 멈추게 할 거야." 언젠가 아빠가 했던 말이었다. 아빠는 군인 시절에 반란군이 휘두른 부엌칼에 오른쪽 옆구리를 찔렸는데, 칼이 꽂힌 채로 15킬로미터를 걸었다고 했다. "만약 그때 칼을 뽑았으면 너도, 나도 지금 이 세상에 없었겠지."

브래드의 뺨에서 피가 뿜어져 나와 그의 벨벳 재킷과 마룻바닥에 쏟아졌다. 심지어 내 손에도 핏방울이 튀었다. 그러자 도로시가 드디어 비명을 멈추고 내 옆으로 뛰어내리더니, 브래드의 머리를 향해 책을 한 권씩 던졌다.《호밀밭의 파수꾼》《챔피온들의 아침식사》《백년의 고독》《무언가 사악한 것이 여기로 온다》등 학교에서 흔히 가르치는 고전 소설들이었다. J. D. 샐린저, 커트 보니것, 가브리엘 가르시아 마르케스, 레이 브래드버리. 이 모든 작가들이 아군이 되어주었다. **39번 도구, 문학.**

브래드는 속수무책으로 책을 얻어맞으며 훌쩍거리다 복도 쪽으로 비틀비틀 도망쳐 나갔다. 그러고는 얼굴의 상처를 손으로 단단히 막은 채, 바깥에서 문을 탕 닫아버렸다. 열쇠를 마구 절그럭거리며 잠그는 소리가 들렸다. 나는 또 감방에 갇혔다는 것보다도, 저 상처 입은 짐승을 상대해야 한다는 점이 걱정스러웠다. 큰 슬픔과 부상으로 무력해진 사람은 잃을 게 없고, 따라서 그 무엇으로도 회유할 수 없는 법이다.

이제 방 밖에서는 광폭한 하이에나 한 마리가 어슬렁거리고, 방 안에는 십 대 소녀가 히스테리에 빠져 있는 상황이었다. 도로시는 침대로 돌아가 끔찍한 소리로 울부짖으며 발작하고 있었다. 나는 낡은 마룻바닥 위에 서서 삼각형 창문을 올려다보았다. 나의 검은 나비가 나타나주기를 바랐지만, 흔적도 보이지 않았다.

'어떻게 브래드가 나타날 거란 생각을 못 했지? 대체 어쩌다 이런 엄청난 실수를 저지른 거야?' 나는 스스로를 책망했다.

나는 나 자신에 대한 기대치가 지나치게 높은 편이었다. 지금도 그렇다. 내가 전지전능할 수는 없다는 것을 잘 알면서도 전지전능하기를 기대한다. 이 세상에 존재하는 모든 지식을 내 것으로 삼아 유용하게 쓰고 싶어하는 마음 때문이다. 시간과 공간, 물질과 암흑물질, 생명의 탄생에 관한 모든 이론을 풀고 싶은, 모든 것의 의미를 이해하고 싶은 마음.

하지만 나는 결국 불완전한 인간이고, 그 현실을 깨달을 때마다 초라해진 기분이 든다. 그러면 그럴수록 더더욱 현실에 굴하지 않고 더 높은 이상을 추구하게 된다.

나는 새로운 감방 안을 서성거리며 내가 경찰을 불렀다는 사실을 되새기려 애썼다. '이건 금방 끝난다. 진정하자, 진정하자. 심호흡을 하자. 곧 경찰이 도착한다. 하지만 브래드가 돌아오기 전에 도착해야 할 텐데. 혹시라도 일이 틀어질 경우를 대비해서 다른 대책을 세워둬야 하지 않을까? 아까 내 전화를 받은 사람이 적들과 한패였다면 어쩌나?'

도로시는 죽어가는 새끼 사슴처럼 몸을 동그랗게 말고 있었다. 그녀의 신음 때문에 작전 짜는 데 집중이 잘 되지 않았다. 그러잖아도 나는 타인을 내 작전에 포함시키는 데에 익숙하지 않았다. 집의 실험실에서나, 이곳의 감방에서나 늘 혼자만의 계획에 몰두해왔으니까. 게다가 내 또래의 여자애와 대화하는 것도, 아니, 애초에 말을 트는 것부터가 어려웠다. 나는 동성 친구가 한 명도 없었다. 내게 친구는 레니뿐이었다. 레니는 네 살부터 내 소꿉친구였고, 열네 살부터는 남자친구가 되었다. 시를 쓰는 애라서 감성이 풍부했고, 나랑 같이 있으면 서로의 특성이 섞여서 균형을 이루는 느낌이 들었다. 언어 능력이 불가사의할 만큼 뛰어난 레니는 서로 무관한 듯 보이는 단어들 사이에서도 기가 막히게 맥락을 찾아냈기에 선생님들을 쩔쩔매게 만들기가 예사였다. 5학년 때부터는 특별반에 배정되었고, 일주일에 한 번씩 뉴햄프셔 고등교육회의의 전문가가 찾아와서 레니의 수준에 걸맞은 과제를 주었다. 의대 교수며 과학 박사며 하는 석학들이 레니에게 '석학 증후군'이라는 꼬리표를 붙였다. 전체적인 지능은 낮은데 특정 분야에서만 비범한 재능을 보이는 현상을 뜻하는 용어였다. 하지만 내 생각에, 레니에게 가장 정확한 진단을 내려준 사람은 서배너에 사시는 우리 할머니였던 것 같다.

내가 납치되기 여덟 달쯤 전에 할머니가 뉴햄프셔의 우리 집에 왔다. 부모님은 보스턴에 연극을 보러 갔고, 집에는 할머니, 나, 레니까지 셋이 있었다. 우리는 아일랜드 식탁을 둘러싼, 쿠션이 있는 스툴에 편안히 기대어 앉아 낱말퍼즐 게임을 하고 놀았다. 당연히 레니가 실력 발휘를 했고, 걔가 70점 이상 앞서나가자 나는 더 이상 게임을 할 이유가 없다고 판단했다.

"할머니, 우리 그냥 퍼지*나 만들어 먹어요. 게임을 계속할 이유가 없잖아요." 내가 말했다. "제가 확률을 계산해봤는데 우린 절대 이길 가망이 없어요. 그러니까 여기에서 끝내고 다른 거 하자고요.

* 우유, 버터, 설탕, 초콜릿을 넣어 만든 말랑말랑한 사탕.

오, 체스는 어때요? 레니는 전략 같은 건 전혀 못 짜니까 우리가 판을 휩쓸 수 있을 거예요."

"너 혼자 판을 휩쓸 거라는 뜻이겠지."

"음, 글쎄요, 그거야 해봐야 알죠." 애정의 스위치를 켜두고 있었던 나는 할머니에게 눈을 크게 떠 보이고는 빙긋 웃었다. 그러자 할머니는 숱 많은 눈썹을 추켜올리며 윙크로 답했다. 할머니의 주름진 피부는 무척 부드럽고 희었다. 너무나 새하얘서 할머니의 곱슬곱슬한 백발과 비슷해 보일 정도였다. 나는 그런 할머니가 환하게 빛나는 유령처럼 보여서 좋았다. 내 삶에 함께하는 행복한 유령 같은 존재. 빨간 바탕에 라임색 꽃무늬 블라우스, 빨간 코듀로이 스커트, 분홍색 실크 리본 벨트, 자주색 끈이 달린 붉은 가죽 신발이 할머니의 새하얀 영혼을 무지개처럼 알록달록하게 장식하고 있었다.

할머니는 특정 계층에서 인기를 얻은 범죄소설 작가였다. 할머니의 소설을 읽는 독자들은 대체로 은퇴하고 호숫가나 양로원 같은 데의 안락의자에 앉아 시간을 보내는, 나이 지긋한 여성들이었다. 그러나 할머니는 자신의 독자들과 달리 나이에 굴하지 않고 줄기차게 집필과 바느질에 매달렸다. 그리고 우리 집에 오면 퍼지도 만들어주셨다.

당시는 레니와 내가 막 고등학교 2학년이 되었을 때였다. 10월 중순의 금요일이었는데 공기는 계절에 맞지 않게 훈훈했다. 열린 부엌 창문으로 산들바람이 불어와, 둥글게 걷어 올린 커튼 자락이 싱크대 위로 나부꼈다. 할머니는 자리에서 일어나 끓기 시작한 찻주전자를 불에서 내렸다.

"얘야, 레니는 우리와 똑같은 사람이야." 할머니가 농담조로 이야기했다. "다른 점은 레니가 찰스 디킨스나 밥 딜런을 괴롭혔던 문학적 병균에 감염됐다는 것뿐이지. 평범한 사람들은 감당할 수 없는 영광스러운 고통! 나도 그 병에 걸리기를 얼마나 원했는지 모른단다."

할머니가 퀼트 덮개로 찻주전자를 감싸는 동안 나는 레니를 멍하니 쳐다보았다. 내가 그런 눈빛을 하면 레니는 질겁하곤 했다.

"리사, 정신 차려." 그가 손가락을 튕겨 딱 소리를 냈다. 하지만 나는 이미 마음속 저 멀리, 나만의 비밀 연구실 안에 틀어박힌 뒤였다.

할머니가 레니의 재능을 세균학적 차원으로 표현하자 내 안에서 무언가 발동이 걸린 것 같았다. 그 문제에 과학적 해답을 꼭 구해보고 싶은 갈망이 치밀었다고 할까. 할머니의 친근한 농담은 그냥 농담으로 받아들이고, 우리의 즐거운 주말을 이루는 리듬의 일부로 흘려보내는 편이 좋았을지도 모른다. 할머니의 가설을 진짜로 입증해보려는 생각 같은 건 하지 말아야 했는지도 모른다. 하지만 십 대 특유의 불안정한 심리 상태에 과학적 탐구욕이 겹쳐서, 나는 발작적이도록 강렬한 충동에 사로잡혔다. 나도 레니의 병에 걸리고 싶다는 충동 말이다. 우리가 피임에 실패한 것은 사실 나 때문이었던 것 같다. 그날 할머니가 만들어준 퍼지로 배를 채운 뒤, 레니의 차 안에서 섹스했을 때 임신이 되었다. 그때 나는 피임에 대한 생각은 전혀 안 하고 오로지 병원균의 전염 경로에 대해서만 생각하고 있었다. 나의 SF적 상상과 현대 피임 기술 사이의 대결이었던 셈이다. 사춘기의 들쭉날쭉한 호르몬 변화와 싸우면서 저지른 한 번의 실수가 이토록 큰 결과를 불러왔다. 나는 내가 십 대라는 게 너무 싫었다.

다음 생리 예정일이 다가왔지만 탐폰 한 번 쓰지 않고 지나가버렸다. 나는 두 번 다시는 육체적 욕구 때문에 평상시의 이성적 사고에서 이탈하지 않으리라고 굳게 다짐했다. 그리고 레니에게 용서를 구한 뒤 그의 인생을 방해하지 않겠다고, 모든 책임을 내가 지겠다고 말했다. 이 대화를 나눴을 때도 나와 레니는 우리 집 부엌의 아일랜드 식탁을 사이에 두고 마주 앉아 있었다. 부모님은 출근했고 할머니는 서배너로 돌아간 뒤였다. 내가 혼자 해결하겠다는 말을 꺼내자, 감성적인 레니는 눈시울을 적셨다.

"절대 안 돼."

"레니, 그러지 마. 이건 내 잘못인걸."

"아니야, 내 잘못이야. 내가 원한 일이니까."

"원했다고?"

"결혼해줘, 리사."

나는 우리의 나이와 앞으로 우리 생애에서 일어날 일들을 재빨리 헤아려보았다. 그때 또다시 주전자가 삑삑 물 끓는 소리를 냈다. 마치 우리 삶에 생긴 중대한 변화를 알리는 소리 같았다. 나는 자리에서 일어나 주전자를 불에서 내리며, 진실하면서도 계산된 답변을 그에게 고했다.

"좋아. 하지만 정확히 십사 년 뒤여야 해. 우리가 학위를 따고, 나는 과학 분야에서, 너는 문학 분야에서 자리를 잡은 뒤. 그때면 우린 서른 살이야."

"좋아." 그는 소매로 눈물을 훔쳤다. 그리고 냅킨에 삐뚤빼뚤한 글씨로 시를 쓰면서 심란한 마음을 가라앉혔다.

내게 이 사건은 그야말로 로맨스의 절정이었다. 레니가 어떻게 받아들였을진 모르겠다. 그는 주말 동안 도서관에 박혀서 시인들이 자식에 대해 쓴 글들을 찾아 읽더니, 월요일에는 눈을 빛내면서 쌩쌩한 모습으로 학교에 나타났다.

할머니가 장난삼아 했던 말이 어떤 결과를 불러일으켰는지 안다면 얼마나 당황하실까. 나는 앞으로도 절대 말하지 않을 생각이다. 그때로부터 십칠 년이 지난 지금도 나는 이 이야기를 쓰기가 곤혹스럽다. 올해로 여든여덟 살이 되신 할머니가 당신 증손주의 탄생 비화를 알게 되지 않기를 바랄 뿐이다.

그렇게 도로시의 감방 안에서, 나는 여덟 달 전의 그날 밤 할머니가 했던 운명적인 말을 돌이켜보았다. 그러다가 도로시가 누워 있는 침대 쪽으로 가서 바닥에 주저앉았다. 배가 불룩 튀어나온 채로 구부정히 누워 있는 도로시의 몸은 찌그러진 크루아상 같았다. 무슨 말로 달래야 좋을지 알 수 없었다. 내 감방 간수를 어떻게 죽였는지를 이야기하면 그녀가 오히려 나를 멀리할 가능성이 컸다. 아마 정의를 집행하는 방식에 대한 취향이 나하고는 다를 테니까.

브래드는 저 아래 1층에서 물건을 집어던지면서 미친 듯이 울부짖고 날뛰고 있었다. 의자인지 탁자 같은 걸 벽에 내던졌는지, 쾅 하는 소리가 여기까지 울려 퍼졌다.

'곧 끝날 거야. 경찰은 언제 오지? 오긴 오겠지. 경찰이 우릴 구해줄 거야. 대체 어디 있는 거야? 빨리 와야 하는데. 지금쯤이면 왔어야 하지 않나?'

나는 이 방문의 구식 자물쇠쯤이야 일 초 만에 딸 수 있었다. 이 방에 처음 들어왔을 때부터 저 자물쇠를 38번 도구로 기억해두고 있었다. 하지만 경찰들이 도착하거나 브래드가 건물을 나가기 전까지는 문을 억지로 열 이유가 없었다. 다행히도 이 방에서는 바깥이나 아래층에서 나는 소리들이 더 잘 들렸다. 이대로 조용히 기다리다 보면 분명 문을 열고 빠져나갈 기회가 생길 터였다. 그러니 작전은 그만 짜고 도로시를 조용히 시키는 데 집중해야 할 때였다. 경찰이 올 때까지, 만약 경찰이 안 온다면 브래드가 떠날 때까지 계속 귀를 기울이면서 기다리고 또 기다리는 수밖에 없다. 11번 도구, 인내심을 사용해서.

경련하며 누워 있는 도로시를 보니 그녀가 입은 쭈글쭈글한 자주색 원피스가 눈에 들어왔다. 안감을 대지 않은, 조잡한 공장제 옷이었다. 우리 엄마라면 저런 옷은 절대로 입지 못하게 했을 것이다. 나는 납치된 이래 처음으로 내 복장을 살펴보았다. 손바느질로 제작한 프랑스산 검은색 임부용 바지. 놀랍게도 지금까지 형태가 온전했고 구김도 별로 없었다. 엄마는 내 임신 사실을 안 다음 날 이 바지를 두 벌 사주었다. "힘든 때에도 교양은 갖춰야 해, 리사. 옷을 제대로 입어야지. 이런 후줄근한 엉터리 옷은 안 돼. 사람의 외양은 여러 면에서 중요한 법이야. 말로 표현이 되든 안 되든, 사적으로든 공적으로든." 엄마는 그렇게 말하면서 빳빳한 셔츠에 있지도 않은 보풀을 털어내는 시늉을 하고, 엄마의 이니셜이 수놓인 소맷동에 달린 다이아몬드 커프스단추를 가다듬었다. "돈을 그런 식으로 쓰면 안 돼. 이 바지 두 벌 값으로 싸구려 임부복을 열 벌은 살 수 있겠지. 대부분의 임신부가 그렇게 해. 하지만 사람의 질은 결국 물건의 질이 보여주는 거야. 질을 포기하고 양으로 승부하는 건 멍청한 짓이야. 그거야말로 돈 낭비라고." 엄마는 돈 낭비라는 개념을 눈 밖으로 치워버리려는 듯 손사래를 쳤다. 그때 나는 엄마가 왜 내 임신 소식보다 옷 가지고 더 유난인가 싶어서 어리둥절할 뿐이었다. 하지만 지금은 이해한다. 그건 단지 엄마가 시련에 대처하는 방법일 뿐이었다는 걸.

하지만 내 질 좋은 바지를 들여다본들 도로시를 진정시킬 방법을 알 수는 없었다. 프랑스제 혼방 면직물에 박힌 탄탄한 바늘땀들도 내게 해답을 알려주진 못했다. 그녀는 격하게 운 나머지 이제 헛구역질까지 하면서, 매트리스를 주먹으로 때리며 뭐라고 웅얼거리고 있었다. 그때마다 침대에 기댄 내 머리가 흔들거렸다. 도로시는 나와 달리 다친 곳은 없었지만, 간신히 붙들고 있던 정신이 무너져버린 듯했다. 만약 내가 그녀를 붙잡고 눈을 마주보려 한다면 눈알이 뒤로 돌아갈 것 같았다. 공예품점에서 파는 인형의 인조 눈알처럼.

'경찰은 대체 뭐 하는 거야? 너무 늦잖아. 할머니 생각도 하고 엄마 생각도 했는데 아직도 안 오다니. 나는 얼굴에 피를 흘리면서 마룻바닥에 앉아 있는데.'

뭔가 잘못된 게 틀림없었다. 문제가 생긴 것이다. 사태를 해결하고 탈출해야 했다.

아래층에서 또 무언가 무거운 물체가 다른 물체와 부딪혀 박살 나는 소리가 들렸다. "으아아아아아 우리 혀어어어엉!"쯤으로 들리는 괴성이 머리를 쪼갤 듯 요란하게 울려 퍼졌다.

'누가 구해줄 거라는 생각은 버리자. 아무도 없다고 생각해. 나 혼자 처리해야 해. 도로시를 조용히 시키는 데 집중하자. 브래드는 언젠간 여기에서 나가게 돼 있어. 그때까지 나는 도구를 찾아보든가 무슨 일이든 하자. 그가 나갔을 때 우리도 탈출하려면 준비가 돼 있어야 해. 일단 도로시부터 진정시켜.'

도로시의 안정을 위해 내가 할 수 있는 일은 한 가지밖에 떠오르지 않았다. 나는 책상다리를 하고 앉아 그녀가 머리를 누인 베개에 손을 얹었다. 다른 손으로는 내 얼굴에서 피가 떨어지지 않도록 막고 있었다. 이렇게 내 손을 가까이 건네주면 그녀가 붙잡고 의지할 수 있을 테고, 그러면 주변의 현실을 인지할 능력이 되돌아올 거라고 생각했다. 나중에 다시 생각해보니, 나는 예전에 린디 고모가 죽었을 때 할머니가 아빠를 달래며 했던 행동을 그대로 따라하고 있었던 거였다. 그때는 할머니도 울고 있던 데다 너무 기진맥진했기에 아빠에게 작은 손짓만 건네서 마음을 전했던 것 같다. 린디 고모는 아빠와 한 살 터울이었고, 무척 친밀한 남매간이었다. 하지만 암은 빠르고 무자비하게 고모의 생명을 앗아갔다.

엄마와 나는 우리만의 방식으로 할머니와 아빠를 위로했다. 엄마, 아빠, 나, 할머니 넷이서 한 달간 이탈리아 전역을 여행할 계획을 세세하게 짜면서. 그때 엄마와 나 사이에 린디 고모의 죽음을 직접적으로 언급하는 대화가 오간 적이 있었는지는 잘 모르겠다. 나는 그저 엄마의 행동거지를 보고 눈치껏 집 안에서 조용히 지내면서 적절한 예를 갖추고, 박물관, 성당, 식당 등의 행선지를 정하는 데 집중했던 것 같다. 나도 린디 고모가 그리웠지만, 나까지 슬퍼하면 아빠에게 위로가 되지 않을뿐더러 고모의 혈액 샘플을 연구하는 데에도 방해가 될 터였다. 나는 간호사들이 안 보는 틈을 타 고모에게서 혈액을 채취했고, 고모는 유리병을 내 손에 쥐여주면서 이렇게 속삭였다. "그걸 가지고 나중에 치료법을 찾아내렴. 불의에 맞서 싸워도 좋고. 네 좋은 머리를 썩히지는 마." 고모는 마른침을 삼키고 힘겹게 말을 이었다. "그리고 네 감정 가지고 자꾸 뭐라고 하는 의사들은 꺼지라고 해. 세상에서 중요한 감정은 오로지 사랑뿐이야. 그런데 내가 보기에 너는 사랑을 마음속에 묶어두고 있는 것 같아."

내 옆에 누워 있는 소녀에게 사랑을 내주어야 하는 걸까? 내가 범접할 수 없는 고통에 빠져 있는 저 아이에게? 나도 도로시와 같은 처지이긴 했지만, 내게는 지금 그녀가 느끼고 있는 감정을 이해할 능력이 없었다. 나는 보풀투성이 베갯잇 위에서 미적지근한 손을 들어 올려 도로시의 따스한 뺨을 만져보았다. 이제 보니 그녀의 팔이 앙상했다. 갇혀 지내는 동안 한 끼라도 먹기는 했을까. 적어도 오늘 점심은 못 먹은 게 확실했다. 내가 음식 배달부를 죽였으니까.

하늘에는 먹구름이 꼈고 해는 희끗한 얼룩 정도로만 보였다. 되는 일이 없는 날이었다. 싸늘한 방 안에 드리워진 그림자들을 보니 이러다 밤이 되겠구나 하는 생각이 들었다. 하지만 시간은 정오를 넘긴 지 얼마 안 됐을 터였다.

이곳에 있으니 내 방에서는 들을 수 없었던 자연의 소리들이 들렸다. 밖에서 젖소들이 우는 소리, 이따금씩 어딘가 멀리서 울리는 방울 소리. 삼각형 창문에는 누가 돌이라도 집어던졌는지 구멍이 뚫려 있어서, 풀 냄새와 거름 냄새가 산들바람에 실려 들어왔다. 게다가 아래층에서 브래드가 물건을 내던지고 욕설을 뇌까리는 소리까지 듣고 있으려니, 지나친 감각 정보들 때문에 두뇌가 과부하에 걸릴 것 같았다. 이제 브래드는 우리에 갇힌 짐승이나 마찬가지였다. 자신의 광기라는 우리 속에.

'경찰은 안 와. 내가 알아서 탈출해야 해.'

그런데 어떻게 된 일인지, 그렇게 시끄러운 와중에 도로시가 자기 감정의 수렁에서 빠져나와 내 손을 꽉 쥐었다. 그녀의 손가락들이 내 피부를 힘껏 파고들었다. 마치 벼랑 끝에 매달린 듯, 세상의 끝으로 떨어지는 절벽의 바윗부리를 붙잡고 기어오르려는 듯했다. 나는 꼼짝도 하지 않고 지켜보았다. 그러자 그녀의 호흡이 점차 느려지고 깊어지는 듯하더니, 놀랍게도 눈을 깜빡거리며 천천히 잠에 빠져들었다. 잠들기 직전에 그녀의 커다랗고 촉촉한 푸른 눈동자와 내 눈이 마주쳤다. 우리의 얼굴은 겨우 손가락 한 마디 거리를 사이에 두고 마주하고 있었다. 그 순간 도로시 M. 살루치는 내 인생 최고의 친구가 되었다. 나는 그녀를 향한 사랑의 스위치를 켰다. 내가 우리 둘, 아니, 넷 모두를 구하는 데 사랑이라는 감정이 힘이 되어주길 바라며.

사랑의 스위치는 가장 쉽게 끌 수 있지만 가장 켜기 어려운 감정이다. 반면 쉽게 켤 수 있지만 끄기 어려운 감정들도 있다. 증오, 후회, 죄책감, 무엇보다도 공포. 사랑에 '빠진다'는 건 그런 감정들과는 전혀 다른 차원의 문제이다. 엄밀히 말하자면 감정으로 분류할 수조차 없다. 사랑에 빠진다는 건, 화학 반응으로 인해 자신의 의지와 무관하게 중독 상태에 빠지고 육체적으로 그 상태를 끊임없이 유지하고 싶어하는 현상이다. 이제까지 내가 사랑에 '빠진' 적은 딱 한 번, 내 안에 작은 생명이 생겨났던 그날뿐이었다. 얼마나 엄청난 경험이었던가. 그 감각은 내 정신을 번쩍 깨워놓고, 마치 감정인 척 내 마음속 깊이 파고들어 뿌리를 내렸다. 만약 이런 중독 상태가 또다시 찾아온다면 나는 최선을 다해 방어할 것이다. 내 삶에 자리 잡은, 더욱 고차원적인 사랑을 지키기 위해서.

고차원적인 사랑에는 스위치가 없다. 하지만 보통의 사랑은 확실히 감정이고, 따라서 스위치가 있다. 켜기 어렵기는 하지만, 한번 켜지면 생산적인 기능을 하는 감정이다. 내가 그때 도로시의 잠든 모습을 지켜보며, 눈물에 젖은 그녀의 뺨을 어루만지며 켰던 것도 바로 그 감정이었다.

15
로저 리우 특별수사관

가끔 그날을 생각하면, 옆에 있는 사람의 목을 조르거나 가장 가까운 창문으로 벽돌이라도 집어던지고 싶어진다. 어떻게 일이 꼬여도 그렇게 꼬일 수가 있을까. 미칠 노릇이었다.

인디애나 주 중부 지역은 뉴욕 주 북부와 비슷하다. 다만 거기처럼 산이 많지는 않다. 그저 평야만 계속된다. 우리는 평지를 일직선으로 쭉 가로지르는 시내 '도로'를 타고 목적지까지 가야 했는데, 그 도로라는 게 사차선이었고, 신호등은 백만 개쯤 있었다. 그 중 대부분은 운전자들을 열 뻗치게 하려고 설치된 듯했지만, 노란불 앞에서 완전히 멈춰 서지 않고 슬렁슬렁 엑셀을 밟으며 나아가는 이곳 시민들은 별로 개의치도 않는 눈치였다. 노면에 깔린 아스팔트는 다 닳았고 시골의 강한 햇볕을 받아서 빛이 바래 있었다. 딱정벌레들이 합창하는 환청이 들릴 만큼 강렬한 뙤약볕이 쨍쨍 내리쬐는 날들이 수도 없이 반복되었을 것이다. 하지만 이때는 추운 봄날이었고, 뜨거운 지옥불 따윈 머나먼 꿈 같았다. 하늘에 뜬 먹구름들이 간간히 빗방울을 흩뿌려서 희끗한 도로가 짙게 얼룩졌다.

시내를 가로지르는 차 안에서 우리는 유령들처럼 묵묵히 앉아 있었다. 주유소, 텅 빈 주차장이 딸린 작은 철물점, 싸구려 잡화점 등이 창밖을 스쳐 지나갔다. 주변에 슈퍼마켓이라곤 보이지도 않는데 여자 두 명이 쇼핑카트를 끌고 길가를 걸어갔다. 우리 중 누구도 말을 꺼내지는 않았지만, 범인 혹은 공모자들이 우리가 움직이는 낌새를 알아차리지 않기만을 바랐다. 하지만 새미가 빌려준 오렌지색 볼보는 그 자체로 돌아다니는 사이렌 같았다. 소음기가 빠지고 없는 탓에 엔진 소음이 온 사방에 우리 존재를 광고하다시피 했다.

폐업한 KFC 건물 하나가 눈에 띄었다. 감시탑이라는 티가 뻔히 나는 감시탑이 딸려 있었고, 판자로 가려진 창문 위에는 '전기 조심'이라는 글씨가 파란색 페인트로 뿌려져 있었다. 아래쪽을 가리키는 화살표도 표시되어 있는 걸 보니 거기 지하에 매립된 케이블이 무슨 문제를 일으킨 모양이었다. 나는 '전기 조심'이라는 글씨를 왜 오렌지색이 아니라 파란색으로 썼을까 하는, 상황에 비해 지극히 한가한 생각에 빠져들었다.

잠자코 운전하던 총경이 뒷좌석에 앉은 나와 롤라에게 무언가 말을 걸었다. 하지만 엔진 소음에 묻혀서 들리지 않았다. 나는 그의 좌석 등받이에 손을 얹고 몸을 앞으로 뻗었다.

"뭐라고요?"

나는 안전벨트도 풀고 그에게 가까이 귀를 댔지만, 그래도 그의 말을 알아들을 수가 없었다. 주위가 너무 시끄러워서 레드 제플린 콘서트 무대 위에 올라오기라도 한 것처럼 고막이 울렸다.

총경이 앞유리에서 시선을 떼고 우리 쪽으로 고개를 돌렸다. 나는 뒷좌석에 다시 기대어 앉고, 안전벨트는 여전히 매지 않은 채 롤라를 돌아보았다. 그녀는 허벅지에 올린 주먹을 아까보다 더욱 힘껏 말아 쥐고 있었다. 손가락 끝이 시퍼렇게 물들었을 것 같았다.

"두 분, 이 사건 수사하신 지 오래됐습니까?" 총경이 물었다.

"음, 총경님……." 롤라가 앞을 가리켰다. 그제야 나도 도로 쪽으로 눈을 돌렸다.

그 순간 나나 롤라가 고함을 질렀는지는 잘 모르겠다. 우리 앞에 트럭이 오고 있다고, 속도가 너무 빠르다고. 그랬든 아니든 총경은 다시 앞을 보았고, 충돌을 피하려고 운전대를 재빨리 돌렸다. 이상하게도 그 이후 벌어진 일들은 초 단위로 세밀하게 기억난다. 나는 안전벨트를 하고 있는 롤라를 붙잡으려고 팔을 뻗었고, 그녀도 내게 팔을 뻗었고, 조수석에 앉은 부관은 불어닥치는 폭풍에 대비하듯 모자챙을 움켜쥐었다. 그 와중에도 나는 통제 불능으로 질주하는 트럭에 대해 부관이 왜 경고하지 못했는지 궁금했고, 다음 순간 부관의 무릎 위에 펼쳐져 있던 지도가 눈에 띄었다.

어떤 사람들은 추돌 사고를 실제로 겪으면 모든 과정이 슬로모션으로 진행된다고 이야기한다. 아코디언이 천천히 펼쳐지듯 주변의 소리가 한 음씩 변해간다고. 하지만 내 경험은 달랐다. 볼보의 엔진이 상가 건물 앞의 가로등 기둥을 들이받자마자 쾅 하는 충격파와 함께 양쪽 귀에 벼락을 맞은 듯한 격통이 몰려왔다. 곧이어 차 천장에 머리를 박고서 나는 잠깐 정신을 잃었다. 깨어나 보니 롤라가 재난 현장에 나타난 영웅처럼 내 겨드랑이에 두 팔을 걸고 차에서 나를 끌어내고 있었다. 마침내 밖으로 빠져나온 내 구두 굽이 인도에 부딪힌 순간, 때마침 강철 가로등 기둥이 쓰러져 불쌍한 새미의 볼보를 완전히 뭉개버렸다. 할리우드 영화감독이 "컷! 촬영 끝!"을 외칠 만큼 극적인 전개였다.

우리는 바닥에 누운 채 숨을 헐떡였다. 나와 롤라는 피투성이 머리를 손으로 가누고 있었고, 총경과 부관은 롤라가 밖으로 끌어내긴 했지만 의식불명이었다. 나는 떨리는 팔로 바닥을 짚고 힘겹게 일어나 앉아서 주위를 둘러보았다. 운전석 옆의 인도에 엎드린 자세로 쓰러진 총경의 어깨가 비틀렸는데, 헝겊 인형처럼 널브러진 두 팔을 보니 탈구된 게 분명했다. 부관은 조수석 옆의 인도에 엎어져 있었는데, 이마에서부터 오른쪽 눈, 뺨을 지나 턱까지 살갗이 길게 찢어져서 피가 흘렀다. 정말 고약한 흉터가 남겠다 싶었다. 그의 왼쪽 발목은 이상한 각도로 꺾인 채 바닥에 늘어졌고, 그가 만지작거리던 모자는 발치에서 1미터쯤 떨어진 자리에 거꾸로 뒤집혀 있었다. 총경의 무전기에서 치직거리는 소리만 나는 걸 보니 새미는 도넛이라도 사러 갔는지 교신이 불가능했다. 우리를 도와줄 사람은 아무도 없었다.

총경과 부관이 중상을 입었고, 본부의 오퍼레이터와는 연락이 안 되고, 몇 안 되는 경찰들은 그나마도 장례식장에 가서 두 시간 반은 걸려야 돌아온다고 했으니, 내가 연락할 사람은 한 명뿐이었다. 아까 경찰서에서 출발할 때 나는 그에게 연락해서 애플트리 기숙학교의 주소를 알려주었다. 그 학교도 여기에서 두세 시간은 떨어진 데 있었다.

"롤라, 내 휴대폰, 휴대폰은?" 나는 몸을 더 곧게 세우고 눈을 감은 채 말했다. 피가 머리로 쏠려서 지끈거리는 통에 말을 제대로 이을 수가 없었다.

"롤라, 휴대폰, 휴대폰 좀."

눈을 게슴츠레 떠보니, 롤라가 깨진 아스팔트 조각들이 흩어진 바닥을 손으로 단단히 짚으며 기어가고 있었다. 가뜩이나 고물이었던 차는 완전히 박살이 났고, 문짝들은 아까 롤라가 뜯어놓아서 다 열려 있었다. 나는 롤라가 차 안으로 기어들어가는 모습을 지켜보았다. 죽은 오리를 물고 오는 사냥개처럼 그녀가 내 휴대폰 안테나를 입에 물고 돌아올 것만 같았다.

주변의 다른 것들도 어렴풋이 시야에 들어왔다. 그런데 차 안에서 덜커덩거리는 소리가 났다. 나는 억지로 눈을 크게 뜨고 그쪽을 살펴보았다. 김이 피어오르는 보닛에서 불길이 번지고 있었다. 엔진에 불이 붙은 것이다. 너울거리는 오렌지색 화염이 무엇이든 먹어치울 기세로 손길을 뻗어나갔고, 트렁크 밑에서는 휘발유가 새어 나와 내 발치로 뱀처럼 구불구불 흘러오고 있었다.

"롤라, 차에서 나와! 당장! 불이야!"

롤라는 내 말을 듣지 못했을 것이다. 고함을 지른다고 질렀지만 목소리가 잘 나오질 않았다. 아무리 큰 소리로 외치려고 해도 목에서는 꾸륵거리는 소리만 흘러나왔다. 악몽에 갇힌 기분이었다.

"롤라! 불!" 나는 휘청거리는 다리로 일어섰다. 그 순간 롤라가 차에서 튀어나와, 벌떡 일어서서 내 얼굴에 휴대폰을 내던졌다. 그러고는 엔진과 너무 가까운 데에 쓰러져 있는 총경과 부관을 구하러 뛰어갔다.

나는 휴대폰이 바닥에 그냥 떨어지게 놔두고, 최대한 빨리 부관을 향해 비틀비틀 걸어갔다. 롤라가 총경을 차에서 멀찍이 끌어내는 동안 나는 부관을 그 반대 방향으로 끌어냈다. 다행히도 우리가 그들을 충분히 먼 곳으로 끌어냈을 때 차는 폭발했다. 쾅 하는 소리와 함께 차체가 터지면서 화염이 빗발처럼 후두둑 쏟아졌다.

나는 바닥에 널브러진 채, 최면에 걸린 듯 몽롱한 상태로 화재 현장을 지켜보았다. 불길이 미친 듯이 활활 타올랐다. 보닛 안에서 수 세기 동안 갇혀 있던 괴물이 빠져나오려고 맹렬히 날뛰는 것 같았다.

옛날과 똑같았다. 내가 다섯 살 때 아버지가 실수로 우리 집 헛간에 불을 낸 적이 있다. 헛간에서 닭을 키운 지 일주일쯤 되던 날이었다. 어머니는 동생을 데리고 장을 보러 갔고, 나는 아버지와 함께 마당에 있던 중, 아버지가 내게 집에 가서 차가운 콜라 두 병을 가져오라고 심부름을 시켰다. 나는 최대한 빨리 집으로 뛰어가 냉장고 문을 열고 콜라 두 병을 꺼내든 다음 아버지에게로 돌아갔다. 다섯 살 아이의 몸으로 그렇게 움직이는 데 시간이 얼마나 걸렸는지는 모르겠다. 얼마나 걸렸든 간에 아버지가 피워둔 모닥불에 대서양의 돌풍이 불어닥쳐서 불붙은 지푸라기들이 헛간의 메마른 나무판자 벽 틈새로 날아드는 데는 충분한 시간이었다. 나는 양손에 쥔 콜라 두 병을 거위 목을 비틀듯이 거머잡고 하릴없이 서서 쳐다보았다. 불의 장벽이 땅에서 하늘로 활활 치솟고 있었다. 일말의 망설임도 없이, 조금도 옆으로 비껴가지 않고, 불길은 계속 위로만 솟구치면서 나를 밀어냈다. 나는 집의 벽에 등을 딱 붙였다.

"안으로 들어가!" 아버지는 팔을 휘두르며 그렇게 고함을 질렀던 것 같다. "들어가라니까!" 아버지는 크게 외쳤을 것이다. 하지만 그때 들리는 것은 시뻘건 불이 쉭쉭거리면서 내게 그저 지켜보라고 을러대는 소리뿐이었다. 그리고 오랜 세월이 흘러 인디애나 주 한복판에서 나는 그때와 똑같은 행동을 하고 있었다. 볼보가 불타는 광경을 눈도 깜짝이지 않고 쳐다보고 있었던 것이다. 그런데 내 머리 위로 누군가의 그림자가 드리웠다. 고개를 들어보니, 아까 쇼핑카트를 끌고 가던 여자들 중 한 명이 내게 우산을 씌워주고 있었다.

"다쳤어요? 내 말 들려요?" 그녀가 말했지만 소리가 잘 안 들렸다. 입 모양을 보고 무슨 말인지는 알아들을 수 있었다.

"제 휴대폰을……." 나는 몇 발짝 너머에 떨어트린 휴대폰을 가리켰다.

"누구요?"

"휴대폰. 휴대폰요. 제발요, 저기, 휴대폰 좀."

여자는 오십 대 중반쯤 되어 보였다. 실내복 차림에 슬리퍼를 신었고, 황갈색 곱슬머리가 빗물에 젖어 축 늘어져 있었다. 그녀는 내가 가리킨 곳으로 건너가서 허리를 구부리더니 입을 떡 벌린 채로 돌아와 휴대폰을 건네주었다.

상가 쪽에서 사람들이 뭐라고 소리치고 있는 듯했다. 하지만 내게는 무언가 웅성거리는 소리로밖에 들리지 않았다. 고막이 터졌거나, 아니면 휴대폰으로 통화하는 데에만 신경이 쏠려서 그런 것 같았다. 롤라는 숨을 몰아쉬면서 총경의 손목을 잡고 맥을 짚었다. 콧등을 찡그리고 콧구멍은 크게 벌린 채 산요 손목시계를 들여다보는 그녀의 얼굴을 보니, 총경의 심박수에 문제가 있는 모양이었다.

그때 내 판단력이 흐려져 있었다는 건 안다. 내가 FBI의 온갖 규정을 위반했다는 것도. 하지만 당시에는 선택의 여지가 없다고 생각했다.

"보이드." 나는 그에게 전화를 걸고 말했다. "아무래도 저를 좀 도와주셔야겠습니다."

16

33일차

소용없어 보인다는 건 알아
해봐야 결과는 늘 그런 식이었겠지
조지아, 하지만 아직은 모든 게 가능하니까
가자, 가보자
_이노센스 미션, 〈고GO〉

도로시의 모습이 지금도 눈에 선하다. 지갑 속에 고이 간직해둔 오래된 폴라로이드 사진처럼 시간이 흘러 변색되긴 했지만 여전히 뭉클한 그리움을 불러일으키는 모습. 충격과 공포 한가운데서도 그녀는 너무나 사랑스럽게 잠들어 있었다. 숨을 들이쉬고 내쉴 때마다 금빛 곱슬머리가 오르락내리락 흔들렸다. 나도 저 호흡에 맞춰 숨을 쉰다면 도로시처럼 아름답게 잠들 수 있을까? 잠자는 숲속의 공주가 되어 누군가가 곁에서 나를 지켜보며 늑대들과 괴물들에게서 보호해줄까? 하지만 그런 보살핌을 받을 자격이 있는 사람은 오로지 도로시뿐이었다. 내 새로운, 그리고 유일한 친구. 어머니가 되고 싶어하는 내 욕망에 가장 가까이 있는 사람. 오직 도로시만이 폭풍 직전의 휴식을 누릴 수 있었다. 반면 나는, 그저 무기

일 뿐이었다.

도로시가 그런 상황에서 어떻게 잠들 수 있었느냐고? 나는 이해한다. 충분히 이해한다. 내가 그녀의 베갯잇에 손을 올린 순간, 그녀는 그동안 시달렸던 불면과 열병과의 싸움을 마침내 내려놓을 수 있게 된 것이다. 내가 그녀를 구해주러 왔으니까. 도로시는 자신의 운명을 내게 맡긴 셈이었다.

나는 도로시에 대한 사랑의 스위치만 켰을 뿐 그 외의 감정은 여전히 모두 꺼놓고 있었다. 뭔가를 성가셔하는 감정마저도 느낄 수 없는 상태였다. 경찰이 구하러 와주리라는 희망은 완전히 버렸다. 이제 움직여야 할 때였다.

밖에서 들려오던 브래드의 신음이 멀어졌다. 그는 주방을 거쳐서 내 방이 있는 구역 쪽으로 이동하고 있었다. 죽은 형을 다시 보러 가는 모양이었다. 하지만 얼마 지나지 않아 돌아올 것이다. 그는 형의 시신에서 무언가 도구나 추억거리로 삼을 만한 물건을 챙길 테고, 다시 돌아오는 길에 주방에서 내가 전화기를 썼다는 걸 알아차릴 것이다. 학교 주소가 적힌 봉투를 전화선 밑에 놔둔 모양새를 보면 감이 올 테니까. 경찰에 신고가 들어갔다는 것을 깨달은 브래드가 이마에 손을 얹고 "하!" 하고 탄식을 내뱉는 장면이 상상되었다. 이 쌍둥이 형제가 멍청하다곤 해도, 동생 쪽은 그나마 똑똑하다는 점을 간과하면 안 된다. 나는 잠자는 공주 도로시를 데리고 사 분 안에 밴이 주차된 곳까지 탈출해야 했다.

나는 도로시의 뜨개바늘(40번 도구)을 내 등의 화살통에 넣으면서 그녀를 발로 툭툭 차서 깨웠다. 그리고 그녀의 머리에서 핀(41번 도구)을 빼내 문의 자물쇠를 땄다. 나는 외과의사처럼 정밀하게 손을 놀릴 수 있었다. 두 달 전에 잭슨 브라운이 비둘기를 좇다가 지붕의 뾰족뾰족한 가장자리 부분에 앞발을 베인 적이 있는데, 그때 내가 조그마한 바늘로 녀석의 상처를 직접 꿰매주기도 했다. 이 감방 문의 구식 자물쇠를 따는 일쯤이야 내겐 과자 뚜껑 여는 것처럼 쉬웠다.

문을 열었으니 이제 도로시를 일으킬 차례였다. 나는 재빨리 침대로 건너가서 고개를 들고 나를 보고 있는 그녀의 턱을 한 손으로 움켜쥐었다. 내 손은 눈가에서 흘러나온 피로 얼룩져 있었고, 그녀의 입술은 잔뜩 말라서 갈라져 있었다. 나는 휘둥그레진 그녀의 눈을 똑바로 들여다보며 말했다.

"도로시, 살고 싶으면 이제부터 입 다물고 조용히 해. 조용히 일어나서 날 따라와. 당장."

도로시는 내 말을 이해 못 한 눈치였다.

"못 알아듣겠어? 네가 소리라도 한번 냈다가는 우린 죽는 거라고. 그러니까 닥치고 날 따라와. 이해돼?" 도로시를 향해 구부린 내 어깨에 화살집이 부딪히는 느낌이 났다. 안에 든 뜨개바늘, 화살, 열쇠 들이 덜그럭거렸다.

도로시가 고개를 끄덕였다. 내가 손을 놓아주자 그녀는 입가에 묻은 내 피를 닦아냈다.

'이러면 우린 피를 나눈 자매인 건가? 단짝친구라는 게 이런 건가?'

말도 안 되는 생각이었다. 나는 밴까지 가는 데만 집중하자고 나 자신을 다그쳤다.

누가 우리를 봤다면 내가 도로시를 납치한 줄 알았을 것이다. 나는 그녀를 앞세우고 손가락으로 등을 쿡쿡 찌르면서 앞으로 나아갔다. 도로시는 앙상한 오른쪽 다리와 부어오른 왼쪽 다리로 휘청거리며 걸음을 옮겼다. 체력적으로나 감정적으로나 너무 지쳐서 걷기가 힘든 모양이었다. 그녀는 강아지처럼 호기심 어린 눈빛으로 나를 흘끔흘끔 돌아보았지만, 나는 "조용히 걷기만 해"라는 말만 반복했다.

우리는 한 발짝씩 문밖으로 걸어 나갔다. 도로시는 계단을 선뜻 내려가지 못하고 자꾸만 주저하면서 나를 돌아보았다. "진짜로? 정말 가는 거야?"라고 묻는 듯했다. 나는 잠자코 그녀의 등을 더 세게 눌렀다. 손에 만져지는 그녀의 등은 잔뼈가 도드라져 우둘투둘했다. 만삭의 임신부라면 살집이 두툼해야 하는데.

바깥이 습한 탓에 계단실에 고인 퀴퀴한 곰팡내가 유난히 코를 찔렀다. 날씨가 화창할 때보다 훨씬 심했다. 그 냄새가 각성제 노릇을 했는지, 도로시는 흠칫 놀라면서 멈춰 섰다. 나는 다시 그녀를 밀었다.

도로시에게 화가 난 게 아니었다. 내겐 분노라는 감정도 없었다. 단지 그녀가 우리 목표에 집중하고 더 빨리 걸어주기를 바랐을 뿐이다. 도로시는 확실히 도구로서의 가치는 없었다. 하지만 내 친구이자 피보호자였고, 끈끈한 유대감으로 묶인 사이였다. 그 유대감의 정체가 무엇인지는 나 자신조차 이해가 잘 되지 않았지만. 나는 그녀에게 으르렁거리며 명령했다가도, 잠시 뒤에는 등을 쓰다듬으며 "괜찮아, 마음 단단히 먹어. 할 수 있어"라고 달래주었다. 예전에 린디 고모를 묻을 때 첫 삽을 뜨던 아빠에게 엄마가 해줬던 말이었다.

그렇게 우리는 2층까지 내려갔다. 도로시를 멈춰 세우거나 가만히 숨을 죽여야 할 때마다 나는 그녀의 기름 낀 머리카락을 잡아당겨서 신호를 보냈다. 밖에서 브래드가 자갈 깔린 아스팔트를 저벅

저벅 걸어오는 소리가 들리진 않는지 귀를 곤두세워야 했다. 도로시의 호흡은 폐렴에 걸린 할머니처럼 얕고 거칠었다. 숨을 쉴 때마다 쌕쌕거리며 가래 끓는 소리가 났고, 내 손에 쥐인 그녀의 손목에서 지나치게 빠르게 뛰는 맥박이 고스란히 전해졌다. 이마에 손을 대보니 너무 뜨거워서 델 것 같았다. 도로시가 다시금 내 눈을 돌아보았다. 그녀가 무슨 말을 하려는지 알 것 같았다. "알아." 나는 대답했다.

추산상 남은 시간은 일 분 삼십 초 정도였다. 그 안에 건물 밖으로 나간 뒤 작은 주차장을 건너서 숲길로 들어가야 했다. 브래드가 건물 반대쪽에서 튀어나오기 전에. 나는 이 지옥에 갇힌 첫날부터 바깥세상과 밴으로 가는 경로를 머릿속에 그려왔다. 처음 끌려왔을 때는 눈가리개와 종이봉투 때문에 아무것도 못 봤지만, 그날의 걸음 수, 땅을 밟을 때의 감각, 살갗에 닿던 공기의 온도와 습도는 기억하고 있었다. 나는 그 기억들로 주변 지형과 환경을 시각적으로 상상해냈다. 그리고 상상 속에서 밴에서 건물로, 건물에서 밴으로, 수천 번도 더 오락가락했다. 그 결과가 어땠는지 아는가? 건물이 농가가 아니라 폐교였다는 점만 빼면 내 모든 상상이 들어맞았다! 비생산적인 공포와 기대를 떨쳐내고 감각, 기억, 지식, 자신감만을 토대로 사고하면 이토록 놀라운 성과를 낼 수 있는 것이다. 소리, 냄새, 맛, 영상. 그 모든 감각 정보를 수집하고 동시에 추리해보라.

광대한 빛의 스펙트럼에서 대부분의 인간이 지각할 수 있는 색깔은 겨우 1퍼센트뿐이라고 한다. 1퍼센트 이상을 지각하는 소수의 사람들은 남들이 삶을 보는 시각이 둔감하다고 여겨 실망스러워하거나 꿈에서 천국을 보았다고 증언하기도 한다. 이들은 초월적 감각을 타고난 행운아이다.

최근에 〈사이언티픽 아메리칸Scientisic American〉에 실린 한 기사를 읽고, 내가 애플트리 기숙학교의 감옥에서 초월적 감각을 체험했던 기억이 떠올랐다. 청각장애인과 시각장애인 들의 교차양상 신경가소성에 관한 연구결과가 신경과학지에 발표되었다는 기사였는데, 요약하자면 "우리 뇌에 초능력이 숨겨져 있다는 사실을 다시금 확인시켜주는" 내용이었다. 교차양상 신경가소성이란 어떤 감각이 결핍됐을 경우 뇌가 그 결핍된 영역을 재편성하는 능력을 뜻한다. 예를 들면 "청각장애인들은 감각 자극들을 시각적인 환상으로 변형해서 지각할 수 있다. 이는 귀가 들리는 사람들은 경험할 수 없는 현상이다." 나는 신경과학지에 실린 논문도 찾아 읽었는데, 간단명료한 도입부가 정말 마음에 들었다. "인간의 경험은 평생에 걸쳐 뇌를 발달시키지만, 신경가소성은 개개인의 뇌 시스템마다 차이가 있다."

당시 나는 시각장애인이나 청각장애인처럼 감각의 일부가 결핍되어 있었고, 내게 가능한 감각들과 기존에 학습한 지식을 이용해 새로운 차원의 세상을 창조했던 것이다. 그 세상은 현실의 세상과 매우 흡사하게 일치했다. 어쩌면 사람의 감정도 감각의 일종인지 모른다. 그래서 내가 감정을 꺼놓으면 청각, 촉각, 후각, 시각, 상상력 등이 더욱 선명해지는 건 아니었을까?

어쩌면 그럴 수도 있다는 얘기이다.

누가 알겠는가.

우리가 1층에 도착할 때까지 브래드의 발소리는 들리지 않았다. 건물의 출입문 밖으로 나가서 좌우를 둘러보았다. 역시 브래드의 자취는 보이지 않았다. 나는 도로시를 비스듬한 각도로 밀어서, 포장된 땅을 지나 밴으로 향하는 길 쪽으로 걸어갔다. 우리는 너무 딱 달라붙어 있어서 아예 한 몸이 된 것 같았다. 오솔길 어귀에 이르러 우리 둘의 그림자를 내려다보니 어안이 벙벙해졌다. 배가 커다랗게 튀어나온 두 사람이 산봉우리 두 개처럼 붙어 있었다.

'우리가 한 사람인가? 똑같은 사람인가? 쟤도 나처럼 열여섯 살일까?'

아직 너무 어리고 미래가 창창한 우리. 나는 우리 모두를 구해야 했다. 우리 네 사람을.

나는 화살집에서 열쇠꾸러미를 꺼내면서 도로시의 귓가로 고개를 기울였다. 그랬더니 얼굴이 훅 달아오르는 느낌이 들었다. 그녀의 몸이 너무 뜨거운 나머지 불이 붙을 것만 같았다. 차가운 빗방울이 떨어져 내 몸이 식으니 그녀의 열기가 더욱 느껴졌다.

"도로시, 우린 이 길로 정확히 일 분 동안 걸을 거야. 가능하면 뛰어가자. 숲이라 어둡고 무서울 거야. 하지만 조금만 지나면 젖소들이랑 커다란 버드나무가 있는 빈터가 나와. 그 나무 밑에 밴 한 대가 세워져 있어. 우린 그 밴을 타고 갈 거야. 나한테 열쇠가 있어. 이제 가자."

도로시는 속이 메슥거리는 표정으로 천천히 고개를 끄덕이고 숲길로 한 발짝 들어섰다. 나는 그녀의 뒤를 바싹 따랐다. 서로 딱 붙어 있고 걸음걸이도 똑같으니, 우리 다리를 한 쌍씩 묶어놓고 걷는 것처럼 느껴졌다. 그런데 우리의 두 발이 동시에 땅을 디디는 소리 너머로 건물 문이 탕 닫히는 소리가 들렸다.

"오, 빌어먹을! 둘 다 거기 서!" 브래드가 새된 소리로 악을 썼다.

나는 도로시의 손에 열쇠꾸러미를 쥐여줬다.

"빨리 가! 내가 말한 대로 해. 뛰어! '셰비'라고 적힌 열쇠가 밴

열쇠야. 가, 얼른 가!”

도로시 M. 살루치에게 내가 한 말은 이게 마지막이었다.

나는 브래드를 향해 뛰었다. 한 손에는 뜨개바늘을, 한 손에는 침대 가로대로 만든 화살을 들고.

17

로저 리우 특별수사관

나는 보이드에게 총을 가지고 폐교로 가달라고 부탁했다. 하지만 그의 대답이 잘 들리질 않았다. 알겠다고 말한 것 같기는 했다. 나는 전화를 끊은 뒤 휴대폰을 진동으로 바꾸고 기다렸다. 오 분쯤 기다리니 보이드에게서 전화가 왔다. 하지만 이번에도 그의 말은 뭐라고 웅얼거리는 소리로만 들릴 뿐이었다. "이런 젠장, 엿 같은…… 롤라, 롤라!" 나는 휴대폰 플립을 닫고 버럭 소리쳤다가 끊임없이 귀를 울리는 이명에 움츠러들었다. 롤라는 내 표정만 보고 무슨 일인지 알아차린 듯 불타는 차를 지나 기어와서 다짜고짜 휴대폰을 낚아챘다. 보이드의 이야기를 다 들은 뒤 그녀는 늘 입고 다니는 남자용 바지 주머니에 넣고 다니는 수첩을 꺼내 통화 내용을 간략히 적어주었다. 가히 충격적인 이야기였다.

"보이드 밴에서 도로시 발견. 숲이 어쩌고저쩌고. 리사는 없었음. 다른 여자애는 전혀 안 보이고, 주위에 아무도 없다고 함. 보이드는 지금 학교 주방 전화기를 써서 통화 중임. 위층에서 뭔가 지독한 냄새가 난다고 함. '죽음의 냄새'라고."

이렇게 중대하고 가치 있는 보고를 전달한 끝에 롤라는 수첩을 한 장 넘겨서 자기 사견을 덧붙였다. 자신이 쓰는 문장을 입으로도 천천히 말했기에 나는 그녀의 입술을 읽을 수 있었다.

"지독한 냄새라는 게 뭔지 보이드가 어떻게 알지? 그 똥내 나는 양계업자가!"

FBI 수사 과정에서 수사관이 얻은 정보와 추리 내용은 모두 상부에 보고해야 한다. 특히 수사관이 서면으로 적은 정보라면 반드시 공식 기록에 포함되어야 한다. 그럼에도 롤라는 자기 주장을 거침없이 지껄여댔다. 나는 롤라의 사견이 적힌 종이를 찢어버리고, 앞으로는 그녀가 이런 기록을 자제해주기를 빌었다.

"차는 불타고 있고 나는 댁을 포함한 사람들 구하느라 정신없는데, 내 의견 하나쯤 덧붙이는 건 넘어가줘야지, 리우." 내가 기름으로 얼룩진 바닥에 종잇조각을 던져버리자 롤라는 투덜거렸다.

독순술을 할 줄 몰랐다면 그녀의 말을 못 알아들었을 것이다. 귀가 뎅뎅 울리고 또 울렸다. 끔찍한 이명이었다. 나는 졸지에 청각을 잃고 소리를 다시 들으려고 발악하는 처지가 되었다. 여전히 꿈을 꾸는 기분이었다. 전속력으로 달리고 있는데, 바닥을 힘껏 박차고 가슴을 들썩거리며 앞으로 나아가려고 안간힘을 쓰는데, 제자리에서 조금도 벗어날 수 없는 꿈. 뎅, 뎅, 뎅. 뎅뎅거리는 소리가 모든 걸 뒤덮고 온 세상을 흐릿하게 지우고 있었다. 나는 손을 귀 뒤에 댄 채 흐린 하늘을 훑어보며 무언가 또렷한 색깔이나 감각을 찾았지만, 거기엔 얼룩덜룩한 회색 장막과 유령처럼 드리운 검은 그림자들뿐이었다. 시커먼 먹구름이 음산한 어둠을 드리우고 있는데도 비는 조금밖에 오지 않았다. 우리 모두를 상가 주차장에 가둬놓고 고문이라도 하는 것 같았다. 비가 오거나 말거나 차에 붙은 불은 아랑곳하지도 않고 분노를 내뿜고 있었다. 새미의 볼보는 이제 녹아들고 찌그러진 고철덩어리에 지나지 않았고, 아직 불이 닿지 않은 차체 일부분에만 원래의 오렌지색 페인트가 드문드문 남아 있었다.

유난히 굵은 빗방울 하나가 내 콧마루에 떨어지더니 뺨을 타고 흘러내려 윗입술 가장자리에서 멎었다. 그 느낌이 참을 수 없이 성가셔서 나는 축축한 회색 재킷 소매로 얼굴을 거칠게 문질렀다. 촉감으로 신경을 돌리고 나니 귀 울림이 좀 덜한 것 같았다.

보이드가 보고한 '죽음의 냄새'에 대해 롤라가 힐난을 쏟아붓는 걸 본 후, 나는 그녀에게 '제발 작작 좀'이라는 뜻으로 눈총을 던지며 양쪽 귀를 손으로 막고 있었다. 그런다고 해서 푸념하는 그녀의 입술이 보이지 않을 것은 아니었지만, 다행히도 그녀는 불평을 그쳐주었다.

롤라와 나는 각각 총경과 부관을 맡아서 보호했다. 구경꾼들이 우리 뒤에서 반원을 그리고 서서 웅성거리고 있었지만, 롤라가 매섭게 고함을 내지르며 경고하고 있었으므로 감히 가까이 다가오진 않았다. 그렇게 기다리고 있으니 드디어 구급차와 소방차가 도착했다. 구급차가 빗길 위에서 스키를 타다시피 미끄러져 오는 걸 보며 나는 구경꾼들의 면면을 살펴보았다. 저들 중 누군가는 비포장도로를 달릴 수 있는 트럭을 갖고 있지 않을까 싶었다.

칼하트 브랜드의 퀼트 재킷을 입은, 다른 사람들보다 유난히 체격이 큰 여자 한 명이 눈에 띄었다. 길고 숱 많은 머리카락을 아무렇게나 길렀고, 단추를 목 끝까지 채운 플란넬 셔츠 자락을 흰 워싱 청바지 안에 넣어 입고 있었다. 나이는 사십 대 중반쯤 되어 보였다. 체격이 바이킹족처럼 우람하긴 해도 꽤 매력적인 외모였다.

"아주머니!" 나는 그녀를 향해 고갯짓하며 소리쳤다.

"저요?" 그녀가 되물었다. 여전히 말소리는 잘 안 들렸다. 이제 이명은 아까보다 약해졌지만 주변 소음이 너무 크게 들려서 시끄러웠다.

“혹시 트럭 갖고 계신가요?”

“네, 포드 F-150이요.”

나는 여자에게 다가가서 그녀의 입가에 귀를 들이댔다. 그러자 그녀가 자기 뒤를 가리켰다. 아니나 다를까, 거기에 반짝이는 검은색 포드 F-150이 서 있었다. 김 서린 유리창들 위로 빗방울이 천천히 떨어지고 있었다.

“사륜구동요?”

“당연하죠.” 여자가 약간 발끈한 듯 콧방귀를 꼈다. 그녀 옆에서 팔짱을 끼고 있던, 구레나룻을 기른 남자가 얼굴을 찌푸리면서 내 쪽으로 고갯짓했다. “저 양반 장난하는 거야?”라고 묻는 듯했다.

“아주머니, 저희에게 트럭 좀 빌려주십시오.” 내가 뭘 하고 있는지 눈치챈 롤라가 끼어들어서 거들었다.

나는 여자를 한적한 데로 잡아끌어서 남들이 못 듣도록 조용히 물었다. “그리고 근처에 폐교가 하나 있죠? 거기로 가려면 어느 길로 가야 합니까?”

그녀는 또 코웃음쳤지만, 이번에는 얼떨떨한 미소를 띠더니 입을 열고 뭐라고 말했다. 그게 무슨 말이었는지는 나중에 롤라가 내게 전해주었다. “제가 거기서 이십 년이나 선생 노릇을 했는걸요. 학교가 압류되고 그만뒀지만요. 도대체 그 건물이 어떻게 되고 있는지 궁금하던 참이었어요. 아무튼 좋아요, 길을 알려드릴게요.”

나는 양 어깨를 곧추세워 귀에 맞비비면서 고막을 찢을 듯한 바람 소리를 잠재우려 애썼다. 롤라가 나 대신 여자에게 길 안내를 받았지만, 그녀도 코를 씰룩거리는 걸 보면 고통스러운 눈치였다.

아마도 금속과 가죽이 타는 악취 때문에 그녀의 예리한 후각이 고생깨나 하고 있는 모양이었다.

18

33일 차

"거기 서렴. 장난감은 내려놓고." 브래드가 특유의 부자연스러운 말투로 말했다. 그리고 전혀 부자연스럽지 않은, 지극히 매끄러운 손길로 9밀리미터 권총을 내 얼굴에 겨누었다.

나는 도로시의 뜨개바늘을 활시위에 메긴 채로 진입로에 멈춰 섰다. 그렇게 우리 둘은 괴상한 대결 구도에 놓였다. 임신한 몸으로 맥가이버 스타일 무기를 들고 숨을 헐떡이는 나, 피투성이 재킷을 차려입고 총을 든 브래드. 정통 서부극에 나오는 결투와는 한참 거리가 멀었지만, 그때의 기억을 돌이킬 때면 나는 늘 서부 영화의 한 장면처럼 우리 사이로 회전초가 데굴데굴 굴러가는 걸 상상하게 된다.

'이놈의 경찰들은 대체 어떻게 된 거야?'

경찰은 코빼기도 안 보였다. 아무도 오지 않았다.

우리 둘뿐이었다.

그럼에도 우리는 각자의 자리에서 미동도 않고 서로를 노려보았다.

그런데 내 뒤편에서 여러 사람의 고함이 울려 퍼졌다. 밴의 엔진에 시동 걸리는 소리만 기다리고 있던 나는 놀라지 않을 수 없었다. 도로시의 찢어지는 비명과 그보다 더 멀리서 남자 여러 명이 뭐라고 외쳐대는 소리였다. 나는 소나무들 너머에서 울리는 소음을 제대로 들으려고 몸을 돌렸다. 실수였다.

"보이드! 보이드! 개 잡아, 떨어질라!" 한 남자가 외쳤다.

'경찰인가 보군.'

내가 약점을 보인 찰나를 놓치지 않고 브래드가 성큼 달려들어 내 옆구리를 움켜쥐었다. 그러는 바람에 나는 손에 들고 있던 무기들을 떨어트리고 말았다. 그는 나를 서 있는 자세 그대로 질질 끌고 갔다. 운동화를 신은 내 두 발이 진입로의 흙을 가르면서 얕은 도랑이 패였다.

'이 형제는 대체 왜 이렇게 나를 여기저기 못 끌고 다녀서 안달일까?'

브래드는 힘에 부쳐 끙끙거리면서도 가차 없이 나를 끌어당기며 자기 차를 향해 걸어갔다. 차는 진줏빛 구형 폭스바겐 버그 쿠페였다. 그는 내 관자놀이에 총을 들이대고 조수석으로 나를 밀어 넣은 다음, 총부리를 겨눈 채 게걸음으로 차 주위를 둘러 갔다. 비 때문에 앞유리에 물방울이 촘촘히 맺혀서 창밖으로 움직이는 브래드의 모습이 수채화처럼 보였다.

나는 차 속력이 40킬로미터가 되는 순간 문을 열고 둑 위로 뛰어내리면 어떨까 생각했다. 내가 하강하는 동작과 차의 속도를 물리학적으로 계산해서 안전하게 착지할 수 있을 것 같았다. 하지만 내 배 속에는 여덟 달 된 아기가 있고, 나는 그 애의 여리디여린 머리털 한 올도 다치지 않게 하겠노라고 맹세했으니 그럴 순 없었다. 사실 아까 브래드를 향해 돌진했을 때도 나름의 계획은 있었다. 도로시가 탈출하는 동안 그의 주의를 끌다가 도중에 왼쪽으로 꺾어서 진입로의 비포장 구역으로 내달릴 생각이었다. 그렇게 도망치다 보면 경찰이 나타나줄 거라는 데 기대를 걸고. 하지만 브래드는 그럴 틈을 주지 않고 '흑표범'처럼 빠르게 총을 겨눠서 내 허를 찌른 것이다. 총은 아마 형의 시체에서 찾아냈을 것이다. 총을 챙겼어야 했는데, 뒤늦은 후회가 밀려들었다.

브래드는 숲의 비포장도로를 따라 차를 몰았다. 채석장과 같은 방향이었다. 며칠 전에 간수가 나를 끌고 갔던 꼬불꼬불한 오솔길과 가까운 곳이기도 했다.

하늘이 건성으로 비를 흩뿌렸다. 나뭇가지들이 길 위로 지붕처럼 우거져서 차는 비를 거의 맞지 않았다. 나는 앞만 똑바로 보며 길 양옆을 스쳐 지나가는 오크나무, 소나무, 아름다운 자작나무, 종류를 알 수 없는 묘목들의 수를 헤아렸다. 날이 흐려서 숲속은 어두웠지만 나뭇가지마다 라임빛과 에메랄드빛의 새싹들이 돋아나고 있었다. 만약 이날 해가 났더라면 빛의 붓결이 찬란한 녹색 빛깔들을 살려주었을 테고, 그림자들이 만화경처럼 춤추면서 숲을 마법의 세상으로 바꿔놓았을 것이다. 그런 걸 볼 수 있는 사람들에게만 보이는 풍경이었겠지만.

지금 내가 공포스러운 드라이브의 기억을 회고하면서 생뚱맞게도 추운 날의 숲에 깃든 아름다움에 대한 이야기나 늘어놓고 있다는 건 안다. 하지만 그때 나는 정말로 그 장면을 화폭에 담는다면 어떻게 표현할까 상상하고 있었다. 회색과 암녹색의 그림자들을 어떻게 깔아야 할지, 라임색 잎들과 노란색 햇빛을 어떻게 강조해야 할지. 그러니까 나처럼 감정이 없는 사람은 그런 상황에서 그런 생각을 할 수도 있다는 얘기이다. 나는 당시의 내 정서적, 육체적 상태를 사실대로 적고 있는 것이다.

말라붙은 개울 위를 지나가면서 차가 덜컹거렸다. 나는 브래드를 돌아보았다. 그는 콧김을 내뿜으며 눈물 젖은 눈동자를 번뜩이고 있었다. 얼굴에 난 상처에서 여전히 피가 뚝뚝 흘러내려 벨벳 재킷을 적셨다. 내 눈길을 알아차린 그가 으르렁거리며 내뱉었다.

"쌍년. 오늘 네 아기를 꺼내버리겠어!"

나는 창밖을 내다보며 어느 하얀 자작나무의 껍질에 새겨진 검은 테두리들과 연두색 새싹들이 어우러진 모양새에 주의를 집중했다. 그걸 보고 있으니 우리 집 뒤에 있는, 내가 예전에 잭슨 브라운을 숨겨뒀던 자작나무 숲이 생각났다. 그 기억을 떠올리자 마음이 더욱 단단해지고 힘이 솟는 것 같았다. 나는 머릿속 스위치들을 더욱 세차게 내리쳐서 혹시 남아 있을지 모르는 일말의 공포까지 남김없이 죽여버렸다. 그래, 감방에서 그간 나 자신을 갈고 닦은 보람이 있었다. 피할 수 없는 불운이 닥쳐도 현실을 직시할 수 있게 됐으니까. 나는 비록 브래드의 행방을 예측하진 못했어도 최악의 사태에 대비할 수는 있었다.

자작나무를 통해 나는 자제력을 유지하고 냉철한 전사로 거듭났다. 나는 몸을 더욱 꼿꼿이 세우고 앉았다. 자작나무의 탄탄한 기둥에 몸을 기대듯이.

내가 살려달라고 빌 줄 알았을 브래드는 내 반응을 보더니 브레이크를 콱 밟았다. 몸이 앞으로 급격히 쏠렸다. 대시보드에 머리를 박을까 봐 손으로 재빨리 이마를 가렸지만, 안전벨트가 나를 제자리로 끌어당겨주었다. 나는 멈춰선 차 주위를 에워싼 숲을 둘러보았다. 비포장도로가 저 앞으로 15미터쯤 이어지다가 댐처럼 수북한 나뭇가지 더미에 가로막혀 뚝 끊겨 있었다. 온 길을 돌아가는 것 말고 다른 길은 없었다. 여긴 막다른 길이었다.

"로니 형이 너더러 차가운 쌍년이라더라. 제대로 미친년이고, 미친 씨발년이라고. 오, 나는 네 아기를 꺼낼 테야. 그리고 네가 저지른 짓의 대가를 치르게 해줘야지. 지금 네가 어디 있는지 아는 사람은 아무도, 아무도 없어. 그리고 내가 어디로 도망쳤는지도 아무도, 아무도 모르겠지. 이 쪼그만 쌍년아, 흑표범 년아."

'말이 아주 번드르르하네. 무슨 시라도 인용하냐? 월트 휘트먼?'

'도망? 웃기시네. 넌 여기에서 도망칠 수 없어. 넌 나를 데리고 스스로 덫에 걸려들었고, 이후에 어떻게 할지 대책 따윈 없는 거야. 네 눈이 초조하게 흔들리는 게 다 보인다, 머저리야. 진짜 멍청하네. 너도 네 형만큼 멍청해. 탈출 경로 하나 생각 못 하다니. 정말 어리석고 미숙하군.'

"네가 무슨 생각하는지 다 알아, 이 흑표범 년아. 내가 너한테서 아기를 꺼내려면 의사가 필요할 거라고 생각하겠지? 하하하!" 그는 웃어대더니, 목소리를 확 낮추고 덧붙였다. "그럼 의사가 오기 전까지는 수술을 누가 했겠니? 응? 바로 나야, 이년아! 나랑 내 형이었다고! 수술 도구는 이 차 트렁크에 다 들어 있지. 그러니까 내가 직접 아기를 꺼내고 너는 호수에 던져버릴 거야. 그리고 아무도 모르게 여기에서 사라져야지."

'음, 저 말은 진짜일 수도 있겠군. 나름 계획은 있나 보네.'

나는 입술을 오므리고 표정을 반듯하게 굳혔다. 그러자 내가 그의 전략에 약간 감탄했다는 게 얼굴에 드러났다. "한 방 먹었네!"라고 시인한 격이었다. 하지만 나는 그가 낸 패에 더 높은 패를 내걸어서 우리의 게임을 더 극한으로 몰아붙여보기로 작정했다.

"그렇군, 브래드. 그거 썩 괜찮은 계획이야. 하지만 과연 네 약한 비위로 오늘 피를 더 볼 수 있을까?" 나는 교활한 미소를 지으며 천천히 윙크했다. "내 말은, 댁 얼굴에 뚫린 구멍이 갈수록 엄청 흉해지고 있다고. 그 곱상한 얼굴에 꽤 지독한 흉터가 남을 텐데, 이 일을 어쩌나?" 나는 그에게 손 키스를 날리는 시늉을 했다.

이쯤에서 한 가지 짚고 넘어가고 싶다. 당신이 나에 대해 오해할까 봐 하는 말이다. 나는 브래드에게 저런 말을 내뱉으면서 딱히 용기를 발휘할 필요가 없었다. 오히려 못된 말을 하는 게 즐거웠다. 그래, 인정한다. 솔직히 내 안엔 악랄한 구석이 조금 있는 것 같다. 누가 내 앞에서 움츠러드는 모습을 보면 쾌감이 든다. 아직까지 의사들은 나를 소시오패스로 진단하지 않았으니, 부디 이 사실은 비밀로 해달라.

정확히 내 의도대로 브래드는 충격을 받은 듯했다. 얼음땡이라도 하는 것처럼 그는 눈도 깜짝이지 않고 나를 가만히 바라보았다. 그의 눈에서 솟아나던 눈물도 뚝 멎었다. 하지만 고여 있던 눈물이 흘러내려서 뺨에 묻은 피와 섞여들었고, 턱수염을 깎고 남은 까칠한 털들 사이에 불그스름한 물이 고였다.

'브래드, 너 진짜 추해 보인다. 히히히.'

브래드의 눈길은 내게서 떨어질 줄 몰랐다. 웅웅거리는 엔진 소음 너머로 이따금씩 빗방울이 보닛에 툭툭 떨어지는 소리가 어렴풋이 들려왔다. 그 외에는 아무 소리도 들리지 않았다. 브래드도 입을 굳게 다물고 있었다. 툭, 웅웅, 정적. 웅웅, 정적, 툭.

상상이 되는가? 얼굴이 피 칠갑이 된 징그러운 남자 하나가 충격에 빠져 눈을 부릅뜨고 당신을 보는 모습이? 그 광경은 십칠 년이 지난 지금까지도 내 꿈에 나오곤 한다. 그때마다 나는 벌떡 일어나지만, 그가 내 꿈에 드리운 어두운 잔상은 금방 사라지지 않는다.

나는 차의 시계를 확인했다. 우리가 눈싸움을 시작한 게 1시 14분이었다. 그리고 1시 34분이 되도록 브래드는 눈싸움을 계속하고 있었다.

나도 지지 않고 맞섰다.

나는 내 시선으로 그의 기를 꺾을 생각이었지만 만약 누가 그때의 우리를 봤다면, 그리고 브래드의 얼굴이 피투성이가 아니었다면 우리가 한창 가슴 저린 사랑에 빠져드는 중이라고 생각했을 것이다. 눈을 커다랗게 뜨고 서로의 시선을 단단히 붙들고 있었으니, 입에 장미꽃을 한 송이씩 물고 있어도 이상하지 않을 상황이었다.

야생동물은 누가 자기를 똑바로 응시하면 위협의 신호로 받아들여서 공격한다고 한다. 하지만 코브라는 오히려 똑바로 쳐다봄으로써 길들일 수 있다. 나는 납치당하기 일주일 전에 그 장면을 목격했다. 엄마가 나를 산부인과로 데려가기 전날, 즉 내가 엄마에게 임신 사실을 폭로한 날 밤의 일이었다.

우리 세 식구는 뉴욕에서 네 달에 걸친 재판을 끝내고 집에 돌아온 엄마를 환영하는 의미로 볶은 돼지갈비와 사과 소스로 만찬을 즐긴 참이었다. 재판 결과는 물론 엄마의 승리였다. 우리 집의 사인용 식탁은 딱히 상석이 있지는 않았지만, 나는 그나마 조명이 어두운 자리에 앉아 아빠의 커다란 해군 운동복으로 임신 사 개월인 내 몸을 푹 감싸서 가리고, 분홍색과 초록색이 섞인 누비이불까지 두르고 코를 훌쩍거리고 기침을 하면서 몸살이 난 척했다.

저녁을 먹고 나서 나는 내 방으로 들어가 상급 미적분 숙제를 끝마치고, 거울 앞에 서서 내 배를 비춰보았다. 그리고 운동복 상의를 벗은 다음 살금살금 계단을 내려가서 엄마의 어둑한 서재로 조용히 들어갔다. 엄마는 드라큘라 백작의 권좌 같은 의자에 앉아,

푸른빛으로 번쩍이는 텔레비전 화면에 집중하고 있었다. 나는 마호가니 책장들과 판벽이 드리운 그림자 안에 숨은 채 텔레비전 화면의 빛 안에 있는 엄마를 지켜보았다.

나는 예전에도 그렇게 그림자 속에 숨어서 엄마를 엿본 적이 있었다. 엄마의 속내를 파악하는 한편, 엄마가 특정한 사회적 상황에서 어떻게 감정 표현을 하는지를 알고 싶어서였다. 엄마는 아빠가 '여자들 영화'라고 부르는 종류의 영화를 보면서 가끔 그렇게 감정 표현을 하곤 했다. 〈사랑과 영혼〉에서 패트릭 스웨이지가 그의 모든 걸 안아주듯이 키스하는 데미 무어의 품 안에 무너져내리는 장면을 보면서, 엄마는 목을 붙잡고 피부를 쓰다듬으며 심호흡을 했다. 그래서 나도 레니가 내게 키스해줄 때 딱 그렇게 반응했다. 레니는 내 몸짓이 마음에 드는 눈치였다. 그가 나를 더욱 꼭 끌어안을 때 나는 기쁨의 스위치를 켜고 내 육체가 즐거워하는 감각을 한껏 만끽했다.

이날 밤 엄마가 보는 건 영화가 아니었다. 야생동물 다큐멘터리의 자료 영상이었다. 엄마는 그 다큐멘터리를 제작한 대형 엔터테인먼트 기업으로부터 변호 의뢰를 받았다. 유명한 야생동물 '전문가'가 그 프로그램을 녹화하러 인도의 오지로 들어갔다가, 제작진의 '강압, 부추김, 위협'에 의해 코브라에게 접근하는 바람에 사망했다는 이유로 그가 속해 있던 재단 측에서 제작진과 방송국, 프로듀서 모두를 고소했다는 것이었다.

엄마는 그 사망 사고가 촬영된 영상을 보고 있었다. 편집되지 않은 원본이었고, 그 속에서 전문가는 탐사용 장화, 빳빳하게 다림질된 사파리 옷, 가슴 보호대 등등 완벽한 차림새로 등장했다. 엄마는 메모하던 손을 멈추고 몸을 내밀이며, 키 높은 풀숲에 엎드린 전문가와 코브라의 대치를 주시했다. 코브라는 전문가와 1.5미터쯤 떨어진 거리에서 몸을 구부린 채, 최면에 걸린 듯 몽롱한 눈으로 그의 눈을 마주보았다. 엄마는 서재에 걸린 앤티크 뻐꾸기시계를 확인하고 시간을 적은 다음 다시 화면으로 주의를 돌렸다. 그리고 손을 입가에 올리고 초조한 듯한 손가락으로 치아를 두드렸다. 하지만 양쪽 입꼬리가 살짝 올라간 걸 보면 알 수 있었다. 엄마는 그저 기대감으로 흥분했을 뿐이었다. 죽음의 절대적인 힘에 도취된 것 같았다. 나도 죽음을 기본적인 현실로 받아들이긴 했지만, 엄마처럼 삶이 끝나는 순간을 목격하는 데서 즐거움을 느끼지는 않았다. 나는 아기를 안정시키려고 내 배를 부드럽게 쓰다듬었다.

영상 속의 남자는 족히 한 시간쯤 뱀을 응시한 듯했다. 어림짐작일 뿐이지만, 엄마가 기다리다 못해 지루해져서 빨리감기를 하는 걸 보고 추산한 것이다. 엄마는 재생, 빨리감기, 일시정지, 되감기, 빨리감기, 정지, 그리고 다시 재생을 눌렀다. 코브라가 순간 꿈틀거리자 남자도 꿈틀거렸지만, 시선을 결코 피하지 않았다. 이내 코브라는 고개를 내려뜨리며 천천히 물러나는 듯싶었다. 그런데 기묘한 쉿 소리와 함께 코브라가 갑자기 바위 밑으로 사라지더니, 다음 순간 웬 호랑이 한 마리가 카메라 앵글 안으로 뛰어 들어와 남자의 등을 덮치고 그의 목을 물어뜯었다.

엄마가 의자에서 펄쩍 뛰어올랐다. "이런 미친!" 엄마의 공책과 펜이 바닥에 굴러 떨어졌다.

호랑이가 남자를 공격하는 장면을 엄마는 계속 지켜보았다. 나는 그런 엄마를 지켜보며 눈을 몇 번 깜빡였다. 텔레비전을 볼 때는 눈을 깜빡여서 안구의 습도를 유지해야 하니까. 시계를 보니 이십 분 뒤에는 방으로 돌아가서 다음 날 학교 갈 준비를 하고 잠자리에 들어야 했다.

호랑이는 느긋하게 턱을 핥으면서 남자의 내장을 꺼내 먹었다. 그렇게 잔혹한 장면까지 여과 없이 찍혀 있었다. 카메라맨이 카메라를 버리고 현장에서 도망쳤기 때문이다.

"진짜 아름다운 동물이네." 엄마가 혼잣말을 중얼거리며 가죽 의자에 도로 앉았다.

나는 그림자 밖으로 걸어 나오며 물었다. "뭐라고요, 엄마?"

엄마가 의자 안으로 흠칫 몸을 파묻으며 팔꿈치와 손을 팔걸이에 단단히 붙였다.

"리사! 아이고, 깜짝이야! 뭐야? 놀라서 기절할 뻔했잖아. 아까부터 거기 서 있었던 거니?"

"네."

"빌어먹을, 리사, 숨어서 엄마를 엿보면 어떡해? 아, 십년감수했네. 심장마비 올 뻔했잖아."

"아, 음, 엄마를 놀라게 하려던 건 아니었어요. 그냥 엄마가 한 말이 이상해서요."

"내가 한 말? 뭐?"

엄마는 허둥지둥 바닥에 떨어진 종이며 펜을 주워 모으고, 당혹스럽고도 화가 난 표정으로 나를 향해 고개를 내저었다.

"'아름다운 동물'이라고 하시지 않았나요?"

"오, 그랬지." 엄마는 얼떨떨하고 짜증이 묻어나는 목소리로 말하고는 의자 등받이에 털썩 기대앉아 나를 위아래로 훑어보았다. 그러더니 내 몸을 더 유심히 살펴보며 물었다.

"그 말이 뭐 어때서?"

"누굴 보고 아름다운 동물이라고 하신 건지 궁금해서요. 그 남자예요, 코브라예요, 아니면 호랑이예요?"

"호…… 호랑이." 엄마의 목소리가 흔들렸다. 가늘게 뜬 눈은 내 몸통을, 정확히는 흰 티셔츠 위로 불룩 솟아오른 배를 주시하고 있었다. 나는 발레 선생님 앞에 선 학생처럼 몸을 꼿꼿이 가다듬고, 더욱 완벽한 자세를 위해 어깨를 움츠리고 턱을 치켜들었다. 자존심만으로 어떤 평가라도 이겨낼 듯한 기세로.

"하지만 호랑이가 남자를 죽였잖아요. 그런데 아름답다고요?"

"호랑이가 남자를 죽인 건 남자가 자기 영역을 침입했기 때문이었어."

엄마는 내 배가 오르락내리락하는 움직임에 온통 주의가 쏠려 있었다. 나는 한발 더 나아가서 텔레비전의 푸른빛 안으로 들어섰다. 화면의 빛이 스포트라이트처럼 비스듬히 쏟아지면서 진실을 비추었다. 이제 엄마도 부정할 수 없었다.

엄마는 생각을 도중에 그만두는 걸 질색하는 성격이었기에, 머뭇거리면서도 끝까지 온전한 대답을 마쳤다. "호랑이는 교묘한 전략을 썼고 코브라에게 공포를 불러일으켰으니까…… 그 능력이 아름답다는 뜻이야."

엄마가 내 배에 손을 가져다 댔다. 나는 허리를 더욱 곧게 세웠다.

엄마가 무릎을 꿇고 주저앉은 순간, 나는 호랑이가 된 기분이 들었다.

그렇다면 코브라는 엄마이고, 탐험가 남자는 우리 사이의 안전한 거리라고 볼 수 있지 않을까?

너무 억지스러운 비유일지도 모르겠다. 아니면 너무 직선적인 비유일지도. 나는 엄마를 길들일 의도도, 해칠 의도도 아니었다. 엄마에게 어떤 방식으로든 나쁜 영향을 끼칠 생각은 없었다. 그럼에도 내 본성은 그런 식으로 작용했던 것 같다. 엄마에겐 엄마의 약점과 맹점이 있듯이, 나 역시 미처 알지 못한 점이 있었던 것이다.

폭스바겐 안에 갇혀서 브래드와 눈싸움을 하다가, 나는 그때 내가 엄마에게 얼마나 상처를 입혔는지 뒤늦게 깨달았다. 물론 엄마도 내게 다정하진 않았다. 타인들에게 냉정한 태도 때문에 스스로 곤란을 겪는 건 엄마도 마찬가지였다. 하지만 내가 아는 한 엄마는 나처럼 심리학적으로 특이한 사례는 아니었다. 남들처럼 울기도 하고 화가 날 땐 주먹을 휘두르는 걸 보면 감정적인 차원에서 특수한 장애나 재능을 타고나지는 않은 듯했다. 다만 엄마에게는 숨겨진 과거가 있었다. 외할머니나 외할아버지에 대해서는 입에 올리면 안 된다는 것이 우리 집의 암묵적인 규칙이었다. 내게 할머니는 오로지 친할머니뿐이었다. 무지개 옷을 차려입고 소설을 쓰는 유령 할머니.

엄마는 자신의 주위에 높은 담장을 쌓고 두꺼운 경계선을 쳤지만, 나를 대할 때는 존중해주려고 노력했다.

그런데 나는 아니었다.

브래드를 노려보면서 나는 앞으로 엄마와 더 잘 지내려 노력해야겠다고 결심했다. 우리 모녀 사이가 소원한 건 엄마 탓이 아니었다. 내 탓이었다. 임신 사실을 더 일찍 알렸어야 했다. 내 약점을 드러내기 위해서가 아니라, 엄마와 함께하기 위해 내 문제를 털어놓았어야 했다.

엄마가 내 배에 손을 올리고 새로운 생명의 박동을 느꼈을 때, 자신이 곧 할머니가 된다는 현실을 깨닫고야 말았을 때, 엄마는 나를 야단쳐봤자 아무 소용도 없다고 생각했을 것이다. 내가 어린아이였을 적에 엄마가 두어 번 큰소리를 낸 적이 있었지만, 그때마다 나는 무슨 뜻인지 이해하지 못하고 그냥 깔깔 웃어버렸다. 아빠가 즐겨 보는 텔레비전 프로그램에서 언성이 높아지는 장면이 나오면 방청객이 웃음을 터뜨리곤 했으니까. 그 이후로 엄마는 나를 야단치는 일이 없었고, 이번에도 마찬가지였다. 그저 서재 문을 가리키며 나가라고 손짓했을 뿐이었다. 다음 날 아침에 일어나서 머리 손질을 하고 나가 보니, 엄마는 서재에서 지난밤에 입고 있던 옷차림 그대로 의자에 기댄 채 한쪽 다리를 팔걸이 위에 걸치고 있었다. 스틸레토 구두 한 짝이 엄마의 엄지발가락에 매달려 대롱거렸고, 아빠의 술장에 있던 최고급 와인 두 병이 페르시아산 카펫 위를 굴러다녔다. 아빠는 엄마 맞은편의 바닥에 책상다리를 하고 앉아 근육질 손으로 머리를 감싸고 있었다.

코브라를 길들이려면 똑바로 쳐다봐야 한다. 그래서 나는 인디애나 주 숲 한복판에서, 나를 도륙하고 아기를 훔치려 하는 브래드의 폭스바겐에 앉아, 그 소름끼치는 인간의 눈을 내내 똑바로 쳐다보고 있었다. 우리의 눈싸움은 계속되었고, 시간도 계속 흘렀다. 빗줄기는 차 앞유리와 지붕 위로 계속 떨어져 내렸다.

그러다 브래드가 이제까지보다 더더욱 소름끼치는 표정으로 말했다.

“흑표범아.”

‘그놈의 흑표범.’

“요 녀석, 너는 발톱을 세운 사나운 흑표범이로구나. 내가 한 방 먹었는걸.” 브래드는 피식 웃으며, 구겨진 셔츠 주머니에서 꺼낸 하얀 손수건으로 피가 뚝뚝 흐르는 턱을 지그시 눌렀다. 그리고 다른 쪽 손으로 재킷의 보푸라기를 뜯었다.

“표범, 아니, 흑표범아, 내 옷차림 좀 봐. 꼴이 엉망이지?” 그는 사교계 아가씨처럼 나긋나긋하게 노래하듯 말하더니, 몇 옥타브쯤 확 낮아진 음성으로 으르렁거렸다. “씨발년. 내 재킷이 엉망이 됐잖아.” 그러고는 신경질적으로 킥킥거리며 몸을 뒤로 젖혔다. “에헴.”

‘나를 씨발년이라고 부른 대가를 톡톡히 치르게 해주지.’

19

로저 리우 특별수사관

롤라는 서둘러 구급대원들에게 총경과 부관을 맡기고 지시사항을 전달한 다음, 자기 신분증을 보여주고 내게도 똑같이 하라고 손짓했다. 나는 여전히 귀가 울려서 사람들의 목소리가 들리지 않았다. 아까 내게 휴대폰을 주워줬던, 실내복 차림으로 쇼핑카트를 끌고 있던 여자는 이제 상가의 반대편 끝으로 걸어가서 쓰레기통에 무언가를 버리고 있었다. 사이렌이며 비명이며 불과 연기로 주변이 온통 난리법석인데도 그녀는 무심해 보였다. 이 사태에서 동떨어져 있을 수 있다니 얼마나 좋을까.

롤라는 비틀거리는 나를 취객 다루듯이 부축해 F-150 트럭에 태우고, 자신은 운전석에 올라타 시동을 걸고 출발했다. 기어를 넣으면서 그녀는 우리가 가는 방향의 냄새를 맡는 듯 창밖으로 코를 내밀었다. 그 모습을 보고 있으니 이상하게도 거대한 정적이 나를 뒤덮었다. 귀를 윙윙 울리던 바람 소리는 잦아들고, 거의 아무런 소리도 존재하지 않는 고요한 세계가 내 주위를 둘러쌌다. 나는 당황하지 않고 그 정적에 나를 맡겼다. 그러자 시야가 한층 선명해지는 느낌이 들었다. 가뜩이나 좋은 시력이 더욱 좋아진 것 같았다.

내가 FBI 신참 시절부터 일류 저격수가 되도록 훈련받았다는 이야기를 했던가? 양쪽 눈의 시력이 2.0을 넘는다는 것도? 롤라와 나의 비상한 후각과 시각이 만나면 영화 속 슈퍼히어로에 맞먹는 힘을 발휘했다. 본부에서 우리 둘을 짝지은 것도 그 이유 때문일 터였다. 이제 나는 청각에 신경이 분산되지 않게 된 덕분인지 눈이 가히 천리안이 된 듯했다. 산이나 건물이 지평선을 가로막지만 않는다면 저 멀리 텍사스 주까지 보일 것 같았다.

롤라는 사는 게 너무나도 고통스러운 듯 코를 잔뜩 찡그리고 어깨를 구부리면서 운전했다. 차는 직선으로 뻗은 길을 따라 하염없이 직진했고, 그동안 나는 차창 밖을 지나는 외딴 상점이며 식당의 간판들을 읽으면서 정적 외의 다른 것에 주의를 집중하려 애썼다. 비는 성가시게도 오다 말다 하면서 울적하고 스산한 기운을 드리웠다. 한낮인데도 하늘은 땅거미가 진 듯 컴컴했다.

입을 커다랗게 벌린 생선 모양의 우편함 하나가 창밖을 스쳐 지나갔다. 그걸 보니 어렸을 때 살던 동네가 생각났다. 아니, 사실 나는 어떤 사건을 맡든 수사할 땐 꼭 어린 시절을 생각할 수밖에 없었다. 중증 과잉기억증후군 환자들과 달리 나는 내 '특출한 기억력'을 잘 제어하는 편이었지만, 가끔은 기억에 휘둘려서 생각하고 싶지 않은 과거의 장면들에 사로잡히기도 했다. 어느 하루 동안 벌어졌던 사건들이 머릿속에 끊임없이 재생되면서 내 사고 전체를 집어삼키는 것이다. 그렇게 빙글빙글 도는 기억의 소용돌이에 빠져드는 일이 자주 있었다. 자, 기왕 이 얘기가 나오고야 말았으니 그동안 당신에게 숨겨왔던 비밀을 밝힐 때가 된 것 같다. 아까 내가 FBI에 들어가게 된 계기에 대해 이야기할 때 그냥 부모님을 기쁘게 해드릴 겸 결혼을 대비해 돈을 벌기 위해서였다고 적당히 얼버무린 바 있다. 이제 이 회고록이 꽤 많이 진척됐으니 그 부분을 솔직히 털어놓아야겠다.

내가 열세 살이었을 때 아버지가 시카고의 대형 건설회사에서 발전소를 설계하는 일을 맡았다. 버펄로에서 여유롭게 살던 우리 가족은 아버지를 따라 시카고 교외 지역의 조그마한 벽돌집으로 이사를 갔다. 시카고 도심에서 서쪽으로 이십 분 거리에 있는 리버사이드라는 지역이었다. 리버사이드는 건축가 프랭크 로이드 라이트의 걸작들로 가득한 곳이다. 평온하게 지저귀는 새들, 높다란 나무들, 조용한 거리, 그리고 중독적인 맛의 아이스크림 가게가 있었다. 가게 이름은 적절하게도 '그럼피'*였다.

센트럴 파크를 만든 조경가 프레더릭 로 옴스테드가 리버사이드를 설계했다. 모든 집에서 공원이 내다보이는 마을을 짓겠다는 게 그의 취지였으므로, 리버사이드는 길이 모두 둥그렇게 나 있고 작은 풀밭이며 공원 들이 길 곳곳에 들어서 있었다. 녹색 페인트칠이 된 바다거북 모양의 시멘트 조형물로 유명한 터틀 파크도 그중 하나였다.

그 시절 부동산 중개인들은 리버사이드가 특유의 구조 때문에 범죄율이 낮을 수밖에 없다고 홍보했다. 길이 너무 복잡해서 강도가 도주하기 어렵다는 이유에서였다. 리버사이드에서 범죄를 저지르려면 동네의 지형지세, 프레츨처럼 뒤얽힌 길들, 헷갈리게 배치된 곡선 형태의 공원들까지 빠삭하게 꿰고 있어야 한다고, 그러니 동네 주민이 아니고서는 엄두도 못 낼 거라고 이야기했다.

리버사이드의 구불구불하게 뒤엉킨 길들은 덩굴 화환처럼 한 바퀴 빙 둘러지면서 고리 모양을 그렸고, 그 고리 한가운데에 터틀

* 미국에서 1990년대에 형성된, 도시 근교에 사는 고소득 전문직 종사자 계층을 일컫는 말.

파크가 있었다. 나는 그곳에서 중대한 사건을 겪은 후 내 시력이 남다르다는 것을 알게 되었다. 내 삶의 방향을 완전히 뒤바꿔놓은 사건이었다. 그 일은 내가 쌓아왔던 모든 감정과 공포를 송두리째 뒤집어엎고, 그때까진 전혀 생각도 못 했던 새로운 종류의 공포를 불러일으켰으며, 이후로도 그 공포는 내 안에서 끊임없이 흐르는 배경음악처럼 남았다.

부모님이 내가 사법기관에 들어가기를 열망하게 된 것도 그 사건 때문이었다. 나는 십 대 시절과 대학 시절 내내 희극을 쓰고 만화를 그리고 연기를 하면서 그날의 기억으로부터 도망치려 애썼다. 하지만 대학을 졸업하기 전 한 예수회 수도사와 체스를 두다가 내 공포와 직면하게 되었고, 그의 조언을 받아들이다 못해 극단적으로 밀어붙이기로 작정했다. 너무나 오랫동안 나를 괴롭혀온 분야, 즉 '유괴'라는 세계에 정면으로 뛰어들기로 한 것이다.

당시 우리 가족은 열세 살이었던 나, 어머니, 아버지, 그리고 여덟 살 남동생, 이렇게 네 사람이었다. 동생의 이름은 리스였지만 가족끼리는 그 애를 '모지'라는 애칭으로 불렀다. 그날은 구름 한 점 없이 화창한 7월이었다. 바람도 불지 않는 무더운 날이었기에 부모님은 우리를 데리고 집에서 여덟 블록 떨어진 '그럼피'까지 걸어가서 아이스크림을 사주었다. 그리고 돌아오는 길에 터틀 파크에 들렀다.

그때쯤 모지와 나는 이미 자전거를 타고 동네 전체를 스무 바퀴도 넘게 돈 뒤였다. 낮 시간 동안 우리를 봐주던 베이비시터 누나와 함께 동네 일주를 한 적도 여러 번이었다. 나는 성가시도록 정확한 기억력을 갖추었기에, 동네의 한 블록 한 블록을 삼차원 모형처럼 머릿속에 저장해두고 있었다. 예컨대 터틀 파크 귀퉁이에 자리 잡은 네모난 우주선처럼 생긴 건물, 프랭크 로이드 라이트 저택이 우리 집에서 800미터쯤 떨어져 있다는 것도 알았다. 그 저택의 진입로 옆에 농구공만 한 바위가 있고 바위 윗면에 흠집이 열 개 있다는 것도 알았다. 빅토리아풍 건물 다섯 채, 석조 저택 세 채, 대형 신축 주택 두 채, 케이프코드 양식의 단층집 한 채, 꺾인지붕 집 한 채, 옆으로 길쭉한 모양의 허름한 단층집 한 채가 터틀 파크를 둘러싸고 있다는 것도 알았다. 집과 집 사이에는 적당한 간격이 있어서 나와 모지가 달리기 시합을 하기에 좋았다. 나야 마음만 먹으면 얼마든지 이길 수 있었지만, 동생의 자존심을 지켜주려고 일부러 져주곤 했다. 두꺼운 안경을 쓰고 다녔던, 작달막하던 모지. 나는 그 애를 사랑했다. 정말 쾌활한 아이였다. 어머니는 가끔 모지를 '바부팅이'라고 놀리곤 했다. 모지만 있으면 다들 웃음보가 터졌고, 모두 그 애는 코미디언이 될 거라고 생각했다.

나는 절대로 모지처럼 될 수 없었다. 모지 역시 절대로 나처럼은 될 수 없을 터였다. 오, 그럼에도 나는 한동안 그 아이의 어린 시절 모습을 따라하려고 부단히도 노력했다. 오래전에 잃어버린 아이의 사랑스러움과 웃음소리를 우리 가족 모두에게 되찾아주고 싶어서.

그날 나와 모지는 공원에서 아이스크림을 먹었다. 시멘트 거북이 모형 앞에 둘러앉아 손목까지 흘러내린 아이스크림을 핥는 우리 둘의 모습은 마치 호숫가의 사이좋은 오리 가족처럼 보였을 것이다. 모지는 아이스크림을 다 먹고 남은 눅눅한 콘을 쓰레기통에 버리더니, "숨바꼭질하자. 아빠가 술래!"라고 외치곤 냅다 뛰어갔다. 나도 뛰었고, 다른 쪽에 앉아 있던 어머니도 허둥지둥 일어나서 우리 놀이에 합세했다. 아버지는 쓰레기통에 콘을 버리고, 소맷

자락으로 눈을 가리며 "시작!"이라고 신호했다.

터틀 파크 옆에는 야구장이 딸린 커다란 공터가 있고, 그 사이로 소나무와 오크나무 들이 양옆에 늘어선 U자 모양의 도로가 나 있었다. 모지는 그 도로를 후다닥 가로질러 야구장이 있는 공터의 맨 끝으로 달려갔다. 한편 나는 터틀 파크의 나무 한 그루에 기어올라가 무성한 잎사귀들 사이에 몸을 숨겼다. 거기 있으니 약 180미터 너머의 수풀에 숨어 있는 모지의 모습이 한눈에 내려다보였다.

모지가 있는 공터의 둘레에는 또 다른 도로가 초록빛 풀밭 위에 늘어진 가느다란 검정 리본처럼 구불구불 뻗어 있었다. 모지는 그 도로에서 몇 발짝 떨어진 데에 있었다. 도로를 지나는 운전자들에게는 뻔히 노출되는 위치였다. 하지만 술래인 아버지는 눈을 감고 숫자를 세고 있었고, 어머니는 미끄럼틀 아래의 정글짐 안에 숨어서 모지와는 정반대 방향을 보고 있었다. 설령 부모님이 모지 쪽을 보고 있었더라도 그만큼 멀리 있는 아이의 모습을 식별할 수는 없었을 것이다. 하지만 내 눈에는 보였다. 내 시력이 그렇게까지 뛰어나다는 걸 나는 아직 모르고 있었다. 남들도 나만큼 볼 수 있는 줄 알았다.

모지에게서 9미터 거리에 주차되어 있던 갈색 닷산 승용차가 천천히 움직이기 시작했다. 차는 공터 가장자리의 도로를 따라 모지가 숨어 있는 수풀 쪽으로 접근했다. 차에 달린 타 지역 번호판이 또렷하게 내 눈에 들어왔다. 나는 즉시 번호를 기억에 새겨 넣었다. '아이다호, XXY56790.' 나중에 재판 때 내 진술을 뒷받침해 줄 증인으로 소환된 안과 의사의 말에 따르면, 보통 사람 시력으로는 자동차 서너 대 너머에 있는 번호판까지만 읽어낼 수 있다고 한다. 그런데 내가 그때 앉아 있었던 나뭇가지는, 닷산으로부터 족히 마흔 대의 자동차를 늘어놓을 수 있을 만큼 떨어진 거리에 있었다. 의사는 내 시력이 "의학적으로 기록된 최고치를 넘어설 뿐만 아니라 거의 측정 불가능한 수준"이라고 평가하며, 내가 그렇게 먼 거리에서 번호판을 읽었을 리가 없다고 주장하던 피고 측 변호인들의 입장을 반박했다. 하지만 내 진술에 제기된 의혹은 그것뿐만이 아니었다. 내가 닷산 운전자의 입술 모양을 보고 그의 말을 알아들었다는 이야기도 그들은 믿지 않았다. 그들은 누군가가 그 모든 정보를 내게 일러줬으리라고 생각했다.

아무튼 차는 모지의 근처에 다가와서 멈춰 섰고, 운전석과 조수석 문이 열리더니 각각 빨간색과 검은색 운동복을 입은 남자 둘이 차에서 내렸다. 운전자는 열린 문 옆에 서서 망을 보았지만, 어차피 나무 위에 숨어 있는 나 외에 그들을 보는 사람은 아무도 없었다. 한편 조수석에서 나온 검은색 운동복 차림의 남자는 모지에게 느긋하게 걸어가, 그 애를 덜렁 들쳐 올려 한 팔에 끼고선 뛰었다. 다른 한 손으로는 모지의 입을 단단히 틀어막고 있었다. 그는 닷산 뒷좌석에 모지를 던져 넣고 그 옆에 올라타서 아이의 비명을 다시 틀어막았다. 그리고 운전자가 "자정에"라고 말하더니(그의 입술을 보고 나는 알 수 있었다) 차를 몰고 떠나버렸다.

나는 나무에서 뛰어내린 다음 그쪽으로 달려갔다. 처음에는 무릎의 힘이 풀려서 비틀거렸지만 이내 전력으로 질주하면서 아무것도 모르고 내 뒤에 남아 있는 부모님을 향해 외쳤다. "모지! 모지가 끌려갔어요! 모지가 끌려갔다고요! 모지가!"

부모님이 내 말을 알아듣거나 따라오기를 기다리고 있을 틈이 없었다. 나는 무작정 뛰면서 고함만 질렀다. "모지가 끌려갔어요! 모지가 끌려갔어요!" 내가 닷산의 행선지를 어떻게 아는지 설명할 시간이 없었다. 예전에 어떤 집 앞에 그 차가 주차되어 있는 걸 보았다고, 그때만 해도 지극히 평범해 보였지만 나는 그 집의 번지수까지 기억한다고 부모님에게 구구절절 이야기할 시간이 없었다.

숨도 거의 안 쉬고 네 블록을 쭉 내달려서 우리 집에 도착했다. 나는 옆문 깔개 밑에 부모님이 숨겨둔 열쇠로 문을 따서 열고, 지하실로 뛰어 내려가서 내 비비탄총과 총알을 챙겨 들고 밖으로 나와 집 옆의 학교 운동장에 쳐진 울타리 너머로 총과 탄알을 던지고 그리로 뛰어넘어갔다. 한 블록 뒤에서 부모님이 나를 부르는 소리가 들렸다. 내가 울타리를 뛰어넘는 모습은 못 보셨겠지만, 나는 부모님이 따라와줄 때까지 기다릴 수 없었다.

학교 주위를 둘러 가서 놀이터를 지나자 가로수가 늘어선 구불구불한 길들을 따라 동네 외곽이 나왔다. 멀끔한 벽돌집들, 프랭크 로이드 라이트가 지은 우주선 같은 건물들, 빅토리아풍 저택들은 점점 줄어들고 복층 주택들과 작은 단층집들이 많아졌다. 우리 베이비시터의 남자친구가 이쪽에 살았기 때문에 그 누나를 따라 이 길로 세 번이나 와본 적이 있었다.

마침내 복층집 세 채가 몰린 막다른 구역에 이르렀다. 집들이 초승달 모양의 풀밭을 중심으로 반원형으로 늘어서 있고, 그 주위로 난 둥그런 길을 따라 어른들이 모는 차도, 아이들의 장난감 차도 완벽한 원형을 그리며 돌아나가게끔 되어 있는 구역이었다. 모지는 저 세 집 중 하나에 있을 터였다.

베이비시터 누나의 남자친구는 여기에서 두 길 건너에 있는, 차고를 개조해서 지은 집에 살았다. 나는 거기로 가서 어른들의 도움을 구할까 생각해보기도 했다. 하지만 내가 그 집까지 간다면 꼬불꼬불한 길들과 무성하게 우거진 오크 나무와 플라타너스 나무 때문에 시야가 차단되어서 이 막다른 구역을 주시할 수 없게 될 터였다. 그뿐만 아니라, 이 구역을 훤히 볼 수 있는 전망이 갖추어져 있거나 이곳과 직선 코스로 통하는 이웃집은 주변에 한 채도 없었다. 인근에 버려진 건설용 부지도 장애물 노릇을 했다. 리버사이드에 이렇게까지 호젓하고 외딴 장소가 있다니, 확실히 희한하긴 했다. 원래 이 동네의 집들은 여러 채가 복작복작하게 밀집된 경우가 보통이었다.

이렇듯 고립된 장소에 서 있는 복층집 세 채는 같은 건축가가 지은 듯 세쌍둥이처럼 외관이 똑같았고 색깔만 달랐다. 그중 흰색 집은 문밖에 신문이 쌓여 있는 걸로 보아 주인이 집을 비운 듯했다. 또 한 집은 하단은 흰색이고 꼭대기는 갈색이었는데, 커튼이 쳐지지 않은 거실 창문 너머로 텅 빈 실내가 고스란히 들여다보이는 데다 잔디밭도 손질되지 않아 마구잡이로 풀이 자라 있었으며, 결정적으로 현관문 앞 계단이 없고 그 앞에 출입 금지를 뜻하는 노란색 테이프가 둘러져 있었으니, 버려진 집이 확실했다. 그리고 맨 왼쪽에 위치한 집은 흰 덧창들이 달렸고 군청색 페인트가 낡아서 벗어져가고 있었다. 외관상으로는 그 집도 빈 것처럼 보였지만, 그렇지 않다는 명백한 증거가 있었다. 진입로에 차 한 대가 서 있었으니까. 갈색 닷산이었다. 예전에 베이비시터 누나를 따라다니다가 보았던, 정확히 내가 기억하는 그 자리에 세워져 있었다. 번호판도 같았다. 아이다호, XXY56790. 게다가 군청색 집 현관에 달린 방충망 문짝이 천천히 닫히고 있었다. 누군가가 방금 전에 그 문을 열고 안으로 들어간 듯했다.

통계상 대다수의 유괴 사건 피해자는 유괴된 곳으로부터 불과 몇 킬로미터 안팎의 거리에서 발견된다. 살아서든 죽어서든.

진퇴양난이었다. 상대는 성인 남자 두 명이고, 집 안에 공범이 더 있을 수도 있는데 자칫 잘못 나섰다가 나까지 납치당할 위험을 무릅쓸 순 없었다. 하지만 그들이 언제 내 소중한 동생 모지를 데리고 도주할지 모르는데 저 집에서 눈을 뗄 수도 없는 노릇이었다. 나는 "자정에"라던 말이 자정에 이곳을 떠나자는 뜻이었기를 간절히 빌었다. 밤이라면 내가 기습할 여지가 있을 테니까. 결국 내게 남은 선택지는 하나뿐이었다. 그 집의 맞은편에 있는 플라타너스 나무 위에 숨어서 앞문과 현관문을 향해 총을 겨누고 기다리다가, 자정이 되어 그들이 집을 나서자마자 총을 쏘는 것이다.

아직 시간은 겨우 정오였다.

저 안에서 모지가 무슨 고통을 당하고 있을지는 상상도 할 수 없었다.

그렇게 나는 나무 위에 숨어서 기다렸다. 오, 그 기다림이란…….

어쩌면 당신은 이 글을 읽으면서 답답해하고 있을지도 모르겠다. 더 쉽고 확실한 해결책을 내게 알려주고 싶어서 종이에다 대고 고함을 치고 있을지도 모른다. 그래, 마음은 알겠다. 하지만 나는 그때 열세 살이었다. 당신처럼 세상사에 능숙할 나이가 아니었다.

나는 등에 비비탄총을 메고 비비탄을 주머니에 넣은 뒤, 재빨리 나무를 타고 올라갔다. 3미터 정도의 높이에 탄탄하고 곧게 자란 가지 하나가 있었다. 그네를 매달기에 딱 좋은 가지였다. 나는 그 위에 걸터앉아서 나무 기둥에 몸을 기대고, 한 손으로 내 위의 작고 구부정한 가지 하나를 붙잡고 균형을 유지했다. 그리고 기다렸다. 하염없이 기다렸다.

피가 통하지 않아 몸이 저려서 이따금씩 양쪽 엉덩이, 팔다리, 손발을 번갈아 움직이면서 체중을 옮겨 실었다. 그날 무엇보다도 힘들었던 건 그렇게 비좁은 데서 오랫동안 앉아 있으면서 근육을 움직일 수 있는 상태로 유지하는 일이었다. 하지만 나는 간단한 동작만으로 혈류를 이동시킬 수 있다는 것을 금세 깨달았고, 신참내기 저격수로서 총을 조준하고 쏘는 연습에만 집중할 수 있게 되었다. 해 질 녘이 되자 나는 '나무 위의 명사수' 수준이 되어 있었다. 게다가 조류학에도 일가견이 생겼다. 내게서 1.5미터쯤 떨어진 나뭇가지 위에 있던 홍관조 둥지를 관찰한 덕택이었다. 둥지 위의 허공에 플라타너스 잎사귀들이 돔 천장처럼 드리워져 있었고, 홍관조 어미가 그 안을 들락날락하면서 새끼들에게 먹이를 주고 있었다. 그 모습을 지켜보노라니 나는 질투심이 들었다. 안전한 곳에 오붓하게 모여서 벌레를 나눠 먹고, 자기네 집에는 사악한 손길이 닿지 않아서 안심이라며 뽐내듯이 짹짹거리는 새 가족. 아기 새들은 조그마한 나뭇가지 집 안에 포근히 자리 잡은 채 사탕 같은 머리를 쳐들고 까닥거리고 있었다. 자기들의 웃음소리를 듣고 따라 웃어보라고 나를 약 올리는 것만 같았다. 나는 분에 겨워서 녀석들에게 총을 겨누고 싶어졌지만 그런 무의미한 짓은 하지 말자고 마음을 고쳐먹고 진짜 증오를 쏟아야 마땅한 대상에 주의를 집중했다. 검정 운동복을 입은 남자와 빨강 운동복을 입은 남자에게.

저녁 먹을 시간쯤 되니 베이비시터 누나의 남자친구 집에서 소란이 일었다. 우리 부모님이 그곳에 차를 끌고 찾아온 것이었다. 어른들은 모두 촛불이나 손전등을 켜 든 채 서로 끌어안고 울면서 수선을 피웠다. 무슨 말을 하는지는 알아들을 수 없었다. 집 문을 여닫는 소리만 겨우 들릴 뿐이었다. 이 거리에서는 어른들을 향해 도와달라고 고함을 쳐봤자 소용없겠다는 생각이 들었다. 그렇다고 어른들을 부르러 직접 갈 수도 없었다. 내가 잠시라도 이곳을 비웠다가 놈들의 차가 떠나버리면 어쩌나? 영영 모지를 찾을 수 없게 된다면? 나는 끝까지 자리를 지키는 수밖에 없다고 생각했다.

철이 다 든 지금에 와서는, 그때 내가 취할 수 있었던 조치가 아주 많았다는 걸 안다. 그날의 어리석었던 행동을 지금까지 단 하루도 자책하지 않고 넘어간 날이 없다.

저녁 시간이 지나고 얼마 뒤, 금속성 느낌이 나는 초록 빛깔의 차 한 대가 원형 길 안으로 느릿느릿 돌아 나갔다. 운전자는 나이 지긋한 남자였다. 그는 나무 위에서 지켜보는 나의 존재를 전혀 모른 채 콧노래를 흥얼거리며 천천히 운전대를 돌리고 있었다. 다람쥐 한 마리가 내 쪽으로 다가왔다. 나는 손을 휘저어 녀석을 쫓아버렸다.

날은 어둑해지고 가스등들이 하나둘씩 켜졌다. 이 구역을 밝혀주는 불빛은 오른편 구석에 켜진 가로등 하나뿐이었다. 옛날 옛적, 촛불이 세상을 지배하던 시절의 런던 뒷골목 풍경을 보는 듯했다. 하늘에 뜬 손톱만 한 달은 너무 희미해서 그 빛에 의지해서는 신발끈이나 간신히 묶을 수 있을까 싶었다. 나는 또다시 저려오는 다리를 조심스럽게 흔들면서 머리 위의 나뭇가지를 단단히 붙잡았다. 이렇게 다리를 풀어주는 것도 벌써 열 번째였다. 엉덩이는 이미 몇 시간 전부터 아무런 감각이 없었다.

오후 10시쯤, 내가 감시하던 집 거실 창문에 반쯤 쳐진 커튼 너머로 검정 운동복과 빨강 운동복 차림의 남자들이 언뜻 보였다. 검정 남자는 거실 벽 뒤편의 복도로 가고 있었고, 빨강 남자는 배낭을 하나 들고 그 뒤를 따라가고 있었다. 두 남자는 그렇게 여러 번 오락가락하면서 가방이며 서류며 물건 따위를 옮겼다. 짐을 싸서 어디론가 갈 채비를 하는 것 같았다. 나는 모지를 찾으려고 열심히 살펴보았지만 그 애는 어디에도 보이지 않았다. 하지만 집 곳곳에 켜진 조명 덕분에 안팎이 다 잘 보이긴 했다. 검은 밤하늘에 별 하나만 덩그러니 떠 있는 것처럼 집이 또렷하게 시야에 들어오니 총을 조준하기는 쉬웠다.

열두 시간은 족히 기다리면서 그 끔찍한 군청색 집을 감시했는데도, 막상 옆문이 정말로 열리고 검정 남자가 걸어 나오자 나는 화들짝 놀라며 긴장했다. 남자는 왼쪽 어깨에 배낭을 느슨히 걸메고 오른손에는 더플백을 들고 있었다. 그는 앞뜰을 둘러보면서 매복 중인 적이 없는지 살폈다. 그때 내 '지. 아이. 조G. I. Joe' 디지털 손목시계에 표시된 시각은 12시 2분이었다. 시계에서 눈을 뗀 나는, 검정 남자를 뒤따라 나온 사람을 보고 숨을 헉 들이켜면서 내 입을 손으로 틀어막았다.

옆문에서 모지가 비칠비칠 걸어 나오고 있었다. 모지는 지나치게 순순히 검정 남자를 따라 걸어갔고, 그 뒤에서 빨강 남자가 모지를 밀치며 재촉했다. 그 애의 축 늘어진 어깨를 보니 약에 취한 듯했다. 닷산을 향해 일렬로 걸어가는 세 사람의 모습은 마치 괴상한 난민 가족처럼 보였다. 야밤을 틈타 국경을 넘어 탈출하려 하는 형제들 같았다.

나는 검정 남자의 오른쪽 눈을 향해 비비탄총을 겨누고 발사했다. 명중이었다. 그는 진입로에 풀썩 꿇어앉으며 비명을 질렀다. 그러자 빨강 남자는 모지를 붙잡고 방패로 삼으려 했지만, 모지의 체구는 작았고 놈의 상체와 머리가 완전히 노출되어 있었다. 나는 빨강 남자의 왼쪽 눈을 향해 총을 쐈다. 이번에도 명중했고 그는 고꾸라졌다.

"모지, 모지! 뛰어! 이리 뛰어와! 뛰어와, 모지!" 나는 나무에서 뛰어내리면서 고함을 질렀다. 하지만 먼젓번에 공원의 나무에서 뛰어내렸을 때와 달리, 이번에는 근육이 굳은 탓에 제대로 착지하지 못하고 다리를 삐고 말았다. 그 바람에 들고 있던 비비탄총도 떨어트렸다. 하지만 아드레날린의 힘이란 얼마나 놀라운지, 다리가 불타는 듯한 고통에 굴복하고 싶은 본능에 온 힘을 다해 맞서 싸우며 나는 기어이 비틀비틀 일어섰다. 그리고 진입로에서 울부짖고 있는 두 남자에게 다시 총을 겨누었다.

"모지, 모지! 뛰어! 형한테 와!"

하지만 모지는 약에 취해서 정신이 멍해진 듯했다. 그 애는 휘청거리며 앞으로 한 발짝 내딛고는, 나를 알아본 듯한 기색을 띠더니, 다시 한 발짝을 내디뎠다. 검정 남자와 빨강 남자는 모지에게서 겨우 30센티미터 옆에 떨어져 있었다. 내가 더 가까이 접근해야 했다.

무방비한 적을 향해 살기등등하게 돌격하는 병사처럼, 나는 앞으로 걸어가면서 총의 격철을 당기고 조준한 다음 아무 경고도 없이 연속으로 비비탄을 발사했다. 팔이며 다리며 여기저기 공격이 먹힐 만한 부위를 무차별로 쏘아댔다. 놈들은 속수무책으로 고통에 시달리며 몸부림쳤다. 그중 한 놈의 귀가 내 쪽을 향한 순간을 놓치지 않고, 나는 그의 귓구멍을 겨냥해 정확히 비비탄을 쏘아 박았다. 눈알을 맞았을 때보다 더 고통스러웠을 것이다. 뭐, 아닐 수도 있겠지만. 그게 무슨 대수인가.

"모지, 이제 이리 와!" 나는 외쳤다.

그제야 마침내 이 소동을 알아차린 이웃 주민이 나타났다. "무슨 일이니?" 내 뒤편에서 어떤 여자가 소리쳐 물었다.

"경찰 불러주세요! 경찰요!"

나중에 알게 된 사실이지만, 그 여자는 푸들 한 마리와 콜리 한 마리를 산책시키러 나온 참이었다.

두 남자는 절뚝거리며 황급히 차에 올라타더니 문을 채 닫지도 못하고 차를 후진시켜 진입로에서 빠져나갔다. 놈들은 그 길로 리버사이드를 빠져나갔지만 이후에 시서로 근처의 맥도널드에서 경찰에게 발각되어 총격전 끝에 붙잡혔다고 한다.

모지는 풀밭에 쓰러졌다. 나는 달려가서 그 애를 끌어안았다. 모지는 무슨 상황인지 모르고 어리둥절해하고만 있었다. 그날 밤, 모지는 의사가 준 약을 먹고 내리 단잠을 잤다.

그날 그 인간쓰레기들과 무슨 일이 있었는지 모지는 우리에게 알려주지 않았다. 그 집 안에서 있었던 일에 대해서는 일절 입을 열지 않았다. 자신이 좋아하던 우스꽝스러운 빨강 망토를 두 번 다시 입지 않았고, 웃기는 노래도 부르지 않게 되었다. 그날 이후로 지금까지 나는 모지가 웃는 모습을 보지 못했다. 두 번째 자살 시도와 세 번째 이혼을 겪은 뒤로 모지는 부모님 댁에 들어가 살고 있다. 그리고 부모님 집이든 어떤 건물이든 지하실에는 절대로 들어가지 않는다. 지하라는 공간에는 발도 들이지 않으려 한다.

동생의 핏속에 들어찬 독을 정화해주고 싶은 마음에, 나는 모지를 데리고 몬태나 주로 낚시 여행을 떠났다. 하지만 여행하는 내내 모지는 그저 낚시만 했다. 어느 날 밤에는 텐트 안에서 우는 소리가 들렸다. 나는 동생이 난처해할까 봐 알은척도 못 하고 밖에서 하릴없이 서성이기만 했다. 늘 그러듯 모닥불의 불길을 멍하니 바라보면서, 손톱을 깨물면서, 어떻게 할지 몰라 갈팡질팡하면서. 저 텐트의 지퍼가 열리고 모지가 나와주기를, 나를 보고 말을 걸어주기를 얼마나 바랐는지 모른다. 마음 같아서는 텐트 안으로 들어가서 모지를 안아주고 싶었다. 그를 괴롭히는 나쁜 기억을 다 쫓아내주고 싶었다. 하지만 모지는 끝내 텐트에서 나오지 않았다.

모지가 슬리퍼 바람으로 어기적거리며 방에 들어가는 뒷모습을 볼 때마다 나는 억장이 무너지는 것 같다. 동생의 뒤를 따라다니는 광대한 공허가 그의 에너지를 모조리 빨아들이는 것 같다. 밤에 잠을 제대로 못 자서 눈 밑엔 시커먼 그늘이 졌고, 눈꺼풀은 늘 축 처져 있다.

그래서 내가 사냥에 나선 것이다. 아이들을 유괴하는 악마들을, 그 파렴치하고 무가치한 인간쓰레기들을, 살아 있을 자격도 없는 고깃덩어리들을 사냥하는 일 말이다.

부모님은 새로운 목표를 세웠다. 두 번 다시는 자식들을 유괴범에게 빼앗기지 않겠다는 맹목적인 희망과 책임감을 모조리 내게 쏟아부은 것이다. 부모님은 나를 사격장으로 끌고 갔고, 양궁도 배우라고 다그쳤으며, 내가 꼭 수사관이 되어야 한다고 잠든 내 귓가에 속삭이곤 했다. 당신들의 바람을 내가 대신 이루어주기를 기대하면서 부모님은 나름의 방식으로 공포에 대처했던 셈이다. 나는 타고난 시력을 갈고닦은 덕분에 양궁 분야에서 지역 신기록을 세운 명사수가 되었다. 첫 번째 화살로는 과녁 정중앙을 맞히고, 두 번째 화살로는 먼젓번 화살을 꿰뚫을 수 있을 정도의 실력이었다.

그러니까, 요점은 이거다. 나는 무엇이든 쏘아 맞힐 수 있다. 백발백중이다.

FBI에서는 나를 저격수 프로그램에 넣으려고 했지만, 나는 아동유괴 사건만 맡고 싶다고 우겼다. 그 분야가 내 정신건강에 악영향을 끼치리라는 것이 심리검사 결과에 다 나왔을 텐데도 상부에서는 결국 내 고집을 들어주었고, 파트너로 롤라를 붙여주었다. 그녀를 처음 만났을 때는 파트너가 아니라 골칫거리로 보였다. 하지만 내가 최고의 파트너를 만났다는 사실을 알게 되기까지 그리 오랜 시간이 걸리지 않았다.

그리하여 롤라와 나는 F-150 트럭을 빌려 타고 인디애나의 평야를 달렸다. 청각이 둔해진 만큼 시각이 예리해진 나는 이날 안으로 누군가를 쏘아 맞힐 각오가 되어 있었다. 아이를 납치하고 내 수사망을 조롱하는 범죄가 발생할 때마다 나는 모지가 납치당하고, 모지가 공포에 시달리고, 모지가 웃음을 잃어버리는 것처럼 느꼈다. 동생에게 벌어진 비극이 몇 번이고 반복되는 것 같았다. 그 유괴범들 한 놈 한 놈에게 끔찍한 고통과 견딜 수 없는 치욕을 안겨주고 싶었다.

롤라는 트럭 주인이 일러준 대로 교차로에서 차를 꺾었다. 군데군데 포장이 덜 된 도로가 이어졌고, 사계절용 타이어들이 돌멩이들 위를 덜그럭덜그럭 굴렀다. 손질되지 않은 늙고 거친 사과나무들이 길 양옆에 늘어섰고 그 너머로는 젖소들이 풀을 뜯는 목초지가 끝없이 펼쳐져 있었다. 이 시골 학교가 한창 운영되던 시절에는 가을 학기가 시작될 때마다 학생들이 고즈넉한 풍경을 만끽했으리라. 하지만 지금은 잔뜩 찌푸린 하늘 아래 방치된 을씨년스러운 건물만 남아 있었다. 빗줄기조차도 이렇게 황량한 곳에는 굳이 떨어지고 싶지 않은 듯 그쳐버렸다. 학교 밖도, 안도 모두 암흑에 휩싸여 있었다.

20

33일차

브래드의 폭스바겐 안에서 나는 궁극적인 도구 한 가지를 갖고 있었다. 42번 도구, 브래드의 권총. 하지만 그의 피투성이 손에서 권총을 빼앗을 방법이 없다는 게 문제였다. 게다가 지금 내 안구는 부르르 떨리면서 눈구멍 뒤쪽으로 돌아가고 있었다. 어쩌다 가끔씩, 내 비대한 대뇌피질에 과부하가 걸리면 일어나는 증상이었다. 이럴 때면 나는 일종의 무아지경 상태에 빠져 머리가 가뿐해지면서 분주하게 휙휙 돌아가는 느낌이 든다. 굉장히 기분이 좋다. 훌륭한 와인을 마시고 취기가 올랐는데, 사고는 흐리멍덩해지지 않고 오히려 선명해지는 듯한 느낌이다. 꽤 중독적이기까지 하지만, 이 증상은 내 마음대로 불러일으킬 수 없다. 그저 그 느낌이 나를 덮쳐올 때까지 기다려야 한다.

브래드의 주의를 왼쪽으로 돌릴 수만 있다면 모든 게 간단해질 터였다. 그가 왼쪽으로 고개를 돌리면 그의 오른팔이, 즉 내게 가까이 있고 총을 쥔 팔이 뒤로 돌아가면서 근육이 느슨히 풀어질 것이다. 그 찰나에 내가 그의 오른 어깨를 확 밀치면, 팔꿈치가 좌석 등받이에 밀착되면서 팔뚝과 손아귀의 힘이 풀리게 된다. 기습 공격이니 더더욱 효과가 좋을 것이다. 그때 나는 다른 쪽 손으로 그의 총을 낚아채면 된다. 그가 딱 일 초만 왼쪽을 돌아본다면 가능한 일이었다.

하지만 무슨 수로 그의 주의를 돌리나?

여기는 숲 한가운데였다. 한때는 광차鑛車가 지나다녔을 길의 끝자락에서 우리는 오도 가도 못 하고 발이 묶였다.

찔끔찔끔 비가 내렸다. 어렸을 적 총격 사건 때 들었던 총소리하고는 비할 수도 없는 잔잔한 빗소리만이 단조롭게 창밖을 흐르고 있었다.

나무들 사이로 다람쥐나 새가 뛰어갈 수도 있을 것이다. 하지만 그런 걸로는 브래드의 주의를 완전히 돌릴 수 없었다. 이 차 바깥에서 내가 활용할 수 있는 도구는 없었다.

내가 "어, 저기 북극곰이다!"라고 말하면 이 멍청한 사이코패스가 그쪽으로 고개를 돌릴 수도 있겠지만, 그에 앞서 일단은 나를 의심할 테고, 아주 잠깐이라도 의심하는 순간 그는 손아귀에 힘을 줄 터였다. 그래서는 곤란했다. 브래드를 확실히 제압하려면 정말로 뜻밖의 일이 일어나 그의 몸과 마음을 모두 사로잡아야 했다. 정신적 충격과 근육의 이완. 내게 필요한 건 이 두 가지였다.

바깥의 숲을 아무리 둘러봐도 도움이 될 만한 것은 없었으므로 나는 다른 전략을 짜려고 머리를 굴렸다. 선택지들을 떠올리고, 머릿속의 도표에 점을 찍고 연결하고, 계산하는 과정에서 내 눈은 계속 경련을 일으켰다. 나는 안구를 이리저리 굴리면서 차 안에 어떤 도구들이 있는지 생각했다. 그러자 브래드가 나를 조롱했다.

"미친년, 너 아주 머리가 돌아버렸구나. 네 꼴 좀 봐." 그가 얼굴을 찡그리며 넌더리를 냈다.

'뒷좌석 바닥에 드라이버 하나가 떨어져 있군. 내 왼손에서 왼편

으로 60센티미터 거리에 있어. 43번 도구, 드라이버.'

"눈 좀 똑바로 뜨라고!" 브래드가 윽박질렀다.

'변속기 옆에 강력 접착테이프, 44번 도구.'

'내 오른발 옆에 떨어진 펜 한 자루, 45번 도구…….'

'브래드의 목에 매인 넥타이, 46번 도구.'

'수납함 안에 든 휴대폰, 47번 도구.'

"흑표범아, 너 나를 겁주는구나. 어디 한번 해보렴, 하하하."

나는 계속 눈을 깜빡거렸다. 사실 경련 증상은 점점 잦아들고 있었지만, 그래도 일부러 눈을 움직여서 경련하는 척했다. 내가 미친 짓을 하면 브래드가 방심할 수도 있을 것 같아서였다. 그의 주의가 아까보다는 산만해진 듯 보였다. 총을 꽉 쥐어서 팽팽하게 당겨졌던 손마디에 다시 주름이 지는 걸 보니, 손아귀가 약간 느슨해진 게 분명했다.

그리고…….

내가 드라이버를 집어볼까 하던 차에, 정말 놀랍게도, 하늘에서 내린 선물 같은 일이 닥쳤다. 그때 내가 감정을 텅 비우고 만반의 준비를 갖추고 있지 않았더라면 놀라서 굳어버렸을 것이다.

"꼼짝 말고 손들어!" 차 밖에서 어떤 남자가 외쳤다.

브래드는 목소리가 난 쪽으로, 즉 정확히 내가 원했던 방향으로 고개를 돌렸다. 나는 밖에서 무슨 소리가 났건 눈을 들지도 않았다. 브래드가 움직인 것과 동시에 나는 그의 오른쪽 어깨를 좌석 등받이로 밀어붙였고, 그의 팔꿈치가 밀려나면서 손아귀가 벌어진 순간 나는 총을 낚아챘다.

그러고 나서 고개를 들어보니, 창밖에서 동양인과 백인의 혼혈인 남자 한 명이 두 다리를 A자로 뻗고 서서 브래드에게 총을 겨누고 있었다. 그의 회색 정장 차림만 봐도 FBI 요원임이 분명했다.

차 뒤에서도 한 여자가 총을 겨누고 있었다. 짧은 머리에 남자처럼 투박한 코가 두드러졌고, 우람한 몸집에 회색 바지와 흰 셔츠를 입었다. 그녀도 FBI 요원인 듯했다. 그 옆에는 한 노인이 라이플을 들고 있었는데, 그는 요원이라기보다는 농사꾼처럼 보였다.

"당장 차에서 내려, 이 씹새끼야." 여자가 명령했다.

"롤라, 가만있어, 내가 처리할게. 보이드, 거기 계세요. 네, 좋아요." 남자 요원이 말했다. 상황에 비해 지나치게 차분한 말투였다. 그러고 나서 눈을 가늘게 뜨고 총을 조준했는데, 그 순간 내게 윙크한 것 같았다. 나를 위해 살인할 수 있어서 기쁘다는 듯이.

그는 브래드를 해칠 작정이었다.

나는 그 남자가 마음에 들었다.

나는 내가 아직 안전벨트를 풀지도 않았다는 걸 깜빡하고 차에서 내리려고 몸을 꿈지럭거렸다. 그때 브래드가 미친 짓을 했다. 설마 그렇게까지 미친 짓은 안 할 거라고 생각했는데 그는 내 예상을 뛰어넘었다. 내가 차에서 내릴 새도 없이 액셀러레이터를 밟은 것이다. 남은 도로가 얼마 없는데도, 그는 엄청난 속력으로 차를 몰면서 급히 왼쪽으로 꺾었다. 차는 나무들을 아슬아슬하게 스치면서 길 밖으로 벗어나 채석장 가장자리의 화강암 기슭으로 내달렸다.

차가 물에 빠졌다.

나는 손에서 총을 놓쳐버렸다.

21

로저 리우 특별수사관

우리가 '애플트리 기술학교'라는 낡은 팻말이 걸린 건물 앞에 도착하자마자 폐교의 출입문들 중 한 곳에서 보이드가 튀어나왔다. 그는 어깨에 라이플총을 멘 채 우리에게 얼른 차에서 내리라고 손짓했다. 그때쯤 내 청각은 슬슬 되돌아오고 있었다. 귀를 울리는 소음이 커지다 작아지다 하는 통에 성가셨지만, 보이드의 말소리는 토막토막 알아들을 수 있었다.

"범인이 채석장 쪽으로 간 것 같소. 보비 형님이 그쪽에 막 다녀왔는데, 놈이 여자애를 데리고 그 방향의 비포장도로에 숨어 있다고 합디다. 형님은 다른 여자애를 데리고 방금 병원으로 갔고요. 병원에 간 애는 이름이 도로시라고 했소. 우리가 잘한 거요, 리우 선생?"

"네. 잘하셨어요. 채석장이 어느 쪽이죠?"

"이쪽으로 따라오시오. 내가 같이 가겠소."

규정대로라면 나는 보이드에게 폐교 근처에 머물러 있으라고, 인근의 경찰을 불러 도움을 요청하라고 지시했어야 했다. 그의 총을 압수하고 채석장이 어느 방향인지만 알려달라고 부탁했어야 했다.

규정 따윈 엿이나 먹으라지. 롤라와 내겐 지원군이 필요했다. 그리고 다른 경찰을 불러올 시간 따윈 없었다.

알고 보니 보이드는 빼어난 사냥꾼이었다. 평생 사냥을 해왔으며 인디애나 주 사냥 대회에서 총알 한 발만으로 가장 큰 수사슴을 잡아서 상도 받았다고 했다. 그러니 낙엽 위를 조용히 걷는 요령쯤은 터득하고 있었다. 보이드가 숲속을 가로지르는 프레드 아스테어*처럼 까치발로 살금살금 걷는 모습은 사뭇 귀여워 보이기까지 했다. 롤라와 나 역시 FBI에서 훈련받은 대로 우리의 기척을 숨기고 범인의 발자취를 추적하면서 걸어갔다. 하지만 솔직히 나는 귀가 먹통이 돼서 우리가 얼마나 조용히 걷고 있는지 가늠할 수가 없었다. 쏴쏴 하는 바람 소리 사이로, 롤라가 내 귀에 속닥거리는 소리가 토막토막 들려왔다.

"리우…… 저기…… 기름 냄새…… 엔진…… 차…… 나 봐."

내겐 자동차 휘발유 냄새 같은 건 전혀 느껴지지 않았다. 그저 젖은 잎사귀와 나무껍질과 알싸한 흙냄새 등, 숲속에 들어오면 누구나 맡을 수 있는 냄새뿐이었다. 하지만 냄새의 전문가인 롤라가 하는 말이니 믿을 따름이었다.

보이드도 고개를 끄덕여 동의를 표했다. 그가 가려던 곳도 롤라가 감지한 방향과 같았다.

아니나 다를까, 이윽고 저 앞에 서 있는 폭스바겐 한 대가 보였다. 배기관에서 뿜어져나오는 연기가 차가운 공기 속에 부서지고 있었다.

나는 천천히 운전석 쪽으로 접근했다. 조수석에 앉은 소녀의 얼

* 20세기 미국을 대표하는 무용가이자 뮤지컬 배우.

굴이 바로 코앞에 있는 것처럼 선명하게 보였다. 내가 리사 일랜드의 서류를 검토하면서 봤던 학교 졸업사진과 정확히 같은 얼굴이었다. 비록 그 서류는 엉뚱한 팀에게 넘어가고 말았지만. 그런데 그녀는 최면에 빠진 사람처럼 눈을 격하게 깜빡거리고 있었고, 우리가 쫓던 용의자 '딩동'인 듯 보이는 남자는 나를 등지고 리사 쪽을 면한 채, 그녀의 얼굴에 대고 뭐라고 윽박지르고 있었다. 희한한 광경이었다. 납치범과 그 피해자가 숲 한가운데서 차 안에 마주 앉아 서로를 노려보는 모습이라니.

나는 그에게 손을 들라고 외쳤다.

곧이어 롤라가 뭐라고 명령하는 소리가 들렸다. "씹새끼야"라고 하는 소리밖에 안 들렸다.

남자가 나를 돌아본 순간, 리사가 눈을 깜빡이던 걸 멈추더니 남자의 어깨를 밀치고 그의 총을 빼앗았다.

'방금 쟤가 무슨 짓을 한 거야?' 나는 어안이 벙벙해졌다. 십 대 아이가 저런 행동을 하다니 믿어지지가 않았다. 하지만 그들과 나 사이의 거리가 겨우 10미터인 상황에서 내 눈이 나를 속였을 리 없었다. 나는 그 차 안에 같이 있는 것처럼 똑똑히 그녀의 몸놀림을 목격했다. 기억을 슬로모션으로 돌이켜보아도 확실했다. '리사가 놈의 총을 빼앗았어.'

그래도 나는 내 총을 내리지 않았다.

그때 내 안에서 무언가 변화가 일어났던 것 같다. 전에 없이 차분해지는 기분이었다. 아니, 사실 아무런 기분도 들지 않는 것에 가까웠고, 그래서 안심이 되었다. 어쩌면 내 안의 고질적인 가려움증을 다시금 해소할 수 있다는 기대감에서 오는 심리였는지도 모른다. 내가 증오하는 끔찍한 인간 부류에게 또다시 복수할 수 있다는 기대감. 이제 내겐 지원군도 많았다. 롤라와 보이드뿐만 아니라 피해자조차 내 동료였다. 리사가 특별한 재능이 있으며 감정 결핍 문제로 어려움을 겪고 있다는 것을 나는 그녀의 서류를 통해 알고 있었다. 과연, 적의 총을 빼앗는 그녀의 표정은 지극히 침착해 보였다.

심지어 실쭉 웃음기를 띠기까지 했다. 우쭐해하는 눈치였다.

실로 꼬마 악마 같았다.

그런데 내가 왜 총을 쏘지 않았느냐고? 그냥 납치범의 머리통을 깨버리지 그랬느냐고? 그래, 그랬다면 모든 게 훨씬 일찍 끝났을 것이다. 그때 내 위치에서 총을 쏘려면 놈을 죽이는 수밖에 없었다. 놈은 가뜩이나 낮은 폭스바겐 좌석에 앉아서 아주 낮은 자세로 웅크리고 있었고, 차창 위로 머리통만 빼끔 드러나 있었다. 머리를 쏴버렸다면 확실히 끝장이 났을 것이다. 그를 죽이는 게 망설여지지는 않았다. 그건 문제가 아니었다. 문제는, 내가 그렇게 해버리면 놈에게 충분히 고통을 줄 수가 없다는 점이었다. 나는 놈이 비참하고 끔찍한 여생을 보내길 원했다. 독방에 처박혀도 좋고, 주립 교도소의 일반 죄수들 사이에 섞인다면 더더욱 좋을 터였다. 나는 FBI 요원으로서 연방 법무부의 임무를 수행하는 입장이었지만, 내가 배후에서 힘을 좀 쓰면 놈의 사건을 은쟁반에 올려서 특별 취급을 받게 해줄 수 있었다. 재원이 부족한 인디애나 주립 교도소는 저 인간쓰레기에게 맞춤할 것이고, 그가 아동 대상 범죄자라는 사실이 동료 수감자들에게 알려진다면 그의 교도소 생활은 더더욱 고역스러워질 것이다. 아니, 내가 반드시 알려지게 할 작정이었다. 아무렴, 그러고말고. 롤라도 그러고 싶어할 것이다. 다만 그러기 전에 롤라도 그에게 은밀히 볼일이 있을 테고, 나는 그녀가 나름의 분풀이를 할 수 있도록 모른 척해줄 터였다.

롤라는 또 왜 그러냐고? 그야 롤라도 자기만의 사연이 있지 않겠는가. 정 궁금하다면 당신이 직접 그녀의 과거를 캐보라. 쉽지 않을 것이다. 나만 해도 그녀가 어렸을 적 양부모에게 시달리며 자랐다는 정도의 막연한 이야기밖엔 듣지 못했다. 그렇게 오랜 세월을 함께 일했어도 롤라의 배경에 대해 내가 아는 건 그게 전부이다. 하지만 당신이 더 알아보고 싶다면야, 말리진 않겠다.

그때 놈에게 총을 쐈어야 했다. 딱 이 초만 더 있었더라면 그렇게 했을 것이다. 아무렴, 그랬을 것이다. 사랑하는 샌드라의 속삭임을, 단지 그녀의 기억을 떠올리기만 했어도 나는 내가 무슨 생각 때문에 판단이 흐려졌는지를 깨닫고 정신을 가다듬었다. 하지만 그럴 새도 없이 놈은 내 눈앞에서 튀어버렸다. 차가 앞으로 돌진했고, 무슨 꿍꿍이인지 몰라도 몸을 내밀고 있던 리사는 좌석 등받이에 도로 널브러졌다. 그녀가 아직 살아 있다는 데 안도했던 나는 폭스바겐이 나무들 사이를 헤치고 절벽 너머로 떨어진 순간 그만 공포에 사로잡혀 머리가 텅 비어버렸다.

보이드가 우리를 꼬불꼬불한 숲길로 안내했다. 우리는 아무 말 없이 차가운 숲 그늘 아래를 걸었다. 회색 하늘은 아까보다 더 칙칙해졌고, 구름들 사이로 군데군데 드러났던 푸른빛은 이제 검은색으로 변했다.

이윽고 탁 트인 공터에 이르자, 원을 그리며 쌓여 있는 화강암 석판들과 그 한가운데에 패인 호수가 모습을 드러냈다. 그 광경을 본 순간 나는 이제까지의 경험을 통해 직감할 수밖에 없었다. 이곳에서 보이드가 우리에게 무엇을 보여줄지는 몰라도, 리사가 살아 있을 희망은 깡그리 사라지리라는 것을. 롤라가 미친 듯이 호수 기슭으로 뛰어가면서 손짓했다. 목에 힘줄이 곤두선 걸 보니 뭐라고 악을 쓰는 듯했지만 나는 알아들을 수 없었다. 그런데 귀를 울리던 바람 소리 같은 이명이 갑자기 멎더니 호수 쪽에서 콸콸거리는 물소리가 들렸다. 나는 롤라와 보이드를 따라 기슭으로 달렸다. 시커먼 수면 위로 폭스바겐의 후미등이 비쭉 솟아 있었다. 물살이 화강암 절벽에 철썩철썩 부딪혔지만 기묘하게도 물의 흐름은 빠르지도, 거세지도 않았다. 물이 아니라 시럽이 들어차 있는 것처럼 보였다.

롤라와 나는 신발을 걷어차서 벗고, 뛰어들기에 적당해 보이는 물가를 찾아 주위를 살폈다.

"아니, 두 분 다 멈추시오. 무작정 뛰어들지 말아요." 보이드가 우리를 말렸다.

"무슨 소릴 하는 거요, 닭장수 양반?" 롤라가 이맛살을 찌푸린 채 보이드에게 총을 겨눴다. 나도 마찬가지였다. 롤라도, 나도 사람을 잘 믿지 않았다. 우리가 움직이는 데는 많은 이유가 필요치 않았다.

보이드가 라이플을 바닥에 내려놓고 두 손을 들었다. 우리의 닭장수가 여전히 좋은 사람이고, 내 감각이 온전하다는 사실에 안심한 나는 총을 내렸다.

"자, 자, 진정들 하세요. 난 그냥 조심하라는 뜻입니다." 그가 다급히 말했다. "여긴 사십 년 전에 버려진 채석장이오. 원래는 학교가 있었던 곳이지요. 우리 아버지와 큰아버지가 여기로 사냥을 나오곤 했는데, 저 물속에 오래된 차들이 버려져 있다고 했소. 고철 쓰레기들 말이오. 이런 데서 다이빙을 하다가는 큰일 나요. 고철에 발이 걸려서 익사할지도 모른다, 이 말이오."

이제 이해가 되는가? 만약 우리가 규정을 곧이곧대로 지켰다면 나도 롤라도 거기서 죽었을지도 모른다. 현지의 시민을 믿고 의지하면 때로는 정말로 큰 도움이 된다. 그러니 FBI의 윗사람들에게 이야기 좀 해주시길. 어쩔 땐 규칙에서 벗어날 필요도 있다고, 빌어먹을 근무 수칙은 융통성 있게 적용해야 한다고, 고도로 발달된 본능과 직감이 우선이어야 한다고. 그들을 한번 설득해보라. 그런 다음 롤라와 내게 돌아와서 이야기해달라. 씨알도 안 먹히겠지만.

지금 샌드라가 내 곁에 있다면, 그녀는 눈을 가늘게 뜨고 턱을 살짝 당겨서 부드럽게 경고의 눈짓을 보냈을지도 모르겠다. 장미향 로션을 바른 손을 내 팔에 얹고서 진정시켜주었을 것이다. 내가 너무 흥분했다고, 그때의 기억을 세세히 털어놓다 보니 평정을 잃고 있다고. 그 말이 맞을 것이다. 그녀의 말은 보통 맞으니까. 그때 채석장에서도, 나는 내 주위에 희극적인 요소가 단 한 가지라도 있는지 찾아보려 애쓰고 있었다. 하지만 그 상황을 희극처럼 여유 있게 받아들이려 하는 것이 과연 옳은가 하는 생각이 들었다. 나는 그저 샌드라가 나를 구해주기를 간절히 원하는 것일지도 몰랐다. 그녀에게서 너무나 멀리 떨어진 채, 이 춥고 어두운 곳에서, 익사하는 소녀와 그녀의 배 속 아기를 구해야 한다는 현실이 너무나 막막해서. 내가 원하는 건 모두의 안전이었다. 리사가 자신의 아기를 구하기를, 내가 리사를 구하기를, 샌드라가 나를 구해주기를 바랐다. 하지만 샌드라는 여기에 없었다. 내가 지옥으로 걸어 들어갈 때 샌드라가 곁에 있었던 적은 한 번도 없었다.

나는 조심스럽게, 그러나 최대한 빨리 물가로 발을 뻗었다. 그때였다. 호수 맞은편의 암벽에 묶여 있는 밧줄이 눈에 들어온 것은.

22
33일차

나는 안전벨트를 메고 있었다. 브래드는 아니었다. 차가 물로 비스듬히 떨어질 때 나는 우리의 하강 각도가 대략 10도를 그릴 거라 계산했다. 다행히도 이쪽 절벽은 그나마 낮았다. 건너편의 절벽은 수면에서부터 꼭대기까지의 높이가 9미터나 돼서, 만약 그쪽에서 떨어졌다면 살아남기가 어려웠을 것이다. 여기는 겨우 1미터 정도이니 사실상 선착장 같은 데서 떨어진 것이나 다름없었다. 그럼에도 속도는 꽤 빨랐기 때문에 차가 수면을 뚫고 들어가는 힘은 거셌다.

겨우 며칠 전에, (이제는 죽고 없는) 간수로부터 채석장 호수의 수심이 가장 깊은 곳은 12미터쯤 된다고 들은 바 있었다. 그래서 나는 차가 물속 깊이, 오랫동안 가라앉으리라고 예상하고 마음을 단단히 먹었다. 그런데 의외로 차는 거의 물에 빠지자마자 보닛부터 밑바닥에 처박혀 멈춰버렸다. 이 정도 깊이라면 기껏해야 3미터쯤 될 것 같았다. 별로 걱정할 상황은 아니었다. 그래도 방심하지는 않기로 마음먹었다. 사람은 5센티미터 깊이의 물에서도 익사할 수 있다고 하니까. 내 감방에 죽어 있는 남자가 바로 그 증거였다.

차의 뒷부분이 마저 물속으로 잠겨들면서 차체가 밑바닥에 평평하게 내려앉았다. 여기는 호수 속의 절벽인 것 같았다. 바닥에 침전되어 있던 흙과 이물질이 온통 피어올라서 물속이 탁하긴 했지만, 우리 앞쪽의 물은 색깔이 밝은 반면 그 밑으로 내려갈수록 점점 시커멨다. 여기에서 조금만 더 나아가면 수심이 확 깊어지는 낭떠러지가 펼쳐진다는 뜻이었다.

게다가 저 앞의 수면 부근에 무엇인가가 밧줄에 묶인 채 떠 있었고, 그 밧줄은 우리 차가 서 있는 지면보다 더 아래쪽으로 뻗어 있었다. 시야가 흐려서 잘 보이진 않았지만 그 밧줄에 무엇이 묶여 있는지는 뻔했다.

한편 브래드는 운전대 위에 엎어져 있었다. 머리를 부딪혔는지, 아니면 자신의 멍청함에 충격을 받아서인지는 몰라도 아무튼 기절한 것 같았다. 허우적거리며 난리 치지 않아줘서 나야 고마울 따름이었다. 48번 도구, 브래드의 의식불명 상태.

차 안으로 물이 들어오기 시작했다. 문틈이며 창문 틈새로 졸졸 새어드는 물이 내 나이키 운동화와 정강이까지 차오르더니, 점점 더 차올라 마침내 허리까지 잠겼다. 그러는 동안 물속의 침전물들이 가라앉으면서 시야는 차츰 맑아져갔다. 이 호수의 빠른 회복력에 감탄하지 않을 수 없었다. 시커멓고 거대한 배 속으로 사람 시체나 철 덩어리를 꾸역꾸역 집어삼키는 괴물 같았다. "꿀꺽" 소리까지 들릴 것만 같았다.

호수 밑바닥은 말 그대로 쓰레기장이었다. 휜 철봉, 거꾸로 뒤집힌 어린이용 트랙터, 양동이, 벽돌, 사슬 등이 널려 있고, 저 깊은 어딘가에 처박힌 철사 울타리가 차 앞으로 솟아올라 절벽까지 뻗어 있었다. 악마의 입에서 뻗어나온 기다랗고 구불구불한 혓바닥 같았다.

물은 앙다문 잇새로 새어드는 계속 액체처럼 흘러들어왔다. 이제는 내 커다란 배도, 그 안의 아기도 물에 잠겼다. 나는 가만히 앉아만 있었다.

저편의 밧줄에 매달린 물체의 윤곽이 점점 선명해졌다. 여전히 흐릿하긴 했지만, 웨이크보드에 묶인 소녀의 시체라는 건 충분히 알아볼 수 있었다. 시체는 수중 무덤 속에 둥둥 뜬 채로 조금씩 흔들거렸고, 머리카락이 물결을 타고 천천히 흐느적거렸다. 서부 지역 한복판, 더는 차가 다니지 않는 외딴곳에 버려진 자동차 대리점 상공에 생뚱맞게 떠 있는 홍보용 풍선을 같았다. 다 쪼그라든 채로 독수리들에게 쪼일 날만을 기다리는 풍선.

그때 차 밖에서 누군가가 내 좌석의 창문을 두들겼다. 아까 그 FBI 남자 요원이었다. 그가 손바닥으로 유리창을 탕탕 치는 소리에 학교 총격 사건 때의 총소리가 다시 떠올랐다. 탕탕거리던 총성, 아이들의 비명, 총알이 교실 곳곳을 날아다니고 부딪히는 소음.

분노의 스위치가 켜지려 했다. 나는 끈질기게 스위치를 꺼둔 채 버티려 안간힘을 썼다. 이대로 가만히 앉아 있어야 했다. 나는 주먹 쥔 손을 다른 한 손으로 꽉 거머쥐고, 차창 쪽으로 고개를 돌렸다. 요원은 여전히 차창을 두들기고 문손잡이를 잡아당기며 아등바등하고 있었다. 하지만 물의 저항 때문에 몸놀림은 점점 더뎌져 갔다. 아무리 애를 써봤자 소용없는 게 당연했다.

물이 목까지 차올랐지만, 머리가 아직 공기 중에 있으니 말은 할 수 있었다. 나는 유리창 위에 손을 반듯이 얹고 그에게 고함쳤다.

"먼저 차 안에 물이 다 차야 해요. 그래야 안과 밖의 압력이 같아져서 문이 열리죠! 진정해요!"

'고등학교 물리 시간에 다들 뭘 배우는 거야, 대체?'

물이 내 정수리 부근까지 올라왔다. 나는 안전벨트를 끄르고, 운전석 시동 장치에 꽂힌 브래드의 열쇠꾸러미를 뽑아 들었다. 그때까지도 요원은 미련하게 문을 두들겨대고 있었다. 학교에 들이닥쳤던 총기 난사범처럼 꼴사나운 모습이었다.

'이 소리가 평생 나를 쫓아다니려나? 나는 앞으로도 영원히 그 사건을 되새기면서 살아야 하는 건가? 이 지긋지긋한 소리를 멈추려면 누굴 잡아야 하나? 이 소리로 누굴 괴롭힐 수 있을까?'

나는 요원에게 눈길을 던지곤 손짓했다. "뭐 해요? 얼른 열지 않고?"라는 의미의 제스처였다.

그러자 요원은 문손잡이를 잡아당겼다. 문이 열렸다.

나는 3미터 위의 수면으로 헤엄쳐 올라갔다.

23

로저 리우 특별수사관

나는 리사를 뒤따라 수면으로 올라갔다. 리사는 무사히 호수 밖으로 빠져나가 롤라에게 안겨 있었다. 그녀의 안전을 확인한 나는 다시 폭스바겐 운전석 옆으로 헤엄쳐 내려가서 남자를 차 밖으로 끌어냈다. 마음 같아서는 거기 그대로 수장시키고 싶었지만. 내가 남자를 수면 위로 밀어 올리자, 보이드가 그의 겨드랑이를 붙잡고 기슭으로 건져낸 다음 인공호흡을 해주었다. 양계업자가 인공호흡법을 어떻게 아는지는 모르겠지만, 나는 마음대로 하라고 내버려 두었다. 그 써늘한 생선 같은 놈에게 입을 댈 정도로 비위가 좋은 사람은 우리 중에서 보이드뿐이었다.

남자는 의식을 되찾고 쿨럭거리며 기침하더니, 바위 위에 나뒹굴며 마구 비명을 질러댔다. 그러자 롤라가 저벅저벅 걸어가 그의 허벅지를 걷어찼다. 나는 리사 옆에 붙어 서서 가쁜 숨을 고르고 있었다.

"물에 빠져 죽지 못한 걸 후회하게 될 거다, 개자식아. 당장 아가리 닥쳐. 이빨 다 뽑아버리기 전에 닥치라고." 롤라가 윽박지르고 보이드를 돌아보았다. "어이, 닭장수 양반, 이 인간 손 좀 붙들고 있어주쇼."

"그자의 이름은 브래드예요." 리사가 소리쳤다. 침착한 어조였지만 혐오감이 가득 실려 있었다. '브래드'가 그 자체로 추잡하고 우스꽝스러운 이름이라는 듯이.

"당신은 묵비권을 행사할 권리가 있으며……." 나는 단조로운 말투로 빠르게 미란다 원칙을 읊었다. 그가 누릴 자격이 없는 권리들을 알려주는 게 몹시 아니꼽다는 티를 팍팍 내면서. 롤라는 곧 죽어도 미란다 원칙 고지를 안 하려고 하니 내가 하는 수밖에 없었다. 그러는 동안 롤라는 거칠게 브래드에게 수갑을 채웠고, 그가 자꾸 숨을 헐떡이면서 징징대고 울부짖자 롤라는 자기 블라우스 자락을 찢어서 그걸로 브래드의 입에 재갈을 물려버렸다. 팽팽하게 당겨진 천으로 가로막힌 입에서는 이제 신음만 새어 나왔다.

보이드가 뒤로 물러나서 브래드를 향해 라이플을 겨누었다.

"아, 이런. 닭장수 양반, 그만둬요. 마음은 알겠지만 지금은 쏘면 안 돼요." 롤라가 한층 부드러워진 태도로 말했다.

"걱정 마시오. 안 쏠 거요. 저 자식이 도망치지만 않으면 쏠 일이 뭐 있겠소? 그런데 만약 도망치면, 흠, 그러면 우리 집 벽에 걸어둘 머리 박제가 하나 더 늘어나겠지요." 보이드는 줄곧 브래드에게 시선을 고정한 채 말했다. "어이, 거기 꼬맹아, 너 여기 이분들 덕분에 살았다 싶지? 그래, 이거 하나는 알아둬라. 나는 총알 딱 한 발로 사냥감을 잡는 재주로 우리 주에서 신기록도 세웠단다. 어허, 정말이라니까. 그래서 사실 난 네가 도망쳐줬으면 좋겠다. 어디 한번 해봐. 도망쳐보란 말이야. 토끼처럼 뛰어보라고!"

롤라가 보이드를 향해 비죽 웃었다. 나도 미소가 나왔다. 이제 보이드는 확실히 우리 일원이었다.

리사는 밧줄이 묶여 있는 쪽 절벽 앞에 팔짱을 끼고 서서 한쪽 입꼬리를 슬며시 당기고 있었다. 그녀도 웃고 있었던 것이다. 그렇게 우리 네 사람은 일종의 자경단을 이루었다. 나와 롤라의 수사관 신분증이 있으니 순전한 민간 무법 단체는 아니었지만. 나는 범인이 보이드에게서 밴을 산 다음 하필이면 보이드의 친척이 소유한 땅에 그 밴을 댔다는 게 얼마나 공교로운 일인가 생각했다. 누가 들으면 충분히 의심스러워할 만한, 혹은 아예 믿지 못할 우연의 일치였다. 하지만 '후저 주' 번호판을 목격한 여자도 전날 밤에 하필이면 영화 〈후저〉를 봤다고 하지 않았던가. '절묘한 우연의 일치'라는 표현도 덧붙이면서. 그래, 정말이지 절묘한 우연의 일치였다. 이제 와서 생각해보니 그녀가 이 사건의 수사 과정 전체를 암시하는 실마리나 예고를 던져줬던 것만 같았다.

나는 리사를 향해 걸어갔다. 온몸이 쫄딱 젖은 리사는 추위에 떨고 있었다. 나도 어깨를 움츠리고 두 다리를 번갈아 흔들면서 추위를 녹였다. 그러자 젖은 스펀지를 짜낸 것처럼 몸에서 물이 잔뜩 흘러나왔다. 회색 정장이 척척히 들러붙어서 팔꿈치를 움직일 때마다 소매가 걸리적거렸다. 보온병에 담긴 뜨거운 커피 한 잔이 간절했다. 이런 때에는 사소한 일상의 위안거리도 비현실적인 사치가 된다. 커피를 마시고 싶어하다니, 숲에서 유니콘이 튀어나와 우리를 사탕 나라로 데려가주기를 바라는 것이나 마찬가지였다.

리사는 자기 배를 부둥키고 손으로 쓰다듬고 있었다. 배 속의 아기를 따뜻하게 해주려는 듯했다. 보통 피해자들은 구출되는 즉시 현장에서 벗어나고 싶어하는데, 그녀는 어쩐지 그런 기색이 없었다. 히스테리를 일으키지도 않고, 울지도 않고, 부모님에게 데려다달라고 소리를 지르지도 않았다. 병원에서 치료를 받게 해달라든가 하는 일반적인 요구조차도 없었다. 그저 자신에게 다가오는 내 모습을 지켜보고만 있었다. 내 걸음걸이를 유심히 살피는 듯했다. 롤라와 보이드가 브래드를 나무 기둥에 기대어놓는 동안, 나는 리사를 부축해서 이곳을 떠날 채비를 할 생각이었다. 그런데 리사는 의외의 말을 했다.

"내 이름은 리사 일랜드입니다. 앰뷸런스 부르지 마세요. 무전도 치지 마시고요. 난 이 짓을 한 개새끼들을 반드시 잡아야겠어요."

나를 노려보는 그녀의 텅 빈 눈빛이 섬뜩했다. 영혼이 이곳에 없는 사람 같았다. 그녀의 위화감, 확고한 결의, 강인한 기세, 그 모든 것이 나를 압도했다. 충격에 사로잡혀 아연해진 나는 한 손을 들어 올려 뒷사람들에게 신호를 주고, 고개만 뒤로 돌려 그녀의 말을 그대로 전했다. "앰뷸런스 부르지 마. 무전도 치지 말고." 리사에게 조종당하는 기분이었다.

"오늘 안으로 나머지 놈들을 잡아야 해요. 우리 부모님에겐 아직 연락하지 마세요. 내가 구출되었다는 사실이 누구에게도 알려져선 안 됩니다. FBI의 상부에도 보고하지 마세요. 이렇게까지 해야 하는 이유가 궁금하다면 지금부터 보여드리죠. 이 밧줄을 풀고, 저쪽의 바위 뒤에 앉아서 밧줄을 당겨보세요."

밧줄. 아까 호수에 들어갔을 때 나는 밧줄이 있는 방향을 일부러 보지 않았다. 그 밧줄 끝에 무언가 끔찍한 게 매달려 있으리라고 직감했기 때문이다. 나는 잠자코 리사가 시키는 대로 했다. 암벽에 걸려 있던 밧줄을 풀어내고, 바위 뒤로 가서 앉은 다음, 밧줄을 끌어당겼다.

아동 범죄 수사관으로 일하면서 끔찍하고 소름끼치는 것들을 많이 보았다. 구체적인 묘사는 하지 않겠다. 간단히 요약하자면, 그때쯤 나는 머리 없는 몸통이나 얼굴 없는 머리, 짓이겨지거나 불타거나 두들겨 맞거나 형체를 알아볼 수 없을 만큼 훼손된 시체 등을 보는 데는 무덤덤해졌을 정도였다. 그런데 이때는 좀 달랐다. 시커먼 호수와 잿빛 하늘, 호수로부터 등을 돌린 채 떨고 있는 나무들, 진공상태인 듯 텅 빈 공기, 그리고 부글부글 거품이 이는 수면을 내려다보는 리사의 입가에 떠오른 무감동한 조소 때문이었는지, 나는 수면 위로 떠오른 한 소녀의 뭉그러진 창자를 보고 구역질을 하지 않을 수가 없었다. 이 끔찍한 하루를 마치고 언젠가 롤라와 함께 묵묵히 식사를 할 때 그녀가 "리우, 내가 평소 여기저기 지하실이나 마루 밑이나 채석장 호수에서 뭘 발견하고 다니는지 잘 알잖아. 그럼 이런 낙 하나쯤 즐기는 건 넘어가줘야지"라고 말할 날이 상상되었다. 그 낙이라는 게 음식일지, 담배일지, 술일지, 트림일지는 몰라도.

리사는 죽은 소녀에게 최면이라도 걸듯 무감각한 눈길로 바라보고 있었다. 한 팔은 배 위에 얹고 다른 쪽 손은 턱 밑에 댄 모습이, 강단에 선 철학 교수처럼 진지해 보였다. 머리카락은 푹 젖어서 두피와 얼굴에 달라붙어 있었다.

리사가 호수에서 눈을 돌렸을 때 나는 밧줄에서 손을 놓았다. 시체와 웨이크보드가 다시 호수 밑으로 가라앉았다. 리사는 보이드와 롤라, 브래드가 있는 쪽으로 걸어가더니, 브래드에게 윙크를 하고는 총을 쏘는 시늉을 했다. 심지어는 손가락 끝에 입김을 훅 불어서 가상의 총구에 피어오르는 연기를 날려 보내기까지 했다. 그 순간엔 리사가 내 딸이었으면 좋겠다는 생각마저 들었다. 그녀는 아무 말도 않고 계속 걸음을 옮겨서 보이드가 우리를 데려온 길로 향했다. 우리는 훌쩍이는 브래드의 등을 총부리로 찔러 재촉하며, 리사가 흙바닥에 남긴 질척한 발자취를 허겁지겁 쫓아갔다.

롤라와 나는 아무것도 묻지 말고 그냥 리사를 따라가야 한다는 걸 알았다. 그래서 보이드에게도 잠자코 있으라고 손짓했다. 그렇게 우리는 버드나무가 있는 빈터를 지나, 수풀이 우거진 오솔길을 건너 폐교 앞의 작은 주차장으로 되돌아왔다. 임신한 몸으로 걸어가는 리사의 몸놀림이 화난 고양이처럼 보였다. 보이드가 무슨 말인가 하려고 입을 열었지만 내가 쉿 소리를 내서 가로막았다.

그렇게 십 대 소녀 대장을 따라 학교 건물 앞에 도착한 우리는 그녀를 바라보며 지시가 떨어지길 기다렸다. 롤라는 F-150 트럭의 짐칸에 브래드를 싣고 두 다리를 결박해서 차 안의 갈고리에 고정해두었다.

"의사가 어디에서 일하는지를 모르겠군요. 도로시는 어딨죠? 밴에 탔을 텐데." 리사가 말했다.

"그게 무슨 뜻이니? 의사라니?" 내가 물었다.

"이 일당 중 분만을 도맡는 놈이 있어요."

보이드가 끼어들었다. "도로시라면 그 여자애 말하는 건가? 아까 우리 형님이 응급실로 데려갔단다."

리사는 어리둥절한 눈치였지만 일단 고개를 끄덕였다.

내가 질문을 더 꺼내려던 차에 롤라가 코를 킁킁거리면서 건물의 다른 구역 쪽으로 걸음을 옮겼다. 그 안에서 풍기는 어떤 냄새에 주의가 쏠린 듯했다. 그녀는 따라오라는 신호도 없이 문을 열고 들어갔다.

"내 감방에서 타 죽은 놈 냄새 때문에 그런가 보네요. 물에는 손대지 말라고 전해주세요. 감전될 수도 있어요."

내 뒤에서 보이드가 말했다. "그래, 내가 말한 냄새가 바로 그거요. 하지만 방문이 잠겨 있던데."

리사가 손에 쥐고 있던 열쇠꾸러미를 내게 건넸다. 나는 그걸 가지고 롤라에게 뛰어갔다.

3층의 잠긴 방에서 우리가 발견한 것은, 분홍색 발레복을 입은 곡예단 곰 이야기 따위는 저리 가라 할 만한 광경이었다.

리사가 감금되어 지냈던 방에서 벌어진 일을 롤라와 내가 보았는데도, 그녀는 자기변호라고는 한마디도 하지 않았다. 그저 이렇게 말했을 뿐이었다. "요원님들, 오후 안에 이곳에 함정을 파야겠어요. 제가 놈들을 꾀어낼 테니 여러분은 체포하세요."

롤라는 이미 리사에게 설득된 듯, 저 어린 어머니의 지시는 무조건 따를 기세로 고개를 끄덕였다. 피 냄새를 맡았더니 얼른 그 피를 들이마시고 싶어서 애가 닳는 눈치였다.

"오늘 저는 호수 속의 그 여자애처럼 될 예정이었어요." 리사는 아기를 두 팔로 끌어안듯 배를 감싸고 어루만졌다. "그놈들이 너무 증오스러워요. 얼마나 증오스러운지 설명도 못 하겠어요. 위층 방에 제가 해놓은 걸 보셨으니 제 능력이 어느 정도인진 아셨겠죠. 전 놈들을 부숴버리고 싶어요. 반드시 그렇게 할 거고요. 만약 여러분이 싫다면 나 혼자서라도 놈들을 찾아내서 천천히 독살하고야 말겠어요. 그러니까 요원님들, 오늘 여기에 덫을 치고 그 새끼들을 모조리 체포해주세요. 제가 미끼 역할을 할게요. 그 방법밖에 없어요. 제가 그동안 수없이 생각했던 작전이에요."

나는 그녀의 말을 전혀 의심하지 않았다. 그러고도 남을 만한 아이였다.

"리사, 어떤 작전인지 자세히 말해줘." 롤라가 물었다.

리사의 입꼬리가 살짝 올라갔다. 나중에야 알았지만, 그 무감정한 소녀에게는 함박웃음이나 마찬가지인 표정이었다. 그녀는 눈썹을 추켜세우고 롤라에게 턱을 약간 들어서 존경과 감사의 뜻을 표했다.

리사는 작전을 설명했다. 단순한 작전이었다. 브래드의 관자놀이에 총을 들이대고 의사에게 연락하도록 협박한 다음, 리사의 진통이 시작됐다고 거짓말하도록 시키는 것이었다. "의사는 항상 물으나마나 부부와 같이 다니는 것 같더군요. 이번에도 부부를 데려올 거예요. 내 아기를 데려가고 싶어서 안달인 사람들이니까. 그럼 우린 한꺼번에 그들을 붙잡으면 돼요. 알겠죠?" 우리는 우선 물으나마나 부부와 의사가 체류하는 곳이 어디인지 브래드에게 물어보고, 곧 도착할 예정인 내 부하 요원들을 그곳으로 보내서 감시를 시키기로 했다. 혹시라도 그들이 낌새를 알아차리고 도망칠 수도 있으니까. 나 역시 리사의 제안대로 이 폐교에서 일당 전원을 체포하는 편이 좋겠다고 생각했다. 다음과 같은 이유들 때문이었다.

첫째, 외딴 폐교에서는 총격전이 일어나도 민간인들이 다칠 위험이 없다.

둘째, 그들이 브래드의 호출을 받고 현장에 도착한다면 범죄에 연루되었다는 확실한 증거가 된다.

셋째, 리사가 그렇게 해달라고 요구했으므로. 그리고 리사는 법정이나 교도소의 제약, 즉 세간의 시선을 피해 그들을 일대일로 대면할 자격이 있다.

리사는 '의사'와 '물으나마나 부부'라는 이름이 무슨 뜻인지 이야기해주었다. 또한 브래드가 '론 스미스', 즉 내가 찾던 용의자 '딩동'이 아니라 그의 쌍둥이 형제라는 사실도 알려주었다. 나는 당연히 충격을 받았고 물어보고 싶은 게 산더미 같았지만, "알았어. 일단 작전 점검 한 번 더 해보자"라며 넘어갈 수밖에 없었다. 어차피 리사의 전쟁에 내 입장이 끼어들 틈은 없었다. 나는 급작스럽게 그녀의 휘하에 들어온 군사에 불과했다. 저격수 역을 맡기로 한 롤라는 기꺼이 리사의 지시대로 폐교 옆 과수원의 사과나무 위로 올라가 총을 준비했다. 나는 범죄자들이 비무장 상태라면 총을 쏘지 말라는 기본 지침을 그녀에게 되새겨주었다. 하지만 롤라는 개처럼 짖기라도 할 듯이 콧구멍을 실룩거리더니 방아쇠를 감은 손가락에 더 단단히 힘을 줄 뿐이었다. 나는 그녀가 내 말을 따라주기만을 바라며, 정 따르지 않겠다면 나도 그녀를 도와야겠다고 생각하며 그곳을 떠나는 수밖에 없었다.

그다음에는 우리 현장으로 출동 중인 부하 요원들에게 연락해 보이드의 사촌인 보비의 집에서 만나자고 일렀다. 그곳에서 그들을 두 팀으로 나눠 한 팀에겐 브래드를 맡기고, 또 한 팀에겐 매복할 위치를 지정해주었다. 그들에게 모든 것을 말하지는 않았다. 예컨대 브래드가 팔과 다리를 모두 결박당한 채로 트럭 짐칸에 갇혀 있는 와중에도 탈출 시도를 했다는 사실, 그리고 우리가 브래드와 모종의 계약을 맺었다는 사실도. 계약의 내용은 브래드, 리사, 나 사이의 비밀이었다. 원래는 범인을 체포할 때 재갈은 물리지 않는 것이 원칙이었으므로, 나는 요원들에게 브래드를 넘겨주기 전에 재갈을 벗겼다. 그러자 놈은 자기 얼굴에 구멍이 뚫렸다고 징징거리며 연극적인 푸념을 하염없이 늘어놓았다. 그걸 듣고 있으려니 그냥 호수에 빠져 죽게 놔둘걸 그랬다 싶었다. 정말 미친놈이었다. 브래드를 끌고 벌판을 가로질러 보비의 집까지 가는 동안 그는 새된 목소리와 발광한 악마 같은 목소리를 오락가락하며 혼잣말을 주절거렸다. 지나가는 길에 소 한 마리가 우리를 보고 울자 브래드는 소의 얼굴을 들여다보면서 "안녕, 베시! 너 참 귀엽구나, 요

녀석!"이라고 말을 걸더니 별안간 으르렁거리며 "네 새끼들을 토막 내서 구워 먹어버릴 테다, 이년아!"라며 윽박질렀다. 그가 정신 이상을 이유로 유죄 판결을 면하는 건 아닐까 걱정되었다.

일은 리사가 딱 예상한 대로 굴러갔다. 의사가 물으나마나 부부를 데리고 캐러멜색과 갈색으로 된 캐딜락 엘도라도를 몰고 도착한 것이었다. 알고 보니 물으나마나 부부는 인근 모텔에 묵고 있었다. '황새와 팔들'이라는, 아이러니하고도 끔찍한 이름의 모텔이었다. 부부는 거기서 리사가 출산할 때까지 기다리다가 아기를 데리고 칠레의 은신처로 도망칠 계획이었다. 그들의 은신처는 포도밭 다섯 필과 남반구의 별자리로 둘러싸인 산속의 궁전 같은 곳으로, 그림이며 조각상 등의 미술품으로 채워져 있었다. 금발 아기들은 그 컬렉션을 완성하는 데 필요한 궁극적인 예술 작품이었다. 나중에 그곳에 수색팀이 파견됐을 때 롤라와 나도 가봤는데, 부부가 이번 납치 사건뿐 아니라 미술품 절도를 비롯한 여러 범죄를 저질렀음을 입증하는 증거 서류가 엄청나게 많이 나왔다. 몇 가지 혐의로 기소됐는지 기억나지도 않는다.

의사도, 물으나마나 부부도 아무 낌새도 눈치채지 못하고 비무장 상태로 폐교에 도착했다. 결국 롤라는 총을 쏘지 못하고 나무에서 내려올 수밖에 없었다. 그녀는 약이 오른 듯 일부러 땅을 발로 걷어차서 그들의 눈에 흙먼지를 끼얹었다.

"체크." 내가 의사에게 수갑을 채울 때 리사가 선언했다.

체스라면 나도 어디 가서 지지 않는 실력이었다. 그런데 그 시점에서 리사가 왜 '체크메이트'나 '게임 오버'를 외치지 않고 '체크'라고만 했는지 의아했다. 리사가 의사를 위해 준비한 작전이 아직 남아 있었음을 알게 된 건 나중의 일이었다.

24

탈출 네 시간 후

리우는 정말 인상적인 사람이다. 당신도 그의 유년시절 이야기를 들었을 것이다. 그가 어떤 공포 때문에 지금에까지 이르렀는지를. 리우가 동생을 위해 했던 행동은 그야말로 경이로웠다. 천재적이었다. 그 이야기를 듣고 나는 리우와 영원한 단짝친구로 지내기로 마음먹었다.

물론 내가 같은 상황에 처했다면 리우와는 전혀 다르게 대처했을 것이다. 하지만 지금 그의 대처를 무례하게 헐뜯기나 하면서 시간 낭비할 생각은 없다. 게다가 리우는 그 탁월한 시각 추상체, 고도로 발달한 것으로 추정되는 뇌의 편도와 해마 그리고 그 두 기관이 일으키는 강력한 상호작용만으로도 충분히 옹호받을 자격이 있다. 리우의 뇌에서 그 부분들 사이를 잇는 회로는 방대한 양의 감각 및 지각 정보를 실은 커다란 뉴런 트럭들이 달리는 고속도로와도 같을 것이다. 그렇게 정밀한 시력과 남들보다 큰 편도와 해마의 기능이 합쳐진 덕분에 리우가 그토록 무시무시한 기억력을 갖출 수 있었던 것이리라. 이건 어디까지나 내 가설이고, 확실히 알려면 그의 두개골을 쪼개고 눈을 분해해봐야 한다. 나는 MRI의 정확성을 별로 믿지 않으니까. 하지만 내 친구를 죽여서 해부할 수야 없는 노릇이다.

리우는 모지를 구하기 위해 지극히 끈질기고 철저하고 영웅적인 활약을 펼쳤다. 얼마나 멋진가. 나는 그 이야기를 들었을 때 리우에게 사랑과 존경과 헌신의 스위치를 켜지 않을 수 없었다. 하지만 그가 나를 구해주었을 때는, 아니, 더 정확히 말하자면 내 탈출을 그가 도와주었을 때는 아무 감정도 켜지 않았다. 당시에는 그를 또 다른 도구로 여겼을 뿐이었다. 49번 도구, 리우 요원.

리우는 내가 원했던 대로 브래드의 주의를 빼앗아주었고, 호수 속에서 차 문을 열어주었고, 범죄자들의 잔당을 잡을 수 있게 도와주었다. 그러니 나는 리우를 꽤 유용한 도구라고 판단했다. 리우와 '롤라'(리우는 파트너 요원을 이 가명으로 불러달라고 했다)는 의사와 물으나마나 부부를 체포해 다른 요원들에게 맡긴 뒤 나를 포드 트럭에 태우고 병원으로 데려갔다. 나는 조수석에 앉았고 롤라가 가운데에 끼어 탔다. 나는 배가 너무 불러서 변속기 뒤의 좁은 공간에 앉을 수 없었기 때문이었다. 그렇게 셋이 바싹 붙어 앉아 있으니 파종하러 가는 농부 가족이 된 듯 정겹게 느껴졌다. 앰뷸런스를 불렀다면 더 편하게 이동할 수 있었겠지만 그 방법은 내가 거절했다. 리우와 롤라도 나를 다른 사람에게 맡기는 건 안전하지 않다고 여겼다.

다른 요원들은 보이드라는 농부 할아버지를 '보비 형님의 농가'에 데려가 심문했다. 나는 보이드가 채석장에서 브래드의 얼굴에 라이플총을 겨누면서 했던 말들이 무척 마음에 들었다. 너무 인상 깊었던 나머지 나중에 할머니에게 내 베개에 보이드의 명언들을 수놓아달라고 부탁하기도 했다. 놀랍게도 할머니는 내 부탁을 들어주겠다고 했다. 범죄소설 작가로서 워낙 냉소적인 취향을 갖고 계신 데다 내가 구출된 게 너무 기뻐서 그러시는 것 같았다. "토끼처럼 뛰어보라고!" 구절을 자주색 필기체로 수놓고, 숲속 바위들 사이를 뛰노는 보송보송한 토끼 모양의 헝겊 장식들까지 붙여주었다. 하지만 역시 할머니의 속뜻은 따로 있었다. 할머니는 그 화제로 이야기를 이어가면서, 극도로 스트레스를 받는 상황에 처했을 때 적절한 감정 표현을 하는 법을 내게 가르쳐주셨다. 그러고는 베개에 토끼 장식만 남기고 다른 글씨들은 다 뜯어버린 뒤 앞면에 "사랑해"라는 글씨를 새로 수놓아주셨다. 나도 할머니를 사랑한다. 할머니를 향한 사랑의 스위치는 절대로 끄는 법이 없다.

내 간수를 전기구이 통닭으로 만들고 그의 공범들을 붙잡는 데 성공한 지 네 시간 뒤, 나는 인생에서 가장 끔찍한 광경을 목격했다. 그 사건을 계기로 나는 복수를 더 해야겠다고 마음먹었다. 놈들이 한 짓을 세 배로 되갚아줘야만 직성이 풀릴 것 같았다.

의사와 물으나마나 부부가 투옥된 직후 나는 병원으로 이송되어 검사를 받았다. 리우 요원과 롤라 요원이 나를 한시도 혼자 두지 않고 곁을 지켜주었다. 나중에야 알게 된 사실이지만, 리우는 어차피 달리 갈 곳이 없기도 했다. 슬프게도 리우가 아동 유괴범들을 추적하면서 구해낸 생존자는 겨우 네 명뿐이라고 한다. 그중 한 명이 나, 또 한 명은 그의 남동생 모지였다. 하지만 그중에 도로시는 없다.

나와 롤라가 병실에 있는 동안 리우가 잠시 자리를 떴다. 그동안 롤라는 우리에 갇힌 굶주린 호랑이처럼 문 앞을 어슬렁거리면서 그 누구도 나한테 말을 붙일 엄두조차 못 내도록 살벌한 기운을 풍기고 있었다. 나는 롤라가 진짜 마음에 들었다. 우리 엄마도 롤라를 봤다면 좋아할 듯했다.

리우는 자판기에서 콜라와 과자를 뽑아 가지고 머쓱한 미소를 지으며 돌아왔다. "안녕, 용사님."

"어서 오세요."

"의사들에게 물어보니 넌 아주 좋아지고 있대."

"맞아요. 전 멀쩡해요. 그런데 도로시는요? 아직도 만날 수 없나요?"

"도로시는 상태가 좋지 않아. 내가 너한테 그 애를 보러 가자고 하면 그때는, 음, 마음의 준비를 해야 한다는 뜻일 거야. 예후가 나쁘대."

"가망이 없나요?"

"솔직히 혈압이 너무 높고…… 잘 버틸 것 같지가 않구나. 조금만 더 일찍 구출했더라면……."

"지금 도로시를 봐주는 사람은요? 요원님밖에 없는 거예요?"

"유감스럽지만 그렇단다. 물론 내 파트너도 있지만." 리우가 롤라 쪽을 고갯짓했다. 롤라가 끙 하고 앓는 소리를 냈다.

"슬픈 일이네요, 리우 요원님."

"엿 같은 범죄지." 그가 입안에 바람을 넣어 두 볼을 부풀리더니 숨을 훅 내쉬며 말했다. "미안. 네 앞에서 욕을 하면 안 되는 건데."

"오, 괜찮아요. 전 사람을 구워 죽이기도 한걸요. 험한 말 몇 마디 듣는 것쯤이야 일도 아니죠."

롤라가 킬킬 웃으면서 "구워 죽였대"라고 소리 없이 입 모양으로만 되뇌었다. 그 말을 기억해뒀다가 나중에 써먹고 싶은 모양이었다.

"저기, 저희 부모님 오시기 전에 돈 좀 꿔주실 수 있을까요? 도로시한테 꼭 사다주고 싶은 게 있어서요."

"그럼, 얼마든지." 리우가 지갑을 꺼내 20달러 지폐 두 장을 건넸다.

리우와 간호사가 나를 부축해 휠체어에 태웠다. 그들은 내가 휠체어 없이 병원 안을 걸어 다니게 허락해주지 않았다. 스스로 감옥을 탈출한 데다 여자애 한 명을 구해내기까지 한 나로서는 성가신 데다 모욕적으로 느껴지는 일이었다. 하지만 이제 와 생각해보면 그들의 판단이 옳았던 것 같다. 그때 나는 임신 팔 개월째였고 심각한 탈수 증세를 보이는 데다 얼굴에 부상도 입었으니까. 게다가 체력적으로도 허약했던 것 같다. 그래, 이젠 인정한다.

나는 병원 매장에서 꽃다발과 함께 섬세한 분홍색 꽃병을 샀다. 우리 할머니가 좋아하실 만한 조합이었다. 그걸 가지고 리우와 함께 2층에 있는 도로시의 병실로 향했다. 병실 앞의 복도에는 도로시를 경호하는 경찰들과 나이 지긋한 부부, 그리고 젊은 남자 한 명이 있었다. 도로시의 부모와 남자친구였다. 그동안 도로시의 부모는 사랑하는 딸을 찾아달라고 온 세상에 광고를 내며 애원했고, 남자친구도 당연히 그 소식을 알고 상심에 빠져 있었다고 했다. 도로시의 집은 병원에서 겨우 세 시간 떨어진 일리노이 주 지역이었기에, 그들은 구출 소식을 듣자마자 차를 몰고 번개처럼 여기까지 튀어올 수 있었던 것이다. 반면 우리 부모님은 보스턴의 로건 공항에서 비행기가 뜨기를 기다리고 있었다. 레니는 비행기 타기를 질색하니 아마도 오지 않을 듯했다. 나는 도로시를 만난 뒤에 레니에게 전화해야겠다고 생각했다. 레니를 사랑하지 않아서 뒷전으로 돌리는 게 아니었다. 그가 나를 기다리고 있다는 사실을 잘 알기 때문에 그럴 수 있었던 것이다. 꼭 허둥지둥 눈물 바람으로 재회하지 않아도 그 사실은 변하지 않았다.

도로시의 부모님이 뛰어와서 나를 끌어안고 흐느끼며 고마움을 표했다. 아저씨가 흘린 눈물이 내 뺨을 타고 흘러내려 메마른 입술 틈으로 새어들었다. 그 짭짤한 맛이 지금까지도 기억난다.

두 분은 복도에서 나를 오래도록 꼭 부둥켜안고 있었다. 그러다 겨우 포옹을 풀려던 차에 병실에서 도로시의 비명이 울려 퍼졌다. 우리는 서로를 끌어안은 채로 머리 셋 달린 용처럼 일제히 그쪽으로 고개를 돌렸다.

이때 내가 본 것은 너무나 끔찍하고 슬퍼서 차마 자세히 이야기할 수가 없다. 빛이 바래고 먼지가 쌓인 인상주의 그림처럼 흐릿한 붓결로만 묘사할 수 있을 뿐이다. 도로시는 아기와 함께 몸속의 피를 거의 다 밖으로 쏟아내고 이십 분 만에 고통스럽게 죽었다.

병원의 설명에 따르면, 도로시는 임신중독증에 걸려 있긴 했지만 병 자체는 중증이 아니었다고 한다. 아무 산부인과에서나 최소한의 치료만 받았어도 충분히 이겨낼 수 있는 수준이었다고. 하지만 치료를 전혀 받지 못한 데다 감금 생활 중 극도의 스트레스와 감염에 노출된 탓에 엄청나게 치솟은 열이 문제였다. 몸이 가마솥처럼 펄펄 끓다 못해 폭발해버린 셈이었다. 장기, 핏줄, 피부가 파열되고 그녀와 아기의 목숨도 날아가버렸다.

그 순간을 형용할 말을 도저히 찾을 수 없다. 내가 본 것은 단순한 피바다가 아니라 죽음의 본질 그 자체였다. 본래 사람은 살아 있는 한 죽음을 볼 수 없는 법이다. 온 사방이 거울로 된 방에서 숨이 끊어져가는 자기 자신을 지켜봐야 하는 형벌이라도 받았다면 모를까. 그런데 내 앞에서 죽음이 고삐 풀린 말이나 뻔뻔한 불청객처럼 날뛰면서 두 사람의 생명을 집어삼키고 있었다. 나는 복도에서서 병실 안에서 활개 치는 죽음을 바라보며 나 자신이 무너지는 것을 느꼈다. 꿈틀거리는 암흑이 액자처럼 병실을 둘러쌌고, 배경에는 부글부글 거품이 일었으며, 전경에는 붉은 강이, 그야말로 새빨간 강물이 흘렀다. 방 전체가 이 장면으로 가득했다. 그 암흑의 그림에는 빛 한 점 들지 않았고, 천사들이나 자비의 손길 따위도 찾을 수 없었다.

누군가가 나를 끌어냈던 것 같다. 내가 작약 다발을 꽂은 꽃병을 깨뜨려서 누군가가 화들짝 놀랐던 것 같기도 하다. 울고불고 악을 쓰며 몸부림치는 나를 사람들이 붙잡고 끌어당기다가, 허벅지에 무언가 따끔한 주사침이 들어왔던 것 같기도 하다. 확실히 기억나진 않는다.

정신을 차린 것은 여덟 시간 뒤였다. 몸이 멍투성이였고 목은 다 쉬어버렸고 발목에는 꿰맨 자국이 있었다. 발작 도중에 바닥에 떨어져 박살 난 꽃병 조각이 발목에 튀는 바람에 생긴 상처라고 했다. 침대 옆에는 엄마가 내 손을 잡고 서 있었고, 그 옆에서 나를 건너다보는 아빠의 얼굴은 눈물로 얼룩져 있었다. 리우 요원과 롤라 요원은 문간에서 근위병처럼 오락가락하며 외부인의 접근을 막고 있었다.

도로시가 죽는 장면은 어쩌면 내 상상일 뿐이었는지도 모른다. 그러나 그 잔상과 비명 소리는 앞으로도 영원히 뇌리에서 사라지지 않을 것 같다.

바로 이런 위험 때문에 사랑의 스위치는 꼭 필요한 경우가 아니면 켜서는 안 되는 것이다.

25
재판

나는 범의犯意의 성립 요건에 대해 위험할 만큼 잘 알고 있었다. 우리 엄마는 민사 및 정부 집행 전문 변호사이긴 하지만, 변호사 시험을 치던 시절 공부했던 형법 책을 아직 가지고 있었다. 그중에서도 범의, 즉 범죄를 저지르고자 하는 고의성을 다루는 부분이 내겐 특히 흥미로웠다. 처음 읽은 건 열네 살 때였고 이듬해에도, 그 다음 해에도 한 번씩 다시 읽었다. 범죄드라마 〈로 앤드 오더Law & Order〉와 실제 범죄를 다룬 다큐멘터리들에도 푹 빠졌다. 나는 납치범 일당 중에서 의사는 반드시 사형을, 만약 사형이 안 된다면 가석방 없는 종신형이라도 받게 할 작정이었는데, 그러려면 그에게 범의가 있었다는 사실을 배심원들에게 의심의 여지없이 납득시켜야 했다. 내 간수로 말할 것 같으면, 나는 그의 죽음 때문에 문제가 생기지 않도록 이중 삼중의 안전 조치를 해두었다. 그리고 산부인과에서 내 정보를 빼돌렸던 원무과 직원은 양형거래 조건을 받아들여서 유죄를 인정하고 감형받았다. 물으나마나 부부 역시 양형거래에 응해 유죄를 인정했다. 브래드? 브래드는 이야기가 길어진다. 그 얘기는 나중으로 미루자.

의사의 재판은 인디애나 주 법원에서 진행되었다. 당신이 만약 법학 관련자라면 어째서 연방 법원이 그 재판을 담당하지 않았는지 의아할 것이다. 사실 자세한 내막은 나도 잘 모른다. 다만 리우, 연방 당국, 인디애나 주 당국 사이에 무슨 합의가 있었던 것 같다. 그리하여 개중에서도 가장 열악하기로 악명 높은 인디애나 주립 교도소가 의사를 처넣을 감방을 준비하게 된 것이다.

재판 날짜가 다가옴에 따라 의사는 더욱 교활해졌다. 검찰 측에서 제시한 양형거래 조건을 받아들이지도 않고, 브래드처럼 내 심판을 받지도 않은 사람은 의사뿐이었다. 그는 자기와 비슷한 계층의 동류 시민들을 배심원단으로 세우고 재판을 받기를 요구했다. 그 얘기를 듣고 나는 생각했다. '동류 시민들? 너랑 동류인 시민이 세상에 어디 있어? 네가 도로시를 죽였잖아. 살릴 수 있었으면서 죽게 내버려둔 거잖아. 넌 인간이 아니야. 짐승보다도 저열한 놈이야. 살아 있을 가치도 없다고. 그런데 뭐? 동류? 시민?'

칼을 들고 구치소에 쳐들어갈 수는 없으니, 내가 할 수 있는 일은 그의 유죄 사실을 입증하려 노력하는 것뿐이었다. 의사가 공모한 납치와 살인 시도는 둘 다 중범죄였다. 협의를 입증하기는 쉬울 테고, 그 범죄 과정에서 죽은 사람들이 있으니 사형 선고가 내려질 요건도 충족되었다. 여기까진 아무 문제없이 잘 풀릴 예정이었다. 중범죄를 저지르는 과정에서 사망한 사람이 있으면 그 공모자 모두에게 살인죄가 성립된다. 직접 총을 들고 방아쇠를 당기거나, 나처럼 이미 죽은 사람을 물에 빠뜨리고 감전시키거나, 십 대 임신부를 죽음에 이르도록 방치하는 것만이 살인은 아니라는 뜻이다.

그런데 도로시가 문제였다. 예상대로 의사는 도로시가 자기네한테 납치되지 않았어도 어차피 죽었을 거라고 주장했다. 물에 빠져 죽어가는 생쥐가 지푸라기 하나라도 잡으려 드는 격이었다. 그놈의 주장이 용인되게 놔둘 순 없었기에 나는 증언을 철저히 준비했다.

법정 내부는 텔레비전에 흔히 나오는 풍경과 별반 다르지 않았다. 천장 높이가 2.5미터쯤 되어 보였고, 사면이 거무스름한 나무 판벽으로 둘러싸여 있었으며 창문은 없었다. 방청석은 피고인의 친지, 구경꾼, 기자, 법정 스케치 화가*로 열 줄 정도 차 있었고 허리까지 올라오는 반회전문 건너편에 커다란 테이블들이 놓여 있었다. 왼편 테이블은 기소 측, 오른편 테이블은 그 개새끼를 변호하는 피고 측이었다. 맨 앞에는 높은 단 위에 판사석이 마련되어 있었고, 그 옆에는 증인석이, 맞은편엔 서기석이 위치했다.

의사의 재판이 열린 시점은 내가 구출되고 육 개월 뒤, 아기를 낳고 예전의 몸으로 돌아온 후였다. 절차가 꽤 빨리 진행된 셈이었다. 그날의 재판에서 가장 중요한 증인으로 소환된 나는 법정 밖에 앉아 대기하고 있었다. 엉덩이 부분이 야트막이 패인 나무 의자에 앉아, 멋들어진 메리제인 구두를 신은 두 발을 흔들면서. 검찰에서는 배심원단의 동정을 얻기 위해 나를 불쌍하고 수수한 차림새로 꾸미려 했지만 엄마가 반대했다. 엄마는 그런 연출을 했다간 오히려 내게 불리한 편견이 형성될 수 있다며 '안일한 방법'이라고 비난했다. 오, 엄마가 그렇다면 그런 것이었다. 최고의 변호사인 엄마가 기소 측의 전략을 하나하나 챙기고 있으니 걱정할 건 하나도 없었다.

엄마가 골라준 검은 구두는 심플한 검은색 드레스와 아주 잘 어울렸다. 드레스는 어깨만 덮는 짧은 소매에 허리께에서부터 직선

* 미국 법정에서는 사진이나 영상 촬영이 금지되어 있어 화가들이 풍경을 기록한다.

으로 내려오는 주름 두 줄이 잡혀 있었다. 당연히 안감을 댄 것이었다. 엄청나게 비싼 이탈리아 제품이었다. 게다가 엄마는 가진 것 중에서 제일 좋은, 큼지막한 다이아몬드 장식 단추도 빌려주었다. 후줄근한 옷차림의 여자 검사들 중 한 명은 내게 순결해 보이는 진주 목걸이를 걸어주는 게 좋겠다고 했지만, 엄마는 내가 법정에서 걸칠 보석은 오로지 다이아몬드여야 한다고 주장했다.

"진주? 진주라니요? 맙소사, 이보세요. 진주는 고리타분한 대학교 학생회 애들이나 남편한테 인정 못 받는 여자들이나 하는 거예요. 내 딸한텐 어림도 없죠. 걔는 그보단 더 나은 대접을 받아야 한다고요." 나중에 엄마가 나한테만 따로 이야기하기를, 패션에 대해서라고는 아무것도 모르는 난잡하고 멍청한 여자들 역시 진주 장신구를 좋아한다고 했다. '〈티파니에서 아침을〉에서 오드리 헵번이 진주 목걸이를 걸고 나왔으니까' 무작정 좋은 줄 안다는 것이었다. 엄마는 콧김을 뿜으며 이렇게 말을 맺었다. "하지만 영화는 영화이고, 오드리 헵번은 오드리 헵번이지. 역사를 통틀어 진주가 괜찮아 보였던 건 딱 그 영화뿐이었어."

그래서 재판에서 내 이름이 호명되었을 때 나는 부유한 문상객처럼 귀티 나는 검은색 옷을 차려입고, 진주 장신구는 하지 않은 모습으로 법정에 들어섰다. 증언을 막 마친 물으나마나 부인이 공무원의 안내를 받아 증인석 밖으로 나가고 있었다. 그녀는 복역 중인 수감자였지만, 이때는 수갑을 차지 않고 평상복을 입은 증인 신분으로 이곳에 나와 있었다. 의사에게 불리한 진술을 해주는 대가로 감형받기로 했기 때문이었다. 우리 편 증인이 범죄자라는 인상을 배심원들에게 강하게 심어줘봤자 좋을 게 없기에 검사들과 엄마가 취한 조처였다. 그녀의 범행 사실 자체는 의사의 '동류 시민들'도 이미 알 만큼 아니까.

나를 스쳐 지나가는 물으나마나 부인의 모습은 시골 법정의 풍경과 대조되어 무척 튀어 보였다. 분홍색 실크 블라우스와 검정색 캐시미어 스커트 차림에 스타킹과 검은 에나멜 구두를 신고, 아니나 다를까, 진주 장신구를 하고 있었다. 커다랗고 둥그런 게 언뜻 보기에도 값비싼 진주였다. 머리는 말쑥하게 단장했고 화장은 파티에라도 가는 사람 같았다. 사실 물으나마나 부인은 삼십 대 후반으로 젊은 편인 데다 얼굴도 꽤 예뻤다. 속은 완전히 악마 같은 주제에. 윤이 흐르는 긴 밤색 머리카락을 틀어 올려서 높은 광대뼈가 도드라져 보였고, 짙은 체리색으로 칠한 손톱들은 흠 없이 말끔했다. 손가락에 낀 결혼반지는 족히 12캐럿은 되어 보였다. 그녀는 등을 꼿꼿이 세우고 코를 들어 올린 채 도도하게 걸어가면서 뽕 넣은 재킷 어깨로 나를 툭 치기라도 할 듯이 내게 눈을 부라리며 코웃음을 쳤다.

나는 기소 측 테이블 뒤편에 앉은 엄마에게 윙크를 보내고 싶은 걸 참았다. 엄마는 물으나마나 부인이 나와 마주치면 딱 그런 행동을 하리라고 예측했고, 그래서 내가 등장할 타이밍을 일부러 이렇게 맞추었던 것이다. 엄마와 나는 배심원단 쪽을 돌아보았다. 배심원들도 물으나마나 부인이 나를 깔본 걸 알아차린 눈치였다. 연어색 스웨터 차림의 단정한 남자 한 명이 "허, 참"이라고 중얼거리며 종이에 뭐라고 끼적이는 게 눈에 띄었다.

이렇듯 세세한 부분들까지 조종하고, 다른 사람들의 품성과 행동을 예측하고, 그 모든 사항을 이용해 전략을 짜는 것이 바로 법정 변호사들의 일이다. 무대 연출의 대가들인 셈이다. 동시에 그 무대의 주연 배우가 될 수도 있었다. 그런 경험을 거치고 나니 나도 법조계에 뛰어들고 싶은 욕구가 생겼다. 하지만 법정이라는 이름의 창문 없는 관에서 인생의 대부분을 보낸다는 건 무시무시한 일이다.

의사에 대해서는 이때까지 내가 겪은 모든 것을 당신에게 이야기한 바 있다. 그는 내 감방에 세 번 찾아왔다. 한번은 아무 말도 하지 않고 차가운 손가락으로 나를 만지기만 했고, 또 한번은 물으나마나 씨와 함께 왔지만 역시 별말은 안 했고, 마지막 한번은 물으나마나 부부 앞에서 초음파 기계로 내 신체를 침해했으며 내 간수를 '로널드'라고 불렀다. 이렇게 세 번이 전부였다. 사실상 나는 그에 대해 아는 게 아무것도 없었던 셈이다. 그가 도로시의 죽음을 방조했다는 사실 외에는. 그의 생김새를 본 것도 우리가 폐교에서 그를 꾀어내 체포했을 때가 처음이었다. 그는 과체중이었고 술에 거나하게 취해서 꼴이 엉망이었다. 겨드랑이에 땀자국이 있는 연갈색 셔츠 위에 추레한 조끼를 덧입고 갈색 코듀로이 바지를 입고 있었는데, 옷차림 전체가 갈색 빛깔이라서 무슨 통나무처럼 보였다. 롤라가 수갑을 채울 때 보니 그의 바지 지퍼가 열려 있었다. 내가 "체크"라고 선언하자 그는 내 쪽으로 고개를 돌리고는, 충혈된 눈으로 내 눈을 빤히 쳐다보다가 트림을 했다.

그런데 내가 2A번 법정의 반회전문을 밀고 들어가 증인석으로 성큼성큼 걸어갔을 때, 내 맞은편 테이블 앞에 앉은 남자는 육 개월 전에 봤던 모습과는 완전히 딴판이었다. 그의 변호사들이 골라 준 옷차림은 가느다란 세로 줄무늬가 들어간 정장과 흰 칼라 셔츠에 고상한 빨간색 넥타이였다. 마치 정치인이나 은행가처럼 보였다. 얼굴은 미끈했고 머리카락은 슈퍼맨 같은 스타일로 젤을 발라 넘겼다. 솔직히 내가 그의 괴물 같은 본성을 몰랐다면, 건잡을 수 없이 요동치는 청소년기 여성 호르몬에 휩쓸려 홀딱 반해버릴 만한 외모였다. 나는 왼편에 있는 배심원들이 내 얼굴을 못 보는 틈을 타서 그에게 아주 살짝 윙크를 보내고 눈썹을 까닥였다. 게임이 시작됐다는 뜻으로.

그는 경직된 채 심호흡을 하더니 겁먹은 고양이처럼 양 어깨를 곧추세웠다.

다시 말하지만, 피고 측 주장은 그의 범행이 아니었더라도 도로시는 '어차피' 죽었으리라는 것이었다. 이 모든 정보를 나는 엄마 덕분에 미리 알 수 있었다.

증인석에 앉은 나는 높은 판사석을 향해 고갯짓으로 인사했다. 로즌 판사는 친절하고도 엄격한 인상의 여성이었다. 나는 성경에 대고 선서한 뒤, 내 신상과 거주지 등에 관한 기본적인 질문에 답하고, 피고인이 나를 검사한 의사였다고 밝혔다. 그런 다음 기소 측에 필요한 정보들을 폭로할 준비를 했다.

나는 눈을 내리깔고 특정한 방식으로 코를 훌쩍거렸다. 눈물을 쥐어짜내는 나만의 비법이었다. 눈이 충분히 젖었다 싶었을 때 배심원들 중에서 인정 많아 보이는 할머니 한 분에게 시선을 고정하고, 의사가 간수에게 이렇게 말하는 걸 들었다고 증언했다. "도로시는 병원에서 치료만 받으면 괜찮아질 거야. 하지만 그래봤자 뭐해? 어차피 애만 낳고 나면 호수에 던져버릴 텐데." 나는 이 거짓말에 약간의 장식도 덧붙였다. 그가 도로시를 호수에 던질 거라는 말을 자주 했으며, 그때마다 만화 속 악당처럼 킥킥 웃었다고. 그런 다음 이런 양념도 쳤다. "기다려보자고. 만약 걔 몸이 나으면 아기도 잘 나오겠지. 그러면 우리는 아기 둘을 팔 수 있을 테고. 아니면 원래 계획대로 호수에 던져버리면 장땡이야. 도로시를 병원에 보내는 게 말이 돼? 만약 상태가 안 좋아지면 식사도 주지 말고 굶겨 버려."

의사가 내 증언을 가로막고 소리쳤다. "거짓말이야. 새빨간 거짓말!"

나는 의자 등받이로 몸을 슬그머니 빼면서 겁을 먹은 척 아랫입술을 깨물었다. 그러고는 눈을 커다랗게 뜨고 판사를 올려다보며 나를 지켜달라는 눈빛을 보냈다. 똑딱, 이 초 만에 가짜 눈물이 흘러나왔다.

"존경하는 재판장님, 제 말은 진짜입니다. 진짜예요!" 나는 외쳤다.

"피고인, 당장 자리에 앉고 정숙하십시오!" 판사가 의사에게 고함쳤다. "한 번만 더 난동을 부리면 법정 모독 행위로 간주하겠습니다. 알겠습니까?"

침묵이 흘렀다.

"알겠습니까!"

"네, 알겠습니다. 재판장님." 의사가 고개를 수그리며 말했다.

의사가 자리에 앉은 순간 피고 측 변호인이 벌떡 일어섰다. 두더지잡기 게임을 표현하는 슬랩스틱 코미디라도 하는 것 같았다. 나는 웃음을 터뜨리지 않으려고 볼 안쪽 살을 깨물면서 천장을 올려다보는 한편, 내 조그맣고 예쁜 얼굴에 눈물이 계속 흘러내리게 하려고 눈을 실긋거리는 것도 멈추지 않았다.

"존경하는 재판장님, 죄송합니다. 재판에 차질을 빚는 일은 이제 없을 것입니다." 피고 측 변호인이 말했다.

이 또한 엄마가 예측한 대로였다. 엄마는 내가 증인석에서 무슨 말이든 해도 괜찮다고, 어차피 피고 측에서 내 말을 감히 거짓이라고 주장하기 어려울 거라고 했다. 기껏해야 내 기억이 얼마나 정확하고 구체적인지 확인하는 질문들을 던질 뿐, 배심원들 앞에서 나를 거짓말쟁이로 몰아붙이지는 못하리라는 것이었다. 그런데 엄마는 내가 정말로 위증을 할 작정이라는 것까진 모르고 있었다. 괜히 엄마에게까지 그 부담을 지우고 싶지 않아서 일부러 말하지 않았다. 나 혼자 충분히 감당할 수 있다고 생각했다.

하지만 내가 판사에게 애원하며 울먹일 때, 엄마의 얼굴에 미심쩍은 표정이 떠올랐다가 이내 자랑스러운 미소로 바뀌는 것을 나는 분명히 보았다. 그 순간 엄마는 내 속내를 알아차린 것이다. 내가 원래 울지 않는다는 걸 누구보다도 잘 아니까. 게다가 나는 그간의 감금 생활에 대해 엄마에게 천 번쯤 이야기했으면서도, 당시에 의사에게서 어떤 말들을 들었다고 모호하게 뭉뚱그려 흘리기만 했을 뿐 그 말이 구체적으로 어떤 내용이었는지는 밝히지 않았다. 재판이 진행되는 걸 보고 우리 편에 필요한 대로 이야기를 끼워 맞출 심산이었기 때문이다. 그러니 엄마도 이때쯤엔 내 속셈을 알아차릴 만도 했다.

법정 분위기가 진정되자 로즌 판사가 검사에게 지시했다. "좋아요. 그럼 계속하십시오. 아직 휴정을 할 시점은 아닙니다." 그녀가 나를 돌아보고 물었다. "증인, 계속할 수 있겠습니까?"

"네, 재판장님." 나는 조심스럽지만 자신감 있는 어조로 대답했다.

검사가 선 채로 몸을 빙글 돌려 접시 한 장을 들어올렸다. "77번 증거품입니다." 도로시의 웨지우드 접시였다.

"네, 바로 저 접시예요. 절 감시하던 아저씨가 식사를 나를 때마다, 쟁반에 한 사람 몫의 음식이 더 있더라고요. 그 음식이 늘 저 접시에 담겨 있었죠. 접시를 싼 랩 위에는 알파벳 'D'가 적힌 포스트잇이 붙어 있었고요." 거짓말이었다. 곧이어 검사가 78번 증거품을 제출했다. 내가 폐교 주방에서 발견한, 'D'가 적힌 포스트잇이었다. "네, 바로 저 포스트잇이요. 아마 도로시한테 식사를 갖다주는 길에 저한테 먼저 들렀던 것 같아요. 그런데 제가 탈출하기 일주일 전쯤부터였나, 그 아저씨가 도로시 식사는 빼고 제 식사만 가져오더라고요. 그리고 가끔씩 방문의 열쇠 구멍으로 밖을 내다보면 아저씨가 저 접시에 담긴 음식을 먹고 있었어요. 화장실에 가보면 쓰레기통에 'D' 포스트잇이 버려져 있곤 했죠. 그 아저씨가 도로시의 식사를 먹어버린 거예요." 죄다 거짓말이었다. "의사의 지시대로 도로시를 굶겼던 게 분명해요." 역시 거짓말이었다.

피고 측 변호인은 금방이라도 졸도할 것처럼 격하게 반응했다. "그저 추측일 뿐"이라는 등 "근거가 불충분"하다는 등 하면서 거의 폭언에 가까운 반박을 쏟아냈다. 하지만 배심원들이 숨을 헉 들이켜는 걸 보니 이미 내가 이겼다는 걸 알 수 있었다. '넌 이제 끝났어.' 나는 의사에게 슬며시 교묘한 눈길을 던졌다. 의사는 자기를 보호해주지 못하고 쩔쩔매는 변호사에게 뭐라고 거칠게 속닥거리며 종이에 메모를 하고 있었다.

'체크메이트다, 이 새끼야.'

나는 줄기차게 거짓말을 이어가면서 흐느껴 울었다. 배심원 세 명이 덩달아 눈물지었다. 그중 한 명은 남자였다. 의사 놈은 그야말로 죽을 맛일 터였다. 지옥에 처박혀 영원히 썩기나 하라고 나는 마음속으로 뇌까렸다. 내가 위증을 한 건 지금까지도 후회하지 않는다. 그 대목을 제외하면 내 증언은 전부 사실이었던 데다가, 위증이라 해도 궁극적으로는 진실을 담고 있다고 믿었다. 사실을 과장해서 이야기함으로써 악당에게 최대한 준엄한 형벌을 내릴 수 있다면, 그리하여 악당이 흔히들 써먹는 비열한 양형거래 수법으로 죗값을 더는 걸 막을 수 있다면, 결국 잘된 일 아닌가? 정의가 실현됐으니까. 나는 고풍스러운 무늬가 새겨진 웨지우드 도자기 접시에 냉혹한 정의를 담아서 날라다준 셈이었다.

채석장 호수 수색 결과 여자 시신 세 구와 죽은 태아 둘이 발견되었다. 살아남은 한 아기는 몬태나 주의 어느 부부가 구입해서 키우고 있었던 것으로 밝혀졌다. 그 이야기는 파고들자면 한도 끝도 없으니 넘어가자. 아무튼 의사는 그 시체들과 관련된 혐의를 가장 강경하게 부인했고, 이전에 벌어진 살인 사건들은 자신과 아무 연관도 없다고 주장했다. 그는 자주 라스베이거스에 가서 흥청망청 노는 버릇이 있었고 그 과정에서 도박과 코카인으로 물주한테 빚을 7만 달러나 졌는데, 또 그렇게 라스베이거스에서 일주일쯤 약에 절어 해롱거리며 지내던 중 물주가 그에게 한 여자를 소개시켜주었고, 그녀가 이 모든 일을 주선해준 것이라 했다. 그 여자는 바로 내가 다니던 산부인과 원무과의 직원이었다. 그녀는 이력서를 조작해 시골 병원들을 전전하며 일자리를 얻었고, 도로시 역시 그녀가 물색해낸 피해자였다. 도로시는 임신 초기부터 제대로 관리를 받으려고 병원을 다녔기 때문에, 납치범들 일당은 도로시의 배가 적당히 부를 때까지 몇 개월쯤 기다렸다고 했다. 놈들은 요리에 뜸을 들이듯 도로시가 무르익기를 기다려 납치했던 것이다. 이후 원무과 여자는 내가 사는 동네로 직장을 옮겼다.

의사는 도로시가 납치된 과정과 그 이전의 모든 범행에는 자신이 일절 연루되지 않았다고 주장했다. "그들이 나를 끌어들인 건 이전에 다른 여자애를 데리고 제왕절개수술을 하다가 실패했기 때문이었어요. 자기들이 직접 수술하려다가 망쳤는지, 아니면 다른 의사를 썼던 건지는 모르겠지만요." 의사는 리우 요원에게 이렇게 말한 바 있었다.

재판에서 의사는 그 혐의에 대해 묵비권을 행사했다. 예상대로였다. 기소 측은 그의 과거 행적과 기록을 토대로 그가 이전의 범행에도 관여했으리라는 결론을 도출했지만, 불완전한 추정에 불과했다. 따라서 공명정대한 로즌 판사님은 채석장에서 발견된 시체들에 관해서는 더 언급하지 말라고 일축하고는 "새로운 논거를 가져오라"고 검사에게 요구했다(물론 채석장 자체의 존재와 그로 인해 내가 당한 위협은 여전히 진술할 수 있었다). 내가 아무리 대의를 위해 거짓말을 지어내고 있었다지만, 그런 논거까지 거짓으로 지어내기는 꺼려졌다. 내가 마음만 먹으면 의사가 "호수에 빠뜨린 애들"이라든지 "걔네도 다른 애들처럼 호수에 던져버려" 운운하는 걸 들었다고 증언하는 거야 어렵지 않았다. 하지만 내가 생각하기에도 이 부분에서만큼은 의사가 결백한 것 같았다. 만약 죄가 있다면 수사 당국이 밝혀내겠지 싶었다.

또한 애플트리 기숙학교 건물은 브래드가 이 년 전에 공매를 통해 매입한 것으로 밝혀졌다. 형사들이 그곳을 수색해보니 분실물함과 교사 휴게실에 각종 비품이 남아 있었다. 나와 도로시가 얻은 필통, 뜨개바늘, 책 따위의 물건은 모두 거기에서 나온 것으로 추정되었다. 그리고 도로시는 나보다 일주일 더 일찍 납치되어 그곳에서 지내고 있었고, 그동안 도로시가 직접 뜬 빨간 니트 담요를 간수가 빼돌려서 나한테 줬던 모양이었다. 나는 도로시가 우리 전쟁 물자를 보급하기 위해 손에 불이 나도록 열심히 담요를 만든 거라고 믿고 싶다.

그런데 간수가 왜 도로시에게 뜨개바늘을 줬을까? 날카로운 물건인데, 위험하지 않나? 이 의문은 내가 그곳을 탈출할 때 도로시를 부축한 순간 자연히 풀렸다. 그녀는 너무 약했다. 팔이 나보다 앙상했고, 키도 155센티미터 정도밖에 안 됐다. 게다가 너무 아파서 내 도움 없이는 계단을 내려갈 수도 없는 상태였다. 탈출한다는 기대감으로 아드레날린이 분비되면 힘이 더 날 것도 같겠지만, 도로시는 아니었다. 그러니 간수는 도로시가 감히 뜨개바늘을 무기 삼아 자신을 해코지할 거라는 생각은 못 했을 것이다. 워낙 멍청한 놈이기도 했으니까.

물으나마나 부부를 대략적으로 신문하는 과정에서 그들의 엽기적인 계획도 드러났다. 브래드 형제는 도로시의 아기가 죽을 위험에 대비해 보험 삼아 나를 납치했고, 만약 두 아기 다 살아남는다면 물으나마나 부부가 둘 다 구입해서 쌍둥이처럼 키울 예정이었다고 했다. 그리고 부부는 변호사의 조언을 받아 작성한 진술서에서 공통적으로 "우리는 브래드 형제가 임신부 소녀들을 죽일 계획인 줄은 전혀 몰랐다. 집으로 돌려 보내는 줄로만 알고 있었다"라고 맹세했다.

어떻게 이딴 변명으로 그들의 죄가 가벼워질 수 있단 말인가? 담당 검사는 물으나마나 부부가 사형 선고를 받을 가망은 없다고 했다. 내게 관련 법 조항을 보여주고, 자신이 구형할 수 있는 최대한의 벌이 어느 정도인지 설명하며 나를 납득시키려 했다. 나는 검찰청 싱크대에 그의 커피를 쏟아버리곤 더 열심히 노력하라고 일갈했다. 그러자 엄마가 나를 말리며 검사님에게 잠시 쉴 시간을 드리자고 했다.

나는 내가 마시던 핫초코도 싱크대에 부어버렸다.

내가 당신에게 진작 말하지 않았던가. 엄마는 여린 성격이라고. 설령 엄마의 생각이 맞다고 해도 여린 건 여린 거다.

세월이 흐르면서 내 성미도 그때보단 부드러워진 것 같다. 하지만 가끔은, 아주 가끔이지만 물으나마나 부부가 석방될 날을 벼르는 나 자신을 발견하게 된다. 그들에게 복수할 계획도 대략적으로 짜두긴 했다. 아니, 솔직히 말하자면 구체적인 일정, 방법, 무기, 도구까지 생각해두었다.

반면 의사에게 복수하는 데에는 한 치도 물러서지 않았다. 나는 가차 없이, 끈질기게, 맹렬하게 그를 궁지로 몰아넣었다. 정의를 위해 음모를 꾸미는 건 대자연의 법칙에 위배되지 않는다. 지나치게 세속화되어 무가치해진 현대 법률에는 어긋날지 몰라도.

엄마는 회사에 휴가를 내고 이 소송에 전력으로 매달렸다. 엄마가 가진 모든 인맥과 특혜를 이용해 검찰을 도왔다. 비리를 저질렀다가 엄마 덕분에 철창신세를 면한 대기업 사장들이 국회에 있는 아들들을 움직여서 엄마의 앞길을 가로막는 모든 장애물을 치워주었다. "어중이떠중이 일 년차 평검사 따위가 이 사건을 맡게 할 순 없어." 엄마는 이렇게 말했다. 엄마도 나처럼 악독한 구석이 있었던 것이다.

재판 전의 어느 날, 나는 엄마와 관계를 회복하고 싶어서 서재를 찾아갔다. 12월 초를 맞아 우리 집은 완벽하게 단장되어 있었다. 거실에는 일찌감치 크리스마스트리를 세웠고, 전구 불빛이 서재 안까지 비쳐들어 밀랍을 듬뿍 먹인 바닥에 무지갯빛으로 반사되었다. 창밖에 설치된 조명은 캄캄한 밤공기를 가르고 떨어지는 굵은 눈송이들을 비추었다. 나는 활활 타오르는 벽난로 앞에 서서 몸을 데우며 엄마가 일하는 모습을 지켜보았다. 엄마는 예의 그 왕좌 같은 의자에 앉아 증거배제 신청서를 수정하는 작업에 몰두하고 있었다. 증거배제 신청이란 재판 전에 당사자 양측이 서로에게 불리한 증거나 증인을 배제해달라고 요청하는 절차를 말한다. 엄마는 검사가 작성한 신청서 초안을 무자비하게 뜯어고치느라 여념이 없었다. 내 아들은 위층에서 한창 자고 있었다. 실크 같은 피부에 보드라운 아기 우주복을 두르고, 젖을 잔뜩 먹어서 배가 볼록 나온 채로, 그 토실토실한 볼에 웃음을 머금고 잠들어 있으리라. 그 모습을 떠올리면 영원히 그렇게 자기만 하더라도 좋을 것 같았다.

나는 서류를 거칠게 넘겨가며 거침없이 수정 표시를 하는 엄마를 지켜보았다. 엄마는 검사의 글에 대해 "쓸데없는 소리" "미치겠네" "멍청하긴" "쉼표가 무슨 뜻인지 알기는 하는 거야?" "아니, 이건 또 뭔 소리야?" "장난해?" 등등의 혹평을 쏟아내다가 급기야는 "아예 내가 새로 쓰는 게 낫겠네"라고 중얼거렸다.

나는 브래드와 폭스바겐에 갇혀 눈싸움을 하던 기억을 떠올렸다. 엄마와 잘 지내려고 노력해야겠다고 결심했던 순간을. 그러고는 벽난로에 손을 더 가까이 가져가 불을 쪼이며 엄마를 유심히 살폈다. 엄마는 크로스 만년필로 끼적거리고, 새로운 단락을 읽어 내려가며 입술을 깨물다가 이내 단락 전체에 빗금을 치고 있었다. '내가 엄마를 사랑할 수 있을까? 마음을 터놓고?' 나는 곰곰이 생각했다.

그러다 엄마를 향한 사랑의 스위치를 켜보았다. 그러자 오래전에도 이런 시도를 한 적이 있었다는 게 기억났다. 그땐 실험 결과가 시원찮았는데 이번에는 잘될까. 엄마에 대한 감정은 너무 고통스러웠다. 목에 땀이 나면서 속이 메슥거렸다. 누가 손으로 심장을 쥐어짜는 느낌이었다. 나는 입을 열려고 안간힘을 썼지만 그럴수록 근육이 긴장되어 뻣뻣해져만 갔다. '엄마는 또 언제 출장을 갈까? 그럼 또 언제 돌아오나? 이 서재에서 엄마가 고개를 들어 나를 봐줄 날이 오기는 할까? 언제쯤 엄마는 일보다 나를 위해 시간을 써줄까? 나랑 같이 게임도 하고, 사소한 이야기도 하고, 농담도 하고…… 엄마가 과연 농담을 할까?'

아무리 애를 써도 말이 안 나왔다. 불안감만 더 커져갔다. 나는 숨을 깊이 들이쉬고 내쉬며 말을 고르다 결국 울음을 터뜨렸다. 엄마의 서재에서, 엄마의 앞에서. 사랑과 함께 창피함이 밀려왔다.

"리사, 리사. 오, 얘야, 왜 그러니?"

엄마가 벌떡 일어나 총알같이 내게 뛰어왔다. 내가 벽난로 안에 들어앉아 몸을 불태우고 있기라도 한 듯이. 엄마는 나를 꼭 끌어안고 뺨에 입을 맞추며 되뇌었다. "리사, 리사, 리사." 엄마가 기억하는지 모르겠지만, 나는 여덟 살 때도 이렇게 엄마에게 진실한 마음을 이야기하려다 울음만 터뜨린 적이 있었다. 그때는 나중에 다시 하자고 마음먹고 감정을 도로 꺼버렸다.

그러니 이번에는 할 수 있으리라. 엄마가 또 나를 놓고 일하러 갈 것 같아서 여전히 조마조마했지만, 그래도 나는 사랑을 켜둔 채 입을 열었다.

"엄마, 엄마를 사랑해요. 알아줬으면 좋겠어요. 난 그냥, 너무 마음이 아파서……."

"리사." 엄마가 내 머리를 끌어안았다. 캐시미어 스웨터를 입은 엄마의 어깨가 얼굴에 닿았다. "리사, 리사, 리사. 나는 네 엄마야. 네가 나를 멀리하는 걸 그저 지켜보려면 나도 가슴이 찢어지는 것 같아. 하지만 나를 허물없이 사랑해달라고 하면 너무 이기적인 요구가 되겠지. 네 마음 이해해. 너를 키우면서 내가 배운 게 한 가지 있다면, 이해하는 법인 것 같구나. 너는 내가 더 바랄 수 없을 정도로 강한 아이야. 그런 네가 엄마는 참 좋아. 나도 그렇게 강해지고 싶고. 엄마에게 너는 빛나는 희망이란다. 그러니 네가 강하게 살아야겠다면, 그러기 위해 필요한 건 뭐든 해도 괜찮아. 너는 나를 구했고, 너 자신도 구했잖니. 나는 네가 쭉 너 자신으로 살길 바라. 넌 지금 이대로도 완벽하니까. 정말이야. 넌 나의 전부인걸. 어떤 사람들은 과거를 일기장에 묻어놓고 애써 잊으려 하지. 하지만 어떤 사람들은, 아니, 오로지 너만은 스위치를 마음대로 끄고 켤 수 있는 행운을 타고났어. 나는 그게 행운이라고 생각해. 우리 딸, 넌 행운의 아이란다. 사랑해. 이제 울지 마."

나는 내 사랑으로 엄마의 말들과 포옹을 단단히 갈무리해서 기억 속 깊숙이 넣어두었다. 벽난로의 따스한 불빛 안에서 우리는 서로를 부둥켜안고 몸을 흔들었다. 이윽고 엄마가 포옹을 풀고 내 눈을 마주보며 팔을 쓰다듬어주자, 나는 비로소 사랑의 스위치를 껐다. 하지만 감사의 감정은 절대로 끄지 않고 굳건히 간직했다.

이제 와서 돌이켜보면 그때 나는 어렸다. 내가 감금됐을 때도, 법정에서 위증을 했을 때도 어떤 합리적인 근거를 염두에 두고 행동했던 건 아니었다. 하지만 당시 내 사고가 어떤 식으로 흘러갔는지 지금은 이해가 된다. 간수는 나를 죽이고 아기를 빼앗겠다고 위협했고 그 위협을 실행에 옮길 작정이었다. 그러므로 내 손에 죽어도 쌌다. 나머지 공범들은 그 위협에 동참했으니 간수와 마찬가지로 죽거나 혹은 고통스러운 감옥살이를 해야 마땅했다. 내가 그 목표를 이루기 위해 복수할 방법을 강구하고 거짓말을 했던 것은 후회하지 않는다. 다만 복수를 더 효율적으로 실천하지 못했던 것이 부끄럽다. 내가 가졌던 도구들은 비록 유용하긴 했지만 놈들을 한 방에 제거하기에는 역부족이었다.

무엇보다도 부끄러운 것은 내가 시간의 중요성을 어처구니없이 간과했다는 사실이다. 가끔은 너무 부끄러워서 거울에 비친 나를 마주보기도 힘들 정도이다. 완벽을 기한답시고 연습에 매달릴 시간에 도로시를 먼저 구하러 나섰어야 했는데.

26

관할 교도소

서른세 살이 된 지금, 나는 연구실에서 지문 감식을 하다가 잠시 쉴 겸 이 글을 쓰고 있다. 유목流木으로 만들어진 책상에는 아들의 사진이 붙어 있다. 그 도구의 명칭은…… 농담이고, 그 애의 이름은 '밴타지오'라고 한다. 이탈리아어로 '특전, 이익'이라는 뜻이다. 우리는 밴티라는 애칭으로 부른다. 이제 열일곱 살이고, 아름다운 녀석이다. 그리고 나처럼 과학자이다. 하나님과 검은 나비 천사에게 감사할 따름이다.

이제 곧 밴티가 학교에서 돌아올 시간이다. 밴티는 직접 번 돈으로 산 검은색 아우디를 몰고 요란한 소음을 내며 진입로에 들어설 것이다. 고등학교 캠퍼스에서 그런 차를 끌고 다니면 존재감이 꽤나 강할 터였다. 주변 여자애들이 밴티의 목에 입을 맞추고 금빛 머리카락에 얼굴을 파묻고 싶어서 애가 닳겠지. 그와 같은 졸업반 여자애들도, 1, 2학년 후배 여자애들도 모두. 하지만 사람들이 밴티를 얼마나 매력적으로 생각하든 사실 나는 별로 신경 쓰지 않는다. 나는 다만 그 애가 어서 도착하기를, 그리고 긴 진입로의 끝에서 우편함을 잊지 않고 확인하기를 바라고 있다. 그러고 나면 밴티는 이 연구실에 들어와서 나와 함께 일하게 될 것이다. 그게 그 애의 방과 후 아르바이트이다. 어차피 밴티에게 어울릴 만큼 좋은 사람은 있을 수 없다. 내 선입견을 당신에게 강요하는 게 아니라, 나의 진심이 이렇다고 말하는 것뿐이다. 나는 그 애의 엄마이지 않는가. 아들을 위해서라면 앞으로 몇 번이라도 더 살인을 저지를 자신이 있다.

연구실에는 방사성 오염물질 제거실이 설치되어 있고, 그 옆의 구석에 놓인 붉은 안락의자 위의 벽에는 액자 하나가 걸려 있다. 액자에 든 것은 깨진 도자기 파편이다. FBI 과학수사팀이 수집한 증거품들 중에서 내가 슬쩍 빼돌린 것이다. 그 파편에는 여전히 갈색 피 얼룩이 묻어 있다. 나는 그게 간수 놈의 피이자 저 빌어먹을 접시의 피이기도 하다고, 그 두 가지 피가 지금쯤 지옥에서 뒤섞여 있을 거라고 생각하고 있다. 삼 년 전 나와 레니가 결혼식 준비를 하던 때(우리 결혼은 십칠 년 전 계획했던 그대로 진행됐다) 하객들에게 부탁할 결혼 선물 목록을 짜다가 도자기 그릇 세트가 필요하지 않느냐고 중개업체 직원이 묻길래 내가 폭소를 터뜨린 일이 기억난다. 너무 웃겨서 숨 쉬기도 힘들 지경이었다. 내가 도자기 그릇이라면 무조건 질색한다는 걸 잘 아는 레니는 덩달아 웃으며 대신 대답해주었다. “말씀은 고맙지만, 도자기는 전혀 필요 없을 것 같습니다.”

바로 지금도 나는 그 범죄 작품이 든 액자를 마주보고 있다. 내일 리우와 함께 브래드를 면회하러 교도소에 갈 때 주머니에 챙겨야 할 물건을 생각하면서.

사건이 모두 일단락되고 나서 우리 부모님은 길마를 다시 유모로 고용했다. 나를 흉안으로부터 지켜주었던 믿음직한 수호자, 길마. 6월에 밴티가 태어났고 나는 가정교사의 도움을 받아 2학년 과정을 마쳤으므로, 여름에는 아기를 보듬고 뒹굴면서 시간을 보낼 수 있었다. 나는 굉장히 운이 좋았다. 그건 나도 잘 안다. 나처럼 편안하게 아기를 낳고 키울 수 없는 소녀들이 세상에는 너무나 많다. 나는 그들을 존중하기 위해 감사와 안도의 감정을 켜두고, 두려움과 회한과 불안의 감정은 꺼둔 채 지내고 있다. 그리고 청소년의 임신에 관해서는 여러 사회적 입장과 논의가 있겠지만, 여기에서 그런 주제로 반성이나 교훈을 제시하고 싶지는 않다.

부모님은 거금을 들여 나와 가족 전체를 위한 심리 상담사들을 고용했다. 상담은 내게 많은 도움이 되었다. 아낌없는 사랑으로 나를 지원해준 부모님에게 고마운 마음이다. 또한 부모님이 오래전부터 내게 준 도구들 역시 고맙다. 과학적 사고(34번 도구)와 오만함(35번 도구)이 그것이다. 덕분에 나는 내가 처했던 곤경에서 거리를 두고 모든 걸 과학적 문제로 다룰 수 있었고, 공포에 짓눌리지 않을 수도 있었다. 그리고 그 야비한 짐승들보다 내가 우월하다는 자신감이 없었더라면 놈들을 제거할 계획을 공들여 짜지도 못했을 것이다. 내가 한결같이 무심하다는 이유로 나를 소시오패스라고 부르는 사람들에게는, 만약 누군가가 당신 아기에게 총을 들이대고 쏘겠다고 위협한다면 어떻게 하겠느냐고 묻고 싶다. 내 과학적 사고와 용기가 부럽지 않겠는가? 물론 당신도 당신만의 도구들이 있을 테고, 나름의 방법으로 사용할 수 있을 것이다. 그걸 깎아내릴 생각은 없다. 그러니 당신도 내 방법을 존중해주길 바란다. 결국 우리는 모두 각자의 방식으로 정의를 추구하고 있지 않은가. 나는 후회의 여지없이 최선을 다해 정의를 추구하고 있다.

그때의 고통은 이제 먼 과거의 일이 되었지만 그 기억은 결코 흐려지지 않을 것이다. 나는 이 글을 안전한 곳에 숨겨둘 생각이다.

이 내용이 알려지면 기껏 종신형을 선고받은 놈들이 풀려날지도 모르니까. 물으나마나 부부는 내년에 석방될 예정이다만, 뭐, 그에 대비한 안전장치 정도는 마련해뒀으니 걱정할 필요는 없다.

이제 남은 이야기가 세 가지 더 있다. 첫째, 내 남편 레니. 레니는 네 살 때부터 내 단짝친구였다. 내가 실종됐을 당시 그는 괴로워하며 당국에 제발 수사해달라고 애원했다고 한다. "걔가 가출했을 리 없어요"라고 고함을 지르면서. 심지어 직접 수색팀과 감시팀을 꾸리고, 우리 부모님과 함께 여러 날 밤을 지새우며 구출 작전을 짰다고 한다. 레니는 내게 최고의 도구를 안겨준 사람이다. 아이러니하게도 그 도구 때문에 온갖 고생에 휘말리긴 했지만. 이제 내겐 레니, 밴티, 나로 이루어진 작은 가정이 생겼고, 레니는 그 안에서 나침반 같은 역할을 한다. 내가 굉장히 좋아하는 노래 가사에 레니를 떠올리게 하는 구절이 있는데, 당신에게도 소개하고 싶다. 산타나의 기타 음악에 가수 에버라스트가 보컬을 입힌 곡*이다. "천사가 내 머리 위에 손을 얹고 있네…… 내 영혼 깊은 곳에 어둠이 살고 있네……."

지금도 여전히 내 안에는 어둠이 있다. 매일 매 순간 나는 그 어둠에 맞서 전투를 벌이며 스위치들을 가지고 씨름한다. 그런 내 머리 위에 손을 얹어주는 천사가 바로 레니이다. 레니 덕분에 나는 나 자신을 차분히 가라앉히고 더 평화적인 목표를 향해 나아갈 수 있다. 밴티도 내게 어느 정도 나침반이 되어주기는 하지만, 그 애는 아직 성장하는 중이니만큼 더 고려해야 할 측면들이 있다. 우리 가족이 도덕적 방향을 잡는 데에는 누구보다도 레니가 중요한 역

* 1999년에 발표된 〈풋 유어 라이츠 온(Put Your Lights On)〉.

할을 한다. 친지들의 생일을 기억하고 축하하는 역할도, 각종 청구서와 집수리를 비롯해 생활에 필요한 일들을 챙기는 역할도 레니의 몫이다. 밴티와 나는 다른 역할을 맡고 있는 것 같다.

둘째, 내 회사. 나는 현재 과학수사 컨설팅 회사의 소유주이자 대표 그리고 사장으로 군림하고 있다. 우리 회사의 고객들은 각종 법률회사, 경찰, 기업체, 재벌 등이고, 자세히 밝힐 수는 없지만 연방 정부기관 인물도 몇 있다. 현재 FBI에서 다른 기관으로 전직한 '롤라'도 그중 한 명이다. 그녀 덕분에 좋은 의뢰가 제법 들어온다. 롤라가 나하고 거래하는 건 소속 기관의 규정을 위반하는 일이지만, 리우도 언급했듯이 롤라는 일하는 방식이 워낙 자유분방하지 않은가. 앞으로도 롤라가 '어둠 속에서 활약'할 수 있게 도와주려면 그녀의 신원은 쭉 비밀로 남겨두어야 할 것 같다. 가끔 롤라는 용의자를 남몰래 우리 회사로 데려와 지하실에 가둬놓고 심문하기도 한다. 그럴 때면 나는 심문하는 소리가 밖으로 새어나가지 않도록 주방에서 초록색 믹서를 요란하게 돌리다가, 롤라가 좋아하는 시나몬 설탕 쿠키를 한 판 구워서 가져다주곤 한다. 롤라는 쿠키들을 한 입에 한 개씩 씹어 삼킨다.

나는 범죄 현장을 조사하고, 혈액 샘플을 분석하고, 야금학을 공부하고, 화합물을 분해하는 등의 각종 연구와 실험을 진행한다. 오늘처럼 연구실 직원이 병가를 내면 지문 감식도 직접 하곤 한다. 또한 과학수사 전문가로서 재판에 출두해 증언하는 일도 수없이 해왔다. 내 회사는 대형 평면 아이맥 컴퓨터로 가득하고, MIT와 버클리의 최우등 졸업생들만을 채용하며, 대기업과 정부기관 소속 일류 과학자들에게 높은 연봉과 저가 부동산 시장을 제시해 스카우트해오기도 한다. 매우 훌륭한 컨설턴트도 두고 있다. 전직 FBI

요원인 로저 리우 말이다. 그는 나보다 스물다섯 살이나 많지만, 내게 남편을 제외하면 누구보다도 친한 친구이다. 그의 아내 샌드라는 로저와 사무실을 같이 쓰면서 시트콤 대본을 집필하고 있다. 종종 그녀가 우리 앞에서 대본을 낭독해주는 게 모두의 정신건강에 도움이 되는 것 같다.

내가 소유한 실험 기구들은 워낙에 최첨단이라 NASA 사람들이 봐도 신기해할 것이다. 그보다도 더욱 우수한 성능의 기구들을 직접 개발해 특허를 몇 개 따놓기도 했다. 내가 스카우트한 연구자들이 한때 소속되어 있었던 대기업들도 내 발명품들을 사용하고 있다. 나는 그 기업들에서 고급 인력을 빼돌리면서 동시에 어마어마한 특허권 사용료까지 받아 챙기는 셈이다. 사옥은 내 소유의 건물로, 내가 태어났을 때부터 할머니가 설정해둔 신탁재산을 스물한 살 때 완전히 상속받아 그 돈으로 매입한 것이다. 그러기까지 족히 오 년 동안 그곳에 눈독을 들였다. 여러 구역으로 나뉜 건물, 그 옆에 딸린 들판과 과수원, 그리고 채석장까지. 원래는 은행과 주 당국, 연방 정부에서 서로 앞다투어 그 부지의 소유권을 가져가려 했지만, 엄마가 내 부탁을 받고 관계자들에게 개입해 시간을 더 두고 생각해보라고 설득해냈다.

내가 사들여 사옥으로 개조한 건물은 본래 기숙학교였다. 인디애나 주의 젖소 냄새가 풍기는 들판에 자리 잡은 학교. 주방에는 기다란 스틸 조리대들과 검은 가스레인지가 있는 곳. 그렇다. 바로 그 폐교 말이다. 1번 구역과 2번 구역의 3층에 자리한 방 두 개는 똑같은 구조의 온실로 개조했다. 비용이 적지 않게 들었다. 나는 거기에 이국의 독성 식물들, 살무사, 아프리카 청개구리 등 '해로운' 종류의 생명체들을 키우고 있다. 이 모두에게 '도로시'라는 이름을 붙였고 두 온실 모두 '도로시 M. 살루치'에게 헌정했다.

독을 품은 생명체들이 언젠가는 유용한 도구가 될지도 모를 일이다. 녀석들의 독을 이용한 살인 사건이 벌어져서 수사를 도와달라는 의뢰를 받게 될 수도 있겠지. 아니면 여자애 셋과 태아 둘을 죽이고 호수에 던져 은닉하는 짓에 공모한 사람이 또 나타날 수도 있고…… 사람 일이 어떻게 될지는 모르니까.

도로시 M. 살루치 온실들은 이국적이고 생동감 넘치고 강력하며 위험한 장소이다. 바보가 아니라면야 그런 곳에 아무 대비 없이 들어가진 못할 것이다.

채석장 호수는 쓰레기를 모두 수거하고 물을 뺀 뒤, 조경사들의 지휘하에 그 구덩이 밑바닥에 바위들을 깔고 비타민이 풍부한 배양토를 2.5미터 깊이로 채워 넣었다. 거기에 장미나무들을 심어서 몇 년에 걸쳐 가꾸었다. 이제 그곳은 숲 한가운데에 자리 잡은 근사한 장미 정원이다. 유혹적인 빨간 장미, 햇살을 머금은 노란 장미, 발그레한 분홍 장미, 특별한 품종의 검은 장미들이 어우러져 수많은 가시를 세우고 있다.

당신이 내 회사 밖을 거닐어본다면, 흰색이었던 건물 외벽을 파란색으로 다시 칠한 것이 눈에 띌 것이다. 그리고 삼각형 창문 바로 아래 붙어 있는 회사 간판이 보일 것이다. '15/33 주식회사'.

드디어 차 엔진 소리가 들린다. 비포장도로 저편에서 밴티의 아우디가 달려오고 있다. 내가 듣기에는 속도가 지나치게 빠른 것 같다. 나는 밴티에 대한 사랑의 스위치를 단 한순간도 끄는 일이 없기 때문에, 그 애가 하는 일은 무엇이든 내게 정신적으로 큰 영향을 준다. 밴티가 농구를 할 때는 몸싸움을 벌이다 뇌진탕이라도 일어나지 않을까 걱정되고, 밴티의 친한 친구가 다른 학교로 전학 갔을 때는 새 친구를 사귈 수 있을지 걱정되고, 나 외의 다른 사람과 외출할 때는 핫도그나 포도, 팝콘 같은 치명적인 음식을 먹다가 기도가 막히기라도 하면 하임리히 요법을 실시해줄 사람이 주위에 있을지 걱정된다. 우리 집에서는 한 해에 네 번씩 의료 전문가의 지도하에 식구들 모두 하임리히 요법을 연습한다. 그보다 자주 연습하긴 곤란하니까.

밴티가 배낭을 들고 차에서 내리고 있다. 입을 다문 채 나를 향해 씩 웃는 모습이 열 살짜리 꼬마로만 보인다. 그 애의 몰랑몰랑한 뺨에 입을 맞추고 싶다. 아무리 나이를 먹어도, 주름살이 생겨 쭈글쭈글해지더라도, 내 입술에 닿는 그 애의 얼굴은 갓난아기 적 복숭아 같은 감촉으로만 느껴질 것이다.

"아, 밴티, 우리 아가 왔구나."

"엄마, 저 열일곱 살이에요."

"그야 그렇지." 나는 평소의 냉철한 태도로 되돌아와 말한다. 그러자 밴티가 나를 지나쳐 가려다 말고 멈칫한다. "얘, 할이 오늘 아파서 못 온다고 전화했어. 해치워야 할 지문이 산더미 같은데 말이야. 그러니까 대학교 사건 슬라이드들은 네가 좀 준비해주겠니? 나는 밤 늦게나 돼서야 거기 손댈 수 있을 것 같네."

"알았어요, 엄마." 밴티가 내 어깨를 두드리고 뺨에 가볍게 뽀뽀한다. 마냥 태평하고 경쾌하고 아름다운 나날을 보내는 소년처럼, 내 강력범죄 사건 수사 따위는 지극히 사소한 일에 지나지 않는다는 듯이.

이 건은 아이비리그의 명문대 캠퍼스에서(힌트를 주자면, 매사추세츠주 케임브리지에 위치한 H로 시작하는 이름의 대학*에서) 벌어진 살인 사건 수사이다. 그 사건 현장에서 채취된 흙 샘플을 다루는 일을 이토록 무심하게 취급하다니, 만약 다른 직원이었다면 나는 그가 덜덜 떨며 사과할 때까지 눈총을 줬을 것이다. 하지만 밴티는 달랐다. 밴티에게는 무언가 독특한 매력이 있다. 그 애만의 도구라고 할까. 나야 엄마이니 그 애에게는 평생 절절맬 수밖에 없겠지만, 나뿐만 아니라 주변 사람 모두가 밴티에게는 유독 약해진다. 영화에 나오는 악역들이 풍기는 것 같은 묘한 카리스마가 있기 때문이다. 밴티가 열 살이었을 때 밴티와 그 애의 친구인 프랭키라는 아이를 데리고 마트에 장을 보러 간 적이 있다. 그런데 프랭키가 나도, 밴티도 모르는 사이에 초콜릿 바 하나를 주머니에 슬쩍하는 바람에, 주차장으로 향하는 길에 도난 경보가 울려서 경비원이 우리를 막아 세웠다. 그때 사태를 수습한 사람은 내가 아니라 밴티였다. 경비원이 윽박지르고 프랭키가 울고 불면서 한바탕 소동이 벌어진 가운데 초콜릿 바가 바닥에 굴러 떨어지자, 밴티가 나서서 초콜릿 바를 주워 경비원에게 건네더니, 어린애다운 애교나 겸손 따위는 조금도 없이 어른처럼 교양 있는 투로 이렇게 말하는 것이었다.

"저기, 토드 씨(경비원의 명찰에 '토드'라는 이름이 적혀 있었다), 이런 일이 벌어져서 정말 유감입니다. 이 녀석은 제 친구 프랭키랍니다. 어머니와 제가 이 애를 달래주러 나온 참이었어요. 실은 프랭키의 할머니가 어젯밤에 돌아가셨거든요. 그런데 그분이 이 초콜릿 바를 유난히 좋아하셨다더군요. 안 그래, 프랭키? 이걸 어떻게 하려고 했어? 할머니 관에 넣어드리려고?"

겨우 열 살짜리 애가 이런 말을 한다면 보통은 매우 우스꽝스럽

* 하버드 대학.

게 들릴 것이다. 그런데 밴티는 희한하게도 그렇지 않았다. 뭐라고 표현해야 할까, 마치 토드라는 경비원 사내와 평생 알고 지낸 것 같은, 자기 자신을 존중하고 상대방을 존중할 줄 아는 어른 같은 태도였다. 밴티의 특별함은 그런 평등한 인간관에서 나오는 것 같다. 나도 그 애의 대인 기술을 쭉 관찰하면서 여러 가지를 배운다. 사람들은 밴티에게서 대등한 대우를 받고 경계심을 풀었다가 곧이어 마음을 빼앗기는 것 같다. 일단 마음이 열리고 나면 밴티의 아름다운 외모에 사로잡혀서 저렇게 아름다운 소년이 시간을 들여 자신에게 말을 걸어줬다는 데 만족감을 느끼게 되는 게 아닐까? 내가 세운 가설은 그렇다.

아, 마트에서의 사건은 결국 토드라는 경비원이 초콜릿 바 값을 대신 치러줌으로써 일단락되었다.

나는 아무리 해도 밴티처럼 사람들의 호감을 살 수 없다. 그 애는 혀에 착 감기는, 시폰 케이크 위에 끼얹은 달콤한 초콜릿 같다.

밴티가 거짓말을 했다는 이유로 내가 화를 냈느냐고? 아니. 그때 우리는 문제에 휘말렸고, 해결책이 필요했다. 문제가 생기면 뭐가 됐든 해결책이 있어야 하는 법이다. 만약 레니가 같이 있었다면 그가 도덕적 나침반이 되어 우리를 또 다른 방향으로 이끌었겠지만, 그 자리에 어른은 나밖에 없었다. 그리고 나는 밴티가 제시한 해결책을 수긍했다. 완전히.

혹시 밴티가 부도덕한 아이인 건 아니냐고? 그런 것 같진 않다. 하지만 지켜보고는 있다. 걱정도 된다. 나는 밴티가 다정다감한 성품이라고 보지만, 그래도 걱정을 완전히 놓을 순 없다.

밴티와 나는 우리끼리만의 친밀한 농담을 자주 나눈다. 그중엔 아주 오래된 농담도 있고, 유행처럼 생겨났다가 금세 잊히는 농담도 있다. 우리 사이엔 웃음이 끊일 날이 없다. 밴티가 젖먹이였던 시절부터 나는 밤마다 그 애에게 책을 읽어주거나 이야기를 나누면서 잠을 재웠다. 밴티의 방과 우리 부부의 안방은 벽 하나를 사이에 두고 붙어 있기에, 내가 밴티와 심각한 대화를 나누거나 키득키득 웃으며 밤을 보낼 때마다 옆방에 있는 레니에게도 그 소리가 들렸을 것이다. 나는 그가 벽에 귀를 대고 우리의 말소리를 듣는 것을 느낄 수 있다. 그렇게 레니가 위안을 받는다고 생각하면 내게도 위안이 된다. "천사가 내 머리 위에 손을 얹고" 있는 것처럼.

내가 밴티에게 즐겨 하는 오래된 농담을 한 가지 꼽자면, 잠자리에서 책을 읽어주기 전에 읽을 시간을 정해주는 것이다. "오늘은 21.5분 읽어줄게"라는 식으로. 그렇게 낭독을 하다가 미리 맞춰둔 타이머에서 진동이 울리면 나는 즉시 멈추고, 규칙을 정확히 지켜야 한다고 말하고는 책을 덮어버린다. 그러면 당연히 한 사건이나 주제나 문장이 덜 끝난 채로 급작스럽게 낭독이 끊기고, 밴티는 궁금증에 빠지게 된다. 처음 이 장난을 쳤을 때 밴티는 다섯 살이었는데, 책의 내용에 홀딱 빠져 있던 나머지 그만 울음을 터뜨리고 말았다. 내가 정말로 다음 날 밤이 되기 전까지는 책을 더 읽어주지 않을 줄로만 알았던 것이다. 나는 농담을 한 것뿐이었지만, 아들이 책 이야기에 그토록 강하게 몰입해서 눈물을 흘렸다는 데 마음 깊이 안도했다. 밴티는 나 같지 않다는 뜻이었으니까. 그 애는 나처럼 세상과 동떨어져 살지는 않을 터였다. 다음번에 내가 또 타이머에 맞춰 낭독을 멈추곤 규칙을 지켜야 한다고 농담을 했더니 밴티는 웃었다. 사실 나는 규칙을 지나치게 칼같이 지키는 성격 때문에 가끔 정말로 원망을 사기도 했으므로, 밴티는 내가 자기를 웃기려고 일부러 체면을 구긴다는 걸 알고 있었다. 그래서 그 애는 웃었고, 나도 같이 웃었다. 지금까지도 우리는 이 장난을 칠 때마다 어김없이 웃는다. 훗날 내가 예순이 되어 밴티가 손주들을 데리고 방문할 때에도 나와 이 장난을 주고받아줬으면 좋겠다.

또 우리가 자주 하는 농담은 남들 앞에서 엉터리 프랑스어를 주고받는 것이다. 그런데 밴티 특유의 카리스마 때문에 사람들은 그 애가 진짜 프랑스어를 하는 줄로 착각하곤 한다. 심지어 한번은 프랑스 여자가 밴티에게 서툰 영어로 말을 걸더니 프랑스의 어느 지방 출신이냐고 묻기까지 했다! 밴티와 이런 장난을 치다 보면 즐겁기도 하고 모자 사이가 돈독해져서 좋다. 하지만 한편으로는 밴티가 지나치게 뛰어난 사교적 능력 때문에 오히려 사람들로부터 소외되진 않을까 싶어서 슬슬 걱정도 된다. 나와는 또 다른 방식으로 괴짜가 될까 봐 염려스러운 것이다. 그 애의 능력이 어디까지 발휘될 수 있을지, 그게 어떤 의미일지, 바람직한 것인지 아닌지는 잘 모르겠다. 나는 만사를 흑백논리로 말끔하게 분류하려 드는 경향이 있지만, 밴티에게만큼은 그러지 않으려 노력한다. 아이 스스로 유기적으로 성장할 수 있도록 도와줘야 한다고 생각하니까. 그렇지만 이런 생각도 든다. 아이의 어떤 면들은 내가 나서서 길들이거나 다듬거나 억제해줘야 하는 게 아닐까? 저렇게 숨 쉬듯 자연스럽게 사람들의 몸짓언어를 읽어도 괜찮은 건가? 그냥 걸어가거나 눈길을 주기만 해도 주변 사람들을 침묵시킬 수 있는 능력이 과연 정상인가? 바로 어젯밤에는 밴티의 학교 교장이 자신은 학부모회 회장, 교육감, 그리고 밴티로 구성된 '자문 위원회'를 두고 있다는 농담까지 했다.

하지만 밴티의 대인 기술이 아무리 특출나다 해도, 우리 식구들의 생일을 챙기고 집안 어른들과 친구들에게 적절한 크리스마스

선물을 준비하는 일은 레니의 몫이다. 밴티는 사람들의 호감을 '얻어내지' 않는다. 사람들이 그에게 호감을 '줄' 뿐이다. 이런 능력은 앞으로 그 애가 살아가는 데 유용하긴 하겠지만, 아무래도 섬뜩한 구석이 있다는 생각을 지울 수 없다. 멀쩡한 아이를 두고 내가 괜한 걱정을 하는 걸까? 세상 모든 것을 위험 요소로 보면서 행여 내 소중한 아들이 다칠까 봐 전전긍긍하고 있는 건가? 내가 밴티를 보며 완전히 마음을 놓고 편안해질 날이 과연 오기나 할지 모르겠다. 지금 밴티는 짐짓 성가신 듯 눈을 굴리는 시늉을 하며 나를 놀리고 있다.

"얼른 들어가서 슬라이드 챙겨. 숙제 있으면 그것부터 빨리 해치우고, 요 잘난척쟁이야. 오늘 할 일이 많대도. 오, 그리고 저녁에는 부리토를 먹을 거야. 너희 아빠가 요리하겠대. 그 고무공맛 나는 것 한 번만 더 만들면 차라리 굶겠다고 내가 분명히 말했는데, 네가 또 아빠를 꼬드긴 모양이지?" 밴티가 내처 걸어가려 하지만 내가 막아 세운다. "오, 잠깐만. 내일 서배너의 증조할머니가 오신단다. 그러니 쓰레기장 같은 네 방도 좀 치우렴." 나는 비로소 밴티를 놔주고 얼른 들어가라고 손을 내저으며 덧붙인다. "그리고 이따가 밤에 《백년의 고독》 이야기를 하고 싶으면 마저 하자. 내가 좋아하는 부분을 정확히 1.2분 동안 읽어줄게."

"쥬아 세 인 콰 아 트위." 밴티가 또 굉장히 그럴싸한 엉터리 프랑스어를 늘어놓는다.

"그래, 그래, 나도 사랑해. 이제 들어가."

그렇게 나의 아름답고 태평한, 하지만 무서운 구석도 있는 아들이 15/33 본사 건물로 성큼성큼 걸어 들어간다. 그 뒷모습을 지켜보노라니 불현듯 서글퍼져서 턱이 떨려온다. 내년이면 밴티도 대학에 들어갈 것이다. 나는 입구에 놓인 푸른 화분들로 눈을 돌리고, 보랏빛 페투니아의 시든 꽃들을 잘라내는 일에 집중한다.

누군가를 너무 사랑하면 그저 보기만 해도 마음이 아파지는 것 같다. 자식을 키운다는 게 이렇다.

아까 이야기할 주제가 세 가지 남았다고 적은 바 있다. 첫째는 내 반려자인 레니였고, 둘째는 내 아들 밴티였다. 이제 마지막 이야기를 할까 한다. 셋 중에서 누구보다도 안 중요한 사람, 브래드.

내가 항상 사랑의 스위치를 켜두는 사람은 밴티, 레니, 할머니이다. 그들에게는 한순간도 사랑을 끄는 법이 없다. 그 외의 사람들에게는 대체로 껐다 켰다 한다. 하지만 내가 조금도 사랑을 켜지 않는 사람들, 오로지 한없는 증오와 또렷한 살의만을 켜두는 사람들도 있다. 레니의 천사 같은 손길이 나를 막아주지 않았더라면 지금쯤 몇 명은 죽이고도 남았을 것이다.

15/33의 새로운 하루가 밝았다. 나는 이제까지 쓴 원고를 마지막으로 한 번 더 손본 다음 안전한 곳에 보관해둔다. 이 원고는 내가 죽을 때에야 공개될 것이다. 때마침 리우의 포드 F-150이 회사 앞으로 들어온다. 리우는 오로지 F-150만 몬다. 지금까지 차를 네 번은 바꿨는데 줄곧 저 모델이었다. 조수석 문이 열리고 리우의 아내 샌드라가 차 밖으로 뛰어내린다. 그녀는 리우에게 우스꽝스러운 표정을 지어 보이면서, '똥맛 버거'를 먹은 사람의 표정이 어떨 것 같냐고 묻고 있다. 또 뭔가 새로운 코미디를 구상하고 있는 모양이다.

내 생각엔, 똥맛 나는 버거를 씹으면 고양이가 털 덩어리를 토할 때와 비슷한 표정이 나올 것 같다. 그래서 우리 회사 주방의 빨간색 문 앞으로 걸어오는 샌드라를 반기며 나는 털 덩어리를 토하는 고양이를 최대한 흉내내 보인다. 그러자 옆에서 내 고양이 스티위 포가 야옹거린다. 내 연기가 별로 마음에 안 드는 눈치이다. 하루에 낮잠을 서른 번쯤 자는 스티위 포는 그중 첫 번째 낮잠을 즐기려던 차에 방해를 받은 게 영 짜증스러운 듯, 배를 쭉 펴고 앞발을 뻗으면서 한껏 기지개를 편다. 바다색 장식장 앞의 청록빛 융단 위에서, 밥그릇에 최대한 가까이 붙어 앉은 채 회색 털을 흐트러뜨리고 늘어져 있는 모습이 꼭 파라오처럼 위엄 있어 보인다. 그야말로 애물단지 같은 녀석이다. 스티위 포는 잠자는 내 얼굴 위로 뛰어오르는가 하면, 사료 대신 소 안심이나 날개다랑어 고기를 달라고 시끄럽게 떼를 쓴다. 하기야 녀석의 입맛을 망친 건 다 내 탓이니 누굴 원망하겠는가. 고양이들이란 참 신기하게도, 온갖 것에 교묘한 방식으로 불쾌감을 표현하고, 자기에게 밥을 주는 사람의 손길조차도 태연하게 무시해버린다. 그래서 나는 그냥 스티위 포가 먹고 싶어하는 음식을 내주고 만다. 대신 녀석의 목에 자주색 칼라를 두르고 분홍색 방울을 달아서 복수는 하지만.

"안녕, 리사. 준비 됐어?" 리우가 시동을 걸어둔 트럭 옆에 서서 묻는다.

샌드라는 주방 문으로 들어오면서 내 똥맛 버거 표정 연기를 칭찬한다. "좋아, 좋아. 그거 맘에 드네. 한 번 더 해봐."

"리우, 잠깐 기다려. 외투만 걸치고 나갈게." 나는 문가의 옷걸이에 걸어둔 흰색 사파리 재킷을 꺼내 입으며, 샌드라를 향해 다시 한 번 우스꽝스러운 표정을 지어 보인다.

"완벽해. 그 표현 그대로 대본에 써도 되겠어. 그나저나 둘 다, 오늘 너무 잔인하게 굴지 마." 샌드라는 내가 그녀만을 위해 특별히

끓여둔 커피 포트로 다가간다. 그녀는 커피를 머그에 따르고, 스티위 포의 두툼한 턱살을 쓰다듬어주고는 자기 사무실로 걸음을 옮긴다.

나는 끝까지 얼굴을 일그러뜨린 채 샌드라를 지켜보다가 주방 밖으로 빠져나간다. 그러고는 리우의 트럭에 올라탄다.

"샌드라가 너무 잔인하게 굴지 말라는데."

내 말에 리우는 웃음을 눌러 삼키는 듯 고개를 쳐든다.

"아무렴. 살살 해야지." 나는 자문자답으로 말을 맺는다.

리우는 오십 대 후반이다. 머리숱은 많지만 희끗하게 새버렸고, 여전히 납치범들을 추적하느라 숲을 헤매고 다니는 게 직업인 사람처럼 운동을 열심히 하고 있기에 몸도 탄탄하다. 트럭 운전대를 돌리는 그의 팔뚝에서 근육이 불거져 보인다.

리우가 무슨 생각을 하는지 뻔하다. 나도 똑같은 생각을 하고 있다. 십칠 년 전, 딱 이것과 같은 종류의 트럭 안에서 브래드가 처벌을 피하려고 자살 시도를 했다. 브래드는 입에 재갈 삼아 물려놓은 스카프를 혀와 이로 밀어낸 다음, 두 손엔 수갑을 차고 두 다리는 갈고리에 매인 채로 용케 무릎을 꿇고 앉아서, 짐칸에 여분으로 비치되어 있던 휘발유를 들이마시려 했다. 그때 우리는 트럭 보닛 주위에 둘러서서 의사와 물으나마나 부부를 붙잡을 계획을 토의하고 있었었다. 차가운 공기에 흐르는 묵직한 휘발유 냄새를 롤라가 포착해내서 다행이었다. 롤라의 말 한마디에 리우가 즉시 트럭 짐칸으로 뛰어들어서 브래드의 얼굴을 세차게 후려쳤다. 얼마나 세게 쳤던지 그 순간엔 턱뼈가 부러진 줄 알았다. 만약 브래드가 자살에 성공했더라면 나는 지옥까지 쫓아가 놈을 괴롭히기 위해 죽을 날을 기다려야 했을 것이다. 다행히도 그렇게 오래 기다릴 필요는 없었다.

리우와 나는 지난 십칠 년 동안 브래드를 두 번 방문했다. 이번이 세 번째이다. 브래드가 당국에 관대한 처분을 호소하거나 가석방 심의 위원회에 탄원을 넣을 때마다, 우리는 이렇게 교도소에 찾아가 바깥세상에서 무엇이 그를 기다리고 있는지를 친절하게 일깨워준다. 그러면 브래드는 자신이 교도소 안에서 고통받을 수 있어서 얼마나 행운인지를 새삼 깨닫게 된다. 인디애나 주립 교도소 당국에는 리우와 내가 아는 친구들이 몇 있고, 수감자들 중에서도 우리에게 매수된 이들이 좀 있다. 우리는 그 수감자들에게서 정보를 얻는 대가로 사소한 부탁을 들어주기로 약속했지만 그걸 정말로 들어줄지 말지는 우리 마음이다. 그래서 우리는 브래드의 근황을 모조리 꿰고 있다. 정말로 모든 걸 안다.

브래드가 트럭에서 자살하려 했을 때 우리는 그와 계약을 했다. 그는 다시 자살 시도를 하지 않고, 우리는 사형을 구형하지 않기로. 단 브래드는 평생 교도소에서 비공식적으로 우리의 감시를 받으며 살아야 한다는 조건이었다. 원래대로라면 그가 저지른 살인죄들은 당연히 사형 선고감이었고, 브래드는 죽는 것보다 사형수 수감동에 들어가 지내는 것이 더 끔찍해서 광분하고 있었다. 그러던 차에 우리의 제안을 듣자 그는 약간의 희망을 품었다. 아주 조그맣고 미약한 희망의 불씨였지만, 그에게 살고 싶다는 의지를 불러일으키기에는 충분했다. 우리에게 필요한 건 바로 그것이었다. 그러니까 브래드는 우리와 특별한 종류의 양형거래를 맺은 셈이라고 하겠다. 그 결과 브래드가 처박혀 있는 인디애나 주립 교도소는 내 관할이나 다름없게 되었다.

내가 이토록 오랜 세월 동안 브래드를 괴롭힐 수 있는 것은 리우가 도와준 덕분이다. 애써 설득하지 않아도 그는 쉬이 내 부탁을 들어준다. 오 년 전에 그의 동생 모지가 세 번째 자살 시도를 한 이후로 리우는 더 비정해진 것 같다. 가끔은 걱정되기도 한다. 회사에 어떤 의뢰가 들어오든 밤을 새워가며 일에 매달리는 그를 생각하면 마음이 쓰일 수밖에 없다. 하지만 막상 리우와 샌드라의 사무실에 들어가, 샌드라가 그에게 몸을 기댄 채 이맛살을 찌푸린 남편의 얼굴을 만화로 그리고 있거나 하는 모습을 보고 나면, 나는 걱정의 감정을 꺼버리게 된다. 리우처럼 자기 운명을 받아들이고 끈기 있게 버텨내는 사람은 좋은 파트너를 만나게 마련인 모양이다. 그가 어떤 나무든 기어올라가 자신이 뒤쫓는 악마를 처치할 수 있도록 지탱해주는 파트너.

우리는 우리 관할 교도소, 즉 인디애나 주립 교도소의 방문객 주차장에 차를 댄다. 출입구에서 신분증을 제시하고, 감시탑과 통제실 등에서 일하는 친구들을 만나 잡담을 나눈 다음 면회실로 걸어 들어간다. 나는 여전히 사파리 재킷을 입고 있고 재킷에 달린 주머니의 지퍼와 단추는 모두 단단히 잠가두었다. 그 안에는 브래드를 위해 준비한 선물들이 고이 들어 있다.

면회실은 민트색으로 칠해진 구질구질한 콘크리트 방이다. 예산이 쪼들리는 기관에서 흔히 쓰는, 가장 흉한 싸구려 민트색 페인트 말이다. 나야 괜찮다. 내 세금이 감옥을 안락하게 가꾸는 데 쓰이는 건 원치 않으니까. 이런 역겨운 색깔에 둘러싸여 옥살이를 해야 한다고 생각하면 누구라도 범죄를 저지르기 전에 주저하지 않을까.

리놀륨 바닥에서 저 벽 위로 3미터쯤 되는 높이에 철창과 철사를 두른 창문들이 있다. 방 안에는 사각형 테이블 열 대가 꽉 들어차 있고, 그중 한 테이블에 손으로 뜬 검정색 스웨터를 입은 육십 대 여자 한 명이 앉아 있다. 나와 리우가 들어왔는데도 그녀는 한 번도 눈을 들지 않고 휴짓조각만 초조하게 만지작거린다. 공원 벤치에서 코바늘로 뜨개질하는 할머니처럼 푸근해 보이는 인상이다. 아마도 그녀에게 엄청난 실망을 안겨준 아들을 만나러 온 거겠지 싶다. 또 다른 여자 한 명은 삼십 대 초반인 듯한데, 입가가 심하게 주름지고 갈라져서 육십 년은 담배를 피운 사람처럼 보인다. 팔짱을 끼고 앉아 어깨를 돌리는 태도가 무척 터프한 게 그녀도 범죄자인 것 같다. 나를 노려보는 눈빛은 내 두피에서 머리털을 다 뽑아낼 기세이다. 그녀의 싸늘한 푸른빛 눈동자를 마주보며, 나는 저렇게 근사한 사람이 어쩌다 철창신세나 지는 개새끼한테 마음을 쏟게 됐을까 궁금해진다. 그녀에게 말을 걸어보고 싶다. 왜 그렇게 담배를 많이 피우느냐고, 당신처럼 현명한 눈빛을 지닌 사람이 왜 그렇게 사는 거냐고. 하지만 남의 인생을 멋대로 판단해선 안 된다고 나 자신을 다잡는다. '사람은 모두 저마다의 고충과 난제에 맞닥뜨리는 법이야. 하지만 세상이 그 모든 사람을 똑같이 도와주지는 않지.' 나는 할머니가 자주 가르치셨던 균형 감각의 중요성을 되새긴다.

철창문이 열리더니 수갑을 찬 남자가 셋 들어온다. 뒤이어 옆구리에 총을 찬 교도관 다섯 명이 따라 들어와 방 안을 둘러싼다.

"오, 얘야." 검은 스웨터를 입은 할머니가 울음을 터뜨리며 일어서더니, 얼굴에 네오나치 문신이 있는 청년을 끌어안는다. 그녀의 스웨터가 말려 올라가면서 등허리에 새겨진 남부연합기 문신이 드러난다.

"아빠." 차가운 푸른빛 눈의 여자는 그녀와 똑같이 빙하 같은 눈동자를 지닌 백발의 남자에게 말을 건넨다. "아빠, 아빠, 아빠." 그녀는 흐느껴 울면서 그를 껴안고 어깨에 고개를 파묻는다. 자신도 아버지의 품에 안기고 싶은 기색이 역력하지만, 그의 두 팔은 등 뒤로 돌려진 채 수갑이 채워져 있다.

'사람을 첫인상만으로 판단하면 안 돼. 항상 더 주의 깊게 관찰해야 해.' 나는 나 자신을 타이른다. '모든 사람은 수수께끼야. 전형적인 이미지에 완전히 들어맞는 경우는 거의 없어.'

브래드가 나와 리우를 보더니 면회실에서 도로 나가려고 한다.

"앉아." 교도관 한 명이 브래드를 구석진 테이블에 억지로 끌어다 앉힌다. 인종주의자 모자와 푸른 눈 부녀에게 우리 대화가 들리지 않을 만큼 멀찍이 떨어진 자리이다.

리우와 나는 브래드의 맞은편 의자에 나란히 앉아서 빙긋 웃는다. 반면 브래드는 괴롭게 숨을 헐떡이고 있다. 한때는 그렇게 화려한 차림새를 뽐내던 사람이 이제는 꼴이 말이 아니다. 그의 나이도 어느덧 예순이 다 됐으리라. 투옥됐을 당시에만 해도 겨우 마흔세 살이었다. 벗어져가는 머리는 우아하게 왁스를 발라 넘기고, 배가 불룩 나오긴 했지만 그 외에는 한 점 흠도 없는, 면도도 하고 매니큐어도 바르고 온몸 구석구석 때 빼고 광내고 다니던 사람이었다. 어디 마이애미 해변에서 결혼식을 올리는 신부라도 된 것처럼. 그런데 이제 브래드는 쪼글쪼글해진 포도알 같은 몰골이다. 하도 스트레스를 받아서 살이 20킬로그램은 빠진 것 같다. 그 스트레스를 내가 준 것인지 아닌지는 모르겠지만.

앙상한 몸에 오렌지색 죄수복을 걸친 모습이 어린애가 대형 담요를 두른 듯한 꼴이다. 완전히 벗겨진 머리에는 노란 니트 모자를 썼고, 손톱은 깎았지만 매니큐어를 바르진 않았다. 누렇게 변색된

틀니에서 악취가 풍긴다.

"그 모자는 남자친구가 떠줬나 보지?" 나는 그의 머리에 쓴 우스꽝스러운 모자를 비꼰다.

"여전히 싸가지 없는 흑표범 년이로군."

리우가 벌떡 일어나 브래드를 한 대 치려 하지만, 나는 그의 무릎에 손을 얹어 제지한다.

"오, 브래드, 난 괜찮아. 그 모자를 꼭 쓸 수밖에 없다는 건 이해해. 마음에 안 드는 티를 내면 하킨이 속상해할 테니까."

브래드를 끌고 왔던 교도관이 뒤에서 피식 웃는다. 그러자 브래드가 그를 돌아보고는 비아냥거린다. "오, 히히히, 양고기가 말을 하네."

교도관이 차분한 투로 으름장을 놓는다. "입 조심해, 브래드. 거기 가만히 앉아서 면회객분들이 하는 말이나 끝까지 듣고 있으라고. 그리고 네 모자는 엿 같아. 하킨이 뜨개질을 워낙 엿같이 하니까. 네가 그렇게 말하더라고 하킨에게 전해주지."

그 말에 브래드는 눈에 띄게 움츠러들며 우리에게로 다시 고개를 돌린다.

하킨은 브래드의 주인이다. 나는 교도관들 중 한 명을 통해 하킨에게 1000달러를 찔러줬고, 그는 그 돈으로 브래드를 샀다. 유난히 난폭한 수감자로 악명 높은 하킨은 다른 교도소에서 '애인' 세 명을 목 졸라 죽이는 바람에 이곳으로 이감되었다고 한다. 그전에는 라이벌 폭주족 갱단 단원 열 명을 도끼로 찍어 죽였고 그들의 반려동물까지 죽여버렸으며, 그 죄로 열 사람 몫의 종신형을 살고 있다. 몸무게 160킬로그램에 키는 2.2미터에 달하는 거구라서 수감자들 사이에서 삼나무처럼 우뚝 솟는다. 하킨이 뜨개질을 하는 건 심리 상담사들이 그의 끊임없는 분노를 가라앉힐 방법으로 권장했기 때문이라는데, 인디애나 주 당국에서 지급 가능한 뜨개실이 노란색밖에 없어서 항상 노란색 물건만 만들고 있다. 그 실은 게리 지역의 한 불법 수입 회사 창고에서 주 당국이 압류한, 디트로이트로 운송될 예정이었던 화물 상자들 중에서 발견된 것이라고 한다.

하킨의 뜨개질 솜씨는 형편없다. 그가 만든 노란 모자는 브래드가 한창 시절 걸치고 다니던 벨벳 재킷이며 실크 스카프와는 너무나도 동떨어진 물건이다.

"그래, 브래드, 듣자 하니 얼마 전에 또 가석방 신청을 했다더군." 리우가 말한다.

그러자 브래드가 리우를 쳐다본다. 오로지 리우에게만 시선을 붙박은 채, 내게서 최대한 멀찍이 몸을 떨어트리고 자세를 모로 틀고 있다. 내가 기다란 칼을 내뻗어 자기를 콕콕 찌르고 있기라도 한 것처럼.

"우리 계약 알잖아, 브래드. 넌 종신형을 끝까지 살고, 우리는 사형 구형을 안 하기로 했던 거. 네가 토막 내 죽인 여자애들과 태아들을 생각하면 우린 널 스무 번쯤 죽이고도 남았어. 우리 계약 기억하지, 브래드. 그렇지?"

브래드가 움찔거린다.

내가 끼어들어 말한다. "애당초 뭐 하러 나오려고 하는 거야? 여기에서 지내는 게 편안하지 않아?"

"닥쳐, 쪼그만 흑표범 년아." 브래드는 여전히 내게서 몸을 떨어트린 채 리우에게도 쏘아붙인다. "너도 엿이나 처먹어."

리우와 나는 그를 빤히 쳐다보며 침묵한다. 그러자 브래드가 째지는 목소리로 덧붙인다. "하하하, 둘 다 엄청 웃기네."

"그리고 브래드, 요즘은 정원 일에 재미를 붙였다며?" 나는 테이블에 손을 얹어서 그의 주의를 억지로 내 쪽으로 돌린다.

"그게 너랑 뭔 상관이야, 쌍년아?" 브래드는 그렇게 대꾸하며 테이블을 눈으로 쓱 훑는다. 여전히 나와 눈을 마주치기를 두려워하는 기색이 역력하다.

나는 재킷에 달린 여덟 개의 주머니들 중 하나를 끄르고, 잎사귀 한 장이 든 비닐봉투를 꺼낸다.

"그냥 그런 소문이 들리길래. 언제부터 그런 취미가 생기셨나? 작년부터? 교도소 화단에 한 뙈기 얻어서 가꾸고 있다던데, 응?"

"오, 똑똑하기도 해라. 이 조그만 늙은이 하나 감시하겠다고 온갖 건달들을 부려먹고 말이야."

"건달이라니. 내 친구들인데." 나는 매우 진지하게 말한다.

"브래드, 이제부터 잘 들어. 아주 잘 들어야 해." 리우가 말한다.

브래드는 의자 등받이에 몸을 더 깊이 파묻는다.

"이게 뭔지 알아?" 나는 잎사귀가 든 봉투를 흠집투성이 테이블 위에 내려놓고 브래드 쪽으로 밀어 준다. 잎사귀는 길쭉하고 뾰족한 모양이고, 어두운 녹색 표면의 질감이 마치 가죽 같다.

"흠." 브래드는 다리를 꼬았다 풀었다 하고 고개를 이리저리 돌리며 안절부절못하고 있다. 얼굴에 패인 주름들이 더욱 깊어지면서 그의 두려움을 고스란히 드러낸다.

"내가 직접 기른 식물이야, 브래드. 씨앗을 구하려고 중국 남부까지 직접 다녀왔다니까. 다 너를 위해서야, 브래드. 오로지 널 위해서."

브래드가 얼굴을 실룩거린다.

"이건 특별한 변종이야. 아시아의 외딴 지역에 자라는 어떤 식물과 협죽도를 교배해서 탄생한 거지. 인체에 매우 치명적인 독성을 품은 식물들 중 하나야. 한 입만 깨물어도 심장이 터져버려." 나는 두 손을 파닥거려 허공에 불꽃이 터지는 흉내를 내면서 "펑!" 하는 소리를 내고는 심장께를 손으로 두드린다. 내 심장은 지극히 차분하게 고동치고 있다.

브래드의 뒤에 서 있던 교도관이 등을 꼿꼿이 펴더니 자기 동료에게 다가간다. 이 대목부터는 자리를 비켜줄 테니 편안히 대화를 나누라는 뜻이다.

나는 브래드를 향해 몸을 기울이고서 마치 유혹하듯 달콤한 목소리로 속삭인다. "아주 간단해. 이 잎사귀 한 장을 갈아서 네 급식에 나오는 으깬 감자에 뿌리기만 하면 끝이지. 만약 네가 무슨 말도 안 되는 이유로 가석방이 된다고 해도, 어디 거지굴 같은 데서 빌빌거리며 백수 생활하는 동안에도 이걸로 널 끝장내는 거야 어렵지 않아. 죽는 과정이 굉장히 고통스럽다더군. 휘발유가 식도를 다 태우고 내려가서 가슴속이 펄펄 날뛰고, 용암이 창자에 쏟아져 들어가 갈가리 찢어발기는 것 같다나. 하지만 네 시체를 굳이 부검할 사람은 아무도 없을 거야, 브래드. 샅샅이 까뒤집고 독극물 검사를 하고 그럴 필요가 있겠어? 심장마비라고 하고 대충 치우면 그만인데. 게다가 이 잎사귀를 봐. 네 정원에서 자라는 식물들하고 굉장히 닮았지? 슬쩍 섞어놓으면 아무도 모르겠어."

"미친년." 브래드가 결국 나를 노려보며 씹어뱉듯 말한다.

나는 바로 이 순간을 기다린 것이다. 브래드는 이 순간을 피하고 싶어서 용을 썼지만 다 소용 없는 짓이다. 나는 끝내 그에게 현실을 일깨워준다.

“네 목숨은 나한테 달려 있어. 잊으면 안 돼.” 나는 죽음의 잎사귀를 손가락으로 지그시 누르며 말을 맺는다.

리우가 빙그레 웃는다. 나는 봉투를 집어 들어 천천히 주머니에 집어넣는다.

물론 브래드를 죽일 방법이야 그 외에도 수천, 수만 가지는 더 있다. 하지만 나와 리우의 궁극적인 목표는 브래드를 죽이는 게 아니다. 우리의 ‘브래드 버킷리스트’ 중에서 제1번은, 리우 말마따나 “브래드가 평생 극심한 고통과 견딜 수 없는 굴욕 속에서 살게 하는 것”이다.

브래드가 정원 손질에 열을 올린다는 소식을 처음 들었을 때, 나는 그가 새로운 취미에 맛을 들이도록 일 년쯤 내버려두었다. 그는 교도소 내 원예학 수업도 수강하고, 매일 아침 일찍 일어나 흙을 고르고 씨를 뿌리고, 작업하는 내내 휘파람을 불면서 미소까지 짓는다고 했다. 그만큼 무언가에 애정을 쏟다 보면 진정한 상실감도 경험할 수 있을 터였다. 내가 그를 위협하는 수단으로 독성 식물을 선택한 것은 바로 그 이유에서였다. 이제부터 브래드는 가로세로 1.5미터쯤 되는 자기 정원에 들어갈 때마다, 그리고 그 한심한 공간 안에서 구질구질한 장미와 들꽃 사이로 자란 녹색 잎사귀를 볼 때마다 죽음의 공포를 되새길 수밖에 없을 것이다. 소중한 것을 잃어버린 상실감이 그를 괴롭힐 것이다. 나는 이 게임을 더욱 스릴 있게 끌고 갈 수도 있다. 다양한 식물 샘플들과 그 독성에 대한 과학적 정보가 요약된 문서를 동봉해 교도관들을 통해 그에게 전해주는 것이다. 하지만 진짜 독성 식물은 아니어야 한다. 브래드의 손에 무기를 쥐여줄 순 없으니까. 그런 식으로 얼마간 반복하다 보면 결국 그의 궁상맞은 정원에는 민들레 잡초와 흙만 남을 테고,

브래드는 또다시 삶의 낙을 깡그리 잃을 것이다.

어떤 피해자들은 재판을 통해 자신의 고통에 결착을 짓고 싶어 한다. 가해자를 사형으로 처벌하거나 용서함으로써. 나는 그런 마음을 충분히 이해한다. 하지만 나 같은 사람은 온갖 수단과 방법을 동원해 오랜 시간 공을 들여서라도 눈에는 눈, 이에는 이로 갚아줘야만 직성이 풀린다. 브래드가 저지른 추악한 범죄로만 따지자면, 그를 산 채로 불에 집어넣은 뒤 몸만 그을리고 장기는 아직 채 익지 않았을 때쯤 도로 끄집어내는 정도의 고문은 해줘야 마땅할 것이다. 하지만 나는 그보다 더 섬세한 방식으로 갚아주는 쪽이 더 마음에 든다.

리우가 내게 다 끝났냐고 고갯짓으로 묻는다. 나는 마주보고 고개를 끄덕여 그에게 마지막 말을 할 차례를 넘긴다. 살벌한 눈싸움을 벌이던 브래드와 나 사이의 침묵을 깨고, 리우는 헛기침을 하며 자리에서 일어선다. "우리 용건은 끝이다. 너무 걱정하진 마. 여기에서 가만히, 가석방 신청만 안 하고 착하게 지내기만 하면 넌 자연사할 수 있을 테니까. 아니면 하킨한테 목 졸려 죽든지. 네가 맞을 결말은 그 둘 중 하나뿐이야. 그때에야 이승에서 네가 받을 벌도 끝날 거다." 리우가 말을 끊고는 웃음을 눌러 참는다. 하지만 내가 그의 허벅지를 툭툭 두들겨 신호를 보내자 그는 나와 같이 킥킥 웃어버린다. "하지만 저승에도 악마가 너를 위해 준비해둔 근사한 계획이 있겠지, 브래드."

"오, 당연히 그렇겠지." 나는 도로시와 모지를, 그리고 호수 속에서 잠들었던 소녀들과 아기들을 생각하며 말한다.

15/33 본사로 돌아가는 차 안에서 리우는 컨트리 음악과 레이 라몬테인의 곡들이 섞인 플레이리스트를 튼다. 북부 음악과 남부

음악의 절묘한 조화이다. 그가 〈트러블Trouble〉이라는 곡을 흥얼거리며 따라 부르는 걸 듣다 보니 마음이 차분해지는 기분이다. 우리가 알고 지낸 지도 오래되었다. 굳이 대화를 나누지 않아도 편안하고, 그가 내 앞에서 노래를 불러도 아무렇지도 않은 사이이다.

"어이, 리우. 오늘 샌드라랑 같이 저녁 먹으러 올래? 레니가 또 부리토를 만든대."

"고무공맛 부리토 말이지? 좋지. 당연히 가야지."

"좋아. 그런 다음 대학교 사건 흙 샘플들 작업 들어가자. 내가 보니까 도저히 매사추세츠에서 나왔을 리가 없는 성분이던데……."

"네가 그렇다면 그렇겠지. 리사, 네가 대장이니까." 리우가 내게 윙크하고는 진정제 같은 라몬테인의 노랫소리에 다시 귀를 기울인다.

복수해 기억해 모중석스릴러클럽048

1판 1쇄 인쇄 2019년 10월 16일 **1판 1쇄 발행** 2019년 10월 25일

지은이 섀넌 커크 **옮긴이** 김지현
펴낸이 고세규
편집 신종우 **디자인** 홍세연

발행처 김영사
주소 경기도 파주시 문발로 197(문발동) 우편번호 10881
등록 1979년 5월 17일 (제406-2003-036호)
구입 문의 전화 031)955-3100 **팩스** 031)955-3111
편집부 전화 02)3668-3291 **팩스** 02)745-4827 **전자우편** literature@gimmyoung.com
비채카페 cafe.naver.com/vichebooks **인스타그램** @drviche
트위터 @vichebook **페이스북** facebook.com/vichebook
ISBN 978-89-349-9930-0 03840 책값은 뒤표지에 있습니다.

비채는 김영사의 문학 브랜드입니다.
이 도서의 국립중앙도서관 출판시도서목록(CIP)은 서지정보유통지원시스템 홈페이지(http://seoji.nl.go.kr)와 국가자료공동목록시스템(http://www.nl.go.kr/kolisnet)에서 이용하실 수 있습니다.
(CIP제어번호: CIP2019038263)